生存進度條

STAYING ALIVE

2

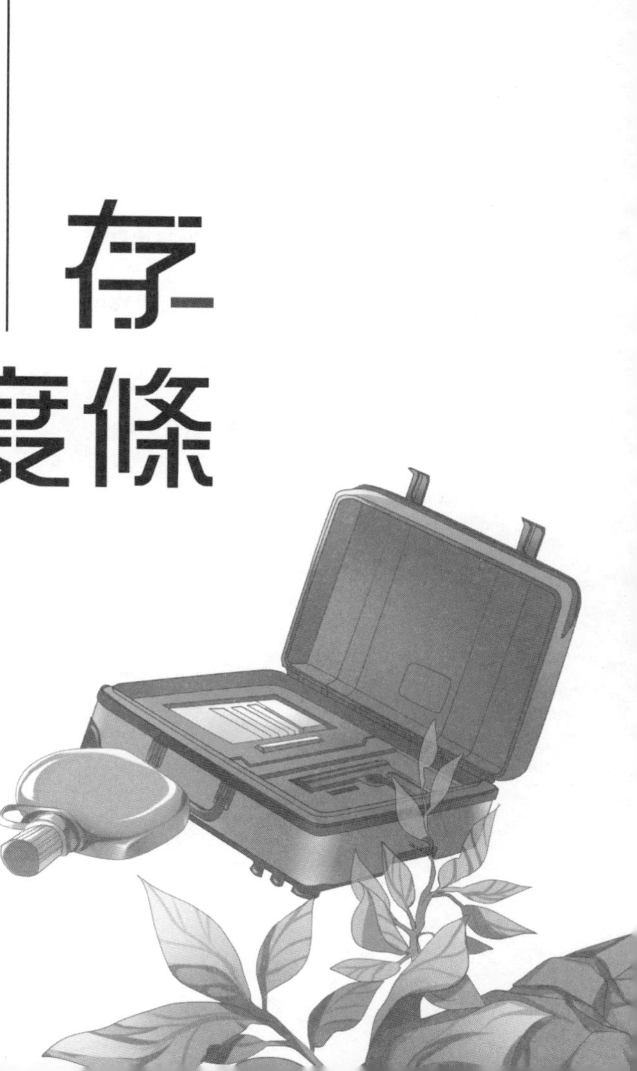

目錄頁

CONTENT

【第一章】

美人魚技能上身

下午的會議開始前，廉君拿到卦九整理好的資料。

九鷹今年推薦的組織名叫響尾，是個很新很新的小組織，如果不是舉薦人有義務向官方提供被舉薦組織的詳細資訊，卦九可能還無法在沒有官方說明的情況下，只通過這一個名字，在短時間內查出這個響尾的來歷。

「根據官方提供的資料，我順藤摸瓜，發現這個響尾和東南地區一個叫『大蟒』的組織有點聯繫，而『大蟒』的上線則是在東南地區與九鷹有合作的『槍火』。」卦九解釋，簡潔明瞭地點出資料裡的關係鏈。

卦二忍不住冷笑，「舉薦一個國外組織的小分舵進入官方的審核流程，九鷹這是想幹什麼？幫國外組織往國內滲透，破壞國內的局勢？」

自家人窩裡鬥就算了，引狼入室算什麼，還嫌國內局勢不夠亂？

「難怪左陽那麼有恃無恐，原來是有了倚仗，賣了自己的祖宗。」卦一接話，表情也很難看。

廉君蓋上資料，敲了敲輪椅扶手，「九鷹不能留了。」

這話一出，大家表情都是一肅，卦一和卦二對視一眼，由卦一問道：「君少你是想……」

廉君點頭，吩咐道：「卦九，把這份資料送給章卓源，他會知道怎麼做的。」

卦九應了一聲，接過資料後立刻回到電腦前，繼續對著電腦敲敲打打。

時進安靜地坐在一旁，聽著眾人的對話，想起仍留在九鷹船上的龍世，眉頭緊皺。

下午的會議準時開始，時進再次站到甲板角落。這次會議一開始，各首領之間的氣氛就直接拉爆了，有的人想把名單上的某個組織拽下來，有的人想保下自己舉薦的組織，有的人本著「讓別人得利就是讓自己吃虧」的原則拚命攪混水，甚至還有合作舉薦一個名額的兩個組織，因為名單的問題直接當場鬧翻，局面很快亂成一鍋粥，引得甲板上的氣氛也變得有些躁動。

首領們一個個爭得面紅耳赤，顯得始終安靜旁觀的廉君十分格格不入。

時進看著會議室投影上的組織名字一個接一個地滑過，視線時不時往左陽那邊挪一挪，神經隨著時間的流逝，越來越緊繃。

大約兩個小時後，「響尾」這兩個字終於出現在投影上，一直百無聊賴靠坐在椅子上的左陽不自覺轉了轉筆，面上卻仍是不動聲色，眼睛甚至都沒往投影上多看一眼，彷彿響尾和他沒什麼關係，並對這個小組織沒什麼興趣一般。

章卓源照例先貼出舉薦人提供的響尾具體資料，簡單說明一番後，宣布大家可以就響尾這個組織是否可以進入官方審核流程，進行公開討論和提出意見。

本來吵鬧的眾人短暫安靜下來，大家面面相覷，顯然都不大瞭解響尾這個小組織，一番低聲交談後，一個小組織的首領率先開口說道：「我沒意見。」

廉君的視線挪過去，記下這個小組織首領的名字。

有一個人開了頭，說話的人就多了起來，其中表達沒意見的人占了多數，畢竟大家手裡的否決權是有限的，很多人並不想在一個不認識的、還沒多少威脅性的小組織身上浪費機會，他們更樂意集中火力，把一些有威脅的中型組織擠下去。

一刻鐘的討論時間很快過去，章卓源統計了一下大家的意見，最後再確認一下：「還有人有異議嗎？沒有的話這個組織就通過了，從今天起正式進入審核流程。」

局面到此，響尾的通過似乎已經成了定局，左陽還是一副百無聊賴的樣子，只不過手裡轉筆的動作變得輕快不少。

「我有異議。」廉君終於開口，說出自下午會議開始後的第一句話，這也是他第一次針對名單發表意見。

左陽轉筆的動作一頓，眉心一跳，本能開口說道：「你有什麼異議？」

廉君看過去，表情漠然，不答反問：「九鷹似乎格外在意這個小組織？之前都沒看你為其他小組織說話。」

這話問得就很意有所指了，左陽噎住，終於反應過來自己是著了廉君的道，連忙補救：「我只是覺得奇怪，要說在意，好像是你比較在意，畢竟你之前可一直沒開口。」

「我當然是在意的。」廉君回答，一臉雲淡風輕地氣人，「我討厭蛇，所以我有異議。你這樣反應，難道是你喜歡蛇？」

左陽聽得面皮一抖，氣得差點把筆給摔了。

廉君話都說得那麼明白了，眾人哪還能不明白這個響尾到底是怎麼回事，此時再看投影上響尾的資料，表情就變了——左陽反應這麼大，這個響尾多半是九鷹舉薦的。

老鬼率先回過神，提高聲音說道：「章主任，我改變中立的立場，這個響尾成立時間太短，資歷不夠，人員數量異常，不適合這麼早掛牌，我覺得應該撤掉它。」

其他組織的首領也紛紛回過神，一改之前沒意見的口風，各種找理由表示響尾這個組織不好、不合適，應該擼下來。

章卓源十分好說話地重新收集了眾人的意見，並發起爭議投票，最後合理地根據票數結果，把響尾從名單上刷下來。

左陽氣得直接拍了下桌子，不再裝無聊了，陰森森地看著廉君不說話。

廉君繼續無視他，當回安靜的背景板。

名單很長，下午的會議毫無意外地延長了，等一切塵埃落定時，時間已經是日暮時分。夕陽的餘暉灑落在甲板上，籠罩著眾人的身體，居然把這一場黑道會議，襯出幾分溫馨的味道。

劉振軍從駕駛艙上下來，和章卓源站到一起，引所有組織首領集中到甲板上，說了一些感謝大家配合，希望以後能繼續合作的客套話，然後正式宣布此次會議圓滿結束。

其實撇開內裡的暗潮洶湧不談，今年的會議算是進行得比較和平的。

沒有明面上的衝突、沒有組織之間一言不合的交火，也沒有人不長腦子地試圖挑戰官方或者廉君的權威，所有人都罕見地識趣。

豎起的甲板圍欄被放下，大家可以直接回船離開了。

各組織首領們也不和官方搞什麼依依惜別的假客氣，二話不說掉頭就走，沒過一會，甲板上的人就少了一大半。

廉君照舊坐在章卓源身邊，給他最後鎮場。

左陽不知何時站到他身邊，也不在意章卓源和劉振軍在旁邊，冷冷問道：「廉君，你處處針對我，是真的不想要命了？」

廉君看都不看他，目視前方夕陽，悠悠回道：「我對自己的命沒有多少要求，只需要比你活得長就夠了。」

左陽臉一黑，突然拿過屬下的槍，迅速把子彈上膛。

所有人的表情都變了，站在廉君身後的卦一和旁邊的劉振軍全都眼神一利，一個往前阻擋、一個直接掏槍。正往這邊靠的時進也是表情大變，迅速跑了過來。

「沒事。」廉君抬手擋了卦一。

下一秒，左陽朝天舉槍，扣下扳機，之後把槍丟回屬下懷裡，眼帶不屑地看一眼卦一，看向劉振軍說道：「少將能把槍挪挪嗎，官方不對與會人員動手，這規矩希望你還沒忘。」

劉振軍把槍收回來，警告道：「不要亂來，否則我讓你九鷹的船有來無回。」

這威脅實在是不客氣，左陽臉色更難看了，卻沒有發作，而是對著廉君說道：「你做這麼多，不就是為了逼我把籌碼亮出來給你看嗎？我成全你，好好看著吧。」說完惡意滿滿地看了廉君一眼，直接踏上橫橋離開了。

時進靠近後剛好聽到這句話，本能地擋到廉君身前，警惕地掃著四周，想看看左陽是不是還在其他地方弄了陷阱。

一直沉默的龍叔突然開口，語氣隱隱激動：「君少，看九鷹的甲板。」

大家聞言全都一起看過去。只見九鷹寬敞的甲板上，一個瘦削的男人突然被九鷹的人拖到甲板上，粗魯揪起，把臉朝向這邊。

小死激動起來，說道：「是龍世！左陽把他放出來了！」

時進聽得心裡一動，本能地往那邊走了一步，看到周圍的海水，又即時收回腳步——不行，龍世雖然被帶出左陽的房間，但現在的局面明顯不適合直接搶人。

卦二忍不住低頭看向廉君，說道：「君少，是龍世。」

相比於大家的激動，廉君要顯得冷靜許多，只淡淡掃了一眼龍世的方向就挪開視線，側頭朝著卦三吩咐道：「去收拾行李，準備搬回我們的船上。」言語間竟是完全不在意龍世的樣子。

「君少。」卦一忍不住喚了他一聲——現在龍世被氣急的左陽帶到甲板上，九鷹的船又和他們的船挨得很近，現在只需要通知留守的卦五一聲，就可以直接開始行動了，搶人的成功機率很高。

廉君擺了擺手，說道：「是陷阱，不要上當。」說完看向仍緊緊盯著九鷹甲板的時進，傾身拉住他垂在身側的手，將他往身邊拉了拉。

時進被動回神，看向廉君，說道：「君少，要不我……」

「你什麼都不許想，也什麼都不許做。」廉君打斷他的話，示意他推輪椅，然後看向章卓源，向章卓源告辭。

章卓源也注意到九鷹甲板上的動靜，問道：「需要幫忙嗎？」

廉君搖頭，「不需要，官方現在不好直接和九鷹起衝突，這事我自己處理。」

章卓源皺了皺眉，不好勉強，又提了一句有需要儘管說之後，點出一隊人，讓他們護送廉君一行人回船。

時進有些不習慣橫橋搖晃的節奏，識趣地把推輪椅的活交給卦一，自己走在靠後的位置，注意力仍在九鷹的甲板上。

左陽已經帶著人回到自己船上，卻沒進船艙，而是站到龍世身邊，手裡拿著一把寒光閃閃的匕首，在龍世身上描來描去，不時往廉君這邊看一眼。

龍世大概是被藥物控制了，眼睛一直半睜半閉的，意識明顯不大清醒。

廉君一行人算是最後一批回船的人，等他們落到自家甲板上時，官方船隻和蛛網般的橫橋上已經差不多清空。

回到自家船上之後，眾人與九鷹船隻之間的距離變得更近，終於能更清晰地看到龍世的長相。那是一張標準的帥哥臉，布滿了人工雕琢的痕跡，看起來十分不自然。卦一等人看得直皺眉，龍叔則是壓抑著什麼情緒的模樣，表情沉沉的，手緊握成拳。

廉君依然把左陽當成空氣，確切來說，他是把整艘九鷹船隻都當成空氣，等官方發出清場信號後，喊來留守的卦五，讓他開始拆舷梯和橫橋，準備回航。卦五立刻派人安排起來。

清場信號發出後，所有組織都開始行動，海面上如蛛網般維持了三天的通道陸續消失，先是最周邊的小船們解除了互相之間的連接固定，各自朝著不同的方向散去，之後是中層的船隻解除了固定，調頭陸續離開。

只半個小時不到的時間，海面上就只剩下內圍大組織的船和官方的船。

這期間廉君一直待在甲板上，幫官方盯著其他組織的離開情況。

左陽也不離開甲板，就那麼古古怪怪地看著廉君，時不時用匕首在龍世身上劃一刀，簡直像個神經病。

時進的神經被左陽的舉動拉緊到了極致，眉頭越皺越緊。

左陽劃出去的傷口不深，但龍世明顯狀況不好，再這麼劃下去，摸不準什麼時候龍世就會被折磨死了。而龍世死了，母本就永遠沒線索了。

大約又是十分鐘過去，海面上終於只剩下了滅、九鷹、鬼蜮和官方的船，舷梯和橫橋也全部拆除完畢。

廉君收回盯著海面的視線，宣布起航。

一直忍著不動的卦一等人和時進都有些憋不住——真這麼直接走了，母本怎麼辦？

就在他們忍不住想要開口打破僵局時，左陽先忍不住了，見廉君想走，直接一匕首插入龍世的胳膊。這一下太狠，龍世直接慘叫出聲，混沌的意識似乎稍有恢復，迷迷糊糊睜開眼，一眼看到這邊甲板上坐在輪椅上的廉君，眼中瞬間冒出某種狂熱的情緒，高聲喚道：「君少！君少救我！看在我服侍你好幾年的份上，救救我！」

服侍？這什麼有歧義的詞彙！卦一等人的臉全黑了。

小死突然驚慌出聲：「進進！寶貝的進度條開始漲了，就在龍世求救之後，速度好快，已經漲到950了！」

時進心裡一驚，忙朝著腦內屬於廉君的進度條看去，見廉君那本來隨著其他大組織船隻離開，而稍有下降的進度條果然正隨著龍世的呼喊瘋狂增漲，一眨眼的工夫已經漲到980，腦子裡的弦啪一下斷了，直接掏出槍對準龍世，煩躁說道：「閉嘴！再喊我現在就殺了你。」

——哇喔。

卦一等人又齊齊朝著時進看去，臉上帶著某種不合時宜的驚喜——時進這反應，難道是終於開竅了？

廉君也看向時進，甚至主動滑動輪椅靠到他身邊，握住時進另一隻垂在身側的手，輕輕捏了捏，安撫道：「別動氣，為了個叛徒，不值得。」聲音別提多溫柔了。

時進立刻緊緊地回握住廉君的手。

小死驚喜地發出一聲鴨叫，感覺光明就在前方。卦一等人甚至全都側過身，盯著兩人交握的手，眼睛都不自覺瞪大了，像在懷疑自己看到的畫面。

在如此緊張的時刻，空氣中卻似乎飄起粉紅色的泡泡。

然而時進卻完全沒有接收到眾人的情緒波動和眼神含義，握住廉君的手後帶著他後退幾步，皺眉認真提醒道：「君少，別靠那邊甲板太近，我懷疑龍世有問題。」說完側跨一步擋在廉君身前，依然用槍對準龍世。

龍世早在時進掏槍時就停住喊叫，等看到時進和廉君的一系列互動之後，表情扭曲，開始拚命掙扎，再次喊道：「君少！他是誰！這個用槍指著我的小雜種是誰！他憑什麼碰你，憑什麼！」

廉君表情一沉，正要說話，站在他身前的時進就直接扣動扳機。

砰！子彈飛了出去，目標瞄準的卻是左陽抓著龍世的手。

左陽正若有所思地來回打量時進和廉君呢，見狀冷哼一聲，拉龍世一把，帶著他一起躲開這顆子彈。

兩艘船之間勉強穩住的和平氛圍直接被這顆子彈挑破，槍聲一響，兩邊甲板上都聚攏了大堆人馬，互相用槍指著對方，戰況一觸即發。

就在龍世再次閉嘴、雙方開始正面對上之後廉君的進度條降了下來，回到950，這讓時進越發肯定龍世有問題，不能讓他直接和廉君接觸，或者和廉君搭上話，再次把子彈上膛，這次直接對準龍世的腦袋。

龍世見狀表情更加可怕，看著時進的眼神堪稱怨毒，掙扎著又想喊叫，卻被左陽用一塊布塞住嘴巴，堵住了聲音。

「廉君，你這個小屬下似乎不大想讓你活著。」左陽慢悠悠開口，伸手握住插在龍世胳膊上的匕首，用力拔了出來。

鮮血飆出，龍世瞪大眼唔唔幾聲，疼得額頭青筋暴起，臉色迅速慘白。

龍叔牙關緊咬，側頭不再看龍世的慘狀。

左陽拔出匕首後直接在龍世身上擦了擦匕首上的血跡，看向被時進擋在身後的廉君，「廉君，你可要想清楚，如果任由你這個屬下把龍世給逼死了，那你的腿可就永遠都治不好了。咱們來做個交易怎麼樣，你把這個小傢伙和那個老東西給我，我把龍世交給你，這個買賣還不錯吧？」說著分別用匕首指了指時進和龍叔。

卦一等人的表情全都變得很難看。左陽也是真會挑人，時進和龍叔，一個是廉君心繫的人、一個是詳細知道廉君身體情況的醫生，用一個不知道會不會說出母本的叛徒換這兩人，左陽簡直是穩賺不虧！

廉君從時進身後滑出來，看向左陽，「你沒有資格和我談交易，龍世你可以殺，我的人，你想都不要想。」

「唔唔唔！」龍世聽到這話又拚命掙扎起來，瞪大眼看著廉君，眼裡居然流出一行淚來。

時進的心思卻活動起來，側頭看向廉君，低聲說道：「君少，我可以……」

「不可以。」廉君打斷他的話，抬眼看著他，解釋道：「左陽並不是真的想要你和龍叔，他只是想讓我妥協，一旦有了退讓，主動權就再也不在我們身上了。」

時進當然也明白這個道理，可是……他看一眼對面臉色慘白的龍世，說道：「可如果再拖下去，龍世說不定就被折磨死了。」

「他死了就死了吧，早在他背叛『滅』的那一天，他的死活就和我們無關了。」廉君回答，又握住時進的手，安撫道：「把槍放下吧，一切交給龍叔。」

一切交給龍叔？時進聽不懂這句話，正疑惑著，下一秒就看到龍叔突然從其他人手裡搶了一把槍過來，子彈上膛後對準龍世，從來很穩的手此時有些顫抖，手指摸上扳機，緊了又鬆，鬆了又緊，明顯正在掙扎。

「逼屬下殺自己的兒子，廉君，你可真是冷血。」左陽見廉君還不上鉤，冷笑一聲，突然又拔出龍世嘴裡塞著的布團。

龍世立刻掙扎著扭向龍叔的方向，淒慘哭嚎道：「爸！爸我錯了！我錯了！你別殺我，爸，我只是一時糊塗了，你說過你會永遠保護我的，爸！」

龍叔的手用力一抖，眼眶都紅了，咬牙說道：「可你犯的錯實在太離譜了，龍世，我不求你知恩圖報，但你不該狼心狗肺成這樣，居然對君少下手……我龍恒這輩子做過最錯誤的一件事就是收養你！你我的父子情誼，今天就斷了吧。」

說完扣動扳機，砰一聲，子彈朝著龍世飛去，目標直指龍世的眉心。

左陽沒想到他來真的，表情一變，直接甩手把龍世甩得趴到甲板上，驚險躲開子彈後朝著廉君說道：「廉君，你真的不要命了嗎？你就任由你的屬下殺你唯一的生機？」

廉君示意卦五扶住開槍後明顯身體委頓下去的龍叔，回道：「我的生機我自己爭，從來不會繫在別人身上，左陽，沒用的，你不用再來激我，龍世從來不是我的軟肋，別說交易，就算你把他白送到我面前，我也不會留下他。」

「哼，大話誰不會說？」左陽眼神一沉，突然冷笑出聲，朝後一揮手，讓屬下把趴在地上幾近昏迷的龍世綁起來，繩子另一頭繫在甲板圍欄上，然後把龍世拋了出去。

「這是什……啊啊啊！救命！我不想餵鯊魚，救命！爸！爸快救我！」龍世被動清醒，眼睜睜看著自己自由落體，之後身上的繩索一緊，被吊在圍欄上，立刻掙扎呼喊起來。

龍叔低著頭，聽到聲音後手指動了動，臉上一片疲憊掙扎過後的淡漠，掙開卦五的手，邁步朝著船艙走去，竟是不再管後續的事情了。

廉君看龍叔一眼，沒有阻攔。

龍世被吊得太下面，看不到甲板上的情況，不知道龍叔已經走了，仍在朝著龍叔求救，偶爾還會喊一喊廉君，聲音十分淒厲。

天已經徹底黑透，官方的船不知何時已經離開，今晚沒有星光，整片海域都黑漆漆的，只剩兩艘船上透露出的點點燈光。

左陽靠在圍欄上，匕首在綁著龍世的繩子上虛虛劃過，笑著說道：「來，開槍啊，龍世現在成了活靶子，這次我絕對不再幫他躲子彈。我可是個好心人，你們不是一直想收拾這個叛徒嗎，現在我幫你們找到他，還拿了他半條命，你們怎麼謝我，嗯？」

滅的甲板上沒人說話，卦一等人全都看著被吊在海面上，掙扎力度越來越小的龍世，表情緊繃，手掌緊握——龍世如果死了，毋本就真的沒了。

左陽繼續閒閒說道：「這樣吧，看在咱倆是同行的份上，我這邊可以不動手，給你們一次帶走龍世的機會，就……就那個卦一和卦二，還有那個小傢伙吧，你們三個人坐條小船過來，只要你們解下龍世的繩子，我就把龍世送給你們。」

卦一和卦二有些意動，時進也是立刻就朝著廉君看去，徵求同意的意思十分明顯。

「回艙休息。」廉君開口吩咐，彷彿沒聽到左陽的話。

卦二忍不住開口喚他：「君少。」

「回艙休息。」廉君語氣不容拒絕，再次看向卦五，「時間不早了，準備起航。」

卦五表情掙扎，最後還是聽命去吩咐準備起航。卦一和卦二想說什麼，最後也還是閉上嘴，只不過滿臉不甘。

「君少。」時進忍不住按住廉君的輪椅。

廉君看向他，保證說道：「哪怕只是為了你，沒有毋本我也會努力健康起來。左陽明顯是想用一個龍世換你們三個人的命，我不能拿你們去賭。」

——哪怕只是為了你。

時進心臟猛地一跳，按著輪椅的手忍不住收緊，「你根本就沒準備搶回龍世對不對？你說你早有安排，其實是在騙我，對不對？」

廉君沒有說話，安撫地去握他的手，時進直接甩開了他的手。

「時進。」廉君手一頓，仰頭看他，溫聲解釋：「龍世性情古怪，精神狀態不穩，就算把他搶回來，我們也很大機率套不出母本，在收益很可能達不到付出的情況下，我不會輕易拿你們的命去冒險。」

「可你的命，在我這裡從來都不是什麼需要衡量收益與付出的交易。」時進頭一次對廉君露出了冷臉，突然離開他身邊，大步朝著九鷹的甲板靠近。

廉君表情一變，忙吩咐卦一等人攔住他。

「我沒想去送死，不用攔我。」時進在卦一等人聚過來之前停下，看向已經近得可以清晰看到表情的左陽，朝著左陽說道：「左陽，做夢吧，我們誰也不會為了個叛徒去冒險的，有本事你現在就把龍世丟到海裡去餵鯊魚！威脅不到君少的滋味很難受吧？憋死你，你這個廢物！君少肯定會長命百歲，哪怕沒有母本也可以，而你……早點見閻王去吧。」

左陽臉上閒閒的笑消失了，表情沉了下來，冷冷說道：「年輕人，我勸你別囂張，不然以後怕是怎麼死的都不知道。」

時進回給他一個嘲諷的笑容，又罵了一句廢物，然後轉身，甚至理都沒理廉君，大步朝著船艙去了。

大家從沒見過時進真正發起脾氣來的樣子，此時見到都有些不知道該怎麼辦，紛紛看向廉君。

廉君目送時進進入船艙，放在輪椅扶手上的手緊握，也側頭冷冷看了一眼左陽，邊朝著船艙滑動輪椅，邊吩咐道：「起航，全部回艙！」

左陽自被時進嘲諷後就覺得心裡憋著一口氣，腦子裡反覆滾動著「你這個廢物」和「君少肯定會長命百歲，哪怕沒有母本也可以」這兩句話，想起這幾天受到的暗氣和廉君剛剛的眼神，越想越窩火，腦子一熱，將匕首揮向繩索，一邊割斷繩索一邊高聲說道：「想走？沒那麼容易！你們不是說沒有母本廉君也能活嗎，我倒要看看廉君你個癱子要怎麼活過今天，動手！」

站在他身後的屬下見狀一驚，忙伸手去攔，說道：「老大，我們說好不真的動龍世的命，他是個很好用的棋子。」

左陽正在氣頭上，哪裡聽得進去，拐開他的手說道：「好用個屁！廉君一直不上鉤，龍世留著也沒用，死了也就死了！還不快去安排人動手！我今天就要取廉君的命！」

屬下不敢再勸，皺眉收回手。

左陽用的匕首十分鋒利，綁龍世的繩子並不太粗，還不等左陽把話說完，繩子就已經斷裂，撲通一聲，龍世直接落入海裡。

同一時間，九鷹甲板上的人接到命令後突然齊齊行動起來，朝著滅這邊開火。

卦一等人的表情全都變了，連忙吩咐近處的人臥倒躲避子彈，然後讓遠處的人回擊，掩護廉君進入船艙。

海面上一時間槍聲四起，卦五拿出對講機吩咐駕駛室快點起航，拉遠與九鷹的距離。九鷹的船隻則開始大面積朝這邊開火，甚至隱隱有直升機起飛的聲音傳來。

「左陽是瘋了嗎！」卦二把廉君推進船艙，表情難看地開口。

居然真的在海面上動手，兩方如果真打起海戰來，火力全開的情況下誰都沒有好果子吃！

卦五那邊卻表情突然一變，說道：「駕駛室傳來消息，雷達範圍內突然出現多艘不明船隻，並迅速朝著這邊靠近。」

「艸！」卦二爆了粗口，終於回過味來，「左陽這是想埋伏我們呢，剛剛他拿龍世嘰歪半天，原來是在拖延時間！等著把所有人耗走了，好朝我們動手。」

廉君卻在一片槍聲中，敏銳聽到幾聲什麼東西入水的聲音，心裡本能一慌，想到什麼，突然朝著四周看了看，問道：「時進呢？」

眾人聞言一愣，卦二也跟著看看四周，說道：「對啊，時進呢？他不是先進船艙了嗎，這是生氣回房了？」

「不是。」廉君的表情突然慢慢變得蒼白，聲音十分乾澀：「他不會在九鷹開火的情況下還躲在房間，他坐不住……找！去把他找出來！」

一個守在甲板上的人突然跑進來，說道：「我看到海面上飄著幾個咱們的救生小艇，君少，有人在拆我們的救生艇！有叛徒！」

廉君臉色徹底白了，表情雖然依然強撐著冷靜，聲音卻隱隱顫抖：「不是叛徒，是時進，他下去了，他想去撈龍世。卦三，不惜一切代價拖住九鷹，別讓他們在這片海域動重火，把戰場帶離這裡，派人去找時進，快！」

大家聞言大驚，忙各自分散開來，動作前所未有地快。

時進此時確實是在海裡，他之前是故意生氣跑去刺激左陽的，當時小死給他刷了一大堆buff，就為了幫他成功激怒左陽，讓他把綁龍世的繩索割斷。

一切都很順利，左陽確實把龍世丟海裡了，時進也成功下了水，現在只需要帶著小死給他刷的美人魚buff，根據定位找到龍世，這個時進臨時想出來的搶人計劃就算是徹底成功了。

但是……時進摸了摸自己耳朵邊長出的透明奇怪東西，看了看自己手指之間多出來的類似蹼的透明白色不明物體，摸了摸腰部變軟的骨頭，無語問道：「這就是你的美人魚buff嗎？」這難道不是某種蛙類兩棲動物的buff嗎？

「對啊，進進無論什麼模樣都是最美噠。」小死無壓力誇獎。

時進：「……你開心就好。」

救人要緊，時進也沒時間多在意這些，適應了一下buff上身之後的怪異感後，試著在水下活動了一下，覺得游動速度太慢，說道：「你把buff多疊幾層吧，我需要游快一點，龍世可能在水下撐不了多久。」

小死有些遲疑：「可多疊幾層的話，你的身體會受不住，等buff消失之後會很難受的。」

「現在也管不了這麼多了，龍世死了母本就沒了，直接刷吧。」時進回答。

小死妥協，開始給他瘋狂刷buff。

時進只覺得自己身體開始一陣一陣發熱，之後皮膚骨骼像是產生了什麼奇怪的變異，在水中隱隱變得靈活起來，雙腿輕輕一蹬，身體就像魚一般朝前滑了一大截。

他驚得瞪大眼，看一眼自己變得柔軟怪異的胳膊線條，完全不敢想像自己的身體現在被buff扭曲成了什麼鬼樣子，搖搖頭不再想這些，彷彿一條線一般滑過海水，朝著定位顯示的位置游去。

海面上，滅開始回擊九鷹的攻擊，同時慢慢把戰場往遠處的海域帶。

幾分鐘後，時進抱著已經昏迷的龍世破開水面冒頭，抹一把臉上的海水，讓小死定位到最近的一艘救生小艇，游過去後把龍世用力甩上去，然後自己也爬上去，顧不得觀察周圍的情況，立即彎腰解開龍世身上的繩子，跪坐在他身邊開始急救。

龍世身上本就帶傷，落水後傷口又泡在海水裡，還嗆了水，此時臉色一片青白，眼看著就要救不活了。

時進有些急，又讓小死給自己刷了些「救人成功率提高」、「幸運加成」之類的buff，把會的一點急救法子全用了出來。

時間似乎變得格外難熬，就在時進都開始感到絕望時，龍世突然側頭嗆出一口水，迷迷糊糊睜開眼睛。

時進大喜，連忙湊到他面前，問道：「你怎麼樣，還有意識嗎，這是幾？」說著把因為buff而變得有些扭曲的手伸到龍世面前。

龍世聽到聲音後本能地朝著聲音傳來的方向看去，本來混沌的意識在見到時進現在耳朵邊長疙瘩，胳膊腿全不正常扭曲的模樣後嚇得一下子清醒過來，一口氣沒上來差點又死過去，手突然一動，不知道從哪裡摸出來一個十分迷你的小針管，迅速朝著時進扎去。

時進的進度條瞬間漲到死緩，小死直接嚇到破音，時進也是心裡一驚，想也不想就歪身一躲，同時伸腿用力踹向龍世的身體。

「啊！」龍世低喊一聲，側身軟倒在地，手裡的小針管掉落到一邊。

時進忙拿起一邊的繩索重新把龍世捆起來，然後撿起小針管，見裡面裝著一點顏色奇怪的藥水，忍不住又打了龍世一下。

「媽的！你果然有問題，我就不信左陽不知道你身上還藏著這個殺器，你是不是早就和他狼狽為奸了？」他越說越氣，只覺得龍世這種人渣還是再去死一死比較好，但忍住了沒再動他，小心把這管藥劑收好，心裡慶幸廉君冷靜，無論左陽怎麼刺激都沒有上當。

龍世痛苦低哼，扭頭仔細看了時進一會，終於撇開那些奇怪的buff效果，看清時進的臉，震驚說道：「是你！你這副模樣，難道你是妖怪？你是不是用妖術勾引了君少！」

時進翻了一個白眼，惡狠狠說道：「是啊，我是妖怪，告訴我母本，不然我活吃了你！」

聽到母本兩個字，龍世表情又變了，眼神閃爍一會後，表情突然淡定下來，「母本我只告訴君少，我要見君少，帶我去見他。」

時進又想爆粗口了，看著他有恃無恐的樣子，冷笑一聲，剛準備說點什麼懟他，就聽到遠方海面上傳來幾聲震耳欲聾的炮彈聲，驚得他表情一變，朝著聲音傳來的方向看去。

「寶貝肯定和九鷹交上火了。」小死開口，擔憂問道：「進進，我們現在就回去嗎？」

「當然回……」時進話說到一半想起自己現在的樣子，皺了皺眉，說道：「不能回，不能讓廉君看到我現在的樣子，得等一等。」

龍世也聽到了交火聲，朝著遠處戰火燃起的地方看去，突然激動起來，興奮說道：「是不是打起來了？九鷹是不是和滅打起來了？快！帶我去見君少，帶我去見君少！」

「不帶！你給我安靜一點。」時進發動救生艇，表情難看地朝著距離戰場更遠的地方駛去——雖然很擔心廉君，但他現在明顯還是躲遠一點比較好。

龍世見他把救生艇開往更遠的地方，愣了下，突然大笑起來，一副瘋瘋癲癲的樣子，說道：「你是不是怕被君少看到你這副人不人鬼不鬼的樣子？怕什麼，就讓他看啊！你之前不是很囂張嗎？你還不知道吧，左陽這次的攻擊是有預謀的，他早在附近海域埋伏了其他船，打定主意要拖住君少，等把官方的船耗走了好給君少一個重擊！你不去保護君少嗎？比起他的命，你更在意你這張臉有沒有暴露嗎？哈哈哈，別跑啊，慫貨才——唔唔唔！」

時進受不了地用布堵住他的嘴，表情很臭，忿忿說道：「你以為誰都像你，膚淺得只知道看臉！你信不信廉君就算看到我現在這副樣子，也能天天和我同桌吃飯！」說完看一眼遠處的海面，猶豫了一下，還是咬咬牙，打消把船開得更遠的主意，決定先留在這裡看看情況，等如果廉君真的遇到危險，進度條有漲到死緩的樣子，就立刻下水去救人。

遠處的炮火聲和槍聲越來越明顯，時進讓小死給自己刷上視力增強buff，緊張地盯著戰場中的情況。

看了一會後，時進眉頭皺了起來，奇怪地發現，面對九鷹的攻擊，滅這邊居然一直只是防守，並不過分反攻，並且一直在試圖緊貼九鷹的船隻，把戰場局限在一個有限的空間裡，像是在逼九鷹不敢動重火，擴大攻擊範圍一樣。

他先是覺得有些奇怪，畢竟廉君和卦一他們都不是會消極避戰的人，這樣耗下去，滅明顯會逐漸被壓制住，直到隱隱看到滅的船隻另一側，背對九鷹的地方，正有人試圖趁著戰火下船時，才猛地反應過來滅這麼做的目的。

「廉君不會是已經發現我下水了，因為顧忌我才這麼跟九鷹耗的吧，那些人是準備下來救我的？」時進震驚，連忙低頭在身上摸來摸去，摸出放在衣服內口袋裡用塑膠包了好幾層的衛星手機，確定裡面只零星進了一點水、手機能正常開機沒有壞之後，打電話給廉君。

電話很快接通，廉君的聲音立刻傳出來，語速很快，十分明顯地帶著焦急，問道：「時進？你在哪裡？別怕，我這就派人去接你。」

——果然是這樣！

時進拍了拍額頭，「別派人下來，現在戰場情況不明，派人下來很危險。我沒事，在三號救生艇上，沒有受傷，龍世我已經撈出來了，他也還活著。你可以通過救生艇上的定位看到我的位置，但別派人過……」

話說到一半，他眼尖地看到更遠一點的海面突然出現好幾艘船，徑直朝著戰場靠近，明顯來者不善，想到什麼，往身後的海域一看，果然發現也有船過來了，眼睛瞪大，快速說道：「有船朝你們包圍過去了，好幾艘！我也在包圍範圍內，我可以想辦法躲開他們，但你們怎麼辦？」

聽到他沒事，聲音還十分有精神，廉君聲音裡的焦急少了許多，說道：「你先保護好自己，救生艇上有應急的藥物和乾淨的食物及飲用水，我會想辦法把所有船隻帶離這裡，你躲遠一點，我處理完他們就去接你。」

這次換時進焦急了，「他們那麼多艘船，你要怎麼處理？要不你先撤吧，等安全了再來接我，我可以在海上多漂一會。」

「我有幫手，你放心。」廉君說完這句話突然安靜了一會，之後聲音低了下來，說道：「時進，你一定要好好的……算我求你，等我。」

時進聽得一愣，心裡突然有些酸酸的，情緒也不自覺有點低落，嘴唇動了動，小聲說道：「廉君，我是不是又給你添麻煩了……」

「沒有，是我一直在拖累你。」廉君聲音又提了起來，語氣也恢復正常，安撫道：「你別怕，我不會掛電話。卦九已經定位到三號救生艇的位置，你注意聽指令，我會把你引往安全的地方。雷達顯示你西南和正南方向有船隻在靠近，你往東走，我會儘量把戰場往西邊帶，你戴的手錶上有指引方向的指標，你如果分辨不清方向，可以跟著指標走。」

時進聽得慢慢安心下來，看一眼廉君卡死在950的進度條，猶豫了一下，還是聽話地伸手重新發動救生艇，邊往東開邊問道：「你真的有幫手嗎？我這邊沒事，你不用顧忌我，廉君，你一定要平平安安地來接我。」

這次廉君的回答只有一個字：「好。」

駕駛室裡，廉君放下手機，看一眼螢幕上正在往東移動，顯示為三號救生艇的綠點，緊繃的情緒終於稍微放鬆，看向雷達上幾個正在迅速朝這邊靠近的紅點，眼中全是冷意，吩咐道：「卦一，和鬼蜮聯繫。」

卦一也聽到廉君和時進的對話，此時已經冷靜下來，聞言立刻應了一聲，撥通了鬼蜮的電話。

「卦五，往西開，讓官方到西邊和我們碰頭。」廉君繼續吩咐。

卦五二話不說，命令船長調轉方向，並開始聯繫官方船隻。

卦三見廉君不提救時進的事，皺眉詢問：「君少，要派直升機去接時進嗎？」

廉君擺手，回道：「不行，貿然放直升機出去可能會引起九鷹的注意，現在要儘量不讓對方發現時進在海上，先把他們引走。」

卦三點了點頭表示明白。

一切都在有條不紊地進行，卦二看著廉君看似已經冷靜下來的表情和手裡緊緊握著的手機，又看一眼卦九螢幕上正在往東遠離的三號救生艇定位點，繃了半天，忍不住重重抬手抹了把臉。

時進真是……真是每次都能辦出一些讓人又愛又恨的事情來。

龍世啊，他居然真的把龍世給撈上來了，大家本來以為沒希望了……

他忍不住朝著卦一看去，恰逢卦一和鬼蜮打完電話轉頭，兩人視線對上，心照不宣地交換一個含義十分複雜的眼神，然後各自錯開視線，繼續忙碌去了。

海面上，時進聽著廉君在那邊的吩咐，心裡漸漸安定下來——鬼蜮和官方，看來廉君確實對九鷹的發難有所安排，大家的安全應該沒問題了。

放了心，他終於有空注意到已經好一會沒動靜的龍世，見他臉頰通紅，又開始神志不清，心裡一驚，拿出他嘴裡的布，翻找出救生艇上的藥物和水，先給他餵了點水，然後幫他包紮傷口。

「你可不能死，起碼在說出母本前不能死。」他邊包紮邊念叨，大概是聲音太大，被廉君聽到了，廉君的聲音立刻從手機裡傳出來，問道：「怎麼了？」

時進看一眼手機，回道：「龍世情況有些不好，我正在給他包紮。」

「不用管他。」廉君的語氣又冷靜下來，冷靜得近乎冷漠：「藥物、食物還有飲用水，你全部留給自己，我只要求你活著。」

時進給龍世包紮的動作一頓，心裡奇怪地有點發癢，應了一聲好，手裡包紮的動作沒停，卻是繼續下去。

廉君那邊多少猜到時進的陽奉陰違，安靜了一會，又說道：「你起碼給自己留一半，我會儘快去找你。」

時進聽廉君在自我妥協，突然有些想笑，然後他就真的笑了，雙眼微彎，心裡暖烘烘的，回道：「我知道，我等著你呢，我相信你會來接我。」

「嗯。」廉君應了一聲，聲音也暖了，再次保證道：「我一定會去接你，你等我。」

時進又應了一聲，還忍不住快活地哼起歌，硬是把這漆黑冰冷的海上之夜，哼出幾分陽光燦爛的味道。

廉君聽著聽筒裡傳來的模糊哼歌聲，嘴角微微翹起，之後捂住手機收音的地方，看向雷達上緊追不捨的九鷹船隻，估算了一下這邊和時進的距離，斂了表情，吩咐道：「動火，戰場已經拉遠，不用再顧忌了。」

卦一等人聞言全都精神一振，摩拳擦掌地站起身——被動挨打這麼久，他們早就想反擊了。

卦二更是冷笑一聲，用力握了握拳頭，說道：「該死的九鷹，咱們不還手他還真以為咱們這船上什麼都沒有，能任由他拿捏，看爺爺不打得他整船報廢！」

後方，左陽正愜意地靠在駕駛室的窗戶邊，看著前方「狼狽逃竄」的滅，心裡別提多美了，閒閒吩咐道：「繼續打，讓其他船繞到前方去堵他們，廉君耍了我這麼久，我今天也要讓他嘗嘗貓戲老鼠的滋味。」

駕駛室內的人齊齊應是，船長正要發出下一輪攻擊信號，一直安靜的雷達就突然刺耳地響起，之後一聲巨大的炸響聲，船隻一頓，劇烈晃動起來。

左陽差點被晃得摔到地上，忙扶著窗戶站穩，皺眉問道：「怎麼回事？」

船長冷汗直流，指了指前方突然有炮口伸出的滅，乾澀說道：「老、老大，滅開的根本不是民用船，他和我們的船是一樣的，甚至要更……」

「什麼！」左陽表情一變，正要湊過去細看，另一邊的副船長突然又喊起來，語帶驚慌：「老大，鬼蜮的船突然出現在我們後方，正在飛速靠近，好、好像是要撞我們。」

左陽表情徹底變了，等晃動停下後靠過去一看，見真的是鬼蜮那艘在夜晚不開燈就完全看不清的船緊追在後，想到什麼，忍不住憤憤說道：「媽的！我們被廉君耍了！老鬼那混蛋居然靠上了廉君，打他們！別讓他們靠近！讓其他船別慢悠悠包圍了，直接攻擊！」

駕駛室裡立刻亂了起來，之前的悠閒不再，咆哮聲和各種警報聲響成一片。

救生艇上，龍世的情況在傷口包紮好之後稍微好轉一些，時進又拿了一些基礎藥物餵他，之後靠在救生艇的小儲物箱上，抬手拉了拉仍然濕漉漉的衣領。

「過去多久了？」他在腦內詢問，覺得有些呼吸困難。

小死擔憂回道：「已經過去半個小時了，進進，buff效果要結束了，你……」

「難怪我開始覺得難受了，沒事，我還受得住。」時進安撫，拿起一邊仍然顯示正在通話的手機，聽著廉君那邊斷斷續續傳來的說話聲，看一眼腦內廉君那開始逐漸後退的進度條，大大鬆口氣，「好像是鬼蜮拖住九鷹了，官方的船也靠過去，大家快沒事了。」

小死卻還是擔憂的模樣，說道：「進進，你喝點水吧，喝點水也許會好一點。因為buff改變了你的呼吸系統，所以buff消失時你會有呼吸困難的症狀，之後還會全身疼痛，也很可能會意識模糊，我有點怕……」

「怕什麼，我真沒事。」時進的聲音已經明顯有些低了，嘴上雖然在安撫，身體卻十分誠實地伸手取來一瓶水擰開喝了一點，確實覺得舒服一些，趁著聲音恢復正常，湊近手機喚了幾聲。

廉君立即詢問他怎麼了。

「我有點睏，想睡覺。我這邊應該是安全了，你專心管你那邊，不用擔心我，如果一會你喊我我沒應，你也別急，我就是想睡一會，剛剛下水撈人的時候體力消耗太大了。」

廉君聽得直皺眉，心裡其實是不建議他在海上睡著的，但聽他說累，又有些心疼，想了想回道：「那你稍微瞇一會，我定時喚你幾聲，你別睡死過去。記得睡前把龍世綁好，別讓他有機會傷害你。」

「好。」時進應了一聲，又開始覺得呼吸困難，連忙又喝了一點水，之後把手機放到遠一點的位置，靠在儲物箱上略顯壓抑地喘氣。

「進進……」小死慌急了，很怕他就這麼憋過氣去。

「沒事，我緩緩，緩緩就好……」時進怕廉君聽到自己的喘息聲，乾脆趴到儲物箱上，把臉向外朝著海面，邊盡力調整呼吸，邊繼續在腦內和小死說話，想保持精神。

小死配合地同他說話，語氣越來越擔憂。

不知不覺又是半個小時過去，廉君在電話那邊喚了幾聲，時進連忙扭過頭去接起手機應了應，聲音有些虛弱，聽著倒像是剛睡醒的模樣。

「會不會很冷？」廉君關心詢問。

時進確實覺得很冷，不僅冷，身體還疼，就像是骨頭血肉全部被打碎又重組那般的疼，嘴上卻還是強撐著回道：「是有點，不過也還好，你那邊怎麼樣了？」

廉君看了眼雷達上開始變攻為逃的九鷹船隻，安撫回道：「快結束了，我很快就能去找你。」

「嗯，我等你。」時進回答，忍不住翻出一顆止痛藥嚥了下去。

小死遲疑說道：「進進，要不我再給你刷點buff吧，讓你撐到寶貝找過來……」

「別，刷得越多，buff消失後我越難受，我現在還受得住。」時進連忙阻止，又和廉君閒扯幾句後找機會結束話題，趁著現在還有精神，湊過去看了看龍世的情況。

龍世臉上帶著一抹病態的嫣紅，高熱沒退，但總算是緩過來了，呼吸還算平穩。

時進又給他餵了點藥和水，然後解開他領口過緊的衣服，想讓他舒服一點。

夜越來越深，四周只有海浪的聲音，大概是止痛藥起了作用，時進覺得身體好受些，意識隨著小船的搖晃，慢慢有些混沌，就在他即將忍不住想要暈過去時，一直安靜的龍世突然又咋呼起來。

「我沒瘋！我沒瘋！君少你為什麼不喜歡我，你為什麼……我要毀了你！我要毀了你！」

時進一下子清醒過來，並且十分生氣，沒好氣說道：「閉嘴，你這個變態！」

龍世還在咋呼，頭搖來搖去，身體不停扭動，眼睛卻閉著。

時進意識到不對，湊近看了看，見龍世不是醒了，而是燒糊塗了開始說胡話，連忙靠過去固定住他的腦袋，著急地喚了他幾聲，沒得到回應，轉身去翻急救包。

「時進？怎麼了？」廉君聽到動靜，在手機那邊詢問。

「龍世燒糊塗了，在說胡話，我準備餵他吃點退燒藥。」時進回答，找出藥片後直接把藥碾成粉末，和水混在一起，給龍世灌下去。

有水入喉，又被這麼折騰，龍世稍微清醒，睜開眼見到時進，想也不想就又要攻擊，說道：「是你！小雜種，我殺了你！你居然敢碰君少，我殺了你！」

時進直接一巴掌拍他頭上，吼道：「別以為你燒糊塗了我就不收拾你了，閉嘴！再敢罵我，我把你變太監！還要劃花你的臉！」

對龍世這種把臉和「男性尊嚴」看得比命都重要的人來說，時進的威脅那是太狠了，聞言嘴裡雖然還是罵罵咧咧地說時進是死妖怪，但氣焰消下去不少，看起來又慫又可惡。

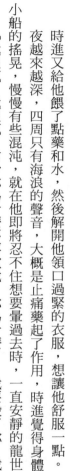

時進真是要被他氣笑了，十分粗魯地把藥全給他灌下去，拿起手機朝廉君說道：「我想收拾龍世，下面的內容太過殘暴，不適合給你聽，我先掛電話了，一會再打回給你。」

廉君沉默，然後貼心囑咐：「別直接上手，髒，我給你一刻鐘，一刻鐘後我打給你。」

「嗯，放心，我有分寸。」時進說了一句就直接掛斷電話，陰森森地看向龍世，在心裡讓小死給自己刷上聲音蠱惑buff和言語誘導buff。

小死有些不願意：「這些buff雖然沒什麼副作用，但對你現在的身體狀況來說，依然是個不小的負擔，會讓你更難受。」

「沒事，龍世現在的狀態十分適合套話，錯過就可惜了。」時進態度堅持。

小死拗不過他，只得給他刷buff了。

龍世聽不到時進和小死的交談，但他聽到廉君和時進的對話，心裡簡直是又嫉妒又憤怒，還有點怕，見時進這麼看過來，身體往後蹭了蹭，強裝冷靜地說道：「你不能殺我，殺了我，廉君的腿就永遠好不了了。」

時進冷笑一聲，等buff上身之後靠近他，伸手揪住他的衣領，看著他的眼睛，故意說道：「我殺你幹什麼？你讓我這麼生氣，我不得好好和你玩玩。龍世，聽說你第一次見君少的時候才十九歲？那時候的你，不是長這樣吧？」

龍世近距離看著他的眼睛、聽著他的聲音，只覺得思維像是不受控制一般，瞬間捲入那些過去的記憶裡。

【第二章】小死，這個世界真的只是一本書嗎？

龍世是個人渣，這是毋庸置疑的，而深入瞭解人渣的世界，絕對是件讓正常人覺得憋屈痛苦的事情。

足足幾十分鐘後，時進把再次陷入昏迷的龍世丟回船板上，氣得忍不住用力踹了他幾下，想起龍世口中從前那個溫暖又柔軟的廉君，心裡又酸又脹，憤怒罵道：「得不到就毀掉，你這種變態要死自己死，拉別人一起下地獄是有多卑劣！還自詡是純潔高尚的愛，呸！混蛋王八蛋，廉君是倒了多大的霉才遇到你！」

龍世被踹得悶哼幾聲，毫無反抗之力，因為高熱和buff作用，可能都不大記得自己之前說了些什麼。

時進罵完後稍顯脫力地靠到儲物箱上，摸了摸自己也開始有些發熱的額頭，估計自己無法再清醒地撐下去，連忙拿起掉在一旁的手機，接了廉君不知道打來的第幾通電話。

「時進，你那邊怎麼樣了？怎麼一直不接電話？再撐一會，我在去接你的直升機上，很快就到了。」廉君的語速前所未有地快、態度前所未有地急。

時進聽他聲音都啞了，猜他肯定是急壞了，解釋道：「抱歉，之前睡著了……廉君，我好像有點發熱，應該是之前下水撈人，又穿了這麼久濕衣服，被凍到了。」解釋完還不忘給廉君打個預防針，免得廉君一會見到他這半死不活的模樣太過擔心。

廉君那邊立刻傳來讓駕駛員飛快一點的催促聲，還有向隨行醫生說明情況的聲音，之後廉君的聲音才又清晰起來，安撫道：「別怕，你不舒服就再睡一會，我馬上就到了。」

時進聽到他的聲音就覺得安心，低應了一聲，注意到遠方的天空中出現幾個小小的飛行光點，忍不住笑了，說道：「我看到你們了，在往這裡飛。」

廉君忍不住喚他：「時進。」

「我套出一部分母本了，還從龍世那拿到一管奇怪的藥劑……廉君，你會好起來的。」時進自顧自說著，腦中反覆回盪著龍世那些扭曲的話，被高熱和身體的疼痛折磨著，心中酸脹的情緒再也壓抑不住，忍不住說道：「廉君，我想抱抱你，你笑起來真的很好看……如果我能早點遇到你就好了。」早點遇到，你就不會再吃那麼多苦了。

廉君握著手機的手一緊，側頭調整了一下呼吸，再次靠近手機，喉結滾動一下，聲音緊繃，像是壓抑著什麼，說道：「時進，這一次你別想再糊弄過去了，一輩子都別想。」

幾臺直升機穩穩停在救生艇上方，時進靠躺在救生艇裡，仰頭看著正上方的一艘直升機開啟艙門，拋出雲梯，然後戴著全套護具的廉君有些笨拙緩慢地順著雲梯下來，忍不住露出一個笑容——果然，就知道這個人要忍不住自己下來親自接人。

本來只需要十幾秒鐘就能下來的雲梯，廉君足足下了一分多鐘，時進一直仰頭看著他，甚至忍不住伸手做出扶人的姿勢，像是怕他摔下來了。

終於，廉君的腳落到救生艇裡，額頭疼出了一層薄汗。

時進連忙湊過去，明明很開心見到他，卻先忍不住碎碎念，擔心問道：「怎麼樣，是不是很疼，我……」

廉君站穩後直接彎腰，伸臂把他拉到懷裡，緊緊抱住，用力摸了摸他的後腦杓，啞聲說道：「時進，不許有下一次。」

「這話你上次在團結社區那事時好像就說過……」時進仍不忘耿直地煞風景，手卻本能地回抱住他，也忘了在意廉君會不會撐不住，身體的力量全部鬆下，靠到他懷裡，頭埋在他懷裡蹭了蹭，一直強撐清醒的意識在這個懷抱裡終於有了徹底放鬆的理由，低聲越來越低：「廉君……對不起，我好像總在給你添麻煩。」

廉君更用力地抱緊他，低頭親吻一下他的頭頂，有許多想說的話，卻又一個字都吐不出來，就只想抱緊懷裡的這個人，再也不鬆手。

沒人在意的救生艇的角落，意識混沌的龍世被直升機的聲音和燈光吵醒，一睜眼就看到廉君擁抱親吻時進的畫面，眼睛唰一下瞪大，掙扎著扭動幾下，含混說道：「君少，別抱他、別親他，他是妖怪！他是妖怪！」

時進已經放鬆地暈過去，廉君小心地讓他靠在自己懷裡，聽到聲音後側頭朝龍世看去，冷冷說道：「是麼，那實在是太好了，我正好喜歡妖怪。」

喜、喜……龍世看著廉君冷漠中帶著殺意的眼神，注意到他憐惜撫摸時進臉頰的手，心裡一梗，翻著白眼暈了過去。

時進在一室黑暗中醒來，用力睜開眼，發現眼眶十分酸澀，想動動身體，四肢卻軟綿綿地使不上力。空氣中沒有消毒水的味道，反而飄著一股清淡的沐浴乳香味。

他眨眨眼，努力讓眼睛適應黑暗的環境，側頭想打量一下四周環境，確定一下自己在哪裡，結果腦袋剛扭過去，眼前就出現一張熟悉得不能再熟悉的臉。

廉君？他眼睛唰一下瞪大，扭頭的動作僵住，緩了好一會才消化掉廉君和他此時正躺在一張床上的事實，保持著這個扭著脖子彆彆扭扭看著廉君的動作，在心裡狂戳小死：「怎麼回事？廉君怎麼會和我躺在一起？我們現在是在哪裡？」

小死的聲音輕飄飄地，開心回道：「你們在船上哇，這裡是寶貝的臥室，你沒認出來嗎？你睡了半晚上加一天了，一直是寶貝在照顧你，進進你要快點好起來，寶貝可心疼你了呢！」

時進被小死膩歪的語氣刺激得身體都有了那麼點力氣，又仔細看了看廉君的臉，隱約看到廉君眼下有一層淺淺的陰影，想起昏睡前廉君明明疼出一頭汗，卻偏要親自下來接人的行為，心裡一下就軟了下來，忍不住小心挪動軟綿綿的身體，翻身側躺著看著廉君，視線從他的頭髮，一點點滑到他的下巴，心裡奇妙地覺得很滿足。

「你家寶貝是真的很好看啊……」他忍不住在心裡感嘆。

小死嚴肅又甜蜜地糾正：「不是我家的，是我們家的寶貝。」

我們家……時進一頓，咀嚼著這個詞，臉上不自覺露出一個笑來，笑到一半又僵住，抬手摸了摸自己翹起的嘴角，愣了半晌，眼神變得複雜，看著廉君的睡顏，閉目用被子搓了搓臉。

「進進你怎麼了，身體很難受嗎？」小死見狀飛揚的情緒立刻落回來，擔憂詢問。

時進搖頭，把腦袋拔出來，沉默了好一會才說道：「你說昨天萬一我沒把龍世救回來，那刺激左陽把龍世丟入海裡的我，不就成了殺人兇手了嗎？」

小死一下子卡住，哼唧了好一會，才不大有底氣地回道：「可你不是把龍世救回來了嗎？進進你別多想，你已經很棒了，龍世留在左陽手裡，也肯定是凶多吉少的。」

「可龍世死在左陽手裡，和死在我的慫恿下，並不是一個概念。」時進沉沉嘆氣，看向自己的雙手，繼續說道：「昨天我幾乎是想都沒想，就做出刺激左陽把龍世丟入海裡的事，當時我並沒有百分百的把握能把龍世救回來，但我還是做了，毫不猶豫，因為本能告訴我，如果當時我們就那麼離開了，母本可能真的就再也沒可能套出來了。」

「進進……」小死忍不住喚他，想阻止他繼續說下去。

時進卻不願意把這件事糊弄過去，低垂的雙眼很清明，裡面滿是自省：「讀警校的時候，我的教官告訴我，說我雖然有能力，但不夠穩重，不適合幹這一行，我當時還振振有詞地反駁，說員警也只是一群普通人，你不能要求所有學員都是穩重的。後來我入職，整個轄區，我依然是最不像員警的那一個，同事與上司全都說我入錯行，但我不這麼認為，我覺得我做員警做得還挺不錯的……可現在我不得不承認，我確實入錯行，我對不起我曾經的宣誓。龍世確實壞，但我不該拿他的命去賭一個並不能保證百分之百成功的計劃。小死，員警最不該輕視生命，這是底線，不能碰，我這次錯得離譜。」

小死被他說得有點想哭了，蒼白說道：「進進，這不怪你……」

「怎麼可能不怪，我現在都不敢想如果龍世沒救回來，我的精神狀態會變成怎樣。」時進抬手抹了把臉，眉眼間染上一絲疲憊，「說實話，我並不後悔昨天的決定，只是現在想來，我覺得當時的我簡直像是瘋了……小死，我說這些不是糾結已經發生的事，讓你陪我一起煩心，也並不是無法承認自己的錯誤……我只是突然發現，在我心裡，廉君的生死已經變得比我的原則和底線更重要了……小死，這個世界真的只是一本書嗎？」

小死依然沉默，沒有給出答案。

時進苦笑一聲，看向廉君的睡顏，忍不住往他身邊靠了靠，甚至抬手碰碰他的臉，確定身前躺著的確實是個有溫度的活人之後，又換了個方式問道：「那小死，你告訴我，廉君是真實存在的嗎？他真的只是一本書上的幾行字嗎？不，好像也不對，確切來說，在原劇情裡，廉君這個人根本不存在……小死，他是真實的人嗎？」

「他是真實的。」小死這次給了答案，十分肯定，「進進，你會和寶貝一起好好活下去的，我保證。」

「……這樣也就夠了。」時進嘆氣，又摸了摸廉君的臉，正準備收回手，眼前本來閉著眼的人突然睜開了眼。

廉君的眼神從迷糊到清明只用了幾秒鐘的時間，他眨眨眼，纖長的睫毛拉出一個漂亮的弧度，聲音有些懶、有些啞，小聲喚道：「時進？」

時進僵住，腦子裡難得生起的多愁善感情緒一下子全部飛走，看一眼自己仍放在廉君臉上的手，又看一眼兩人之間的距離，想起自己明顯往廉君身邊斜靠的身體動作，腦子一下子卡住了。

再沒有比占人便宜卻被當場捉包更讓人尷尬的事了。

「呃，我那個……」他試圖解釋，卻發現與在腦內說話不同，現實裡的他嗓子十分乾啞，聲音像是石頭刮過水泥地，不僅難聽，還十分刺耳，嚇得他一下子就閉了嘴，放在廉君臉上的手也開始往回收。

廉君卻迅速抬手按住時進放在自己臉上的手，然後十分自然地傾身靠近他，把額頭輕輕貼上他的額頭。

時進更僵了，不自覺屏住呼吸，看著廉君近在咫尺的臉、聞著廉君身上的氣息，腦子裡突然又晃過了他剛剛在心裡得出的結論——面前這個人的生死，已經變得比他的原則和底線更重要了。為了這個人，他做出了以前絕對不會做出的事，甚至在意識到這點後，雖然自省自責，卻並不後悔。

如果再給他一次機會，他大概還是會選擇用龍世的命，去賭一個廉君康復的機會。

——我是個自私又卑劣的人……時進這樣想著，壓在身下的另一隻手卻忍不住伸出去，摸索著抱住面前這個人的腰，緊緊地，腦袋也低了下去，埋在對方胸口。

有什麼事情肯定不對了，在昨天他聽完龍世的敘述，明明自己身體又疼又冷，卻滿心滿眼都只知道心疼那個過去的廉君，還想好好抱抱現在的廉君安慰他時，就有什麼東西變了，並且再也回不去了。

廉君被抱得一愣，然後十分自然地回抱住他，摸了摸他的後背，問道：「是不是難受了？龍叔說你雖然燒退了，但全身肌肉都有著不同程度的拉傷，得好好休養一陣。」

真溫柔啊，居然沒有推開他這個占便宜的流氓。

時進覺得自己大概是完了，搖了搖頭，更緊地抱住廉君，強迫自己就這麼在他懷裡再次睡了過去，就當是在做夢吧。

「晚安。」他低語，帶著點自欺欺人的味道。

廉君摸著他後背的動作一頓，低頭看著埋在自己懷裡的腦袋，低頭用下巴蹭了蹭他的頭頂，溫聲回道：「晚安……要快點好起來。」

一覺睡醒，殘忍的現實撲面而來，時進癱在床上，又渴又餓又想上廁所，渾身上下每處都疼，簡直生無可戀。

「你家寶貝好狠的心，居然留我這個病號一個人在房間裡。」他悲傷控訴，滿腔血淚。

小死委屈辯解：「寶貝只是出門和龍叔說句話而已，才離開不到一分鐘的時間。」

時進用後腦杓砸枕頭，憋得難受：「我想上廁所！」

小死想哭：「那你上啊。」

「我坐不起來！我癱了！」時進繼續用後腦杓砸枕頭。

小死建議：「你喊寶貝呀，讓寶貝幫你！」

「我怎麼好意思！」時進在心裡破音呼喊，聲音怪得像隻被人掐住脖子的雞，「你說說你家寶貝那臉、那手、那眼睛，多好看啊！你忍心讓他幫我上廁所嗎！你忍心嗎！你忍心讓他漂亮的眼睛看到我的……我的那裡嗎！」

小死又頭疼又開心，心情十分複雜，跟著破音喊道：「我忍心啊！你喊寶貝啊，你喊他啊！寶貝那麼疼你，他不會嫌棄你！」能看到你的小進進，寶貝說不定會很開心呢！

「我不忍心！」時進喊回去，耳尖聽到關門聲和輪椅滑動的聲音，和小死對吼的精神氣迅速沒了，一臉「我沒有尿急，一點都沒有」的表情看著天花板，十分淡定。

廉君滑動輪椅來到床邊，看著時進不說話。

時進眼珠子開始滾動，想看廉君，又莫名覺得有點不好意思，再加上憋尿憋得慌，於是臉上慢慢擰出一個十分扭曲的表情，特別醜。

廉君欣賞了一會時進現在醜得十分別致的臉，扶住輪椅扶手站起身，上前掀開時進的被子，彎腰一手伸入時進脖頸與枕頭之間的縫隙，去攬他的肩背，一手往他腿彎下面放。

時進一驚，連忙伸手阻止：「別，我不要公主抱！」那也太丟人了！

「你太重了，我抱不動你。」廉君話說得十分誠實，邊說邊稍微抬起他的身體，扶他坐起來，然後示意了一下輪椅，「我們用那個。」

時進表情一僵，老實了——原來是坐輪椅……突然有點小失望。

廉君推著時進去洗手間，然後揭開馬桶蓋，扶時進起來，正對馬桶。

時進憋尿憋得很是虛弱，卻硬是強撐著沒動。

廉君輕輕摸了摸他的後腰處，哄道：「別忍著，尿吧，我不看你。」說完側頭看著洗手間的門，真的不看時進了。

時進萬萬沒想到，自己有一天會從廉君嘴裡聽到「尿吧」這兩個字，心裡頓時五味雜陳，知道這遭是別想要臉了，垂死掙扎：「你能出去嗎，我自己可以。」

「你一個人站不住。」廉君無情拒絕。

時進感應了一下自己軟綿綿的身體，悲傷地發現廉君說的是事實，抬手放到褲腰帶上，掙扎又掙扎，還是忍不住說道：「那你能把耳朵捂上嗎？」

「你的睡衣是我換的，包括內褲。」廉君無情揭破一個時進之前就在懷疑的事實。

時進實在是憋不住了，咬咬牙解開褲腰帶，往下一拉！

嘩啦啦……啦啦……啦啦……

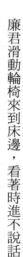

時間彷彿變得格外漫長，等一切結束，時進洗完手被廉君從洗手間裡推出來時，時進已經不知道今夕是何夕，滿腦子只想一死了之。

「一會龍叔會來給你做個檢查，檢查完才能吃東西，你忍一忍。」廉君幫時進躺回床上，沒有坐回輪椅，而是坐到床邊，伸手幫時進順了順頭髮，「今天晚上船就能靠岸，你現在的情況太奇怪，最好還是去大醫院做個詳細的檢查。上岸的地點還是在M國，你如果想的話，等你身體好了，我可以陪你去你長大的地方轉轉。」

時進被順毛順得很舒服，側頭看向他，見他眼神溫溫柔柔的，心裡一癢，忍不住問道：「你為什麼對我這麼好？」

廉君對上他的視線，回道：「因為你對我比我對你更好。」說著收回給時進順毛的手。

時進覺得自己收到了一張好人卡，心裡酸酸的、累累的，虛弱說道：「君少，我的平板呢，我想搓麻將……」此時只有麻將能撫慰他被現實打擊的心靈。

小死痛苦低吟，也突然有些生無可戀——有些人，看上去像是變聰明了，但其實沒有，一點都沒有！

廉君看著他蒼白又可憐巴巴的臉，唇角往下拉了拉，沉默了一會才說道：「玩可以，但不能玩太久，你需要好好休息。」

時進連忙點頭，思維已經被麻將占據，再關心不了其他。

麻將特別好玩，時進沉迷其中，短暫忘記身體上的痛苦和精神上的搖擺不定，順利熬到船隻靠岸。他是躺在移動床上被推下船的，下船之後直接被抬上救護車，到醫院後又是一番詳細的檢查，等全部折騰完，平安住進病房時，時間已經來到半夜。

廉君一直跟前跟後，熬著沒有睡覺，等時進安頓好了才去病房的衛生間簡單洗漱一下，出來後直接來到距離病床邊不遠的陪護床旁，扶著床沿躺上去。

時進本來已經快要睡著了，見狀一下子清醒過來，皺眉說道：「君少，你去酒店休息吧，我沒事的，不需要人守著。」

「睡吧。」廉君卻不接話，側身正對著他，聲音在夜色的映襯下顯得格外溫柔，「有需要喊我，晚安。」說完直接閉上眼睛。

時進見狀閉嘴，心情十分複雜地看著廉君這麼一折騰又變得蒼白幾分的臉，忍不住就在心裡沉沉嘆了口氣，認命說道：「小死，你家寶貝真好。」

小死語氣硬邦邦：「喔。」

時進陷在自己的思緒裡，並沒有發現小死的不對，有些不好意思、有些不自在，還有些自我懷疑和不確定，繼續說道：「我好像對你家寶貝……」

小死不長記性，忍不住接話，語帶期待：「對寶貝什麼？」

「欸，就是、就是……」時進第一次對某個人產生不一樣的心思，心裡的情緒一會一個樣，上一秒還覺得不就是對某個人心懷「不軌」了，大男人坦坦蕩蕩說出來就是，怕什麼，下一秒就又慫了，有那麼點說出來好像就會破壞什麼的擔心，結果「就是」了半天，眼睛一閉，直接睡了。

小死內心狂喊：啊啊！啊啊啊啊！

◆◆◆◆

檢查結果出來後，醫生給出和龍叔一樣的結論——時進全身的肌肉都有著不同程度的拉傷，應該是過度運動和動作不協調造成的，需要好好養一陣。

廉君聽得皺眉，送走醫生後來到時進床邊。

時進一見他過來神經就繃緊了，生怕他問自己為什麼會肌肉拉傷的事，心裡打定主意如果廉君真問了，就採取一問三不知的態度，能蒙混就蒙混過關。

「應該是游泳姿勢不對，和突然高強度運動引起的。」廉君突然開口，一開口就幫時進找好藉口，上前捏了捏時進露在被子外面的胳膊，問道：「疼嗎？」

疼肯定是疼的，特別是被buff扭曲得最嚴重的腰和雙腿，簡直疼得讓人想哭，但迎著廉君關切的視線，時進又覺得不疼了，反而是全身的骨頭都痠癢起來，想去對方懷裡蹭一蹭。

這樣想著，他反射性地握住廉君捏在胳膊上的手，握完才反應過來自己居然產生了「猥褻老闆」的想法，身體又僵住了。

「醫生說要先給你包紮兩天看看情況，還要配合熱敷和按摩治療，可能會有點難受。」廉君由著他握著自己的手，另一隻手幫他拉了拉被子，動作十分自然，又問道：「還想玩麻將嗎？我給你把平板帶過來，也充好電了。」

被這麼溫柔地對待，時進心思又活泛起來，看一眼兩人握在一起的手，稍微往廉君那湊了湊，問道：「那個，君少，你有沒有喜歡的人啊？」

廉君給他拉被子的動作一頓，抬眼對上他的視線，良久，輕輕點了點頭。

時進活泛的心就這麼被丟入冰窖，不敢置信地看著他，結巴問道：「有、有？你的意思是有嗎？是誰！難道是龍世？」說到後面聲音直接變調了。

「胡說八道。」廉君皺眉，抽出被他握住的手，敲了他腦門一下，說道：「再想想。」

——想個屁！

時進心裡苦苦的，十分不甘心地逼自己想了想，艱難問道：「難道是卦二？他長得挺好看的，人也不錯，還幽默……」說著說著，就覺得廉君喜歡的肯定是卦二，頓時整個人都萎了。

卦二那麼優秀，自己恐怕是沒希望了。

廉君把他的表情變化看在眼裡，心裡因為他亂猜亂誇而生起的一點不快褪去，說道：「時進，你真的很蠢。」

——是啊是啊，我自然是比不上優秀的卦二……

時進自暴自棄地想著。

廉君終於看不下去他這副又愚蠢又可憐的模樣，起身彎腰，捧住他的臉，側頭直接吻住他的嘴唇，還洩憤似地咬了一口。

小死：「啊啊啊啊啊！寶貝威武！」

時進唰一下瞪大眼，反射性抬手揪住廉君的衣服。

廉君親完退開身，輕輕捏了捏他僵掉的臉，冷冷說道：「時進，如果你這次還想再糊弄過去，那我們明天就回國。」

時進暈乎乎，視線黏在他的嘴唇上，問道：「回國幹什麼？」

「去民政局登記。」廉君回答，揉揉他的嘴唇，坐回床邊，拿起一顆蘋果慢慢削。

時進強大的腦回路再次讓他偏離了談話重點，捂了捂被親的嘴唇，皺眉問道：「國內可以同性登記了？」

小死：「……」快樂總是如此短暫，有些人的腦電波永遠不在線上。

廉君削蘋果的動作一頓，抬眼看著時進滿臉迷茫的愚蠢樣子，回道：「早就可以了。」

這個世界的華國居然早就可以同性登記結婚了？

時進意外，心裡忍不住生起粉紅色的泡泡，但腦回路又把他拉回來，繼續說道：「可是不行啊，我還沒十九歲，就算你要帶我回國登記，我還不到法定結婚年齡啊，我們登記不了的。」唷。廉君手裡的刀直接插入蘋果裡，好一會才繼續動作，精準地切出一塊一口大小的果肉塞進時進嘴裡，面無表情地說道：「閉嘴，吃完休息。」

「可是……」時進吃著蘋果還想說話。

廉君直接伸手捏住他的嘴，再次親上去。

於是世界安靜了，空氣中的粉紅色泡泡終於能自由飛舞了。

之後的時間裡，時進變成這世上最配合的病人，廉君要他喝水就喝水、要他上廁所就上廁所、要他洗手就洗手、要他吃飯就吃飯，乖得不可思議。

吃完飯，廉君陪著時進玩了幾把麻將，估摸著時進應該消食消得差不多，正準備安排他午睡，病房門就被敲響了。

時進立刻看過去，連麻將都不管了。

廉君看他一眼，上前幫他拉好被子，才說了請進。

卦五放輕動作推門進來，對上時進睜得圓溜溜的眼睛，先是愣了一下，然後朝他笑了笑，之後才看向廉君，示意了一下手裡顯示正在通話的手機，說道：「鬼蜮老大打來的電話，說有事想和您談。」

廉君點頭表示知道了，回頭看向時進，說道：「我去接個電話，馬上回來。」

時進連忙表示你儘管去接，不用在意我。

廉君看著他明顯還沒消化完早上那兩個親吻的懵傻模樣，眼神一動，親了親他的手背，然後把他的手放到被子上，轉身滑動輪椅朝著卦五去了。

時進在心裡倒抽一口涼氣，立刻左手捂右手，瞪著眼看向卦五，一副「兄弟，這情況我可以解釋」的表情。

廉君出去了，卦五留在房裡，幫忙守著時進。

時進試圖說明情況：「那個，剛剛君少，我和他……我們……」

「在一起了？」卦五貼心接話，笑得憨厚又喜慶，開心道：「恭喜，早就該這樣了，你可讓我們好等。」

時進：「……啊？」

「大家早看出來你喜歡君少了，就你自己不開竅。君少人很好的，對感情也認真，他會對你很好的……以後君少就拜託你了，時進，謝謝你。」卦五說著就忍不住感嘆起來，看著時進的眼神慈愛得像是在看自家讓人滿意的兒媳婦。

時進被看得渾身發毛，很想問問那句「早知道你喜歡君少」是什麼意思，但見卦五一臉唏噓過往滿足於現在的表情，又不忍心開口了。

想了想，時進朝卦五擠出一個笑容，試探回道：「不、不客氣？」

卦五聞言又笑出聲了，說道：「難怪君少能被你拐到手，時進你真有意思。」

時進：「……」謝謝啊，就是這話怎麼聽起來不大像是誇獎。

兩人這邊剛說完話，廉君就拿著手機回來，見時進的表情比離開前更傻了幾分，掃一眼卦五，把手機遞給他，說道：「去安排車，我要出去一趟，一會讓卦二過來陪著時進。」

卦五接過手機應了一聲，又朝時進笑了笑，放輕腳步退出病房。

「你要出去？」時進的注意力立刻拉回來，皺眉詢問。

廉君滑動輪椅靠過去，回道：「有點事要和老鬼談，我晚飯前肯定回來，不會耽誤太久。」

時進卻還是不放心，看一眼腦內屬於廉君的進度條，見已經退回到500，心裡稍微踏實一點，忍不住碎碎念：「你們談話的地方約在哪裡了？可千萬別去什麼偏僻沒人的地方，太危險了。你記得多帶幾個人隨行，去了外面就別亂吃外面的東西，也別亂喝水，誰知道裡面有沒有摻什麼奇怪的東西。」

廉君安靜聽著他念叨，突然傾身靠到他面前，喚道：「時進。」

「……嗯？」時進聲音頓住，看著他近在咫尺的臉，視線飄啊飄，最後飄到他的嘴唇上，不著痕跡地嚥了嚥口水。

又、又要來了嗎？這次他會好好發揮的！

「謝謝你。」廉君卻沒有親他，而是伸臂攬住他的肩膀，貼近他，給了他一個擁抱。

時進心裡一緊又一鬆，感覺到廉君壓在自己胸口的重量，連忙回抱住他，心又軟了下來，看著他靠在自己胸口側著頭眼簾微垂的樣子，給自己鼓了鼓勁，低頭用力在他額頭吧唧一口，說道：「早去早回，我等你吃晚飯。」

廉君一愣，起身看他，抬手摸了摸額頭，突然彎起眼睛笑了起來，又拿起他的手親了親，然後幫他掖被子，說道：「好，等你午睡起來，我應該就回來了。」

那是怎樣一個笑啊，就像是本來蒙塵的珍珠突然被清水沖洗乾淨，只那麼輕輕一滾，就在陽光下發出了一圈讓人忍不住想要永遠沉醉在裡面的溫柔光暈。

時進看傻了眼，心跳一點一點加速，突然有些嫉妒此時還不知道躲在哪裡的龍世——當年龍世遇到的廉君，就是這樣溫柔笑著的廉君吧？太幸福，也太幸運。

不知道是哪裡冒出來的力氣，他突然掙扎著從床上坐起來，伸臂抱住廉君，歪頭用力蹭了蹭廉君的臉，認真保證道：「廉君，我會好好對你的。」

雖然對於這段感情的定下，他還處於有些懵的狀態，但他心裡想對廉君好的心情，卻始終清晰堅定。這個人值得最好的。

廉君回抱住時進，感受著他擁抱的力度，滿足地閉上眼睛，聲音低柔回道：「我知道，你一直都很好。」

卦二來到病房時，看到時進癱在病床上，雙手交疊著放在胸口，瞪著雙眼直勾勾看著天花板的蠢樣子。

他皺眉，也跟著看一眼天花板，連個漂亮點的吊燈都沒有，靠過去戳了戳時進的腦袋，問道：「你怎麼了，傻了？」

時進側頭看他，表情認真，彷彿在宣布什麼很重要的事，說道：「我睡不著。」

卦二沒好氣地翻個白眼，大馬金刀地坐到病床邊的椅子上，拿起櫃子上的一根香蕉剝了起來，說道：「你這一天天的除了吃就是睡，能睡得著才奇了怪了，別睡了，起來和我聊聊。」

「吃病人的香蕉，你的良心不會痛嗎？」時進把手鬆開，也搆著手拿了根香蕉自己剝，問道：「現在咱們是怎麼個情況？你跟我說說。」

卦二見他躺著剝香蕉費勁，乾脆把他的床搖起來，讓他舒舒服服地靠著，邊吃邊解釋道：「還能是什麼情況，左陽跑了，官方要動九鷹，咱們又有得忙了。」

時進聽得皺眉，又掰了一根香蕉塞他手裡算是賄賂，示意他繼續說。

於是說書先生卦二往椅子裡一靠，開始講故事。

那天晚上的海戰裡，九鷹的船被鬼蜮用船換船的戰術撞了個半廢，差點沉了。左陽看情況不對，趁著戰局混亂，拋下屬下轉移到另一艘船上跑了，目前下落不明。

下一步大家很可能要去東南地區走一遭，因為官方要收拾九鷹，但又不能直接動手，需要弄一個明面上的理由去穩住大局，現在官方的意思是這個理由需要由滅想辦法，官方只會派人暗地裡幫忙，所以在經過初步的商討後，廉君決定去東南地區挖點九鷹和國外勢力勾結的證據出來，用這個由頭弄九鷹。

這一次去東南地區，老鬼和費御景也會跟著，因為要順帶幫他們撈人。另外，大家也準備去龍世這些年躲藏的地方看一看，看能不能找到更多關於母本的線索。

時進聽到這裡連忙問道：「龍世在哪裡，現在情況怎麼樣？」

「龍世也在這家醫院裡，由卦一親自看著，他情況已經穩定下來了，昨天醒了一次，要吃要喝的，精神好得不得了。」卦二回答，語氣嘲諷。

時進一看他這表情就知道龍世肯定要倒楣了，又問道：「那龍世醒了，龍叔那邊……」

卦二臉上嘲諷褪去，嘆了口氣，說道：「龍叔看上去像是已經調整好情緒了，也跟大家明說不會再管龍世的任何事，現在正在專心研究你從龍世那弄來的藥和母本，有事情做，他心裡應該會好過一點。」

時進聽得有些唏噓，沉默了一會，繼續問道：「那我套出來的那一部分母本，有用嗎？」第一次在廉君床上甦醒的第二天，他就立刻跟廉君把母本的事說了，就怕自己耽擱太久把那些難記的醫學詞彙給忘掉。

卦二聽他這麼問，眉眼不自覺舒展開來，甚至隱隱染上一絲激動，忍不住傾身用力拍了拍他的肩膀，說道：「有用，很有用。你套出來的母本雖然只有一部分，但結合我們之前已經知道的幾種成分，要拼湊出原始母本應該只是時間問題。據龍叔估計，就算我們後面再拿不到有關於母本的其他新線索，只用排列組合的笨辦法，也只需要最多一年就能研究出結果。」

時進大喜，然後啪嘰一下靠回了枕頭上，表情扭曲。

卦二一愣，疑惑問道：「你怎麼了？」

時進捂著被拍的肩膀，抖著手朝他豎了個中指，疼得說不出話來。

「糟了！我忘了你現在是瓷娃娃碰不得。」卦二表情一變，忙按鈴喚醫生過來。

廉君回來的時候，發現時進肩膀上又多了一個繃帶，立刻面無表情地側頭朝卦二看去。

卦二連忙告罪撤退，滿臉尷尬心虛地笑。

「他就是輕輕拍了我一下，不是故意的，你別看醫生給我包成這樣，其實情況沒那麼嚴重。」時進幫卦二解釋。

廉君收回視線，上前拉開他的衣領看了看他的肩膀，問道：「疼不疼？」

「不疼不疼，你和老鬼談得怎麼樣了？咱們什麼時候出發去東南地區？」時進連忙轉移話題。

廉君幫他把衣領拉好，回道：「談得很順利，出發的時間還在談，目前是準備分兩批過去，卦二和卦三是第一批，他們先過去摸一下情況，我們和卦一帶著龍世後一步過去。」

時進意外：「龍世也要去？」

「嗯，他在東南地區躲藏多年，對那邊的局勢很瞭解，必要的時候，他是一個很好的誘餌。」廉君回答，見時進皺著眉，又解釋道：「當年我只把龍世當屬下，從來沒對他起過其他心思。」

時進愣了一下才反應過來他是在跟自己解釋，心裡頓時蕩開了一抹十分奇怪的情緒，有新奇、有喜悅、有滿足，還有那麼一點點發癢。

「我從來沒懷疑什麼，龍世那種骨子裡都在冒壞水的人，你怎麼可能看得上。」時進接話，心裡美滋滋，面上卻故作淡定。

廉君看他一眼，沒說什麼，又取出一臺平板塞到他手裡。

時進連忙擺手說道：「不玩了、不玩了，就快吃晚飯了，咱們說說話就好。」

廉君幫他把平板按開，說道：「不是玩，是資料，之前我們在海上，資訊傳輸有點問題，所以時行瑞的資料一直沒能完整送來，現在我們回到岸上，資訊傳輸恢復正常，下面就把資料送過來了，你看看吧。」

時進這才想起來還有資料這回事，接過平板，猶豫了一下，卻沒有立刻點開，而是把平板放到一邊，說道：「先吃晚飯吧，吃了晚飯我再看。」

廉君見他如此，知道他是想多陪自己說說話，忍不住傾身過去親了親他的嘴角。

晚飯過後，廉君離開病房，和卦一等人商量第一批去東南地區的人員安排事宜，留了卦五守在病房裡。卦五到了病房後便自覺地坐在一邊，安靜地用電腦翻檔案查資料，沒有打擾時進。

時進於是把平板電腦拿起來。其實在有了和廉君的這一番感情變化之後，時進現在對於時行瑞和時家的事，已經變得不大在意，甚至如果不是有進度條和原主的這個身分綁著，他都不想再關心有關於時家的任何事。

但現實顯然沒法讓他這麼任性，他看一眼腦內自己已經降回490的進度條，想起廉君，拍拍臉打起精神，把資料點開。

資料有兩份，一個多一些、一個少一些，時進先打開少的那一個。

資料開啟後，一張看起來很有些歷史感的醫院流產記錄跳出來，病人那一欄寫著向晴，而流產的理由則寫著：因孕婦患全身性疾病，不利於胎兒發育，故終止妊娠。

全身性疾病？時進一愣，連忙又往下看下去。

後面全是些開藥記錄和治療記錄，根據資料顯示，向晴在懷第一胎時得了很嚴重的流感，撐不過去吃了藥，然後藥物有可能導致胎兒發育畸形，所以最後選擇流產。

這樣看好像不是故意流產的。時進皺眉，關掉這份資料，點開另一份。

一張十分老舊的黑白全家福跳出來，收集資料的人十分貼心，特地在照片前排靠右的一個幼童的照片上畫了個紅圈，表示這個人就是年幼的時行瑞。

時進沒想到查資料的人居然能查得這麼細，連時行瑞孩童時期的資料都沒漏掉，心裡道了句佩服，看了看時行瑞小時候的模樣和家人的模樣，沒發現什麼特殊的東西，把資料繼續翻下去。

時行瑞的資料很長，光是孩童時期到初中時期的資料就占了十幾頁，其中大部分是獎狀和獲獎作文之類的東西，看得出來，時行瑞從小就是那種「別人家的孩子」。

時行瑞的原生家庭並不富裕，甚至是中下收入，他父親總共有七個兄弟姊妹，算是個大家族。

他父親只有他一個孩子，母親身體並不好，不能幹重活，家裡的生計基本全靠父親。

大概是因為子嗣單薄和母親身體不好的緣故，時行瑞一家在老時家並不受歡迎，住在最偏的屋裡，時行瑞看樣子也經常被堂兄弟姊妹欺負。

時行瑞在老家度過小學以前的時光，在小學畢業那年，他成了村裡唯一一個考上縣城中學的孩子，而這也是他和他父母命運轉變的開始。

那個年代，讀初中的學費昂貴，時行瑞的父親根本拿不出，想跟兄弟姊妹借，但兄弟姊妹都不願意，最後時行瑞的父親也不知道是哪裡來的決心，居然毅然決然地賣了自己剛建沒兩年的房子，轉讓名下所有田地，帶著全部家當和妻兒搬去縣城。

到了縣城，沒有文化、沒有手藝的時父潦倒了一段時間，好在時行瑞爭氣，拿到中學的獎學金，幫父親度過那一陣難熬的日子。

那個年代遍地都是商機，時父在巧合之下認識一位小商人，開始跟著對方做生意，漸漸手上寬裕起來。時行瑞也順利融入縣城中學，繼續著他「別人家孩子」的輝煌。

初中就這麼順順利利地過去了，時父攢夠錢，提前在省城買了房子，決定等時行瑞考到省城之後就把生意搬過去，專心陪讀。

可惜天有不測風雲，時行瑞中考出結果的第二天，他的母親在回老家給時家爺爺、奶奶報喜的時候，不明不白地死在時家老宅裡，據說是突然犯病沒搶救過來。

當年的事實到底如何，現在已經沒有人知道了，只資料上顯示，自時母死後，時父就再也沒有回過老家一趟，也再沒打錢回老家。

他出清所有生意，在省城盤了家小店，開始安安心心守著兒子。

時行瑞也沒有再回過老家，甚至在發達之後，拒絕家鄉發來的幫扶請求，還像是故意要氣誰一樣，開始大力扶持幫助自己母親的娘家家鄉。

一路順利地讀完高中，時行瑞保持著學霸人設不倒，高分考入B市最好的大學之一，學了金融。也是在這一年，時父去世了，只留時行瑞一個人在這世上。

時行瑞在父親死後賣了省城老家的房子和店鋪，拿著所有家當，開始邊讀書邊創業的生活。他輝煌傳奇的一生也由此開啟。

他用兩年的時間投資各種生意，完成第一波資本累積，然後在大二升大三那年創辦了瑞行，之後學業事業兼顧，等大學畢業時，瑞行已經是B市小有名氣的新銳企業。而等他沒了學業干擾，能專心打理公司後，瑞行更是以飛一般地開始發展，不到五年時間，就在B市徹底站穩腳跟，打下一片屬於自己的天地。

然後時間線迅速推進，在時行瑞二十七歲這年，他遇到時緯崇的母親徐潔，並收了她做助理。時進看到這裡暫停了一下，又重新翻了一遍時行瑞前半生的人生軌跡，越看越覺得有濃重的違和感。

雖說這世界從來不缺天才，也不缺幹什麼就成什麼的幸運兒，但像時行瑞這種從小優秀到大，一步錯路都沒走過，哪怕父母出事也依然成績穩定的孩子，他還真的從來沒見過。

而且時行瑞的投資眼光會不會太準了點，做生意不僅沒虧過，還都是大賺，所有曾經想阻攔他發展的競爭公司最後全嗝屁了，所有生意上不利的危機他全都順利避開，甚至某些因為官方政策變動而突然受影響的生意，他也能像是未卜先知般提前抽手。

太神了，主角光環大概就是這樣的吧！這世上真的有這麼優秀又幸運的人嗎？

時進眉頭緊皺，想起自己的重生，忍不住開始猜測時行瑞是不是也是個有金手指的男人，或者也是重生什麼的……

想到這他搖了搖頭，把注意力拉回來，看完時行瑞的傳奇故事後，又點開時行瑞的人際關係部分，開始在眾多提前整理好的照片上，一目十行地尋找和自己長相相似的人，男女都不放過。

就這麼找了一大圈，時進找得眼睛都要花了，卻一個和自己長得相似的人都沒看到，頓時有點懷疑自己。

沒有？這資料裡可是連時行瑞小學同學的照片都列上去，可居然沒有？那他之前猜測時行瑞有求而不得的白月光，難道是錯的？

有些不信邪，他又把照片拉到最上面，並在搜尋條件裡加了一條——胖子，再次尋找起來。

但這次他依然毫無收穫。

時進開始懷疑人生，正苦惱著，發現嘴邊多出一根吸管，反射性地扭頭湊過去吸了一口，發現入口的是自己喜歡的芒果汁，還不忘誇了一句：「嗯，甜。」

「是哪裡看不明白嗎？」餵果汁的人貼心詢問。

時進咂吧咂吧嘴，看向床邊美得幾乎要冒泡泡的廉君，笑問：「什麼時候回來的？」

「剛剛。」廉君回答，眉眼隨著他的笑容放鬆下來，再次問道：「看你眉頭一直皺著，是遇到什麼困難了嗎？」

時進樂得有人陪自己一起分析，挪過去把資料扒拉給他看，說了一下自己的猜測和困擾，嘆道：「我現在都開始懷疑自己是不是猜錯了，但直覺又告訴我，白月光的猜測應該是對的，所以特別糾結。」

「或許時行瑞是單相思，明面上並沒有和這個白月光產生過交集。」廉君說出自己的想法，安撫道：「不要隨便懷疑自己，當所有線索都指向一件事時，那麼無論多不可能，這件事都很有可能是事實。」

聽他這麼說，時進心裡稍微踏實一些，埋頭又扒拉一下這些照片和資料，拍拍額頭繼續思索——所以那個讓時行瑞念念不忘的白月光，到底是在哪裡和時行瑞產生交集？

之後的幾天，時進一有空就翻時行瑞的資料，想找點白月光的線索出來，但始終沒什麼頭緒，倒是廉君辦事效率飛快，在和老鬼談完的當天晚上就定下第一批去東南地區的人員名單，並決定出發時間在兩天後的早晨。

卦二和卦三是確定要第一批過去的，老鬼也會和他們一起，費御景會暫時留下，等著和官方派來幫忙的人進行接洽。也就是說，到時候要和廉君一批去東南地區的人，除了一個討嫌的龍世，還有一個屬性麻煩的費御景，及幾個身分未定的官方電燈泡。

時進聽到這消息時，正痛苦地趴在床上讓龍叔做按摩治療，表情別提多扭曲了。

「所以卦二他們是明天就走嗎……嘶——龍叔你能不能輕點？」時進忍不住求饒。

龍叔表情冷酷，拍了拍他緊繃起來的肩膀，說道：「放鬆，別這麼繃著，越繃越疼，我力道再放輕，按摩就沒效果了，而且你覺得疼不是因為我力氣太大，是因為你現在肌肉帶傷，男子漢那麼怕疼怎麼行，忍一忍，過兩天就好了。」

時進聞言深吸口氣，強迫自己放鬆身體，側頭看向皺眉坐在病床邊的廉君，說道：「君少，你別看了，我現在這模樣肯定蠢死了。」

「你別說話，小心咬到自己。」廉君上前摸了摸他汗濕的額頭，雖然知道不應該，但還是朝龍叔說道：「龍叔，按摩治療是必須的嗎？」

龍叔聞言臉一垮，說道：「君少，你自己總不配合治療就算了，怎麼現在又帶壞時進？按摩當然是必須的，不然就他這全身肌肉都有拉傷的情況，等肌肉自我修復，那得等到什麼時候去？時進你自己選，你是想長痛不如短痛，還是要一直癱在床上耗著？」

「別別別，龍叔你繼續按，我就是隨便喊一喊。」時進連忙表達自己的立場，伸手捏了捏廉君的手，安撫道：「我沒事，你別擔心，你也知道，我就是嘴閒不住。」

廉君還是皺著眉，卻沒再說什麼，拿起旁邊的毛巾給他擦了擦汗，退到一邊示意龍叔繼續。

「這才對嘛，早點配合，身體就能早點好起來。」龍叔的表情緩和下來，按完時進的上半身，兩手往時進的褲腰帶上一放，直接把時進下半身的病號服長褲給拉下來，露出裡面的內褲。

時進大驚，像隻青蛙一樣彈了一下，扭身瞪眼，不敢置信地看著龍叔。

廉君放在扶手上的手也動了動，視線稍微往旁邊挪了挪。

「瞪什麼瞪，不知道按摩要脫衣服嗎？」龍叔瞪回去，繞到床尾給他把褲子拽下來，餘光掃一眼廉君，見廉君沒出息地把視線挪開，冷哼一聲，故意走回去像拍豬肉一樣拍了拍時進的腿，誇道：「小夥子，腿挺長，屁股也挺翹啊。」

——臥槽，龍叔你為什麼這麼熟練，像個老流氓。

時進受不了了，再次扭頭看向廉君，聲音都乾了一些，說道：「君少，要不你先出……」

「我去幫你拿套乾淨的衣服過來，你按摩完應該需要洗個澡。」廉君先一步接話，滑動輪椅側對著病床，說完頭也不回地走了。

時進的心情頓時變得十分複雜，有點點失落、有點點捨不得，還有點點自我懷疑，在心裡幽幽感嘆：「小死，你家寶貝真是個知禮守節的好寶貝……」連多看一眼都不願意……

小死沒有接話，安靜得彷彿不存在。

時進疑惑，喚道：「小死？」

小死還是沒有出聲，彷彿系統已亡。

時進想了想，發現自那天自己和廉君確定關係到現在，小死好像一直沒有說過話，驚了，身體一動就想爬起來，然後被龍叔粗暴地按回去，還被訓斥了一頓：「現在知道捨不得人走了，那你剛剛又為什麼趕人？年輕人臉皮這麼薄談什麼戀愛，給我躺好了！再敢不配合，我把你身上這最後一塊布也扒了，讓你光著屁股等君少回來。」

小死突然出聲，中氣十足，聲徹雲霄：「脫！龍叔窩支持膩！」

時進被這炸響在腦內的大吼震得啪一下癱回床上，痛苦不堪，很是疲憊：「小死，你、你……」一時間居然不知道該說些什麼。

小死又恢復安靜，不說話了。

時進顧忌著有龍叔在，不敢做什麼特別明顯的動作表情，乾脆伸胳膊把臉擋住，想了想，痛定思痛地說道：「小死，對不起。」

小死還是沒有出聲，但直覺告訴時進，它有在聽。

「我知道你深深愛著你的寶貝，現在面對搶了你家寶貝的我，你心裡肯定很恨，你生我氣是應該的，是我對不起你。」

小死：「……」

「你罵我吧，電一電我也可以，或者大哭一場也行，我不會再嫌你哭聲太吵了。」時進十分大無畏，為了哄好系統，吃點苦也願意！

小死：「……」

時進見它還是不說話，閉了閉眼、咬了咬牙，痛心說道：「如果你還是不肯原諒我，那我只能和你家寶貝分……」

「啊啊啊啊！窩不允許！」小死放聲尖叫，形如瘋魔。

時進捂住腦門，痛並快樂著——聽這精神十足的尖叫，看來小死還是健康的，沒出事。

他放心了，小死卻要瘋了，尖叫完就開始哭，一會「你居然要對寶貝始亂終棄」，一會「進進你怎麼變成了這樣的進進」，一會「我不許，爸爸不允許」，聲音如泣如訴，話語顛三倒四，簡直是聞者傷心，見者流淚。

時進聽著聽著，頓時也快要瘋了，痛苦說道：「別哭了，我耳朵疼，我錯了，我就是想嚇嚇你，怕你把自己憋壞了，我沒想對你家寶貝始亂終棄。」

小死暴哭，然後抽抽噎噎問道：「真、真的？」

「真的，不真我立刻變太監！」時進發毒誓。

「不可以變太監！」小死再次尖叫，終於勉強止住了哭，哼哼唧唧了一會，小聲說道：「那你滿足我一個願望，我就原諒你。」

時進忙順著它的梯子下，問道：「什麼願望？你說。」

小死快速回答：「窩要看膩和寶貝生猴嘰。」

時進掏了掏耳朵：「啥？」

「窩要看膩和寶貝生猴嘰！」小死回答得慷慨激昂！

時進沉默，覺得這話無比耳熟，仔細回憶了一下，漸漸回過點味來了，發現自己似乎對腦內這個系統產生一點點誤會，表情瞬間平靜無波，絕情說道：「那你繼續哭吧。」

原來這傢伙早就心思不純了，虧他還覺得有點對不起對方，都是假的！

小死噎住，真的又開始哭。

時進絕情無視，在心裡咬牙切齒——思想不純潔的傢伙，哭吧，哭廢了才好呢！

聽到他心聲的小死瞬間把哭聲拔高，悲傷得不能自已。

經過這樣一番肉體（按摩）和精神（小死哭泣攻擊）的雙重折磨之後，時進只穿著一條內褲癱在床上，奄奄一息，生無可戀。

龍叔按完就走，都沒給時進拉被子。等廉君拿著乾淨的病號服進來時，看到的就是時進這大剌剌橫在床上，「坦然」露肉的模樣。

他滑動輪椅的手頓了頓，視線快速掃了一遍時進的身體，然後微微垂眼，靠近後先給時進蓋好被子，然後才溫聲問道：「要洗澡嗎？」

時進側頭看他，有了之前的惡魔龍叔和哭神小死做對比，只覺得此時溫溫柔柔的廉君美好得彷彿自帶聖光，堅強地爬起身，撲過去抱住廉君的脖子，把腦袋靠到他肩膀上。

這冷漠無情的世界，只有這個懷抱還能帶給他一絲絲溫暖。

被子滑落，露出時進光溜溜的身體，廉君忙抬手環住他，摸了摸他的脊背，側頭問道：「怎麼了，還是很疼嗎？泡個澡可能會舒服一些。」

小死：「──嘎。」

時進：「……」如果之前時進聽到這種動靜，他可能會愚蠢地以為小死這樣出聲，是單純地想學鴨叫，但在窺破了小死的某些小心思後，時進立刻反應過來，它這樣出聲，其實是因為受了某種「刺激」。

他低頭，看了看自己光溜溜的身體，又看了看自己和廉君之間無限近的距離，絕望地發現了一件事情──會打擾他談戀愛的，絕對不是官方那邊即將派來的電燈泡和屬性麻煩的費御景，而是小死這個二十四小時線上的系統。

想像一下，如果以後他想和廉君親密一下，那麼會不會兩人剛抱到一起，腦內就開始鴨叫響徹九霄……

小死憤怒出聲：「進進，你要相信我身為系統的節操！」

時進面無表情：「你的節操，就是連我心裡想的什麼，都要好好瞭解一下嗎？」

小死無言以對，咬咬牙忍痛說道：「如、如果你實在很介意我的存在的話，那、那我教你一個暫時遮罩我的方法吧，操作很簡單，你只用在腦內用意念勾一下屬於你和寶貝的進度條，讓進度條變成半啟動的狀態，我就會被遮罩所有感知了，不過這個方法你最好慎用，因為進度條進入半啟動狀態之後，就不會再即時更新漲落情況，得等你再勾一下，把進度條調回啟動狀態，功能才會恢復正常。」

時進聞言意外，沒想到只是逗逗小死而已，卻居然套出這個，忍不住就試了一下。

進度條被撩動，顏色變成半灰，然後整個世界都安靜了。

——居然真的可以？

時進把進度條勾回來，剛想和小死表達一下自己的驚奇，回饋一下初次使用效果，就聽到了小死細細弱弱的哭聲傳過來，很可憐、很委屈：「進進嗚嗚嗚，你真的不要我了嗎嗚嗚嗚……」

「……」時進有點點心軟，認命地開始哄孩子。

一人一系統在腦內交流得開心，都短暫忘了外面還等著帶時進去洗澡的廉君，於是廉君久等不到回答，疑惑地稍微退開身去看時進的表情時，就發現時進正自個玩變臉玩得開心。

廉君：「……」

時進注意到他的視線，連忙坐好，收回注意力，想起剛剛哄好的小死，腦子一抽，就忍不住說道：「君少，其實我給咱倆養了個兒子，嗯，也說不定是女兒，它挺可愛的，有機會我介紹給你認識。」

小死發出一聲帶著哭音的鴨叫，這次是驚喜的，羞澀說道：「也、也沒辣麼可愛啦，進進你這樣我會不好意思的，其實我們系統是中性的，不是男也不是女……如果可以的話，我更想當你們的爸爸……」

時進連忙改口，朝廉君笑了笑，說道：「我開玩笑的，咱們去洗澡吧？」

小死：「……」

廉君：「……」

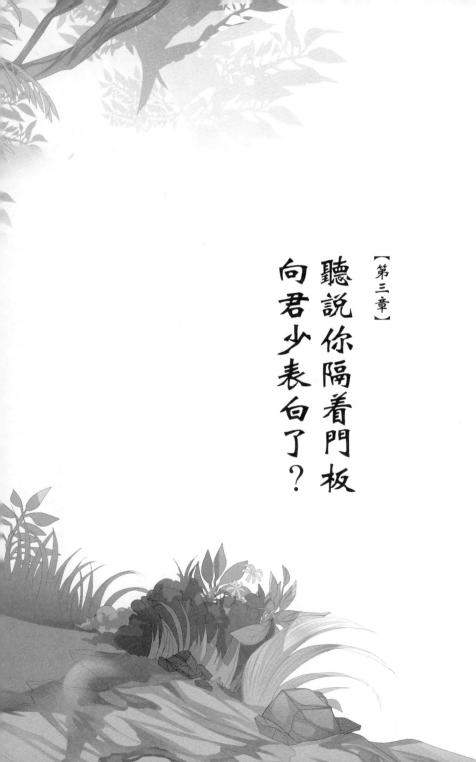

【第三章】

聽説你隔着門板向君少表白了？

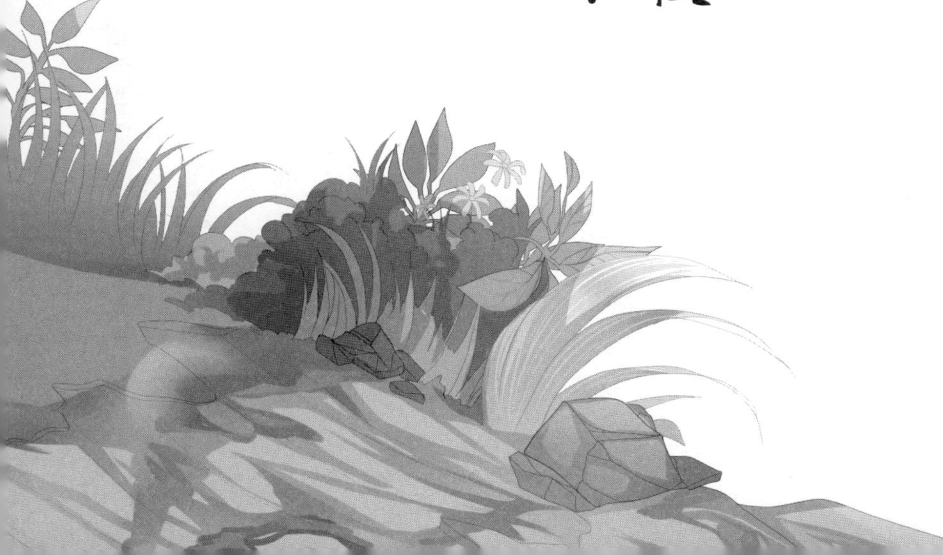

等把疑似已經被按摩折磨傻了的時進送進浴室後，廉君滑動輪椅回到時進的病床邊，喊來護士給時進換了套乾淨的床單被子。

等護士走後，他想起時進之前關於兒子女兒的話，視線忍不住在時進的各種私人物品上看了看。能像兒子和女兒一樣養的東西……他掃過各種零碎物品，最後把視線落在平板上。

時進養傷的這一陣子，每天能做的事情有限，不外乎睡覺吃飯、搓麻將、翻時行瑞的資料這幾樣，廉君想了想，伸手把平板拿起來，迅速掃一眼平板上的東西，手指動了動，點開麻將軟體。

軟體開啟後直接就是人物角色頁面，廉君發現，與以前看到的基礎套不同，現在時進的人物角色居然換了身很可愛的玩偶裝皮膚，腳邊還蜷著一隻小寵物，應該是剛買的。

他心裡一動，退出這個帳號，登錄了時進幫他申請的帳號。

他自己的帳號也有了變化，人物角色同樣穿上了新皮膚，也是玩偶裝的造型，只款式和時進的稍有區別，腳邊也蜷著一隻小寵物。

這明顯是一組情侶皮膚。

廉君心裡有些騷動，來回把兩個帳號切換著看了好幾遍，後來乾脆讓人又送了臺平板過來，分別登錄帳號，把兩個人物介面並排在一起看。

情侶皮膚，兩隻寵物，可能是兒子，也可能是女兒……廉君抬手捂住下半張臉，直直看著這兩個頁面，直到聽到浴室裡的水聲停了，才把兩個頁面關閉，把時進的平板電腦小心地放回去。

既然時進說「有機會」再介紹他和「兒子或女兒」見面，那他還是尊重一下對方的想法，等著對方想說的時候再假裝剛知道吧。

他心情頗好地想著。

時進出來後，發現廉君看自己的眼神變得有些奇怪，深深的，很溫柔，還隱隱有些激動的樣子。他被看得心跳加速，故作淡定地問道：「你怎麼了？」

廉君搖頭，上前握住他的手，說道：「就是覺得很虧欠你……那些普通人可以給戀人的東西，我很多都無法給你，抱歉。」

時進被「戀人」這個稱呼戳得心裡軟軟的，立刻反握住他的手，說道：「哪有什麼虧欠，你給我吃、給我穿、給我工作，還給我發工資、發獎金，我生病了還親自照顧我，哪有虧欠我什麼。你說的普通人可以給戀人的東西，是指約會看電影嗎？我又不在意那些，咱們每天都在一起，你要是想，一日三餐都可以是約會。而且我要的東西你不都給我了嗎，比如我請你幫忙調查的資料，換了其他普通人，誰能給我查出來這些東西？」

「歪理。」廉君嘴上這樣說，臉上笑意卻是深了幾分，帶得氣色都看起來紅潤不少。

時進見他這樣，也忍不住笑了起來，心裡還在咀嚼著「戀人」這個詞，覺得世界真是奇妙，他居然是廉君口中的「戀人」了。

夜深人靜的時候，白天睡多了的時進從睡夢中醒來，發現自己怎麼也無法再次入睡，終於認命地從床上坐起身，側頭看向睡在陪護床上的廉君，開始思考人生，和小死閒磕牙。

「說起來……廉君那天怎麼就突然親我了，他是本來就喜歡我嗎？什麼時候喜歡的？」

小死被他的腦回路打個措手不及，乾巴巴說道：「進進，你和寶貝親也親了、抱也抱了，甜言蜜語都說了一缸，你甚至連遊戲的情侶皮膚都買了，現在才想起這個，不覺得有點晚嗎……」

時進被說得不好意思，但還是厚著臉皮說道：「我那不是太震驚了麼，現在才緩過來……而且廉君這麼好一個人，怎麼就看上我了……」

「進進你也很好啊。」小死絕不容許他對這份感情存有任何不確定的想法！

雖然說起來有點不要臉，但時進覺得小死誇獎得對。

他放輕手腳從病床上下來，來到陪護床邊，蹲下來趴在床沿看著廉君的睡顏，覺得自己像在做夢：「他居然也喜歡我，真是不可思議。」

小死再接再厲：「我覺得寶貝早就喜歡你了，他對你和對別人一直是不同的，你沒發現嗎？」

時進於是順著這話回想了一下，後知後覺地發現，廉君對他確實是不同的，雖然比較含蓄，但廉君對他明顯要比對其他人更放縱寬容一些。

於是他心裡瞬間像是被灌進暖乎乎的糖水，甜得差點冒泡泡，忍不住站起身，掀開一點廉君身上的被子，硬是把自己並不算嬌小的身體給擠上狹窄的單人陪護床，把廉君熊抱在懷裡。

小死：「……」

「這樣就能睡得著了。」他往床邊蹭了蹭給廉君空出更多位置，滿足地閉上眼睛。

被他抱住的廉君依然閉著眼，彷彿完全沒被他這麼大的動作吵到。

時進卻又忍不住睜開眼，看了他一會，垂頭在他嘴角偷偷親了一下，低聲說了句：「晚安。」才又再次閉上眼睛。

良久，直到身邊人呼吸平緩，抱在身上的胳膊也徹底放鬆之後，廉君才慢慢睜開眼，伸臂回抱住時進，把他緊緊貼著床沿的身體抱回來，摸了摸他的後背。

「傻乎乎的。」他含笑低語，把滿足和幸福全都鎖在聲音裡：「晚安，好夢。」

一覺到天亮，時進醒來時，發現陪護床上已經只剩下他一個人，房裡空蕩蕩的，廉君不知道去哪裡了。

他坐起身迷糊了一會，然後突然像是被人按開什麼開關一樣，唰一下掀開被子跳下床，奔回自己的病床邊把平板拿起來，戳開時行瑞的資料開始狂翻。

小死被他詐屍般的動作嚇了一跳，連忙問道：「你怎麼了？」

「有頭緒了！」時進狂翻資料，激動說道：「喜歡一個人的話，怎麼可能會忍得住不去見對方，或者不對對方好！如果時行瑞真的有很深很深地愛過某個人的話，那以他的性格，就算他愛的人不愛他，他也肯定會不擇手段地把人綁在自己身邊，所以他關係網裡沒有白月光身影的原因只有一個——他根本不知道對方在哪裡！他甚至可能連對方的姓名是什麼都不知道！」

小死聽得不大明白，說道：「可如果連姓名都不知道的話，時行瑞要怎麼愛上對方？」

「那個年代因為資訊不發達，手機還沒被發明出來，遠距離通訊只能靠寫信，所以產生了一種現在已經基本消失的交友方式——筆友！當筆友又不需要見面，也不需要什麼真實姓名，大家都可以戴著面具交流，就跟現在的網路聊天一樣！網戀你知道嗎？時行瑞那種不會輕易袒露內心想法的人，有沒有可能有一個可以無所顧忌宣洩內心想法的筆友？」

小死聽得一愣一愣的，問道：「筆友，有人會只憑書信就愛上某個人嗎？」

「不要小瞧了文字的魅力。」時進回答，翻資料的手漸漸慢下來，眼睛越來越亮，突然用力拍了平板一下，「就是這個！時行瑞從小學起就有寫文章投稿的習慣，最開始是作文，後來漸漸大了就寫些小故事和散文，時不時能賺點稿費貼補家裡。一般有這種小孩的家庭，書信往來記錄肯定會很多，但這份資料裡卻一份有關時家的書信記錄都沒有！這證明什麼，證明時行瑞肯定有意抹掉過這些資訊！」

小死終於聽明白了，也跟著激動起來，「那是不是只要找出時行瑞過去的書信記錄，就能順藤摸瓜找出那個白月光了？」

「很有可能！」時進回答得肯定，心裡太過激動，忍不住把平板一揣，直接轉身朝著病房外跑去，準備跟廉君分享自己的新發現。

他急著出門，忘了自己頭髮沒梳，臉也沒有洗，就這麼直接頂著一頭睡得亂七八糟的頭髮像個小瘋子一樣撒歡跑了出去。

因為肌肉拉傷的原因，時進跑起來還有點一瘸一瘸的，看起來別提有多蠢了。

卦五本來守在門外，見他突然跑出來還愣了一下，等反應過來開口想攔時，時進已經在走廊拐角處和某位西裝筆挺的高大男人狹路相逢，自己停了下來。

他們住的是私人醫院，這一層都被包下來了，怎麼會莫名其妙有男人上來？

卦五皺眉，連忙邁步靠過去，在看清時進對面男人的樣子後稍微愣了一下，上前不著痕跡地把時進往身後擋了擋，對著男人問道：「時先生，您怎麼在這裡？」其實他更想問對方是怎麼上來這一層的。

堵住時進去路的人正是已經好久沒出現過的時緯崇，他像是剛剛趕了很長一段時間的路，臉色有些憔悴，頭髮有些亂，衣服也有點皺。

時緯崇只看了卦五一眼就重新把視線落在時進身上，見他氣色還算紅潤，頭髮亂翹明顯一副剛剛睡醒的樣子，眉眼軟化下來，溫聲解釋道：「小進，我聽老二說你受傷了，有點擔心，就自作主張過來了。」

時進：「呃……」

突然見到狀似已經決裂的時緯崇，說實話，時進有點反應不過來，也完全不知道該用怎樣的態度去接話。

還像以前那樣表演兄友弟恭的好戲？那顯然是不現實的，在知道那些交易之後，時進沒辦法再頂著原主的身分做出那樣的事。

那冷眼相向？可時進畢竟不是原主，對時緯崇並沒有太深的愛與恨，而且萬一冷眼相向之後，反而把現在還算態度和善的時緯崇推到對立面去了怎麼辦，進度條可還沒消完呢，他對哥哥們還不能太過肆意。

這樣一想，面對時緯崇，似乎就只剩一種態度可以用了。

「謝謝你來看我。」時進迅速收斂所有表情，朝時緯崇露出一個客氣的笑容，禮貌性問道：「站在這裡說話有點不合適，你要來我的病房坐坐嗎？就是我才剛睡醒，可能病房會有點亂……」

時緯崇在他「謝謝」說出口的瞬間就黯淡了表情，薄唇抿了抿，點頭回道：「好，希望沒有打擾到你休息。」

——你還真去坐啊！

時進在心裡抽了自己一下，側身把平板塞進卦五手裡，指了一下身後病房，朝時緯崇說道：「那請吧，可能需要你等我一會，我還沒洗漱。」

時緯崇看出了他的疏離和些微防備，姿態放得更低了，應道：「沒關係，我可以等。」

三個人一起回到病房，時進安排時緯崇在病房角落的會客沙發上坐下，給他倒了杯水，然後留下卦五陪著時緯崇，自己轉身去洗手間。

簡單洗漱過後，時進走出來，再次客氣問道：「要一起吃早餐嗎？這家醫院的伙食還不錯。」

時緯崇點頭，「好。」

——大兄弟你是真不客氣啊。

時進算是看出來了，時緯崇絕對是有話想對自己說，一時半會肯定趕不走了，於是側頭看向卦五，拜託他幫忙拿兩份早餐過來。

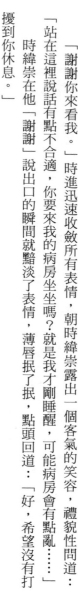

卦五點頭，看一眼時緯崇，起身朝病房門口走去，卻沒有親自出門拿早餐，而是往外打了兩通電話。掛了電話之後也沒再回來，而是守在門口，一副等著什麼人把早餐送過來的樣子。

時緯崇在時進和卦五交流的時候，稍微打量了一下這間病房，等卦五離開，才看向對面態度明顯不熱絡的時進，說道：「你別緊張，我就是來看看你。」

時進客氣應聲：「嗯。」

「身體好些了嗎？」時緯崇繼續問。

「好多了。」時進客氣回答。

「怎麼受傷的？」

「一點小意外。」

「這段時間過得怎麼樣？」

「還不錯。」

「你瘦了點。」

「你也是。」

一通乾巴巴的對話說下來，氣氛變得沉悶而尷尬。

時緯崇放下水杯，突然換上一副認真沉重的語氣，開口說道：「小進，我知道我現在已經沒有立場去說這些，但是我……」

「早餐來了。」卦五端著托盤靠近，打斷時緯崇剛剛起頭的話。

時進鬆了口氣，連忙幫卦五把早餐擺好，招呼時緯崇吃早餐。

時緯崇閉嘴，掃一眼時進身上的病號服，還是暫時壓下話頭，拿起筷子。

一頓同樣沉悶而尷尬的早餐吃完，兄弟倆再次大眼瞪小眼。

時緯崇再次試圖開口說些什麼，結果他話剛起頭，兜裡的手機就響起，而且鈴聲明顯是特別為某個人設定的，因為時緯崇一聽到這個鈴聲，表情就變得有些複雜，還忍不住嘆了口氣。

時進心裡立刻八卦起來。

——看這反應，難道時緯崇談戀愛了？這是女朋友或者男朋友打來的電話？

大概是看出了他的八卦，時緯崇把手機拿出來後，順嘴跟他解釋了一句：「是我媽。」

——喔，原來是媽媽。

時進腦中自動刷過時緯崇母親徐潔的各種資訊，稍微覺得有點沒意思。然後很快，他覺得有意思了，還非常有意思。

時緯崇接了電話，喊了一聲媽，大概是那邊問了句他在哪裡，他又緊接著說了句自己不在公司，也不在家，而是在大洋彼岸的某家醫院裡探望時進。

時進和小死瞬間注意到，在時緯崇說出這句話後，他的進度條漲了，雖然只漲了一點。

「真的漲了一點？我沒看錯吧。」時進在心裡求確認。

小死肯定回答：「沒看錯，剛剛是490，現在是491了。」

於是時進犀利的視線瞬間定到時緯崇的手機上，然後又連忙若無其事狀收回，低頭拿起一顆橘子剝啊剝，同時讓小死放大自己的聽力。

buff很快到位，時進豎起耳朵，就聽時緯崇的手機聽筒裡有一道偏低沉的女聲正說道：「你說什麼？探望時進？緯崇，你是不是把我之前跟你說的話全當成耳邊風。」

時緯崇看一眼正在「認真」剝橘子的時進，壓低聲音回道：「媽，我知道自己在做什麼。」

大概是時緯崇這句話戳到了徐潔的爆點，她的語氣瞬間變得嚴厲：「你知道自己在做什麼？我看你什麼都不知道！時進自己離開那是他自覺，你往上湊是做什麼！我聽說你還想把股份分一部分給他？你還記不記得就是因為他，我們母子兩個才不得不哄著騙著防著你爸過日子！難道你也要像你爸那樣犯糊塗嗎！」

「媽！」時緯崇聞言表情變得有些難看，發現自己聲音太大，又忙壓了壓情緒，儘量溫和地說道：「媽，過去那些事跟小進又有什麼關係，對我們不好的明明是爸，您別再這樣說了，股份的事情您別管，我自己有分寸。」

徐潔聲音越發尖銳，嚴厲中帶著一絲狠色：「不管？你讓我怎麼不管？你爸因為一個時進，把我們母子倆當棋子對待。你因為一個時進，大過年的往蓉城跑，留我一個人在B市過年。現在又因為時進，你直接公司攤子一丟跑了，還要分股份給他，完全不管瑞行現在是什麼狀態。再放任你繼續和時進接觸下去，我怕你哪天連我這個媽都不要了！」

時緯崇顯然有些頭疼了，盡力安撫道：「媽，您別說氣話……」

「你儘管繼續和時進接觸，我會讓你知道我今天說的是不是氣話！」徐潔打斷他的話，然後直接掛斷電話。

時緯崇拿開手機，表情疲憊地抬手揉了揉眉心。

時進默默收回聽力，看一眼腦內自己那在徐潔掛斷電話的瞬間，就漲到500的進度條，吃了一瓣橘子，覺得嘴裡苦苦的——這真是無妄之災，萬萬沒想到，他都跑這麼遠了，時緯崇還能千里送致死因素過來，當著他的面給他拉仇恨，真是感天動地的「兄長愛」。

「小進。」時緯崇收拾好心情，喚了看似在出神的時進一聲。

時進把橘子嚥下去，抬眼看他，明知故問：「你媽媽因為你來看我的事情生氣了？」

時緯崇搖頭，睜著眼睛說瞎話：「不是因為你，是因為我做的其他事情，她有點生我氣。」

時進立刻追問：「你做了什麼惹她生氣的事情？」

時緯崇像是沒力氣再迂迴廢話，聞言轉身直接取過身邊的公事包，從裡面拿出一份文件，推到時進面前，回道：「是這個。當初你把瑞行的股份一分為五，全部分給我們，自己一分沒留，我當時因為私心沒有攔你，現在想想覺得十分不妥，考慮過後，我決定把你該拿的那一份還給你。」

時進沒有動這份文件，反問道：「可我該拿的，不該是整個瑞行嗎？爸本來是準備把瑞行全部留給我的。」

時緯崇顯然沒想到他會這麼說，愣了一下，皺眉抬眼看他。

「當初我分出去的股份，現在應該全都在你名下吧。」時進坦然與時緯崇對視，用肯定的語氣問道。

時緯崇見他表情有些冷淡，皺著的眉頭又鬆開了，點頭回道：「是……小進，你別說氣話。」

「我沒說氣話，大哥，為了從二哥他們手裡把股份全部換回來，你讓出不少利益吧。」時進繼續用肯定的語氣詢問。

這沒什麼好瞞的，時緯崇再次點頭，說道：「當時瑞行動盪，為了穩定局勢，老二他們把分散給他們的股份全部轉讓到我名下，幫我跟徐天華打擂臺。」

「那你們的感情可真好。」時進故意態度冷淡，捏了捏手裡的橘子，繼續說道：「也就是說，你現在是要把用其他東西換得的利益，割一部分給我，或者說，你準備把從我這分到的那五分之一股份，再還給我？」

時緯崇沉默，顯然時進猜對了。

「那太沒意思了，我不需要這份股份，因為我不想再跟你們有任何利益上的牽扯，我已經為此吃過虧，不想再吃第二次。」時進乾脆俐落拒絕，把文件推回去。

時緯崇抿緊唇，說道：「小進，你需要這個。有了股份你可以盡情去做想做的事情，而不是繼續待在廉君身邊用生命冒險。」

時進直白回道：「我想做的事就是留在廉君身邊，我喜歡為他冒險，哪怕我為他死了，那也是我自己求的。」

門外，接到卦五消息匆匆趕回來的廉君剛把門推開一條縫，就聽到時進說的這句話，手一顫，又默默把手收回來，在門口繼續聽下去。

此時房間內，時緯崇眉頭皺起來，覺得這話聽起來有點不對味，問道：「你這話什麼意思，難道你……」

「我喜歡廉君。」時進打斷他的話。

時緯崇忍不住坐直了身，問道：「小進，你不是說只是崇拜廉君嗎？」

時進聽到這個問題，想起當初那場烏龍，莫名覺得有點點不自在，低咳一聲回道：「那崇拜著崇拜著，不就喜歡上了嗎？」

時緯崇聽完臉都黑了，說道：「那廉君對你呢？單方面的感情是沒有結果的！」

「他也喜歡我。」時進回答，直接補刀，「我們已經在一起了，還準備等我到法定年齡就去領證。」當然後一句是瞎說的，只是為了震住時緯崇。

門外，廉君的坐姿從緊繃變得放鬆，眉眼也舒展開來，側頭示意跟著他一起回來的卦九去把龍叔喊來。

卦九應了一聲轉身離去。

時緯崇確實被震住了，完全沒想到只是一段時間沒見而已，他剛成年的弟弟就已經和一個背景亂七八糟的大佬考慮到領證的事情，忙深吸口氣穩住情緒，咬牙切齒說道：「我不同意，你還太小，人生大事需要從長計議。」

「我才不要從長計議，你不能因為你自己年過三十了還沒找到對象，就阻攔我追求幸福，我才不要當大齡剩男。」時進繼續補刀。

時緯崇額頭青筋暴起，壓住脾氣說道：「小進，你現在思想還不成熟。」

時進繼續低頭捏橘子，擺出一副不再配合交談的態度，說道：「反正我不要股份，也不會離開廉君，你現在沒有立場管我，我也不喜歡你干涉我的生活。」

左一句「沒有立場」，右一句「我不喜歡」，時緯崇被這幾個直拳砸得胸悶氣短，看著時進低著頭抗拒交談的模樣，面沉如水地站起身，說道：「廉君呢？我想和他談談。」

時進聞言心裡一喜，剛準備委婉送客，身後的病房門就打開，廉君出現在門口，看向時緯崇說道：「小進要做治療了，時先生請。」

時進意外又驚喜，扭頭看著門口的廉君，招呼道：「你回來了？吃早餐了嗎？」

廉君看向他，溫聲回道：「吃了，我和你大哥談談，談完就回來陪你。」說完看向時緯崇，秒換冷淡不客氣臉。

時緯崇把兩人的互動看在眼裡，心裡一堵，彎腰提起公事包，大步朝著廉君走去，還故意擋了一下時進看向廉君的視線。

廉君注意到他的動作，手指點了一下輪椅扶手，囑咐龍叔兩句後，轉身引著他走了。

時進有點想跟上去偷聽，但被龍叔眼疾手快的關門動作打消念頭，還被龍叔用一種奇妙的眼神打量了一下。

「怎、怎麼了？」他被看得有點毛毛的。

龍叔的表情十分意味深長，難得語氣溫和地問道：「聽說你隔著門板向君少表白了？」

時進一噎，連忙搖頭表示「我沒有」，腦中卻在回憶自己和時緯崇之前的談話，想完又聯想到廉君恰到好處的出現，沉默。

龍叔嘖嘖搖頭，上前拍他肩膀，說道：「年輕人不要害羞，臉皮厚點也不是什麼壞事，我覺得你這樣就挺好。」

時進被拍中傷處，悶哼一聲，想死。

龍叔卻順勢給他按起肩膀來，語氣高深莫測，表情一派正經：「之前我還在發愁，有些事以君少的臉皮，我該怎麼跟他說才能讓他聽進去，現在既然你的臉皮看上去要厚一點，那我就直接跟你說了吧。時進啊，這男人和男人之間做些親密事的時候呢，必須注意一些細節，比如一些措施啊，能有效避免受傷的體位啊……之類的，關於這方面的事，你想瞭解一下嗎？」

在臉皮厚度這件事上，普通人和醫生之間，顯然存在著不可逾越的鴻溝。

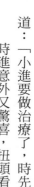

時進聽著龍叔越說越離譜的話，忍不住就腦補一些很不和諧的事，終於忍無可忍地捂住龍叔的嘴，沉痛說道：「龍叔，開始治療吧，力氣用大點，我受得住！」只要你閉嘴就行。

龍叔沒好氣地扒拉下他的手，看著他逃避犯慫的樣子，冷哼一聲，毫不留情地捏了一下他的肩膀關節處。

時進疼得嗷一聲喊了出來，差點痛到當場去世。

等廉君回到病房時，時進已經熬完今天的折磨，再次奄奄一息地癱在床上。

廉君心疼又無奈，上前給他蓋好被子，摸了摸他的額頭。

時進側頭看他，問道：「時緯崇呢？」

「我讓費御景把他領走了。」廉君回答，手依然放在他的臉上，細細描摹他的臉部輪廓，說道：「時進，等你年齡到了，我們就去領證。」

時進瞬間知道自己之前和時緯崇的談話果然被廉君聽到了，腦回路莫名一拐，再次煞風景地說道：「這話怎麼說得跟flag一樣，你就不怕我們在我到法定年齡前就分手了嗎？」

廉君眉頭一皺，捏住他的嘴，眼帶警告。時進連忙舉手求饒，主動往他那邊蹭，於是廉君鬆手，任由時進坐起身，再次像隻丟了骨頭的樹懶一樣，懶懶掛在自己身上。

兩人無聲抱了一會，時進又開口說道：「時緯崇之前當著我的面接了一通他媽媽打來的電話，我聽到一點，他媽媽好像因為他要給我股份的事遷怒我了。」

「我會派人注意一下時緯崇的母親，股份你不想要就不要，沒人能逼你。」廉君輕輕拍了拍他的背，溫聲安撫。

本來只是想告訴一下他這件事的時進聽他這樣回答，心情奇妙了一下，繼續說道：「我覺得費御景在故意坑我，他肯定知道些什麼，才會突然通知時緯崇我在這裡養傷的事。」

廉君想起屬下的彙報，皺眉說道：「我會讓老鬼警告一下他，讓他別再盯著你不放。」

時進聞言覺得越發奇妙了，想起自己早上發現的事情，鬆開廉君後退一些，讓卦五把平板送過來，拉著廉君說了下自己的猜測。

廉君聽完後若有所思，「確實很有可能，這部分我會派人去查，應該很快就能有結果。」

時進直勾勾看著廉君，眼神亮晶晶的，帶著崇拜。

「怎麼了？」廉君被他看得心癢，忍不住伸手去碰他。

時進忙搖頭表示沒什麼，順勢賴回他身上，蹭蹭他的臉、摸摸他的背，心裡美滋滋——廉君這幾乎算是對他百依百順了吧，還是毫不自知的那種，這世上怎麼會有這麼好的寶貝，這樣的寶貝誰又會不喜歡。

廉君被他像小狗一樣在自己身上摸摸蹭蹭的動作逗笑了，又輕輕摸了摸他的背，側頭扶起他的臉，閉目吻了上去。

◆◆◆◆

時緯崇被費御景「領」出醫院，連再和時進見一面的機會都被廉君剝奪了，顯然，他和廉君的談話進行得並不愉快。

「御景，謝謝你告訴我小進受傷的事情。」時緯崇在大門外停下，看一眼住院部的方向，略顯疲憊地朝費御景道謝。

費御景今天戴了一副眼鏡，越發顯得不好接近，他見時緯崇這樣，直白說道：「大哥，我不明白你為什麼要這麼風塵僕僕地趕過來，還拜託我送你進住院部去見時進，我以為我們和時進之間的糾葛，在股份到手的那一天就已經結束了。」

時緯崇靠到來接他的車上，說道：「曾經我也以為是這樣的……但是御景，小進有句話說得很對，在這整件事情裡，他又做錯了什麼？他只是被動出生在這世上，享受了他該享受的父愛而已，造成這一切的根源不在他。」

「但導火線是他，大哥，你變得軟弱了，在選擇利益的那一刻，你就該放棄一些不必要的東西，以前的你就做得很好。」費御景回答得冷酷又絕情。

時緯崇看著他這副模樣，突然就想起過去一心想要把時行瑞踩在腳下的自己，知道多說無益，起身拉開車門，最後說道：「多和小進相處一下吧，你會明白我們這些年都錯過了什麼。」

費御景目送他上車離開，咀嚼了一下他說的這句話，轉身遙望一眼住院部的方向，嘲諷又冷淡地笑了——錯過？不存在的，他可不需要某些多餘的「良心」。

時緯崇這個插曲很快被時進拋到腦後，他留下的股份文件也被時進丟進裝滿水的浴缸裡，成為一堆廢紙糊糊。

三天後，官方派來幫忙的聯絡人員到位，總共有三人，兩男一女，其中年過半百、看起來很是和善的女人，是官方派來和費御景接洽，幫鬼蜮撈人的律師，名叫文寶珠，是個身上帶著一堆榮譽頭銜的牛人。

她和費御景顯然是舊識，見到他後主動打了招呼，還直接喊他名字，沒有像其他人那樣喊他為費律師，態度很是熟稔親切。費御景面對她也是十分禮貌尊敬，客氣地喚她文老師，還親自給她倒水介紹目前的情況，很是體貼周全。

因為是大家一起開會討論事情，所以時進也在場，他看著費御景在文寶珠面前露出的貼心後輩模樣，想起費御景平時「全世界都是渣渣，只有利益才是親爹」的行事作風，惡寒地抖了抖，搓了搓自己的手臂。

時家的孩子是不是全都把某些奇奇怪怪的技能點滿了，比如變臉、比如演技、比如見人說人話見鬼說鬼話什麼的。

「冷？」廉君注意到他的動作，關心詢問。

時進連忙搖頭表示不是，收回看著費御景和文寶珠的視線，翻了翻自己面前的資料，問道：「現在官方的人也來了，我們什麼時候出發去東南地區？」

廉君蓋上文件回道：「最快也得三天之後，官方那邊需要時間整理資料，以及與東南地區那邊建立聯繫，會耽誤一會。」

時進點頭表示明白，心裡對這個時間安排很滿意，美滋滋說道：「那我到時候身體應該已經全好了，可以跟著你過去。」

廉君看著他兀自傻樂的模樣，伸手握住他的手——明明要去的不是什麼安全的地方，怎麼還能因為這種事情就自顧自開心起來，傻。

之後三天時進更積極地配合治療，終於成功地在出發當天，被龍叔蓋上「已經痊癒」的標記。上飛機的時候，時進見到龍世。他頭髮被剃成了平頭，臉色有點憔悴，穿著一身基本款的樸素休閒服，整體裝扮顯得十分不起眼，脖子上卻怪異地戴著一個造型拉風的黑色帶鑽金屬頸鏈。

大概是察覺到時進的視線，一直低著頭的龍世突然抬頭朝時進看過來，表情陰沉沉的，看起來格外磣人。

小死憤怒提醒：「進進，在龍世看你之後，你的進度條漲了，他想殺你！」

時進看一眼自己瞬間漲到550的進度條，眉尾一挑，坦然與龍世對視，然後呲了呲牙，抬手在自己耳朵邊晃了晃，比了兩個小圓疙瘩的造型。

龍世表情一變，顯然是想到什麼不大好的畫面，眼神又恨又帶著點怕，忍不住朝走在身邊的卦一說道：「你們別不信我的話，時進真的是妖怪，他遲早吃了你們！」

卦一理都不理他，直接把他當成空氣。

龍世不甘，又隨便扯了一個路過的人，認真說道：「時進真的是妖怪，你們別被他的假象迷惑了，快殺了他！他會害你們！」

被他拉住的人是費御景，費御景側頭看他，藏在鏡片後的眼睛一片冷漠，直接用公事包擋住他的手，拍了拍被拉過的衣袖，大步走了。

龍世被費御景明顯嫌髒的態度弄得表情扭曲，餘光見到時進身邊坐著的好像是廉君，情緒瞬間控制不住，高聲喊道：「君少！時進會害你，只有我才是真正對你好，君少……唔！」

卦一直接捂住他的嘴，一針麻藥下去，世界都安靜了。

因為是包的專機，機上都是自己人，所以沒人對卦一的行為表達異議，大家都是一副見怪不怪的樣子，就連看起來最和善、最可能說點什麼的文寶珠都只是皺了皺眉，沒有貿然開口。

看了齣熱鬧，時進坐回椅子上，見自己的進度條又降回500，在心裡假假地感嘆了一下龍世的不經嚇，然後拐了拐身邊的廉君，故意問道：「君少，萬一我真是妖怪，你不怕我吃了你？」

廉君正在翻資料，聞言頭都沒抬，直接把胳膊伸過去，說道：「吃吧。」

時進美滋滋笑了，握住他的手腕，低頭用力吧唧一口，湊過去和他一起看資料。

他們互動的時候全沒有要遮掩或者避諱旁人的意思，官方的人和費御景都注意到他們之間不同尋常的親密，官方的人略顯意外，顯然沒想到時進和廉君是這樣的關係，費御景則是一副若有所思的樣子，視線在時進和廉君之間來回轉了轉，又很快收回。

飛機飛平穩之後，大家掐著點躺下逼自己睡覺，想要在飛機上就把時差倒好，畢竟等到了東南地區，他們就要繃緊神經忙起來了。

時進這段時間因為養傷的緣故，作息被調得十分規律，睡著後沒一會就醒了，幾次嘗試再次入睡無果，還差點把廉君吵醒，乾脆也不睡了，側身幫廉君拉了拉毯子，放輕手腳起身去茶水間。

讓人意外的是，茶水間裡居然有人，費御景也沒有睡，正坐在茶水間的小桌子邊，對著一臺電腦敲敲打打。

兄弟倆齊齊停住動作，短暫對視。

「咖啡壺裡有泡好的咖啡。」費御景破天荒地先開了口，態度勉強還算可以，起碼沒有那種明顯的針對和冷意，就像是對待普通的陌生同事。

「多謝提醒。」時進也擺出客氣的態度，沒有去動咖啡，而是倒了一杯牛奶，轉身坐到茶水間另一邊的角落，拿出平板開始搓麻將。

費御景聽到隱約的麻將音效，敲鍵盤的動作頓了一秒，然後繼續下去。

一邊是劈里啪啦的鍵盤聲，一邊是隱隱約約的麻將音效，兄弟倆井水不犯河水，氣氛難得地和諧起來。

也不知道忙了多久，費御景終於把要用到的資料全部整理完畢，摘掉眼鏡揉了揉眼睛，抬眼朝著另一個角落看去，卻發現那裡已經沒有人了，而檯子上的保溫壺裡多了一壺熱牛奶

——多和小進相處一下吧，你會明白我們這些年都錯過了什麼。

腦中突然閃過時緯崇那天說過的話，費御景皺了皺眉，起身嫌棄地看了一會那壺牛奶，冷笑一聲——這算什麼，打感情牌？時緯崇就是這麼被時進給哄騙住的吧？

正這麼想著，本來以為已經離開的時進居然又走回來，莫名其妙地看了一眼站在檯子邊的費御景，隨口招呼了一句：「忙完了啊。」然後擠開他，拿出一個杯子倒了杯熱牛奶，又從微波爐裡取了一份熱好的粥，用托盤端著拿出去了。

費御景耳尖地聽到了機艙裡傳來廉君的聲音，很明顯，這壺熱牛奶是時進為廉君準備的。

「……」有時候比被明顯針對來得更難堪的，是突如其來的自作多情。

費御景覺得自己大概是太累了，板著臉沒再看那壺熱牛奶，給自己倒了一杯咖啡，沒加糖。成熟的男人，就該喝最苦的咖啡，小孩子才會喜歡牛奶。

飛機在東南地區的L國降落，時進推著廉君下飛機，離開舒爽的空調後，他差點被東南地區特有的濕熱天氣熱到當場跪下。

明明該是四五月份氣溫最宜人的時候，L國卻又熱又悶，地面還濕漉漉的，應該是剛下過雨，遠處的建築被熱氣蒸騰起的水霧扭曲，人站在室外，簡直像站在一個蒸籠裡。

「我真是討厭來這裡。」卦九小聲嘀咕，娃娃臉皺成了老奶奶。

時進深有同感，不敢讓廉君在這種悶熱的環境下待太久，連忙隨著卦一的指引，推著人快步朝機場外接人的車輛走去。

他們這批過來的人比較多，如果安排小車，估計要分散開來分好幾輛，卦一怕人員太分散了行動起來不方便，就讓這邊安排一輛偽裝成旅行社車輛的大巴，把所有人全部塞上去。

到了車上，有空調吹著，眾人才覺得緩過來，稍作休整後立刻投入工作裡。

首先是文寶珠和費御景得和官方其他聯絡人員，聯繫上派駐在這邊的政府官員，兩方配合，以有在L國做生意的公民無故失蹤和疑似被綁架的理由，和當地政府建立聯繫。

其次是廉君這邊，救人的重頭戲還得看他們，卦二和卦三已經提早來此準備了一週，廉君得抓緊瞭解這邊的情況，接管後面的事情。

最後則是官方支援這塊，因為官方無法明面上出面，所以得找好各種藉口和偽裝，這些也都得抓緊安排。

車上一時間電話聲不斷，每個人都有一大堆要忙的事情，只有時進閒著，沒辦法，誰讓他只是個才入行沒多久的小新人，打架他在行，這種平衡大局和需要到處接洽的工作他就完全是摸瞎了。

廉君正在抓緊和卦二聯繫，時進坐在旁邊，稍微聽了一耳朵，發現卦二這一個星期真的很忙，不僅要調動滅在東南地區的人，還要派人盯著九鷹在整個東南地區的動向，找左陽的下落，除這兩件事外，他還需要盯著和九鷹有勾結的槍火及槍火的一眾下線組織，整個人忙得都快精神分裂。

和卦二同一批過來的卦三也沒閒著，要和老鬼逐一盤查鬼蜮被抓的屬下可能關押的具體位置、要派人去調查龍世躲藏的那個社區小醫院和罩著醫院的背後組織，還要派人幫鬼蜮收拾當初被九鷹弄散的生意，一個人恨不得當三個人用。

聽著聽著，時進不妙地發現，鬼蜮和九鷹起衝突弄出來的爛攤子，居然遠比他最開始以為的要大得多。

好像不止L國，周邊的N國和T國也全有鬼蜮的屬下被套住，而那個和九鷹有勾結的槍火在東南地區的地位，就和滅在華國的地位差不多，行事作風比滅更殘暴肆意一些，想從他手裡橫跨多個國家救人，難度不用想也知道很大。

而廉君等人之所以會把落地的第一站選在L國，是因為龍世躲藏的小醫院就在L國，官方和這邊政府的關係也比較好，方便後期的經濟案件運作。

總而言之，就現在的情況，滅必須先想辦法把鬼蜮的人全部救出來，並集中到L國，官方才能配合文寶珠和費御景的經濟案件運作，把人全部引渡回去。這和時進最開始以為的，只需要廉君這邊配合官方施壓，稍微壓制一下當地組織的設想完全不同。

此時大巴剛好行經一個比較偏僻的路段，小死突然出聲說道：「進進，你和寶貝的進度條突然開始漲了，附近有危險！」

時進一驚，拉回思緒看向腦內的進度條，見自己和廉君的進度條突然都暴漲到700，且仍在勻速增漲，狠狠皺眉，看向剛好掛掉電話的卦一，問道：「卦一，我們現在是要去哪裡？」

「去鬼蜮給我們安排的住處，老鬼說會派他的副手來接我們。那邊離L國政府辦公區域要近一些，方便文律師他們行動。」卦一解釋。

鬼蜮副手安排的住處？時進追問：「那邊有我們的人一起接應嗎？還是只有鬼蜮的人？」

卦一回道：「有我們的人，卦三正在往這邊趕來和我們匯合。」

也就是說卦三根本沒和那個鬼蜮的副手待在一起，也沒有提前去檢查過鬼蜮安排的住所和去住所沿路的安全情況？

小死語氣驚慌地提醒：「進進，進度條漲速變快了，850了！」

前方肯定有問題！絕對不能再往前走了！時進心思電轉，側身握住廉君的手，沉聲說道：「君少，我肚子疼，想上廁所，咱們能停下車嗎？」

廉君頓住，和電話那邊的卦二說了句稍等，側頭看向時進，見時進表情扭曲，一副等不及的樣子，沉默地摸了摸他的手，朝卦一示意了一下。

卦一嘴角抽了抽，起身跟司機交涉。

大巴在兩人的進度條漲到950時停了下來，時進快速衝下車，隨便在外晃了晃後又飀一下衝回來，演技浮誇地朝著司機說道：「這附近好像沒有公廁啊，您能繞路幫我找找廁所嗎？」

司機是滅的人，常駐L國，對當地路況十分熟悉，聽到這要求直接發動大巴，邊撥動方向盤調頭邊說道：「這附近其實是有公廁的，不過這邊的文字你認不出也正常，我帶你去個大點的公廁吧，就在之前走過的一條岔路口上，牌子特別大，也特別好認。」

時進聞言眼睛一亮，在心裡狠狠把這個司機誇了一通，道了謝，還向車上的人道歉，表示耽誤大家時間了，十分不好意思。

車上其他人這才明白大巴為什麼突然停下和時進為什麼突然衝下車，見時進這麼說，當然表示沒什麼，人有三急嘛，大家不在乎在車上多等一會。

整輛車上只有兩個人知道停車的緣由後，表情變得不大友好，一個是落地後被卦一鎖住手腳丟在大巴最後面的龍世，一個是正靠在椅背上閉目養神的費御景。前者表情嘲諷而仇恨，後者表情冷漠而嫌棄。

大巴後退，拐彎，駛進岔路，偏離了原先的路線。

兩根進度條的數值從大巴倒車時就開始退了，等大巴拐入岔路時，數值已經降到800，時進鬆了口氣，靠在椅子上。

卦一見狀皺眉，遲疑說道：「你不會是憋不住……就這麼解決了吧。」

時進先是一愣，沒反應過來他的意思，等反應過來之後直接送他一個白眼，站起身十分明顯地扯了扯褲子，表明自己的清白。

卦一沉默，見廉君朝著自己看了過來，連忙轉移話題說道：「我去給鬼蜮那邊打電話，說會晚點到，免得他們一直等。」說完就準備去角落打電話。

時進連忙拉住他，建議道：「還是先打給卦三吧，問問他到哪裡了，如果他已經快到了，就讓他先過來和我們匯合，咱們一起去鬼蜮安排的住處。」這樣就算前方真有危險，也不怕因為人少出事了。

「也行。」卦一點頭，示意了一下車外，「那個應該就是公廁，去吧，如果你耽擱的時間太久，我就讓卦三先過來和我們匯合，正好君少有事要問他。」

時進聞言看向車外逐漸靠近的公廁，接過廉君貼心遞過來的衛生紙，決定要在廁所多蹲一會。

公廁的環境不錯，挺乾淨的，還是小隔間。時進拒絕了廉君陪他一起去的建議，獨自下車，找了個靠近公廁大門的隔間走進去。

一分鐘、兩分鐘、三分鐘……十分鐘過去了，時進接到廉君的電話，哼哼兩句含糊過去。

又過了幾分鐘，卦三的車隊終於根據卦一發的定位找了過來，同一時間，時進發現自己和廉君的進度條全都降到700，勉強算是安全了。

他心裡一定，這才從隔間裡走出來，剛準備去洗個手，就發現費御景居然也在廁所裡，還正好在洗手。

時進停步，兩兄弟在鏡子裡對視，還是費御景先開了口，語氣涼涼的，隱隱嫌棄：「你居然上完廁所不沖水？」

時進一僵，反唇相譏：「你居然偷聽人上廁所？」

空氣短暫安靜。

費御景臉一黑，轉身走了。

時進冷哼一聲，帶著懟人懟贏的驕傲愉快地把手洗了。

卦三是帶著一小隊人過來的，十幾輛改裝吉普車在街邊停成一排，看起來十分拉風，也十分不好惹。

時進出來時，卦三正在跟廉君解釋來晚的原因，皺著眉說道：「本來我今天能直接去機場接你們的，但昨晚鬼蜮內部突然出了點事，被耽擱到，所以來晚了。」

廉君是坐在卦三的吉普車上聽他彙報的，見時進出來，示意時進也過來，問坐在副駕駛座的卦三：「鬼蜮內部出什麼事了？」

「出了個叛徒，差點要了老鬼的命，老鬼氣壞了，昨天連夜整頓內部情況，我留下幫忙。」卦三解釋，表情有些難看，「老鬼這次栽大了，那個叛徒是個跟了他好多年的老人，現在老鬼懷疑之前九鷹能那麼輕易就重創他，是因為鬼蜮有內鬼。」

時進連忙趁機接話，說道：「那會不會鬼蜮給我們安排的住處也有問題？既然鬼蜮有內鬼，那說不定我們的行蹤早就被暴露了，左陽或許就埋伏在L國，等著我們送菜呢。」

卦三擺手安撫道：「不會的，你們今天的住處，是老鬼在揪出叛徒後，讓另一位值得信任的屬下臨時安排的，應該沒問題。」

時進幽幽說道：「那萬一老鬼那個屬下也是叛徒，兩個叛徒唱了齣雙簧，用一個叛徒傷老鬼這件事當幌子，讓我們放鬆警惕，其實真正的目標是我們呢？」

「……」卦三側頭看向時進，憋了半天，說道：「你腦洞真大。」如果真像時進說的那樣，那老鬼也太慘了點，身邊居然藏了那麼多叛徒。

「可是小心總沒錯的。」時進接話，側頭看廉君。

廉君接收到他的視線，手指點了點膝蓋，正準備說話，很遠的地方突然傳來一聲巨大的爆炸聲，緊接著有濃煙升起。

眾人大驚，齊齊扭頭看過去，卦三表情唰一下變了，對比了一下爆炸的方位和鬼蜮之前發來的住所定位，說道：「不好，爆炸的地方是鬼蜮安排給我們的住所，鬼蜮的副手還在裡面！」

所有人都騷動起來，齊齊朝著爆炸發生的方向看去，知道這次住宿地點的大巴司機和卦一更是立刻就發現不對，快步朝著廉君身邊靠近。

「君少，這個爆炸是針對我們的。」卦一靠近後篤定開口。

大巴司機也跟著點頭附和，說道：「根據路程和爆炸時間推算，如果我們沒有停下來等人，那麼這次爆炸肯定會傷到我們。」

卦三已經在他們說話的時候，就手快給鬼蜮的副手打電話，結果一直顯示無人接聽，心裡越發覺得不妙，放下手機朝著廉君看去，喚道：「君少。」

廉君收回看著爆炸方向的視線，吩咐道：「聯繫老鬼，告訴他爆炸的事情；通知官方，讓他們想辦法協調L國當地政府，讓我們參與這次的爆炸事件處理；安排大家分散坐到吉普車上，分開保護；以大巴為中心調整車隊，原地停留五分鐘，然後出發去爆炸現場。」

一系列命令發出來，眾人浮躁的心立刻踏實下來，紛紛點頭應是，各自忙碌起來。

時進安靜聽著，等大家都領命離開後才開口問道：「為什麼要原地停留五分鐘？」

廉君詳細解釋道：「五分鐘是給Ｌ國官方救援單位趕到現場的時間，我們需要他們幫我們打掩護。一般這樣的爆炸埋伏，第一波攻擊不成，後續很可能會跟著第二波，如果我們聽到爆炸動靜後直接趕過去，很可能會落入敵人圈套，被敵人的第二波伏擊打中。拖一拖時間，等官方趕到現場我們再去，埋伏的人就會有所顧忌，不敢盲目動手，甚至謹慎一點的人，可能在看到官方救援隊伍先一步到達時，就立刻安排人撤退。」

時進恍然大悟，覺得自己又長了一點知識。

廉君卻突然又說道：「有句老話說得很對，運氣也是實力的一部分。」

時進聽得心裡一緊，立刻打哈哈說道：「可不是嘛，咱們運氣好像一直挺好的……那個，你餓不餓？下飛機之後到現在你還什麼都沒吃，我記得大巴上有小冰箱，裡面有吃的，要吃點嗎？」

這話題轉得十分生硬，是個活人都能聽出來不對，廉君卻像是已經被愛情糊住智商，看了時進兩秒後就順著時進的話題說下去，真的被轉移了注意力。

原地停留五分鐘後，車隊保持著把大巴夾在中間的隊形，朝著爆炸地點趕去。

這次爆炸的動靜太大，沿路好多Ｌ國的居民從建築物裡走出來，滿臉驚疑地朝著仍在冒煙的爆炸地點張望。相近的幾條街道上時不時有警笛聲和消防車的鳴笛聲傳來，應該是附近的官方救援部門全都在快速朝著爆炸地趕去。

時進側頭看著窗外，看似在觀察沿路的情況，其實是在盯著腦內自己和廉君的進度條，見進度條沒再增漲，偷偷鬆了口氣。進度條沒漲，應該是埋伏的人在看到Ｌ國官方救援隊伍出現後，直接撤退了，前方已經沒有危險。

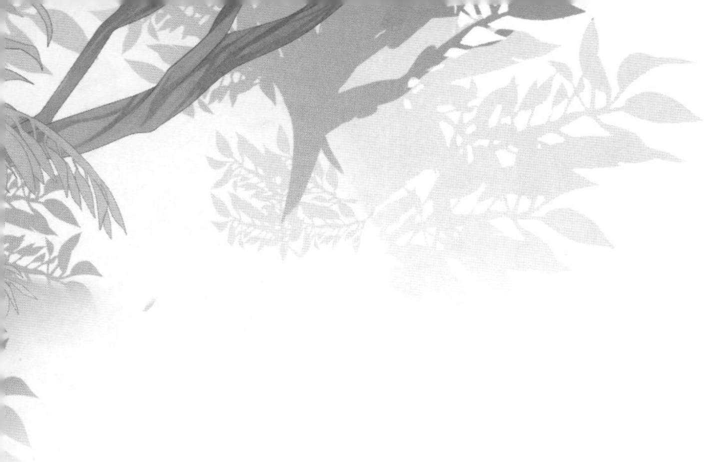

【第四章】

東南地區的複雜情勢

十幾分鐘後，眾人順利趕到爆炸地點。

那是一棟占地頗大的私人獨棟帶院別墅，此時別墅的主體建築已經垮塌，上面正冒著熊熊火光，院內一片狼藉，圍牆上被爆炸產生的氣流和碎片衝擊得坑坑窪窪，鐵製的雕花大門歪斜，部分爆炸碎片還散落到門外的街道上，別墅裡面十分安靜，只能聽到東西燃燒的聲音，看不出裡面有沒有人。

警車、救護車、消防車在別墅周邊停了一圈，有附近的居民探頭探腦地看熱鬧，局面看上去亂糟糟的。

卦一讓車隊停在距離別墅不遠的一條安靜街道上，然後喊上卦三，護著官方人員朝著別墅靠近，去和當地負責救援的人進行接洽。

卦五也下了車，帶人盤查了一下周圍的情況，確定安全後退回來守在廉君的車邊。

時進有些不踏實，刷上視力增強buff後，隱約看到有救援人員表情難看地拿著一些類似裹屍袋的東西進入別墅院子，忍不住問道：「君少，你說爆炸發生的時候，別墅裡有人嗎？」

廉君也看到了救援現場的亂象，看著時進不自覺嚴肅沉重起來的表情，沉默了一會，伸手握住他的手，安撫地捏了捏，說道：「時進，我不想騙你……和我在一起，你可能會看到很多並不美好的東西，在黑暗裡生存的人，生命都是沒有保障的。」

這就是委婉地給了肯定答案了。時進手一緊，眉頭緊皺，沒再說話。

官方人員和當地救援人員的接洽有些不順利，足足耗了十幾分鐘，才在一輛低調的小車避開所有聞訊趕來的媒體，悄然停到別墅附近時，獲得進入別墅查探情況的許可。

拿到允許後，卦一和卦三立刻回轉去找廉君，官方人員則十分默契地朝著那輛低調小車走去，那邊才是他們需要接洽的主要戰場。

在點人進別墅時，廉君問了問時進的意向，表示如果他不想去，可以待在車上等大家的消息。

時進毫不猶豫地選擇跟去，態度十分堅定。

他知道廉君這麼問，是怕他進別墅後看到一些不好的畫面，心裡承受不住，但他又不是真的只有十幾歲，而且要和廉君在一起，他怎麼能做一個處處被廉君照顧的廢物。

廉君見他如此，捏了捏他的手，沒再說什麼。

最後確定由五個人進入別墅，分別是廉君、卦一、卦三、時進和費御景。費御景是自己要求進去的，他現在是老鬼的律師，鬼蜮的住宿地出了問題，副手還生死不知，他必須代表老鬼進去看看。

時進瞄一眼表情目前看上去還十分正常的費御景，默默準備了幾個塑膠袋，還十分周全地帶了幾瓶水。

趁著當地救援人員拖住媒體的工夫，幾人趁亂進入別墅，先粗略掃了一下院內狼藉的景象，然後徑直朝著別墅內走去。

卦一沿路走沿路觀察，說道：「爆炸源在別墅中心，院子裡的碎片分布太均勻了。」

「那看來敵人是早就從內控制了別墅，不是從外攻擊。」卦三聞言接話。

此時別墅主體建築上因爆炸引起的火光已經被消防員撲滅，員警和救援人員在建築廢墟裡進進出出，時不時抬著一些裝著不明物體的黑色袋子往外走，表情全都很難看。

不用想，那些袋子裡裝的肯定都是屍體，或者說屍塊。

時進沉默，心情有些沉重。

眾人快走到別墅大門時，院子角落的地方突然傳來一些騷動，大家扭頭看去，就見一隊救援人員正指著院子裡的一棵樹說著什麼。時進順著救援人員指的方向看去，就見同樣被爆炸摧殘得不輕的樹上，一個疑似人體碎塊的東西正掛在上面，還在往下滴血。

他立刻收回視線，默默調整了一下情緒。

上輩子在當員警的時候，他也會看到一些比較血腥糟糕的畫面，但那些經歷，顯然還不足以讓他強悍到在突然面對某些糟糕的畫面時，能始終控制好自己的情緒。

大家顯然都看到了樹上的情形，卦一和卦三很冷靜，對他們來說，這種只是小場面。廉君也還好，他畢竟是當老大的人。就只有費御景的反應最大，雖然表情不明顯，但他立刻摘掉眼鏡的動作，暴露了他的不淡定。

廉君回頭看向時進，說道：「我可以讓卦一送你出去，換卦五過來。」

「我沒事。」時進搖頭表示沒什麼，說道：「進去吧，再拖下去，屋子裡的線索就要被救援人員破壞完了。」

於是廉君沒再說什麼，示意眾人繼續往別墅內走去。

費御景則皺眉看了時進一眼，像是有些意外他此時的沉穩。

屋子裡的情況比眾人以為的還要糟糕，裡面的傢俱幾乎全被炸成粉末，應該是客廳的位置此時只剩下一個爆炸後形成的坑洞，殘存的牆壁上一片焦黑，還留著滅火時的痕跡。

觸目所及，全是爆炸產生的焦黑痕跡和被污染的血液，空氣中飄著厚厚的灰黑色浮塵，有些部位不明的人體塊狀物散落在四周，救援人員正在收拾，空氣中飄著一股血腥味混合爆炸焦臭味後形成的噁心味道，聞得人頭疼。

時進屏住呼吸，壓下反胃的感覺，找救援人員要了幾個口罩，給大家一人分了一個。

卦一和卦三接過口罩，也都有些意外時進的沉穩冷靜。本來按照他們的設想，第一次見到這種慘烈景象的時進，就算不嚇得轉頭就跑，也總該會有些不適應和腿軟害怕，結果沒想到時進居然是他們裡面第一個回過神，想到要給大家要口罩的人。

不過這也可能是愛情的力量。他們這樣想著，視線就落到了第一個接到口罩的廉君身上——有些時候，戀愛使人堅強。

相比起時進的迅速回神，費御景的反應就要「正常」許多，他臉色糟糕，拿過口罩後立刻戴起來，視線儘量不往那些血淋淋的事物上看，眉頭皺得幾乎能夾死蒼蠅。

時進遞給他口罩後，又默默掏出塑膠袋和一瓶水，遞給他說道：「給，去外面吐吧，吐在這裡太影響環境。實在受不了的話，可以回車上去。」

費御景覺得自己被小看了，沒有接東西，抗拒說道：「誰說我要吐，拿回去，我不需要。」

這要是在平常，在被費御景這麼拒絕好心之後，時進肯定不會再理他，但此時眾人身處的地方實在太像地獄，費御景作為在場唯一一個沒看過什麼血腥場面的「普通人」，時進本著基本的做人良心，決定還是憐愛一下這個頑固不聽勸的大律師，耿直說道：「別強撐了，我看到你喉結動來動去，想吐出來的東西再嚥下去，你不覺得噁心嗎？」

他描述得太仔細也太真實，費御景本來壓下去的吐意硬生生被他這話勾了上來，喉結再次忍不住動了動，眼神帶刀般地看他一眼，伸手扯過塑膠袋和水，轉身頭也不回地朝著別墅外走去。

時進還不忘貼心提醒：「走遠一點，記得把垃圾丟垃圾桶裡，別給救援人員增加清掃負擔。」

費御景腳步一頓，然後加快腳步朝外走去，帶著點咬牙切齒的味道。

準備一番後，眾人正式開始查探別墅。卦一負責調查爆炸原因和尋找爆炸殘留物，卦三負責辨認別墅裡屍體的身分和尋找生還人員，廉君負責和暫時無法趕過來的老鬼接洽，告知對方現場的情況，時進沒被安排任務，往四周看了看，默默加入救援隊伍。

他戴上手套，套了件罩衣，隨著救援人員在別墅內穿梭，學著救援人員的動作輕手輕腳地整理東西，身上很快沾了血，動作卻越來越熟練專業。

卦一完成自己的任務後轉到廉君身邊，見時進如此，忍不住說道：「君少，時進真的是天生吃這行飯的料，他心理素質太好了。」

「嗯。」廉君應了一聲，視線一直定在時進身上，臉上卻並不見喜歡的人被人肯定和誇獎的受用，反而眉心微攏，表情微沉。

在一邊壓著不適記錄現場情況的費御景聽到兩人的對話，也側頭朝著時進看去，剛好看到時進小心翼翼收攏裹屍袋的認真樣子，狠狠皺眉，抬手按了按臉上的口罩，挪開視線。

大半個小時過後，別墅基本被整理好了，時進摘掉手套罩衣，剛準備回廉君身邊去問問調查的整體情況，就見之前去分辨屍體的卦三匆匆從外面走進來，皺眉說道：「老鬼的副手找到了，還沒死，在院內的狗窩裡。」

狗窩？時進皺眉，本能地覺得不好，三兩步跑到廉君身邊推著他的輪椅，和卦一等人一起朝著外面走去。

老鬼為廉君準備的這棟別墅環境十分不錯，後院附帶一個游泳池，游泳池邊有一個小花園，花園角落放著一個卡通造型的木製狗窩，看起來很新、很浮誇，應該只是個裝飾，並沒有真的養寵物。

時進他們趕到的時候，醫護人員和救援人員正在小心拆除狗窩的屋頂和牆壁，周邊的人只能隱約透過狗窩頂上被爆炸弄出的破損縫隙，看到一點狗窩內部的景象，但就只是這一點，也足夠讓人觸目驚心。

那是一隻手，血糊糊的，癱在狗窩右上角的地面上，上面一根手指都沒有，只剩下一個光禿禿的手掌。

時進心裡一震，本能地彎腰捂住廉君的眼睛。

廉君坐在輪椅上，高度不夠，其實根本沒看到什麼，被時進突然捂住眼睛時還愣了一下，但他很快反應過來時進這樣做的原因，拉下他的手握緊，忍不住再次說道：「時進，你出去吧，換卦五進來。」

時進稍微斂了斂情緒，反握住他的手，仍是拒絕，搖頭說道：「我沒事，先過去看看吧。」

他們說話的工夫，卦一和卦三已經靠到狗窩邊，醫護人員和救援人員也徹底拆開狗窩，露出躺在裡面的人，然後所有人都沉默了，壓抑沉重的氣氛瀰漫。

「救不了了。」醫生滿眼難過和不忍，搖頭說道：「給他用點止痛藥吧，讓他走得輕鬆一點。」醫生是L國人，說的是本地語言，時進根本聽不懂，但在他推著廉君靠近，看清躺在狗窩裡的副手的模樣時，他大概猜到醫生說的是什麼。

此時躺在狗窩地板上的副手已經不能算是一個人了，大概是為了把他塞進狗窩裡，傷害他的人喪心病狂地弄殘了他的身體，還瞎了他的一隻眼睛。

從副手身上的各種傷口來看，在被弄殘之前，他還受了不少別的折磨，而且他此時面色青紫，口吐白沫，很明顯，除了傷，他大概還被餵了毒。

費御景一看到副手的模樣就迅速扭過頭，抬手捂住嘴，臉色變得更加糟糕。

時進握緊輪椅扶手，也是一句話都說不出來，心裡沉沉的，還生起一股恨意，恨怎麼會有人對同類這麼殘忍。

現場是一片壓抑的靜默，大概是被醫生徒勞包紮傷口和餵藥的動作喚回一點意識，本來眼神渙散的副手突然扭頭，眼珠挪動，在看到坐在輪椅上的廉君時眼神突然亮了，身體掙扎著動了動，含混說道：「我……我沒有背叛鬼哥……他們……想用兄弟們的命逼我引、引你過來……我、我沒有……君……君少……幫我跟鬼哥……說句，對不起……兄弟們的命我沒有保、保下來……是槍、槍火……」他的舌頭似乎也被傷了，邊說邊有鮮血往外冒，時進受不了了，側頭深吸口氣，不忍再看下去。

廉君突然站起身，走到副手身邊，蹲下身摸上副手心臟的位置，看著副手的眼睛回道：「我會幫你轉告，鬼蜮其他被扣住的兄弟，我也會幫忙救出來，你放心走吧。」

副手聞言表情陡然放鬆，眼裡聚集的光亮瞬間黯淡，眼睛慢慢閉上，聲音幾不可聞：「我……

信你……謝謝……」

手掌下本就微弱的心跳聲漸漸消失，廉君停了良久才收回手，看著副手的屍體，沒有動也沒有說話。

「沒有生命跡象了。」醫生難過宣布，放棄了手裡徒勞的包紮。

卦一牙根緊咬，忍不住低罵了一聲。

卦三更是受不了地轉身抹了把臉，緊緊握拳，把手裡記錄屍體名單的紙捏得皺成一團。

收拾屍體和眼睜睜看著一個活人在眼前失去生命，這兩件事帶給人的衝擊完全不同。時進像是脫力一般鬆開輪椅，愣愣看著副手的屍體，眼裡一片黯淡沉鬱。

大家都變得更加沉默，幫忙收拾好副手的屍體後，雖然仍在各自忙著完成手上的工作，但情緒明顯壓抑了幾分。

時進在眾人匯總資訊時，將廉君推到院子裡一個植物稍微多點的地方，蹲在他身邊用衣服給他擦手上捂住副手心臟時沾到的血液，一根手指接一根手指，十分認真仔細。

「時進。」廉君反握住他的手，問道：「你會怕嗎？」

時進抬眼看他，乾脆坐到地上，沉默幾秒後問道：「那你呢，你會怕嗎？」

「怕。」廉君看著自己手上擦不乾淨的血跡，突然傾身抱住時進，沉聲說道：「時進，你不能死在我前面，絕對不行。」

時進抬臂回抱住他，摸了摸他的脊背，像是承諾一般，應道：「好，我死在你後面。」

廉君沒再說話，把臉埋在他的肩膀處，停留幾秒後又突然鬆開他，表情恢復正常，說道：「走吧，該出去了，老鬼應該快來了。」

時進看一眼他緊握的手掌，低應了一聲，起身扶住他的輪椅，推著他朝外走去。

此時外面看熱鬧的人群和媒體已經散去大半，眾人十分順利地回到車上，互相交流了一下各自調查到的資訊後，遺憾地確定，老鬼派來接應廉君的十六名屬下，全部死在這場爆炸裡，一個活口都沒有。

「槍火。」廉君接過卦三遞過來的死亡名單，低聲念著這個名字，眼裡一片暗沉。十六條人命，哪怕這次死的不是滅的人，槍火這舉動也足夠挑釁。

◆◆◆◆

老鬼趕過來的時候，救援人員已經收拾好現場，正準備把所有屍體裝車運走。卦一本來想攔一下老鬼，不讓他進去看別墅裡的慘狀，被廉君阻止了。

老鬼直奔別墅而去，停在院子裡擺放屍體的地方，站了幾秒後上前挨個把裹屍袋打開來看，最後蹲在副手的屍體面前，咬緊牙根握緊雙拳，眼眶通紅，卻沒有流淚。

廉君滑動輪椅來到他身後，拿出一個手機說道：「發現副手的時候，他身邊放著這個，但他沒有用它求救。別墅裡的炸彈是遙控引爆的，除副手之外，另外十五個人全部死在屋子裡。副手左手十根手指全斷，右手留了拇指和食指，應該是槍火故意的。」

老鬼聞言唰一下回頭看過來，起身快步靠近，幾乎是用搶的拿走廉君手裡的手機，發現這是最普通的一次性手機，上面乾乾淨淨什麼都沒有，卻裝了電話卡，可以往外打電話。

「他本來可以求救的……他本來可以求救的。」老鬼捏著手機，反覆重複這句話，聲音沉沉的，語氣裡的恨意越來越濃。

根據調查出的情況來看，副手在死之前確實是可以求救的，這個手機應該是槍火故意留給他的，但副手沒有用，就眼睜睜看著屋內的炸藥爆炸，帶走他十五個屬下的性命。

事情已經很明顯了，槍火早就控制住別墅，試圖伏擊今天到達的廉君，但因為各種意外，廉君沒有準時過來，甚至選擇了偏離原先路程，停車等候卦三。

槍火在發現廉君停車時，估計曾想讓副手把廉君儘快引過來，不讓廉君和卦三匯合，但副手沒有照做，所以副手受了折磨。之後槍火應該是被副手的硬氣惹火了，就乾脆把副手弄了個半死，丟給他一個手機，把他的屬下全部綁在屋子裡和炸彈作伴，用屬下的性命逼他打電話求救，引廉君過來。

副手顯然還是沒有聽話，死撐著和槍火耗，最後廉君等到了大部隊，成功和卦三匯合，槍火知道今天機會已失，於是引爆了炸彈。

「在決定暫時停車的時候，我曾給你的副手打過電話，他當時語氣正常，還表示不用著急，晚一點過來也沒關係。當時他電話掛得很快，我卻沒有注意到這點不對，是我的疏忽。」卦一開口，語帶自責。

老鬼嘴唇顫抖幾下，之後用力抿緊，壓下所有沉痛，說道：「老文這個人心思細，善偽裝和談判，他要是不想讓你聽出和看出不對，你壓根不會發現他語氣上的任何問題，這不怪你，他……他做得對！就算你們沒停車，照常往前行駛，老文肯定也會想辦法給你們提醒，讓你們別靠近別墅，如果攔不住，他估計會選擇先一步和槍火的人同歸於盡……他肯定會這麼做的，他肯定會。是我的問題，在發現鬼蜮有內鬼的時候，我就該多小心一點，不讓大家單獨行動，是我的問題。」

廉君看出了他極力壓抑著的情緒崩潰，沉默了一會，還是選擇現在就轉告給老鬼，副手臨死前拜託他轉告的話——沒有背叛，對不起沒有保下兄弟的命。

老鬼臉皮抖了抖，喉結上下滾動，理智終於被這最後一根稻草壓垮，喉嚨裡發出一聲壓抑的泣音，轉身面向副手的屍體，蹲下身埋下頭，肩膀聳動著哭了出來。

L國的五月初，剛好是雨季開始的時候，天氣又熱又悶，遠處烏雲滾動，似乎是又要下雨。暗沉的天空、地獄般的死亡景象、壓抑的哭聲，一切都像是被籠罩上一層灰濛濛的色彩，逼得人眼眶酸痛。

時進看著老鬼哭泣的背影，心裡悶悶地堵得慌，也側頭抹了把臉。

在黑暗裡行走的人，想迎來光明，實在是太難太難了。

天擦黑的時候，別墅的事情終於都處理完了。

老鬼整理好情緒，帶人去料理屬下的後事，廉君則帶著自己的人，住進L國的一處官方建築。

這個住處是官方和L國當地政府協調的結果，槍火行事囂張，在東南地區就是個毒瘤般的存在，現在有人要幫忙收拾槍火，L國官方很樂意給幫手們開點後門，提供一點便利。

這真是一種奇怪的體驗，一群來自別國的黑社會，住進L國官方提供的住處，被L國的士兵嚴嚴實實地保護起來。

所有人安頓好後，大家聚在一起吃了一頓沒滋沒味的午餐，然後各自回房休息。

時進在推著廉君回房後，給廉君放了缸熱水，讓他好好泡個澡，然後自己快速沖洗一下，也不回自己的房間，就留在廉君的房裡，和他一起看外面漸漸變大的雨。

「接下來咱們要怎麼辦？」時進問。

廉君看著玻璃窗上的雨水痕跡，回道：「把槍火給我們的下馬威還回去。」

時進一愣，側頭看他，問道：「怎麼還？」

轟隆隆，天上烏雲滾動，悶雷聲不斷。

廉君像是被雷聲拉回些許神志，看向時進，表情慢慢放緩，伸手摸了摸時進的臉，不答反問：「累不累，要睡個午覺嗎？」

這個話題轉移得十分生硬，明顯是為了逃避回答問題。

時進握住廉君的手，看著廉君哪怕努力收斂，也仍無法完全遮掩的暗沉眼神，傾身抱住他的肩膀，心裡已然明白，廉君不願意回答他問的問題，是因為問題的答案絕對不會是他想聽的。

暴力組織之間的恩怨糾葛，只有四個字能夠解決——血債血償。

傍晚的時候，老鬼帶著人回來了，換了一身黑衣，面色看著比之前更糟糕了幾分，但精神卻反常地好，像是有什麼東西支撐著他一樣，讓他不能軟弱、不能倒下。

知道他回來後，廉君去找他說了一會話。

兩位首領在書房裡單獨待了大概一刻鐘的時間，之後老鬼推門出來，帶著人冒雨再次離開。廉君後一步出來，讓守在外面的卦一打電話給卦二，吩咐他全力配合老鬼。

時進把這一切看在眼裡，沒有多問什麼，推著廉君回房。

慣例的腿部按摩後，時進回自己房間洗了澡，然後又回到廉君的房間。

廉君正靠在床頭翻看文件，見時進穿著睡衣進來，問道：「怎麼了，落下什麼東西了嗎？」

時進沒有說話，徑直走到床邊，從另一邊掀開被子躺上床，閉上眼睛。

廉君一頓，放下手裡的資料，側頭看向躺在身邊的時進，看了一會，伸手想碰他又收回，小聲喚道：「時進？」

時進睜開眼看他，嚴肅說道：「時間不早了，該睡覺了。」

廉君看著他故作嚴肅的表情，突然笑了，把資料放到一邊，順勢躺下側身對著他，伸手摸了摸他的臉，說道：「謝謝你。」

「搞不明白你在謝什麼……」時進皺眉嘀咕，也側過身和他面對面，握住他的手，再次閉上眼睛說道：「不許再說話了，晚安。」

廉君勾唇，傾身靠近他，聽話地沒有說話，胳膊卻動了動，撐起身體，低頭朝著他吻下去。

時進睫毛抖了抖，抬手抱住他的身體，主動張開嘴，加深了這個吻。

兩人的姿勢慢慢從面對面變成了一上一下，察覺到時進的主動，廉君的動作稍微有些失控，手摸索著捧住時進的臉，撐起身體懸壓在他身上，放縱了自己的渴望。

「唔。」時進舌尖被咬了一下，忍不住低哼了一聲。

廉君發出一聲低笑，稍微收斂了一下動作，輕輕蹭了蹭他的唇瓣。

時進本來只是準備過來陪陪廉君，和對方蓋著棉被純聊天，用陪伴來安慰他的，卻沒想到局面完全不受控制，明明只是一個簡單的晚安吻而已，卻因為他一點小小的主動，被廉君帶成這樣激烈的模樣。

被子裡的兩人身體交疊，廉君身上穿的是睡袍，此時已經被蹭亂，衣領歪斜，露出鎖骨和小半胸膛，在燈光下顯得十分誘惑。

時進在親吻間隙看到，腦子還沒反應過來，手就已經先一步摸上廉君的身體，輕輕撫摸。

廉君呼吸微亂，吻漸漸變了位置，身體邊往下移，手邊往被子裡伸，想去碰時進的身體。

「嘎——」

氣氛正不可控時，一聲壓抑且怪異的鴨叫聲突然在時進腦內響起，時進被本能填滿的大腦瞬間清醒，意識到自己和廉君現在的情況，想起小死的存在，腦子轟一聲炸開，忙縮回亂摸廉君的手，然後捉住廉君已經伸進被子裡的手，直接抽出來，說道：「別。」

曖昧的氣氛瞬間消散。

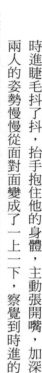

廉君動作一頓，咬了一口他的耳垂，重新懸起身看他，默默調整了一下呼吸，低頭貼了貼他的嘴唇，之後反握住他的手，與他十指緊扣後倒回床上，把他攏到懷裡安慰地撫摸他的背，說道：「是我太急了，睡吧，晚安。」

時進年輕身體好，反應比廉君大，此時呼吸都還是亂的，身體很熱，心裡卻有點涼，滿心都是生無可戀，在心裡狂戳小死。

小死裝死，最後扛不住被戳動了，語氣卻比時進還要生無可戀，說著說著還自責地哭了：「我本來想忍住的，但我沒忍住……寶貝我對不起你嗚嗚嗚，進進你遮罩我吧嗚嗚嗚……嘰嘰嘰。」

時進：「……」這都嘰起來了，看來小死之前確實忍得很努力，可惜沒忍住。

也幸虧沒忍住，不然他就要被一個屬性奇怪的系統觀賞親密戲了，有點可怕。

廉君見時進不說話，還以為是自己的唐突惹他生氣了，連忙小聲哄了他幾句。

時進從滿腦子的哭聲中回神，在心裡嘆了口氣，把腦袋扎進廉君懷裡，解釋道：「沒有，我沒有生氣，也不是不想和你怎麼樣，就是……就是我這次沒做好準備。」下次他一定記得提前把小死關小黑屋！

小死聽到他的心聲，立刻又是一陣暴哭。

時進覺得頭疼，本來嘛，他身為一個成年男人，在有了一個喜歡得不得了的對象之後，偶爾和對象擦槍走火發生點什麼，那也是很正常的。

而且這個對象白天又剛好受了點刺激，兩人做點親密事，轉移一下注意力，好像也挺不錯。

結果萬萬沒想到，他這邊不準備要臉皮，想好好爽一爽，「孩子」卻跑出來搗亂了。鬧到最後，他不僅沒爽到，還得安慰受了驚嚇的「孩子」，又得向被他拒絕做親密事的對象解釋，心裡別提多悲催了。

廉君直接想歪了他的解釋，摸摸他，安撫道：「我明白，你還小，睡吧，我不會再動你了。」

不會再動？這什麼意思？是說今晚不再動，還是以後都不再動了？難道廉君準備和他談那種柏拉圖式的戀愛？別啊，廉君這麼好，不發生點什麼，他對得起活了兩輩子才脫掉的單嗎！

大概是被身體的衝動糊住腦子，時進聞言腦內迅速颳起風暴，身體比大腦更快，伸手就用力抱緊廉君，貼在他身上蹭了蹭，認真說道：「不，你還是動吧，我喜歡你動。」

小死：「嘎！」

時進眉毛一抽，瞄一眼廉君在燈光下顯得越發好看的臉，果斷選擇勾了一下進度條，然後伸手扒拉開廉君胸口的衣服蹭上去親了親，被子裡的手動啊動，抓住廉君的手，往自己身上放，小聲嘀咕：「我們不動全，就稍微摸摸，摸摸又不耽誤什麼。」

喜歡的人這麼主動，廉君呼吸立刻就亂了，被握住的手化被動為主動，勾住時進的腰，把他帶到了懷裡。

小死直到第二天早上才被時進從小黑屋裡放出來，整個系統都蔫了，幽幽說道：「進度條沒漲，真好。」

時進從昨晚被美色迷惑住的狀態中回過神，見它這樣，稍微有些心虛，低咳一聲說道：「咱們住的地方是L國官方的建築，卦三還安排了人輪流守夜，不會有事的。」

「喔。」小死乾巴巴應聲，反常地話少。

時進不忍心了，哄道：「下次不把你關這麼久了，我發誓。」

「男人靠得住，母豬能上樹，男人都是大豬蹄子、男人都是大騙子，寧願相信這世上有鬼，也不能相信男人的破嘴。」小死念咒似地說，聲音機械而麻木。

時進：「……」

小死開始哼唧。

時進低頭戳平板，裝傻不上鉤。

小死終於憋不住，試探問道：「那你和寶貝昨晚，你們有沒有、有沒有……」

「沒有。」時進回答，想起昨晚，心裡就忍不住一蕩，面上卻維持正經，起身說道：「廉君說卦二今天會過來，我去看看。」

小死遺憾地「啊」了一聲，這下是真的蔫了。

卦二在午飯前趕了過來，人瘦了，也黑了，臉上還帶著鬍碴，身上穿著一身皺巴巴的迷彩服，到了之後連水都沒來得及喝一口，就找廉君彙報道：「昨晚我配合鬼蜮，翻了槍火三個下線組織，劫了他們幾批很重要的貨，抓了他們的老大。老鬼這次也是下了重本，拚了好多生意不要，硬是牽住九鷹在這邊的部分生意，左陽估計也要坐不住了。」

「不錯。」廉君點頭，示意他坐下，問道：「老鬼呢？」

時進倒了杯水放到卦二面前。

卦二道了謝，一口氣把水喝完，抹了下嘴才回道：「老鬼沒過來，在忙生意的事。他準備切斷所有目前能切斷的生意，放棄東南地區的全部利益，和九鷹徹底撕破臉死磕。」

時進聽得心情有些複雜，看來副手的死對老鬼的打擊確實很大，老鬼這次是鐵了心要和對方鬥到底了。

廉君摩挲了一下資料的邊角，又問道：「槍火所有下線組織的名單整理出來沒有？」

「整理出來了。」卦二回答，掏出一個隨身碟遞過去，「但名單應該不齊全，槍火有幾條生意線明顯有問題，肯定有暗線組織在幫忙，可惜時間太短，我沒查出來。」

「這些就夠了。」廉君安撫，把隨身碟插入電腦，簡單掃了一遍名單，手指點了點桌面，「把大家都喊來，開會。」

卦二應了一聲就要起身去喊人，時進阻止他，讓他坐著休息一會，自己起身去了。

喊完人後，時進順手給卦二拿了一份吃的回去。

卦二大呼時進貼心，抬手就想拍他肩膀，手抬起來一半，注意到時進脖子上有一個類似蚊蟲叮咬的紅色痕跡，動作一僵，瞄一眼坐在書桌後面正在和卦一說著什麼的廉君，果斷把手一拐落回自己下巴上，用肩膀撞了時進一下，壓低聲音問道：「小進進，你把君少拿下了？」

時進莫名其妙地看著他。

卦二意有所指地瞄了一眼他的屁股，眼神猥瑣。

時進眉心一跳，毫不猶豫地比出一個剪刀手，朝著他雙眼插去。

卦二連忙仰頭躲，低聲悶笑，十分欠揍。

有卦二插科打諢，大家因為老鬼副手死亡而持續低迷的氣氛終於好了一些，廉君和卦一交流完卦二送回來的資料後，喚回大家的注意力，說道：「槍火行事無忌，想用溫和的方法從他手裡把人搶回來太難，所以我和老鬼商議了一下，決定以牙還牙。」

時進聽得心裡一動，立刻意識到卦二送來的那份名單的意義。

「九鷹和槍火之所以在面對鬼蜮的事情上如此有恃無恐，是因為他們手裡押著老鬼的人，知道老鬼不敢太過反抗。既然如此，那麼我們也扣幾個槍火的人，把被動的局面扭轉過來。」廉君把電腦轉過去給他們看，說道：「這是槍火的一部分下線組織名單，其中有四個小組織是在槍火比較重要的生意線上，我們接下來要做的，就是端掉這四個小組織，活捉他們的首領。」

果然是這樣！時進心情激動起來，覺得此時輕描淡寫說著這些的廉君簡直帥呆了！

血債血償，以牙還牙，廉君在處理這種需要和人對抗的情況時，手段總是又硬又乾脆，十分讓人解氣！

卦一等人聞言也都是精神一振，卦二還忍不住搓了搓下巴，嘲諷說道：「九鷹最開始針對鬼蜮，是因為鬼蜮動了他們的利益，想警告鬼蜮。後來槍火和九鷹扣著鬼蜮的人不放，應該是瞧中了鬼蜮在東南地區的利益。其實如果他們最開始在扣住人的時候就找老鬼談條件，老鬼肯定會割肉給他們的，只怪他們太貪心，不止想割老鬼的肉，還想活吞了他。這下好了，現在老鬼寧願把生意爛掉也要和他們魚死網破，我是該說他們活該呢，還是說他們該死呢？」

「該死。」卦一難得接了他不著調的話，表情很冷。

時進側頭看卦一一眼，在心裡默默認同卦一的話。

廉君等他們說完話才又敲了敲桌子引回他們的注意力，繼續說道：「四個組織，剛好你們一人負責一個，卦一和卦五手上的事暫時交給卦九負責，都散了吧，下去做準備。」

四人齊齊應聲，默契起身，拔腿就走。

時進愣愣看著他們離開，有點點懵，扭頭看向正在關電腦的廉君，抬手指了指自己的鼻子，問道：「君少，那我呢，我沒任務嗎？」他還以為他在這邊聽了這麼久，會有事情給他做，結果到最後連不在這邊的卦九都有了活幹，就他什麼都沒有嗎？

而且他似乎已經閒很久了，自元麻子那個任務後，他就一直沒再接到過新的工作。

廉君被他問得愣了一下，難得回不上話。

時進見他如此，小心猜測道：「你不會是……忘了我也是你的屬下吧？」

「……你隨身保護我。」廉君迅速找回語言，蓋上筆電，表情淡定，「順便幫卦九分擔一下工作，看管龍世的事情也交給你。」

時進沉默，覺得自己發現了真相，廉君現在是真的不把他當屬下了。

「唉。」時進第無數次嘆氣，靠在客廳的沙發上，十分發愁。

小死有點點擔心，問道：「進進，你怎麼了？」

「我在分析辦公室戀情的利與弊。」時進回答，說完忍不住又嘆了口氣。

小死十分迷茫：「辦公室？進進你想要自己的辦公室了嗎？」

「我一個無業遊民要什麼辦公室。」時進翻個身趴在沙發靠背上，望著窗外又開始淅淅瀝瀝落下的雨，苦惱說道：「廉君以前是我的老闆，我給他幹活，他給我工資，大家各取所需，都很舒服。現在我和他的關係變了，他還是給我工資，但卻下意識地不再給我工作，那我這不是相當於被他白養著嗎？」

小死覺得他說得不對，反駁道：「你有工作啊，寶貝之前不是說過，你的工作就是貼身跟著他、保護他，現在你每天陪他吃飯，給他按摩，照顧他、關心他，明明就把工作完成得很好啊，寶貝還胖了一點呢。」

時進聞言愣了一下，順著這思路一想，覺得小死的話說得好像有點道理，他的工作可不就是貼身跟著廉君嗎？從這點看，他其實一直都有在努力工作。

但還是覺得有哪裡不對。他皺眉，翻回來靠在沙發上，認真思索了幾秒，突然一臉反應過來地坐直身，說道：「不對啊，我照顧他、關心他，那是因為我喜歡他，都是順手的事，不是因為我要去完成什麼必須完成的工作，照顧他怎麼就成工作了。」

小死弱弱反駁：「可你和寶貝還沒在一起的時候，你也在照顧他啊，那時候這就是你的工作，進進，你到底在糾結什麼？」

時進噎住，發現自己居然沒法反駁小死的話，自個憋了半天，又放鬆身體靠回沙發上，長嘆口氣說道：「我就是覺得，沒確定關係之前，我領薪水照顧他，這沒毛病，可現在我和他都是這樣的關係了，我再領錢照顧他，那我成什麼了……我想多幫他做點事，他太累了，什麼都要操心……」

比如說現在，廉君就在操心卦一等人去搗毀四個小組織的事，開完會就立刻喊了卦九去整合資料，幫卦一他們調人手，忙得午飯都是隨便解決的。

卦一等人也都在各自忙碌準備著，要搗毀的四個組織分別位於四個完全不同的方位，有一個還跨了國境，他們要儘快準備好必須物品、趕到小組織所在地、熟悉敵方資料、調動人手、制定作戰計劃……而就在眾人這麼忙碌的時候，他卻什麼忙都幫不上，還閒得在這思考起「辦公室戀情」這種糟心的問題……

「我可真是個廢物。」時進低嘆出聲，沒注意把這句話真的說了出來。

「原來你還有點自知之明。」不知何時出現在客廳裡的費御景接話，語氣依然十分欠揍。

時進抬眼看他，見他西裝上還帶著雨水，頭髮也是半濕的，猜他應該是剛剛忙完從外面回來，掃到他眼下的黑眼圈，想也沒想就說道：「昨晚沒睡好吧，做噩夢了？」

任何普通人，在見到別墅裡那糟糕的景象之後，在短期內，睡眠品質估計都會有不同程度的影響。費御景黑眼圈這麼深，絕對是一晚上都沒睡好。

費御景被他問得一僵，冷笑一聲，說道：「你以為我是你。」說完轉身頭也不回地走了，速度有點快。

時進默默目送他走遠，對他的嘴硬有些無語，又扭頭看向窗外，見樓下卦三帶來的人正在冒雨整理車隊，想起昨天在別墅裡見到的慘狀，心情實在沒法輕鬆起來。雖然反擊很讓人振奮，但反擊的過程中，應該仍避免不了出現人員損傷……

初步準備好後，卦一等人先後帶著人離開，朝著各自的任務目的地前進。

廉君和時進一起送他們出門，看著他們乘坐的車輛一一消失在道路盡頭，直到再也看不到影子才收回視線。

「時進，我不是忘了你除了是我的戀人，也還是我的屬下，你很優秀，我從來沒想要浪費你的才能，把你時時困在身邊，不讓你成長。」廉君突然開口，放在輪椅扶手上的手輕抬，握住時進垂在身側的手，看著道路盡頭低語：「我只是還沒做好這樣看著你離開我身邊，親手送你去危險前線的準備。你經驗不足，不足以應付較大的衝突和戰鬥，我心理建設不夠，暫時還無法做到放你深入危險，我們都還沒有準備好……時進，給我點時間，可以嗎？」

時進一愣，低頭看向廉君，本能地反握住他的手，喚他：「廉君……」

「我喜歡你這麼喊我。」廉君仰頭看他，親了親他的手背，說道：「感情想要長久，磨合是必不可少的，我太忙，有時候會忽略一些事，你記得提醒我，我不希望你不開心。」

時進聽他這樣說，心立刻就軟了。這個人怎麼能這麼溫柔和周全，他只是那麼問了一句，後來心裡雖然有點點鬱悶，但也有意躲開了不想讓他發現，結果他還是發現了，還一忙完就認真解釋。他忍不住彎腰抱了抱廉君，說道：「我確實有點點不開心，但不是因為你，是因為我自己，我覺得自己什麼都沒幫到你……對不起，在你這麼忙的時候，還讓你為我煩心。」

「為你煩心是我的權利。」廉君摸了摸他的頭髮，安撫道：「你這樣陪著我，就是對我最大的幫助了。」

真會說話。時進眉眼間的低落情緒也散去一些，有些想笑，也有些無奈——雖然心裡明白廉君現在是在說些好聽的話哄他，但他還是十分沒出息地被這些好聽的話哄住了。

都說戀愛中的人會變傻，他也沒能免俗。有時候不是人真的變傻了，而是因為不想給喜歡的人增加負擔，所以願意當個好哄的傻子。

晚飯過後，出發的四人中，卦二第一個傳回消息——他已經到了槍火下線組織的大本營附近，正在整理人員和安排火力。

又過了兩個小時，卦三和卦五也陸續傳回消息回來，廉君挨個詢問了一下他們那邊的人員安排情況，確定一切都好之後，不再多問，讓他們專心制定作戰計劃。

大概夜半時分，領的任務最遠的卦一也終於傳回消息，表示已經到達目的地，正在和滅駐紮在當地的分部人員一起，邊調整人員，邊準備行動計劃。

到此，四個人算是全都進入正軌，一番資訊互通之後，他們十分默契地選擇同一種作戰方式——人員到位之後直接攻擊，把敵人打一個措手不及。

廉君沒有插手他們的戰術安排，表示等著他們的好結果。

這註定是一個不眠之夜。

時間剛過凌晨一點之後，卦二那邊第一個拉響戰鬥的號角。滅的實力毋庸置疑，卦二全程保持著和廉君這邊的通話，從他定時彙報的情況來看，滅幾乎算是碾壓地掃蕩槍火那個並不算大的下線小組織，不僅活捉首領，還翻出首領祕密藏著的一個保險箱，裡面好像裝著一些帳本之類的東西，算是個重大收穫。

這邊結束之後沒多久，卦三和卦五那邊也同步行動起來，同樣的碾壓和掃蕩，只不過卦三那邊沒捉到首領，對方看情況不對居然自殺了。

卦一那邊是最後行動的，他負責的小組織比較受槍火重視，不論是武力防禦還是大本營布置都是比較難攻下的，卦一為人比較謹慎，選擇先找到一個比較穩妥的突破口，拿下突破口之後再大面積直攻。

但饒是卦一那邊多耽誤了一會，到天亮時，最後一個小組織也順利被卦一拿下了，卦一還成功阻止了組織首領自殺，把對方活捉。

至此，廉君發出去的任務，只花了不到一天的時間就全部宣布完成，效率高得驚人。

時進圍觀了全程，驚嘆之餘，也深刻明白廉君這次不給他派任務的原因，就他目前的實力和經驗，還真的做不來卦二他們現在做的這些活。

身在和平年代的小員警，和戰火裡長大的黑道能手們，兩者實力和經驗的差距簡直是一個天上一個地下，不是出幾次小任務就能追得上的。

「立刻撤退，不要讓槍火斷了後手，我會調人掩護你們，多加小心。」廉君最後吩咐，然後靠到椅背上，揉了揉眉心。

時進回神，連忙湊過去關心問道：「要休息一會嗎？你忙了一晚上了。」

廉君放下手看向他，眉眼間的疲憊散去一些，摸了摸他的臉，說道：「連累你陪我熬了一晚上，我得盯著他們撤退，你去休息吧，我讓卦九替換你。」

「什麼連累不連累的，我的工作是陪著你，我只是在做我的工作。」時進嚴肅糾正，然後抓下他的手親了親，笑著說道：「那看來咱們還得再熬一會，我去給你弄點喝的過來，提提神。」

廉君被他笑得也忍不住翹起嘴角，握了握他的手，點頭應了一聲，沒再說讓他先去休息的話。

此時天只是矇矇亮，屋子裡的其他人都還睡著，時進放輕動作跑去廚房，抓緊熱了一壺牛奶，弄了一點吃的，然後端著托盤朝外走。

走到客廳時，時進發現客廳靠窗的單人沙發上多了個人影，有些疑惑，走近兩步仔細一看，見沙發上居然是還穿著一身睡衣的費御景，而且費御景的臉色十分糟糕，閉著眼皺著眉，眼下的黑眼圈也更濃了，一副正在艱難消化什麼的樣子，立刻瞭然，問道：「你是不是又做噩夢了？」

費御景被他的突然出聲嚇了一跳，立刻睜眼看過來，還在嘴硬：「不是，我只是起早了，出來透透氣。」

窗戶都關著透什麼氣？時進沒有戳穿他，放下托盤，從茶几的櫃子裡取出紙杯，給他倒了一杯牛奶，分了一疊點心，說道：「你這樣乾熬著肯定沒用，牛奶助眠，你晚上睡不著可以試試睡前喝杯牛奶。運動和適當的娛樂也有助於放鬆精神，還有睡前不要進行高強度的工作，實在沒事幹，你可以找朋友聊聊天，反正怎麼樣都比一個人乾熬著要強，你再這麼憋下去，小心心理出問題。」

「你在詛咒我？」費御景皺眉反問。

時進覺得他腦回路真的特別清奇，看傻子似地看他一眼，端起托盤回道：「是，我在詛咒你。」說完直接轉身走了，並不準備在他身上浪費太多時間。

費御景被他最後的眼神看得憋氣，盯著他的背影，看一眼茶几上還在冒熱氣的牛奶和香甜的點心，煩躁皺眉，又閉眼靠回沙發背上。

熬到上午十點，卦一等人終於全部確定撤退到安全地點。廉君放下心，喚來卦九讓他繼續盯著後續的撤退，帶著時進回房。

時進盯著廉君洗漱完，安頓他躺到床上，準備離開。

廉君卻抓住他的手，問道：「你不休息？」

「休息，我得去洗個澡。」時進回答。

廉君往旁邊挪了挪，說道：「我不介意，上來吧。」

時進沉默，想說我是想回房洗澡休息，接觸到廉君關心的視線，又把話嚥下去，順著廉君的動作躺到床上，幫他拉了拉被子，說道：「睡吧。」

廉君卻直接傾身壓到他身上，吻住他的嘴唇。

時進愣住，看一眼他閉目吻得認真的樣子，也閉上眼，抬臂抱住了他。

兩人睡到晚飯前才醒，醒的時候卦二等人已經全都回來了，正在補眠。廉君喊來卦九，問了問卦二等人的受傷情況，得到大家都沒有受傷的答案後放了心，繼續辦公去了。

晚上十點左右，卦二等人陸續醒了，找到廉君彙報情況。

活捉的三個首領和他們各自的重要屬下，已經全部打散關押在滅的各個分部裡，比較重要的資料都帶回來，卦九正在匯總整理。

廉君確認了一些細節，然後又點了幾個組織名字出來，讓卦一等人各自來領任務。

時進很意外，沒想到還有第二波針對槍火下線組織的清掃，卦一等人卻像是早有心理準備，各自領了任務，又默契地拔腿就走。

這次時進不會再傻乎乎地要任務了，目送他們離開後問道：「還要繼續打嗎？」

「打，什麼時候槍火主動找我們談判，我們什麼時候停。」廉君回答。

時進聞言想起當初左陽想要用龍世引廉君上鉤，卻硬是被廉君逼得自己先跳腳的情況，突然覺得此時的情況和當時的情況有那麼點點相似。

他覺得自己懂了點廉君的處事原則——敵人有籌碼不算什麼，只要想辦法把主動權扭回到自己這邊，那仗就贏了一半。

之後的一個星期，卦二他們重複著出門——清掃小組織——撤退回來——領任務——出門這樣的迴圈，以L國為圓心，勻速朝外掃蕩著槍火生意網裡比較重要的下線組織。

到了後面幾天，槍火漸漸反應過來，開始抵抗反擊時，卦二等人乾脆連撤退回來的流程都直接省了，掃蕩完一個小組織後就立刻遠端接新的任務，直奔下一個任務目標而去。

因為攻擊節奏加快，廉君熬夜的情況也越來越嚴重，之前養的一點肉又沒了，氣色也變差許多，時進看得心疼，也陪著熬，時不時盯著廉君吃點東西小睡一會，儘量讓他不那麼累。

這期間時進因為熬夜的原因，開始在各種奇怪的時間，在客廳裡頻繁看到被噩夢困擾的費御景，眼見他氣色一天比一天差，怕他什麼時候熬不住倒下，反而耽擱大家的事，於是大發慈悲地每次碰到他，都順手給他送上一杯牛奶，倒一些「如何快速調整狀態」的雞湯。

費御景見他見得都煩了，態度從最開始的嘴硬諷刺，變成後來的煩躁不理，有次實在被時進念得煩了，還直接回了房。

時進目送他回房，咂巴咂巴嘴，心裡很滿意，問小死：「我剛剛氣到他了吧？」

小死都有點同情費御景了，回道：「他都快被你氣死了，進進，你幹麼一直欺負他。」

對，就是欺負，雖然別人看不出來，但小死就是知道，時進那些故意的碎碎念，真的算是欺負了。反正在面對別人時，時進從沒這麼不識趣地煩人過。

「什麼欺負不欺負的，我那是關心好嗎，你看他每次都給我冷臉看，我卻以德報怨，這麼細緻地關心他，我難道不是個大好人嗎？」時進一臉正直地反問。

小死無言以對，用沉默保住了自己的良心。

時間在一個又一個不眠夜中迅速流過，官方的資源和滅的資源全被調動起來，老鬼針對九鷹的經濟壓制也越來越厲害，東南地區的局勢逐漸動盪，無數本土組織發現不對，紛紛把視線投向一直被針對的槍火，蠢蠢欲動。

又一輪清掃過後，在一個L國難得放晴的日子裡，卦二等人全部回返，停下針對槍火小組織的掃蕩。

時進疑惑，問道：「槍火找我們談判了？」

「不是，是左陽找上老鬼了。」卦二回答，抓了抓自己臉上的小鬍子，打了個哈欠說道：「不行，這一陣過得太刺激了，我得緩緩。我去睡覺了，小進進你要不要陪我？」

時進後退一步表示清白，默默指了指他的身後。

卦二一僵，意識到什麼，扭頭往身後一看，見廉君不知何時來到他的身後，此刻正眼神深深地看著他，背後一涼，忙打哈哈說了句：「開玩笑，我是開玩笑的。」然後腳底抹油溜了。

卦九敲著電腦，頭也不抬地吐槽：「不長記性，每次在外面出了長期任務，回來都會因為嘴巴把不住門受幾次罰，活該。」

時進聽得想笑，也真的笑了。

廉君面無表情，上前把他扯下來，捏住他的嘴，不許他笑。

【第五章】

二哥，我們來看恐怖片

當天晚上，廉君再次不著痕跡地把時進留在自己房裡休息，時進想起自己那個一次都沒睡過的房間，假裝沒看出廉君的小心思，在他的邀請下上了床。

其實時進現在已經意識到，有些床你爬上去了，就很難再下去了。

黑白顛倒的日子過了太久，時進睡到凌晨就醒了，實在睡不著，又怕吵醒廉君，乾脆起身，十分習慣地朝著客廳走去。

費御景果然又靠在客廳靠窗的單人沙發上，臉隱在陰影裡，看不清表情。

「你天天這麼熬，不會猝死吧？」時進停到他面前，皺眉說著。都一個多星期了，費御景再這麼下去，真的會熬不住的。

費御景沒有動，一副真的已經猝死的樣子。

時進定定看他幾秒，轉身走了。

費御景聽到腳步聲後手指動了動，還是沒睜眼。

十分鐘後，時進端著熱牛奶和點心回來，先拐去打開客廳的燈，然後在茶几上放下托盤，拖了張桌子擺到費御景面前，又拖了張椅子過去，最後轉回去把托盤端來往小桌上一放，坐到費御景對面。

費御景睜開眼看他一陣忙碌，問道：「時進，你到底想幹什麼？」語氣居然是這段時間以來難得的平和。

時進看他一眼，拿出平板說道：「不幹什麼，我這段時間生活作息日夜顛倒，晚上睡不著，出來坐坐。」

「你去其他地方坐。」費御景趕人。

時進對著平板戳戳戳，分毫不讓地說道：「這裡風景最好，我就要坐這裡，要換你自己換。」說完點開了一部影片。

「啊——」一聲淒厲的尖叫聲從平板裡傳出，在安靜的夜裡無限放大，費御景嚇得身體一震，臉唰一下黑了，咬牙說道：「時進你幹什麼！」

「看電影啊。」時進回答，一臉神祕兮兮的樣子，「你不知道，我剛來組織的時候，看什麼都怕，槍聲都能嚇得我一個星期睡不著，後來組織裡的老醫生告訴我一個法子，我就又能睡得著了，也不怕槍聲了。」

費御景很想不理他，或者罵他趕走他，但接近十天的失眠和噩夢纏身已經快把他折磨瘋了，想著後面還有工作要做，心裡掙扎了一會，最後還是拉下面子，硬邦邦接話：「什麼法子？」

「以毒攻毒。」時進把椅子往他那邊一拖，放大平板上的恐怖血腥電影畫面，說道：「什麼東西都是看多了就麻木了，今天是個難得的月黑風高夜，你不覺得正適合看點刺激點的片子嗎？」

費御景看著平板上放大的血腥鬼臉，用力閉了閉眼，第一次動了時進送上來的牛奶，端起來直接一口喝乾了。

兄弟倆湊在一起看恐怖片，費御景眉頭緊皺表情嚴肅，仰靠在椅背上，儘量離螢幕遠一點。時進不知道從哪裡弄來幾袋瓜子，懶懶歪靠在椅子扶手上，邊看著螢幕上的血腥畫面，邊咔嚓咔嚓嗑瓜子，表情平靜無波，還十分討人嫌地不停劇透。

「你注意看桌子底下，這裡其實有伏筆的，那個白天瞎蹦躂的人早就死了，兇手是那個穿格子衣服的人。」

費御景聞言立刻看向桌子底下，然後在那裡看到一個血糊糊的手印和幾截斷掉的手指，心裡一震，默默挪開視線深呼吸，身體又往後靠了靠。

影片繼續，因為知道兇手是誰，費御景的注意力不自覺有些偏移，皺著的眉頭放鬆幾分。

「還有這裡，你看這個雕像看起來很奇怪吧？我跟你說，這裡面其實藏著女三號的屍體，唉，可憐的主角要在這裡被嚇一波了。」

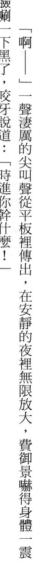

果然，話一說完，下一秒主角在走到這個雕像旁邊時，就遭遇雕像突然倒下碎裂，露出血腥內裡的恐怖驚嚇。

費御景心裡又小小震動了一下，但因為有劇透，稍微有點心理準備，所以沒被嚇得太狠。

「又要死人了、又要死人了，看好了，這個人下一秒就要掉腦袋了。你可以注意這裡的血，唉，太假了，那哪裡是血啊，肯定是番茄醬。」

砰。炮灰N號掉了腦袋，番茄醬……喔，不，是血飆了滿牆。

費御景看著畫面中沾滿血跡，本該看上去很磣人的牆，莫名覺得那上面沾著的就是番茄醬，頓時一點恐怖的氣氛都沒有了。

又過了一會，影片的音樂突然變得驚悚，主角不小心踏入兇手的陷阱，費御景不自覺提起心，又緊張起來。

時進突然開始更用力地嗑瓜子，邊傾身給兩人的杯子添牛奶，邊誇張說道：「哇喔，前方高能。慫了一整部電影的主角要撕開偽裝，痛扁兇手了。」

於是嗑瓜子的聲音蓋過電影音效，恐怖的氣氛渲染被時進倒牛奶的動作擋了一會，等費御景再看到螢幕時，主角已經揪出裝神弄鬼的兇手，和他對砍起來。

最後兇手被主角摁死，真相被揭露。原來影片裡根本就沒有鬼，有的只是裝神弄鬼的壞人，那些死掉的人也並沒有變成鬼傷害別人，傷人的從來只有披著各種鬼怪面皮的兇手，而兇手其實只是一個懦弱無能的廢物而已。

「嘖嘖，難怪這部電影評分這麼低，劇情也太爛了吧，咱們換點有意思的。」時進搖頭評價，把瓜子往費御景手裡一塞，迅速換了部電影，說道：「看這個，聽說這個超級血腥，完全沒劇情，就是各種各樣的死法。」

費御景看一眼手裡還帶著人體溫度的半袋瓜子，皺了皺眉，見時進又拆了一袋新的瓜子開始嗑，猶豫一下，還是沒有把這袋瓜子還回去。

淹死、燒死、車禍死、毒死、墜樓死、天降磚頭被砸死……各種各樣的死法輪番上演，時進抱著瓜子嗑嗑嗑，表情百無聊賴，一會一句番茄醬、一會一句這刀真假，嘴巴完全停不下來。

費御景本來覺得看人死來死去是一件很折磨人的事，但被時進這麼一攪和，突然也覺得電影裡的血腥畫面沒什麼了，手不自覺抓了一顆瓜子出來，慢慢往嘴邊送，思維稍微有些走神——他好像聽誰說過，嗑瓜子可以減壓……

螢幕裡的死法還在繼續，時進還在邊嗑瓜子邊碎碎念，費御景像在聽他說話，又像是沒有聽，眼睛看著平板，手裡嗑瓜子的動作從生疏變得熟練，緊繃的身體不自覺放鬆下來。

「唉，這個不好看，咱們看點別的吧，我看看……就這個《走近科學》吧，聽說這個特別有意思，每一期都像段子。」時進突然又換了影片，尖叫聲和血腥畫面全部消失，一陣讓人提神醒腦的開場音樂之後，一道低沉磁性的旁白聲響起，用故弄玄虛的語氣說起某個地方鬧鬼的事情。

經過恐怖電影和各種死法的洗禮，費御景聽著旁白的話，忍不住就嘲諷地低哼出聲——這世上根本就沒有鬼，現在的電視節目真是做得越來越低智商和敷衍了。

「唉，這期怎麼是鬧鬼啊，沒意思。」時進吐槽。

費御景在心裡默默附和——確實，很沒意思。

說著沒意思，時進卻沒有把這個節目換掉，繼續歪在沙發上邊看邊碎碎念，手裡嗑瓜子的頻率越來越慢，身體也越滑越下，話漸漸少了，開始頻繁打哈欠。

費御景聽到時進打哈欠的動靜，看著電視節目中故弄玄虛晃來晃去的鏡頭，忍不住也跟著打了個哈欠，抬手捏了捏眉心，這節目確實很沒意思，看得人發睏。

「我聽說這個電視節目的旁白以前是配美食節目的，你說有意思不。」時進突然含糊嘟囔了一句，然後頭一歪，睡了過去。

費御景側頭看他一眼，本就開始有些迷糊的思維被他這話一帶，忍不住想起以前看過的一些美食節目，思維徹底脫離困擾他很久的各種血腥畫面，在滿室瓜子和牛奶的香味中，也閉上了眼睛。

電視節目慢慢放到尾聲，視頻軟體自動播放起下一個視頻，一個名為《洗滌心靈純音樂合集》的視頻跳出來，輕柔的輕音樂響起，哄睡了兩個作息糟糕的大人。

清晨時分，時進被小死喚醒，看一眼時間，見差不多到了廉君平時起床的時間，搓把臉站起身，收起桌上已經沒電自動關機的平板電腦，看一眼旁邊靠在沙發上睡得香甜的費御景，好人做到底，把他搬到長沙發上，蓋上毯子，走了。

費御景被時進堪稱粗魯的動作折騰醒，迷迷糊糊睜開眼，正好看到時進起身走人的畫面，怔愣了一會，毯子一拉，重新閉上眼睛。

時進回到房間時，廉君還在睡，他放輕動作摸進房，小心躺到床上。

「去哪裡偷吃了，一股瓜子味。」廉君突然睜開眼，眼神清明，哪裡像是剛睡醒的樣子。

時進嚇了一跳，睜大眼看了他幾秒，突然撲過去啃他。

廉君被他壓得悶哼一聲，抬臂環抱住他，攏眉說道：「別想糊弄過去……唔。」

時進小小咬了他一口，然後退開身，解釋道：「我半夜睡不著，出去蹓躂碰到費御景了，他精神狀態比較糟糕，我就拉著他看了一會恐怖電影。」

廉君手往上移，捏住他的臉往外扯了扯，說道：「又瞎好心了？」

「救人一命勝造七級浮屠嘛。」時進回答，賴到他懷裡蹭了蹭，說道：「其實我還睏，調整作息好痛苦。」

「轉移話題也沒用。」廉君這麼說著，手卻輕輕順起他的背。

於是時進又美滋滋起來，在他懷裡找了個舒服的姿勢，八爪章魚般抱住他，放心地又重新睡了過去。

一覺醒來，老鬼那邊送來了新消息——左陽答應放掉所有鬼蜮被扣的人，但有一個要求，必須廉君親自去領人。

「癡人說夢，這左陽真是不長記性。」卦二聽到要求後冷笑一聲，眼裡殺意滾動。所有人的表情都不好看，大家可都還記得上次左陽是怎麼設計廉君的，這才過去沒多久，左陽居然故技重施。

時進也十分不能理解左陽的想法，甚至覺得他是不是真的傻了，用腳趾頭想也知道廉君不會答應這種一看就是陷阱的要求，左陽是不是想殺廉君想瘋了。

「他想挑撥我和廉君的關係。」視頻電話對面，老鬼沉著臉開口，看向一直不說話的廉君，說道：「廉君你放心，我絕對不會因為你不答應去冒險領人就遷怒於你，我沒那麼蠢，左陽這次根本不是誠心過來談判，他壓根沒想放人。」

廉君沉思一會，卻否定了老鬼的說法：「不，他想放人，他提這樣的要求，不是想挑撥我們的關係，而是想拖延時間，爭取一個喘息的機會。」

老鬼一愣，問道：「什麼意思？」

廉君解釋道：「九鷹雖然發展得快，但根基不穩，你這次這麼咬九鷹，九鷹根本撐不了多久。以左陽的性格，在發現和你死磕無法得到利益，反而自身可能受損之後，最可能做的就是趁機刮你一層皮，然後迅速解決此事。但他現在卻只表明了要和你了結此事的態度，並沒有給出讓人信服的誠意，你覺得是為什麼？」

老鬼順著他的話想了想，表情突然變了，說道：「因為九鷹拿不出這個誠意來？難道我的人已經被他殺了？」說到後面語氣裡已經帶了殺意。

「不是，是你的人很可能根本就不在左陽手上，他也沒權力決定你的人的去留。左陽和槍火扣你的人，是為了從你這裡弄利益，不到萬不得已，他們是不會殺掉籌碼的，安心。」廉君進一步解釋加安撫。

老鬼聞言稍微冷靜了一點，想了想他這句話，皺眉說道：「那按照你的說法，現在情況是九鷹想把鬼蜮的人放了，但槍火卻扣著人不願意，他們鬧矛盾了？」

廉君點頭，「槍火是這邊的本土組織，根基很深，哪怕被我們這麼騷擾，一時半會也不會輕易妥協，甚至還想反咬我們一口。我猜測九鷹和槍火在要不要和我們死磕這件事上，出現矛盾，再加上九鷹之前沒能幫槍火打入國內，我覺得他們之間的合作可能早就出問題了。」

老鬼忍不住解氣地拍了一下桌子，說道：「活該！就該讓他們狗咬狗！」

廉君看他一眼，又潑了冷水分析道：「但有問題不代表他們的同盟已經破裂，左陽這次拖延時間，應該就是想先穩住你，爭取時間和槍火溝通，等他們溝通完了，這次的事情應該就能有一個了結了。」

老鬼皺眉，稍微壓下自己的情緒，問道：「那我們現在該怎麼做？」

「繼續施壓，越狠越好，不能給左陽任何喘息的機會，逼他和槍火起衝突。他們內部鬧到最後，只可能出現三種結果：一，槍火放血，撥資源支援九鷹，幫九鷹抵抗你們，繼續和我們死磕；二，槍火被九鷹說動妥協，真的放人選擇息事寧人；三，九鷹和槍火鬧翻，同盟破裂。無論是哪一種，對我們都有利。」

老鬼皺眉，問道：「繼續死磕也有利？」

廉君回道：「當然有利，槍火在東南地區行事無忌，樹敵頗多，繼續跟我們鬥下去，等他自身實力受損，到時候不用我們繼續動手，就會有別的人趁機出來踩他一腳。我們的根基都不在這裡，和槍火在這裡對上，是以小搴大，所以耗到最後，絕對是槍火更吃虧。」

老鬼聞言對接下來的計劃徹底踏實下來，說道：「好，那我就繼續和他們死磕！廉君，這次的事情，謝謝了。」

廉君並沒有應下他的這聲感謝，回道：「各取所需而已。」老鬼卻不認同他這句各取所需，深深看他一眼，主動切斷聊天，心裡打定主意要在之後的衝突中，儘量減少滅的損失。

「他剛剛那眼神什麼意思，看得人怪肉麻的。」卦二在老鬼切斷聊天後忍不住開口，還誇張地搓了搓胳膊。

卦一警告地看他一眼，扯開話題問道：「君少，我們接下來做什麼？」

廉君也看了卦二一眼，看得卦二老實下來之後才回道：「向外的掃蕩可以暫時停下了。左陽忍不住冒頭向老鬼遞話，槍火肯定會很惱火，絕對會反擊。從現在開始讓東南地區的各個分部加重防禦，然後收攏力量，開始清掃L國國內的槍火勢力，務必做到讓槍火在L國出現一個力量空白，斷掉他經由L國通向外面的這條生意鏈。」

卦一詳細問道：「全清嗎？暗線也清？」

「全部拔掉，槍火不吃大虧不會『懂事』。」廉君回答。

卦一點頭表示明白，見廉君沒有其他要吩咐的事，正準備帶其他人離開，就被廉君喚住了。

「等等，這次針對L國內部的槍火勢力掃蕩，你把時進也帶上。」廉君補充，沒有看身邊立刻扭頭看過來的時進，繼續說道：「另外，龍世躲藏多年的那個小組織也可以在這次清掃中順便處理了，注意小心行事，龍世在東南地區躲藏多年，選擇躲在那個小組織裡肯定有什麼特殊的原因，不要掉以輕心。」

卦一聞言看了一眼明顯想說什麼的時進，然後和房內其他人對視一眼，應了一聲是，帶著人退出書房。

房門關閉之後，時進立刻按住廉君的手，說道：「廉君，你……」

「這次算是給你機會鍛煉。」廉君打斷他的話，側身正對著他，嚴肅說道：「時進，我給你機會成長，也給自己一個適應的時間，這次有卦一他們一起帶著你出任務，你好好學，別讓我後悔做這個決定。」

時進聽他這麼說，心裡一時百感交集。

原來廉君之前說的「給我點時間」的話並不是哄他的，廉君說的磨合也都是認真的，廉君在發現問題後，並不是哄哄人就算了，而是在認真想解決的辦法，然後跟自己妥協。

心裡有點酸脹，為這個人的認真和妥帖。

「你的能力不該浪費在照顧我身上，那些日常瑣事會耗光你的靈氣，那不是我願意看到的。」廉君像是看出他的情緒波動，表情突然溫柔下來，傾身親吻了一下他的眼睛，說道：「時進，加油成長，我等著你和我並肩的那一天。」

時進忍不住伸臂抱住了他，用力蹭了蹭他的胸口，說道：「我會好好學的……你等我。」等我成長起來，幫你分擔。

廉君微笑，摸了摸他的後腦杓，應道：「好。」

和廉君溝通之後，老鬼果然直接無視左陽的談判，用比以前更瘋狂的勁頭狂壓九鷹的生意，鬧得九鷹在東南地區的生意鏈全部亂了套。

左陽簡直要氣瘋了，在發現自己又一樁生意被斷之後，忍不住砸了手機，「該死的老鬼，他是瘋了嗎？就為了幾個屬下，居然連生意都不要了，他是想跟我同歸於盡嗎？」

他的副手忍不住再次建議道：「老大，把鬼蜮的人還回去吧，上次我們攻擊廉君不成，反而惹怒了官方，現在我們在國內的生意開始明裡暗裡地被官方壓制針對，如果東南地區這塊再出問題，我們的生意網很可能會全線崩盤。」

「你以為我不想還嗎！槍火現在跟我玩陰的，我有什麼辦法！」左陽氣急敗壞。

副手猶豫了一下，建議道：「要不我們反水吧，這次鬼蜮敢這麼拚，是因為背後有滅撐腰，只要我們妥協，轉而和滅合作，幫鬼蜮把人從槍火那弄出來，這事應該就能了了。」

「你怎麼能這麼蠢！」左陽受不了地罵他一句，拽住他的衣領說道：「現在反水，到時候咱們都得被槍火找機會殺了，理智一點，滅沒那麼可怕！」

副手不敢直面他的怒氣，識趣地閉嘴不再說話，心裡卻在嘀咕，如果滅沒那麼可怕，那怎麼大家一直在被動挨打。

左陽甩開他，在屋子裡轉了兩圈，情緒突然又冷靜下來，走到桌邊搬過座機，往外撥了通電話，說道：「幫我盯一個人，廉君今年開會時帶在身邊的那個新任卦四……對，我聽他們喊他時進，這應該是他的真名……好，照片我隨後發給你。」

副手疑惑問道：「老大，你盯那個年輕人幹什麼？他一看就是廉君新提拔上來的菜鳥，都沒見他代表滅出來辦過什麼事，應該只是個不起眼的新人。」

「不起眼？在廉君心裡，卦一都沒你口中的這個菜鳥起眼！好好動動你的腦子，別整天只知道認慫！」左陽冷笑一聲懟回去，想起廉君對時進的特殊，心裡憋著的一口氣總算找到一點突破口，陰沉說道：「想弄垮我，沒門！」

◆◆◆◆

「阿嚏！」時進打了個噴嚏，揉揉鼻子，疑惑道：「誰在罵我？」

卦二拍了拍桌子，「別分心，我剛剛說的東西你都記下沒有？武力衝突和潛伏做任務不一樣，

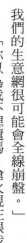

要的是膽量和大局觀，你這總走神的毛病可得改改。」

時進放下手，「我可沒走神，你說的東西我都記著呢。對了，你們商量好沒有，誰帶我出第一個任務，第一個任務目標又是什麼？」

「商量好了，我和卦三一起帶你出第一個任務，至於任務目標，喏，是這個，保證讓你滿意。」卦二翻出一份資料遞給他，示意他自己看。

時進接過資料打開，在看清任務的地點後愣了一下，問道：「麗水？這不是龍世躲藏很多年的那家社區醫院嗎？」

「就是它，知道你一直很在意這個，所以我和卦一商量了一下，決定帶你先查查這裡。」卦二回答，伸手拍了拍他的肩膀，「人員調度只需要一天就能完成，咱們明天上午就得出發去這家醫院，你抓緊熟悉資料吧。」

時進連忙表示沒問題，謝過他之後立刻翻開資料。

卦二見他這麼急，有些好笑，想到他這麼急的原因，眼裡多了一絲感慨，轉身倒了杯水放到他手邊，放輕腳步退出這間充當臨時教室用的臥室。

卦二提供的資料並不多，時進只花了一個小時就看完了。

麗水醫院位於Ｌ國一個二線城市的老城區，距離時進他們住的地方大概有五個多小時的車程，醫院不大，只有一棟樓，但卻易守難攻，從表面上看，只能找出大門這一個明顯的出入口。

龍世當初躲在這家醫院時，用的身分是藥劑師，平時只在醫院的藥房、也就是醫院一樓最深處的一片區域裡活動。

他吃住都在醫院，很少出門，從來不和外人交際，活得像個在藥房裡飄的幽靈。

據老鬼說，龍世是突然失蹤的，在龍世失蹤前一天，老鬼曾讓屬下假扮病人去麗水醫院看病，然後順路去藥房拿藥，試著和龍世搭話。

但龍世很警惕，表現得就像是個聽不懂華語的L國本地人，應付完老鬼派去的人之後就迅速稱病離開藥房，之後龍世失蹤，再出現時，就已經落在九鷹手裡。

龍世失蹤之後，麗水醫院還是照常營業，那個藥房也迅速有了新藥劑師頂上，彷彿龍世從來沒有存在過一樣。

罩住麗水醫院的小組織名叫水螅，大本營就在麗水醫院所在的二線城市的郊區。水螅主要做皮肉生意和藥品生意，沒有上線組織，也從不往外擴張，就縮在它大本營所在的那個城市裡，行事十分低調。

資料就這麼多，沒什麼值得人注意的地方，又好像哪裡都很違和。

時進把自己比較在意的幾個點畫上圈，先自個思索了一會，然後起身離開房間。

廉君在和官方那邊的人開會，時進沒有去打擾他，想了想，乾脆拐去廚房，準備弄一份自己出門這一天的廉君三餐菜單，免得廚房那邊瞎做。

走到客廳時，時進居然又看到了費御景，不過這次費御景終於不再是黑眼圈掛臉的憔悴模樣，看上去精神抖擻，穿著西裝拎著公事包，一副準備出門辦事的樣子。

時進心裡掛念著菜單，見到他後隨口囑咐道：「記得帶傘，今天肯定會下雨。」

費御景停步看向他，目送他的背影消失在客廳通往廚房的入口處，扭頭看一眼玄關處的傘簍，皺了皺眉，伸手從傘簍裡取出一把黑色的折疊傘，塞進公事包裡。

這一整天大家都處於忙碌的狀態，晚飯過後時進抓緊時間，去找卦二溝通了一下資料裡不大明白的地方，有些獲得解答，有些沒有，直聊到睡前才匆匆結束話題，趕回廉君房間。

廉君已經洗漱完畢靠到床上了，見他回來，示意了一下浴室，說道：「去洗漱吧，睡衣幫你拿進去了，今晚好好休息。」

時進腳步一拐進浴室，三兩下洗漱完，隨便吹了吹頭髮，然後衝出浴室砰一聲把自己砸到床上。床墊被砸得震了震，廉君放下平板，側頭看時進。

時進掀開被子拱進去，在被子下摸上廉君的腿，一點一點往上，在快摸到廉君的腰時突然把被子一掀，仰頭朝著廉君吻了過去。

廉君手裡的平板早在他掀被子時就放到床頭櫃上，此時見他靠過來，順勢就抱住他，側身把他壓到床上，加深了這個吻。

兩人的體溫很快升了起來，時進咬了廉君一口，逼他退開，然後勾了腦內的進度條一下。

「不想睡？」廉君退開後摸了摸時進的臉，貼著他的額頭詢問。

時進伸手去扒拉他的睡袍，嚴肅說道：「今天的按摩還沒做，腿部保養不能斷。」

但哪個腿部保養是先摸胸的？廉君嘴角翹了翹，按住他的手，低頭親了親他的鼻尖，問道：「不會覺得我的身體很難看嗎？」

「瞎說，明明就很好看。」時進抱住他，順著他後背的脊椎骨慢慢往下摸，認真說道：「廉君，你以後會變得更好看的。」

廉君呼吸微亂，低頭親吻他此刻彷彿藏著星光的眼睛，低低應了一聲，手伸入被子裡，挑開他的睡衣。

◆◆◆◆

第二天天亮時分，時進換上一身低調的休閒裝，在卦二的指點下戴好所有裝備，上了停在門口的一輛銀白色麵包車。

廉君親自送他上車，說道：「平安回來。」

時進聞言突然又跳下車跑過去抱了抱他，然後重新回到車上，關上麵包車的車門，把車窗降下來，探頭出來囑咐道：「你好好吃飯，我回來要檢查的。」

廉君不錯眼地看著他，點了點頭。

卦三發動汽車，朝著外面駛去。

卦二升上時進降下的窗戶，開始調試麵包車裡裝著的各種設備。

時進扒在車窗上看著廉君的身影越來越小，臉上的表情慢慢垮下來，在心裡嘆道：「完了，這才剛走，我就開始想你家寶貝了，他肯定不會好好吃飯的。」

「明明是我們家的寶貝。」小死到這時候還不忘糾正時進的說法。

時進無語，然後好笑，笑著笑著，又忍不住嘆了口氣。

如果他和廉君只是一對和平年代最普通的情侶就好了，他負責出門賺錢養家，廉君負責在家貌美如花，多好。

小死殘忍地潑冷水：「進進，根據綜合能力推算，就算寶貝生在普通人家，他功成名就的可能也比你高很多很多倍。按照你的設想，你和寶貝的關係，更可能會變成霸道總裁和被總裁包養的小白臉。」

時進：「……」

「不過我想寶貝是不會嫌棄你賺得少的。」小死貼心安慰。

時進心裡暫時離開廉君的傷感瞬間煙消雲散，氣得坐回椅子上。

此時卦二調整好車上的設備，說了一下這次的戰術安排。

目前的計劃是卦三帶著大部隊去圍剿水蝗的總部，暴力直攻，卦二則帶著時進和小隊人馬，迂迴深入查探麗水醫院的情況，儘量避免大規模的火力衝突。

之所以這樣區別對待，是因為麗水醫院雖然被水蝗當做存貨窩點，但日常裡仍會正常接收病患，樓裡除了黑道分子外，還住著不少真正的病人，大面積衝突可能會傷害到他們。

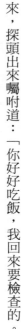

另外，水蝗主做的生意是皮肉和藥品，水蝗囤在麗水醫院裡的貨，也只可能和藥品相關，一旦發生火力衝突，那麼那些不知道囤在哪裡的藥品很可能會被引燃，造成大面積的藥物污染，十分不好處理。

「我們查麗水醫院的主要目的，是要搜索龍世這些年躲藏的地方，還有沒有其他關於母本的線索，不是要和醫院裡的水蝗人員硬磕，所以我們這邊的行動需要儘量克制，最好是等卦三那邊打進水蝗大本營，麗水醫院這邊接到消息亂起來了，再趁亂進行仔細的搜查。」

卦二擺出一張麗水的內部結構圖，詳細說道：「在卦三打水蝗大本營的同時，我們這邊會派人摸進醫院，初步探探情況。我們不參加前期的潛入，我找了幾名被吸納進分部的L國本地人，他們這幾天已經先後以病人家屬、疾病患者、買貨癮君子的身分，陸續進入醫院。我們到達後，需要和前期進入的人員取得聯繫，之後再視卦三那邊的情況選擇混入醫院的時機，進行搜查。」

時進點頭表示明白。

「大概計劃就是這樣，這次的任務比較簡單，時進你不用太緊張。」卦二安撫時進一句，把麗水的內部結構圖遞給他，「你把醫院的內部情況熟悉一下，搜查的時候，可不能犯什麼走錯路的低級錯誤。」

時進其實早就讓小死把麗水醫院的結構圖掃描下來了，自己也反覆記憶好幾次，可以保證不會走錯路，但聽卦二這麼說，他還是又把圖拿過來，老老實實重新記了一遍。

四個小時後，麵包車在麗水醫院的隔壁城市停下，卦三下車離開，和昨天就已經調過來的分部人員匯合，直奔水蝗大本營而去。

卦二則取代卦三的位置，坐上駕駛座，帶著時進繼續朝著麗水醫院進發。

又是一個小時過後，卦二把麵包車停在距離麗水醫院十分鐘車程遠的一條偏僻街道上，安靜等候幾分鐘後，一輛垃圾車和一輛小貨車開過來，卦二在後視鏡裡看了看這兩輛車的車牌，又重新發動汽車。

時進詢問：「後面那兩輛車裡坐著的是咱們這次帶的隊員？」

「嗯，是分部的人，卦七調教出來的，有十八個人，加我們倆總共二十人，搜一下麗水醫院足夠了。」卦二解釋。

時進疑惑：「卦七？」

卦二這才想起來時進還不認識卦七，又連忙解釋道：「卦七是卦一帶出來的徒弟，主管人員調度和新人訓練，在我們出這種需要到處跑的任務時，就需要讓他幫我們安排人手。」

時進應了一聲表示明白，把注意力拉回到任務上。

幾分鐘後，麵包車停在麗水醫院斜對面的一棟建築側邊，卦二聯繫了一下已經混進醫院的幾名前期人員，確定麗水醫院裡沒什麼異常後，開始安靜等待。

時進見狀便也壓下內心見到醫院後的急切，定下心等待。

「你說九鷹會不會派了人守在這家醫院裡，賭我們肯定會上門搜龍世住過的地方？」等了一個小時後，時進忍不住開口詢問。

卦二從後視鏡裡看他一眼，回道：「很有可能，所以咱們要更加小心。」

時進應了一聲，又安靜下來。

過了半個小時，前期人員傳來消息，麗水醫院裡的部分清潔工、護工突然齊齊騷動，先後朝著藥房和後面的醫院庫房跑去。同一時間，卦三那邊傳來消息，他們已經深入水蝗的大本營。

「準備行動，給你們十分鐘時間，分批進入醫院。」卦二從雕像狀態活了過來，邊撥動方向盤朝麗水醫院靠近，邊對著手機吩咐。

躲藏在另外兩輛車裡的人聽到吩咐，立刻行動起來。

時進也連忙打起精神，戴好入耳式耳機，做好戰鬥準備。

卦二把麵包車停在麗水醫院側邊。

五分鐘後，麗水醫院裡的前期人員再次傳來消息，醫院裡大部分的水蝕人員都去了庫房，其他地方防護變得鬆散。

「這是知道躲不過去，想儘量救貨了？」卦二挑眉，笑哼一聲，確認一下另外十八個人的混入情況，邊發動麵包車邊吩咐道：「兵分三路，一路去盯著庫房的動向，一路分散觀察醫院內部人員的情況，一路去藥房，九號到十二號，你們四個人跟著時進去藥房，保持聯繫。」

「是！」一陣應和聲從耳機裡傳來，時進默默坐直身，在麵包車停在麗水醫院門口時，立刻拉開車門下車，獨自進入麗水醫院大門，一副過來看望病人的家屬模樣，熟門熟路地穿過大廳，上了通往二樓住院部的樓梯。

本來他這副華人面孔應該是十分引人注目的，但因為他這坦蕩熟練的姿態，居然沒有引起大廳裡的人的注意。

卦二嘴裡囑咐的話都還沒來得及說出來，眼前就沒了時進的身影。

——這什麼見鬼的速度。

卦二瞪眼，連忙打開平板定位時進的位置，就見螢幕上，麗水醫院的平面方點陣圖上，代表時進的綠點在上了二樓住院部之後，突然加快移動速度，迅速穿過走廊，順著另一邊樓梯下了一樓，之後在一樓走廊之間連續拐彎，避開人群，迅速朝著藥房靠近。

——臥……槽……醫院是你家嗎？怎麼能拐得這麼熟練、這麼快。

「真是……變態。」卦二心情複雜地低嘆一聲，連忙調整耳機，吩咐先一步混進去的九號到十二號人員，讓他們去和時進匯合。

此時醫院內部，時進已經成功靠近藥房。

大概是聽到風聲，藥房的鐵柵欄門已經關上，透過門縫往裡看，只能看到層層疊疊的藥物貨架，一個人影都看不到。

突然從身後傳來一陣腳步聲，時進連忙放棄張望，躲到門邊的陰影處。

來人是一個瘦高的男人，他拐進這邊走廊後沒有貿然前進，而是停步詢問：「時？」

「別緊張，是自己人。」卦二在耳機裡適時提醒。

時進這才放心，走出陰影處，示意來人過來。

瘦高男人靠近，注意到藥房的情況，問道：「門鎖了？」

「嗯，只鎖了外層的鐵柵欄門，內層的玻璃門沒鎖，應該關門的人著急，沒來得及全關上。」時進應了一聲，突然取出一根鐵絲，示意瘦高男人注意情況，然後自己蹲下身，開始開鎖。

瘦高男人：「……」兄弟你開鎖的姿勢為什麼這麼熟練。

咔噠，在又一名友軍趕到時，時進順利把柵欄鎖打開了。

他起身收好武器，留下一個人等著接應後面的人，帶著瘦高男人進入藥房。

藥房裡十分安靜，貨架太多，阻礙視線，不確定裡面有沒有藏人。時進示意瘦高男人繞邊走找掩護，自己則直衝藥房深處而去，同時留心聽著藥房內的動靜。

在走到藥房靠中的位置時，左邊貨架後突然傳來一點異動，時進繞身迂迴，從後靠近躲在貨架後驚疑四望的人，一個飛撲，捂嘴敲背，直接放倒，全程無聲，效率又俐落。

剛準備動槍幫他打人的瘦高男人：「……」

後面又有幾個守在藥房裡的小嘍囉出現，有些還動了槍，時進全程冷靜，挨個靠近解決，身形鬼魅，行動如風，讓他們一顆子彈都沒打出去，效率得讓人牙酸。

瘦高男人目瞪口呆，覺得自己好像有點多餘。

搞定望風的嘍囉之後，時進帶著瘦高男人來到藥房深處一扇緊閉的門前，伸手握上門把，朝瘦高男人示意了一下，然後迅速打開門，側身貼牆躲避。

砰砰砰！槍聲密集響起，都是從門內打出來的。

時進取出一個催淚瓦斯拉開丟進去，然後拿出一副隔離面罩戴上，矮身進入門內，迅速躲入門後的一個櫃子後面，對準埋伏在屋內的人開槍反擊。

消過音的槍聲密集響起，等瘦高男人後一步衝進門時，屋內的人已經全被解決了。

總共四個人，兩個手臂中彈，兩個肩膀中彈，全都已經失去拿武器的力氣，時進正在一一把他們掉到地上的武器踢開。

「把他們綁起來。」時進吩咐。

瘦高男人默默看他一眼，乖乖上前幫他搞定這些人。

時進開始觀察這個藥房內的房間。這是一個很大的房間，應該是給住在藥房的藥劑師居住，屋內擺設很簡單，傢俱很少，只有一套床桌衣櫃，角落擺著很多貨箱，很亂，有被人翻動和搬動過的痕跡。

平面圖顯示，這個藥房裡就這麼一個房間，沒什麼其他能藏東西的地方。龍世躲在這的那幾年應該就是住在這裡，但這個房間實在太普通了，完全看不出有什麼玄機。

「有發現嗎？」耳機對面的卦二詢問。

時進又在房內轉了轉，想看看這個房間裡有沒有暗門，結果完全沒任何發現，「沒有，什麼都沒發現，龍世之前就算住在這裡，他生活過的痕跡應該也已經被後來的人給覆蓋了，我一會再去外面藥房轉……等等。」他突然打住話頭，仰頭朝著天花板看去。

被瘦高男人捆住的幾個人注意到他的動作，全都表情一變，騷動起來。

「有發現？」卦二詢問。

時進看一眼被捆住的水蝪嘍囉們，又看一眼貨箱，回道：「確實有了點發現，我記得麗水醫院的樓層比尋常建築要高一點，但這個藥房裡面房間的天花板卻做得有點矮，而且我沒有看到那個藥劑師的身影。水蝗留了幾個人在這整理貨箱，明顯是要把貨物轉移，但這藥房裡唯一的出口卻被鎖住了……」

「你懷疑天花板上有通道？」卦二詢問。

「反正我沒在藥房裡找到其他可以通往外面的路。」時進回答，走到角落那堆擺得亂糟糟的貨箱前，仔細觀察一下，發現貨箱被搬動的痕跡，是從堆放著的角落往房間中間延伸的。

房間中間。

時進望一眼房間中間的天花板，轉而又看向貨箱附近的牆壁，視線最後定在一個陳舊的掛鉤上，麻溜地踩上貨箱，伸手摸上那個掛鉤，試著扒拉一下，然後握住它，往外用力一拉。

一陣隱約的鐵鍊滑動聲後，房間中間的幾塊天花板突然一起朝下打開，一個活動滑梯落下，垂到地上，正好落在某個貨箱附近。

「唔唔唔。」被綁住堵住嘴的小嘍囉們表情大變，掙扎著想要攻擊時進他們。

時進鬆開手跳下貨箱，看向大開的天花板，問卦二：「我記得這個房間正上方是一間醫生辦公室，咱們有人在二樓嗎？」

卦二十分欣賞他的敏銳，回道：「有，我讓他們過去看看。」

幾分鐘後，天花板上方傳來幾聲敲擊聲，時進接到信號，這才登上梯子往上，然後十分順利地通過梯子，進入樓上的醫生辦公室。

辦公室是空的，醫生不見了蹤影，地面上同樣散落著幾個貨箱，一副房間主人沒來得及帶走的模樣。

時進觀察了一下，說道：「看來藥房只是水蝗弄出來的一個幌子，龍世這些年絕對不僅僅只是在這家小醫院躲著，他肯定參與了水蝗一些別的什麼勾當。」

「這一點都不讓人意外，龍世那種人就不可能老實，不然君少也不會特地讓我們過來查這裡，還讓我們小心行事。」卦二接話，問道：「辦公室裡還有其他發現嗎？」

時進表示沒有，又回憶了一下麗水醫院的結構圖，發現這間醫生辦公室就在樓梯旁邊，還十分靠近電梯，也就是說，從這間辦公室，水螅內部的人可以通往醫院的任何一個樓層。

時進若有所思，走出這間裝修得十分簡單的辦公室，稍微觀察一下四周環境，發現這間辦公室的位置真的很好，靠近樓梯，挨著電梯，但又位於整棟建築的邊角處，如果不是路過的人特意往這邊看，基本不會有人注意到這裡的動靜。

而且因為麗水醫院只有一個大門出口，所以住院的人都習慣用靠近大門那邊的樓梯和電梯，這邊的樓梯和電梯乏人問津，平時基本沒人使用。

但這個辦公室位置雖好，卻存在一個十分明顯的問題——這個位於邊角的辦公室，和麗水醫院的庫房呈對角相隔，距離十分遠。從這裡往庫房運貨，絕對是個愚蠢至極的選擇，畢竟電梯和樓梯都只能上下移動，無法隱匿平移。

所以藥房裡那群人往這裡送貨，是準備把貨轉移到哪裡？

難道麗水醫院裡其實有另一個隱匿庫房的存在？而這個庫房只和藥房連通，獨立於麗水醫院的庫房之外，是龍世真正躲在這裡的原因？

時進覺得自己發現了真相，先走到電梯前，回憶一下麗水醫院上下幾層樓的整體布置情況，沒發現什麼大得足夠成為第二庫房的地方。

他視線轉啊轉，就轉到一個旁人很難想到的地方——太平間。

並不是每家醫院都有太平間，但麗水醫院是有的，在地下一樓，只能通過醫生辦公室這邊的樓梯和電梯下去，據前期盤查的人說，麗水醫院的太平間很小，只有兩間屋子，一間放屍體、一間放雜物，平時只有一個老護工在那裡守著，完全沒有能夠吸引人調查的地方。

但是現在，時進覺得這個太平間十分值得人去看一看，他一邊伸手按電梯，一邊跟卦二說了下自己的猜想。

卦二考慮了一下，表示隨他自由發揮。

瘦高男人一直用餘光注意時進的動向，見時進突然按電梯，連忙提高聲音喚道：「時隊長？」

時進從來沒被人這麼喊過，過了兩秒才反應過來瘦高男人是在喊自己，回頭看一眼他和其他幾名隊員，想了想，說道：「我準備去其他地方看看，還是九號到十二號跟我來，剩下的兩個人自由活動吧，多注意一點這附近的動靜。」

於是眾人領命，九號到十二號進了電梯，把另外兩人留在外面。

「我們這是去哪裡？」進了電梯後，瘦高男人詢問。

時進按了地下一層的按鈕，回道：「去太平間，你們都叫什麼名字？」

太平間？瘦高男人一愣，然後連忙回道：「您叫我們編號就好，我是九號，他們挨個是十到十二號，這樣好記憶一些。」

剩下三人也紛紛附和，並介紹了自己的編號。

時進一一記住，看向電梯的樓層顯示，發現隨著電梯往下，耳機裡開始傳來雜音，皺了皺眉，喚了幾聲卦二，結果卻沒得到回應。

「地下信號不好吧。」瘦高男人，也就是九號見狀開口，也按了按自己的耳機，說道：「我這邊也沒信號了。」

時進放下手，說道：「那一會大家儘量別分散，跟緊我。」

眾人齊齊應是。

他們說話的工夫，電梯已經停下，門打開，露出一條光線幽暗的走廊。

時進率先走出去，觀察一下走廊的情況，反手摸出武器握在手裡，順著走廊朝盡頭處唯二的兩個房間走去。

走廊有些長，沿路的牆壁上刷著一些L國本地的超度文字和圖案，看起來十分怪異和陰森。

瘦高男人嚥了嚥口水，看了眼一馬當先走在前面，似乎完全不受環境影響的時進，心裡隱隱有些佩服。

這個看上去比他還小一點的年輕人，心理素質真好啊！

盡頭處的兩間房間都是黑的，沒有開燈，門也鎖著。時進直接過去兩槍暴力開鎖，然後也不管裡面有沒有人，催淚瓦斯先丟進屋裡。

一頓操作之後，雜物間依然安靜，停屍房裡卻有了騷動傳來。

「停屍房有人，大家小心。」時進壓低聲音提醒，率先朝著停屍房摸去。

瘦高男人簡直要被這陰森安靜的氣氛嚇壞了，滿腦子都是詐屍和鬧鬼的畫面，慫慫地有點不敢上前，而就在他耽擱的這幾秒裡，密集的槍聲響起。

——停屍房裡不僅有人，而且人數還不少，正在朝外攻擊。

時進把面罩一戴，也不需要人掩護，藉著門板的阻擋，朝內就是幾槍，之後也不知道是怎麼判斷的，突然堪稱魯莽地打開房門，就地朝內一滾，停到一個空的停屍床後面，一腳把停屍床踹得豎起來擋住自己，朝著幾個躲著人的角落又是幾槍過去。

慘叫聲和悶哼聲響起，然後世界安靜了。

啪。時進起身打開停屍房的燈，等催淚瓦斯徹底散去才示意仍留在外面的幾個人進來，然後一一上前檢查中槍敵人的傷勢。

總共六個人，四個人是輕傷，兩個人傷勢較重，已經昏迷過去。

時進沉默，緊了緊握槍的手，雖然知道和敵人起衝突時難免會出現傷亡，但真到這一步了，他心裡仍有些不好受，殺人可不是什麼太好的體驗。

他調整一下情緒，點了兩個人，讓他們幫忙把這幾個人捆起來，如果能包紮的話就儘量包紮一下，然後起身在這個停屍房裡搜查起來。

瘦高男人聽到他的命令，表情變得有些古怪。

幫已經倒地的敵人包紮，這大概是他幹這行以來聽到過的最奇怪的命令。這個時隊長做事的時候老辣效率，彷彿身經百戰，處理敵人的時候，卻又顯出一種新手才有的悲憫來，真是個奇怪的人。

時進並沒有注意到他這個臨時屬下的情緒波動，正認真觀察著這間並不大的停屍房。麗水醫院是家老醫院，裝修很古舊，停屍房也是如此，慘白的牆、半新不舊的停屍床、一些一看就有些年頭的傢俱儀器、一排像是後來新添的嵌入式冰櫃，房內總共就只有這些東西，一眼就能看完。

好像沒什麼可以藏東西的地方，房內也沒有放著什麼貨物。但這些人待在這裡，肯定是在保護著什麼東西。

時進注意一下地面，又注意一下牆壁，最後把視線落在裝屍體的冰櫃上。

瘦高男人一直用餘光注意著時進的動靜，見他視線落在冰櫃上，心裡就冒出某種不好的預感。

下一秒，他的預感成真，時進突然邁步朝著冰櫃走去，一點猶豫都沒有地伸手拉開其中一個櫃門，一具老人的屍體露了出來，老人應該是剛死亡沒多久，屍體還很新，看著像是活人躺在那裡，就是皮膚慘白了一點。

瘦高男人忍不住倒抽了一口涼氣，扭過頭——十分慚愧，他雖然通過了卦七的培訓，但卻有個很大的弱點，怕鬼和屍體。

時進看到屍體後拉櫃子的手也僵了一下，然後立刻調整好情緒，朝著屍體說了句對不起，關閉櫃門，毫無心理壓力地又拉開下一個。

瘦高男人覺得自己要窒息了，他幾乎能腦補出櫃子裡的屍體突然詐屍坐起來的景象了！

但現實顯然是不存在什麼詐屍的情況，時進順利地拉開一個又一個冰櫃，全程表情平靜，動作俐落乾脆，終於，他在拉到某個靠邊角的冰櫃時，遇到了阻礙——這個櫃子是鎖住的，拉不動。

時進停下動作，原地思索幾秒，選擇掏槍暴力開鎖，也不管裡面是不是有屍體。

瘦高男人：「……」他決定等這次任務結束後，好好去廟裡燒燒香。

幾槍下去，櫃門上的鎖崩開損壞，時進再伸手拉時，櫃門終於動了，而且不止這一扇櫃門動了，上下的兩扇櫃門也一起動了，並且它們不是那種直出直進的動法，而是側開，三扇櫃門合在一起，側開之後，露出一個能容納一人進出的入口。

入口後有光，後面明顯是一個房間。

瘦高男人驚得瞪大了眼，時進卻表情一變，一個飛撲過去，把瘦高男人撲倒在地上，帶著他就地一滾，同時高聲提醒道：「小心！都趴下！」

眾人連忙趴下。

砰砰砰，門內傳出激烈槍聲，門裡有人在朝外攻擊。

幸虧時進提醒及時，幾人都沒有受傷。確定大家都沒受傷之後，時進鬆開瘦高男人，快速蹲身來到小門旁邊，仍舊先往裡丟催淚瓦斯，然後讓瘦高男人等人齊齊朝內射擊，幫他壓住敵人火力後，再找準機會，靈活地從門口爬進去。

沒錯，就是爬，雖然爬行的動作也挺俐落帥氣的。

幫他掩護的其他人：「……」這和他們接受的訓練好像不大一樣。

但總而言之，時進總算是順利進入房間了。

暗門內的空間很大，裡面規律分布著很多奇怪的儀器和許多放著瓶瓶罐罐的架子，看上去像是個祕密的實驗研究基地。

時進激動起來，知道自己應該是把龍世躲在麗水醫院的祕密給挖出來了，深吸口氣逼自己冷靜下來，越發不敢掉以輕心，用聽力分辨一下敵人的位置，放輕動作，利用架子的阻擋朝著最近的一個敵人靠近，然後悄無聲息地一槍把對方放倒。

躲在門內的人並不多，有小死的buff幫助，時進很輕易就搞定他們，然後找到房間裡的信號遮罩裝置，直接暴力拆除，和卦二恢復聯繫。

「怎麼突然失去了聯繫，你那邊怎麼樣了？」卦二連忙詢問。

時進站在這個布置奇怪的房間中央，看著被捆好的幾個穿著醫生白袍的人和桌上亂七八糟的東西，難掩喜色地說道：「地下室有信號遮罩，別管庫房那邊了，調大部隊過來，我找到水蝪的祕密實驗室，他們好像在研究新型藥品。」

卦二聞言一愣，然後眼睛猛地亮起，忍不住用力拍了一下方向盤，說道：「就知道你小子可以！等著，我這就調人過來，卦三已經把水蝪總部搞定了，也正在往這邊趕，我讓他帶著L國官方的人一起過來。」

【第六章】尋找毒素母本

半個小時後，大部隊趕到。

麗水醫院裡的水蝗餘黨被L國官方人員帶走，所有沒被轉移的貨物全被扣押，卦三及卦二齊聚麗水醫院的太平間，和時進對著祕密實驗室裡的各色藥物和儀器一起犯傻。

「這些……都是做什麼用的？」卦二迷茫詢問。

時進抓了抓臉，尷尬說道：「我不認識L國的文字……」

卦三看上去最沉穩，掃一眼這間仔細看來其實有點簡陋的實驗室，說道：「我們需要專業人員的說明。」

卦二立刻拿出手機，給卦七打了通電話——龍叔這次沒有跟隊過來，他們只能讓卦七調本地分部的醫生過來幫忙。

又是半個小時過後，幾名醫生匆匆趕到。

時進等人識趣退出，把空間留給醫生們，在停屍房裡面面相覷。

「時間不早了，去吃飯？」卦二心大地詢問。

卦三掃一遍這陰森森的停屍房，又看一眼時進明顯記掛著實驗室情況的模樣，說道：「吃吧，都忙一天了。今天應該是趕不回去了，我們需要留在這裡過夜等醫生的搜查結果。誰去跟君少彙報一下情況？」

「我去。」時進回神，連忙接話，拿出手機說道：「我去跟君少說一聲，馬上回來。」說完就朝外面走去，速度很快。

卦二目送他離開，搓下巴，「這就是現實版的一日不見如隔三秋？」

卦三淡淡看他一眼，提醒道：「禍從口出，小心受罰。」

卦二立刻不搓下巴了，斜著眼睛看他一眼，無所謂說道：「君少又不在這，你少嚇唬我。」說完不再理他，又鑽進實驗室裡。

時進回到停在醫院外的麵包車上，確定不會有人來打擾之後，沒有用手機撥電話，而是摸出一臺平板，給廉君撥了視頻電話。

電話立刻接通，露出廉君坐在書房裡的身影，「時進？」

「是我。」時進忍不住把自己的大臉湊過去，仔細看了看廉君的樣子，眉頭一皺，肯定說道：「你嘴唇顏色這麼淡，午餐是不是又是瞎應付的？」

廉君一看到他，眉眼就忍不住軟化下來，蓋上手裡的文件，「沒有瞎應付，只是你不在，我有點沒胃口。」

——還是這麼會說話。

「那你晚飯一定要好好吃，沒胃口也要多吃幾口，我要明天才能回去。」時進立刻囑咐。

廉君聞言攏眉，問道：「為什麼是明天，任務不順利嗎？」

「挺順利的，我們發現了一點新線索，需要花時間去搜查分析。」時進回答，詳細把今天任務的過程講了一遍，重點強調一下那個祕密實驗室的可疑，然後猜測道：「龍世躲在麗水醫院多年，肯定參與研發水蝗的新藥品，而且以他的性格，多半還會研究那些精神類的毒物，所以只要找到他這些年研究過的毒物樣本，我們就能篩出更多有關母本的線索，你也能快點好起來了。」

廉君仔細聽他說著，看著他有點亂的頭髮和還沾著灰的衣服，眼神一點一點軟下來，想說很多話，到了最後，卻只說了一句：「時進……辛苦你了。」

時進一臉嚴肅地糾正：「不對，你這時候該說我想你了，而不是說什麼辛苦不辛苦的話，我一點都不辛苦。」

於是廉君的滿腔複雜情緒就這麼被他逗散了，嘴角翹了翹，說道：「我想你了。」

「我也是。」時進立刻接話，笑著在平板上吧唧一下，然後說道：「我該去找卦二他們匯合了，再聯繫。」

廉君翹起的嘴角落下，又勉強自己重新提起來，點頭應道：「好。」

時進又看了看他的臉，然後狠心把通話掛斷，脫力般靠在椅背上，長嘆口氣：「小死，我想廉君了，我想抱抱他。」

小死哼哼唧唧，安慰道：「你今晚早點睡，睡一覺起來就能回去見寶貝了。」

「可從今天到明天還要好久。」時進生無可戀，自顧自攤了一會，突然又打起精神，坐起身說道：「不行，我不能這麼頹廢，找點事做時間就會過得快一點了，我去幫醫生搜實驗室去！」

小死很想提醒他你連L國的文字都看不懂，醫學知識也完全不會，估計幫不上什麼忙，但想起他現在的心情，又默默把提醒嚥下去，說道：「進進我來幫你！」

於是一直留在停屍房裡的卦二和卦三，就見之前拿著手機跑出去的時進，突然像是打了雞血般地衝回來，匆匆和他們打了個招呼就扎進了實驗室裡，仔細地在藥品架那邊搜查起來。

卦二挑眉，「君少給他灌迷魂湯了？」

「我看你遲早得挨大罰。」卦三無語地看他一眼，伸手拍了一下他的肩膀，「走了，該去和L國官方人員談事情了，這裡就交給時進吧，等吃飯的時候我們再來喊他。」

卦二把他的手抖落下去，看一眼正搜查得起勁的時進，點了點頭，隨著他朝外走去。

事實證明，愛情也沒法讓人突然無師自通學會另一種語言，或者突然成為醫生。

「小死，我需要你的說明。」時進放下手裡的藥瓶，長嘆出聲。

小死很無奈，弱弱說道：「進進，我只能提供翻譯服務，醫學類的知識我也不懂的。」它並不是很厲害的全能系統。

時進連忙解釋道：「我不需要你翻譯，也不需要你懂這些醫學類知識，我只需要你幫我掃描一下這間實驗室裡有沒有用華國文字或者英文記錄的資料，龍世從小使用的就是這兩種語言，就算他後來學了其他語言，記錄東西的時候，肯定會不自覺地使用自己熟悉的文字。」

小死聞言立刻活了過來，說道：「這個我可以幫忙，進進你等一等，我這就開始掃描。」

時進於是就近找了個小凳子坐下，等小死的掃描結果。

一刻鐘後，小死突然出聲，語氣興奮：「右上角的那個書櫃裡有線索！」

時進精神一振，朝著那個書櫃跑去。

小死指出來的書櫃很老舊，櫃門都是壞的，裡面的資料放得很亂，資料上還壓滿雜物，看上去就像是個用來堆廢棄物的無用櫃子。

時進根據小死的指示，從櫃子的最下方拖出一個筆記本和一遝散亂的硬紙資料，吹了吹上面的灰，小心翻開。

筆記本很小，只有巴掌大，裡面用英文散亂記著一些東西，時進粗略看了看，發現都是些專業詞彙，根本看不懂，於是遺憾放棄，翻起那些硬紙資料。

資料並不多，只有十幾頁，前面幾頁同樣只寫著一些散亂的專業詞彙，沒發現什麼有用的東西，直到第六頁，時進才在資料上發現一些能看懂的東西。

那是一張畫，畫的好像是水母，比較抽象，水母旁邊用英文標注著什麼，字跡有些潦草，時進卻隱隱意識到了什麼，連忙把資料翻下去。

後面幾頁資料全是些潦草的塗鴉，有不明品種的蛇、長相奇形怪狀的珊瑚、開著豔麗花朵的植物，上面標注的英文單詞也越來越多，在資料的最後一頁，時進終於在紙張偏下的地方，發現一個像是不自覺寫下，然後又被擦掉的模糊字跡——君。

那是一個君字，即使被擦得模糊了，也很明顯是個君字。

時進的心臟劇烈跳動起來，很快意識到這些畫代表的意義，握著資料的手收緊，眼裡亮起小星星——這是母本，肯定是！不是他剁了龍世寫字的手！

聽說時進找到關於母本的線索，卦二和卦三連忙趕回來，湊過去一起看時進手裡的東西。

「這是龍世的字跡嗎？」時進指著那個模糊的「君」字詢問。

卦二和卦三仔細觀察一下，都肯定地點了點頭，卦二說道：「是龍世的字，他寫君少名字的時候喜歡把筆畫拉長，特別好認。」

時進心裡一喜，忙把資料本塞到卦二手裡，說道：「快，把這個傳真給龍叔，裡面肯定有新的母本線索，這個加上我上次套出來的那部分，母本怎麼也該全部推斷出來了。」

卦二忍不住用力揉了把他的腦袋，接過資料，轉身匆匆朝著外面走去。

L國和華國存在時差，龍叔被卦二電話騷擾起來的時候，才剛結束一天的研究睡下沒多久。他本來還有點起床氣，但在聽清卦二說的內容後，立刻什麼脾氣都沒了，掀被子起床，邊朝著電話說了句稍等，邊快步朝著書房走去。

隨著傳真機的連續輕響，一張又一張資料傳真過來。龍叔挨個看過去，越看表情越激動，說道：「這份資料很有用！資料前面幾張記錄的是各種有毒成分的提煉配比和反應結果，後面幾張記錄的應該是適用樣本，上面有幾種毒物和時進上次套出來的母本成分完美重合，你們這次幹得不錯！」說完直接掛斷電話，拿著這份資料朝著實驗室走去。

嘟嘟嘟。卦二聽著電話裡傳來的忙音，看向緊張望過來的時進，嚴肅的表情一變，露出一個笑來，伸臂勾住時進的肩膀說道：「走！請你吃大餐去，我們的大功臣。」

時進聞言提起的心瞬間就落了下去，知道龍叔那邊大概是給出了好結果，喜笑顏開地回勾住卦二的肩膀，還忍不住用力捶了他幾下，表達自己的開心。

卦二被捶得內傷不已，連忙甩開他，作勢反擊。

實驗室的搜查雖然還沒結束，但時進等人這次的任務卻已經算是基本完成了。

他們先聚在一起開開心心地吃了頓飯，然後一起給廉君打了電話彙報情況，之後回到麗水醫院，找了間空的四人病房，準備在這裡湊合過一晚。

三人各自洗漱完挑了張病床躺下後，卦二靠著被子說道：「這邊忙完了，接下來就該去卦一那邊幫忙了，他那邊的清掃才是重頭戲，只他和卦五兩個人可忙不過來。」

卦三沒理他，閉著眼睛一副想儘快入睡的樣子。

「嘖，你這人真沒意思。」卦二嫌棄地看他一眼，問對面床的時進：「小進進，接下來的任務你還跟我們一起嗎？」

「跟。」時進回答，也閉上眼睛，「別說話，我要早點睡，早睡早起身體好。」

這話說出來是唬誰呢。

卦二無語，掃一遍身邊這兩個一點都不配合的「室友」，白眼一翻，抖開被子也躺了下去。

這一晚的麗水醫院一直有些吵鬧，水螅餘黨被清掃掉之後，L國官方另外派人過來，想分批把醫院裡的病人往其他醫院轉移。

時進睡得有點不踏實，時不時就會被醫院病人轉移的動靜鬧醒，勉強睡到凌晨三點多，隱約聽到卦三床上傳來起床的動靜，乾脆也坐起身。

「你不睡了？」他看向正在疊被子的卦三，壓低聲音詢問。

「不睡了，昨天睡得太早，再睡也睡不著。我準備去實驗室那邊看看，他們搜了一晚上，應該已經有結果了。」卦三回答，放輕聲音說道：「我是不是吵醒你了?你繼續睡吧，等要走的時候我再來喊你。」

時進搓了把臉也下了床，說道：「沒有，我也睡飽了，和你一起去實驗室吧。」

卦三見狀也不再勸，兩人結伴丟下卦二，簡單洗漱一下後，和外面守著的人打聲招呼，徑直朝著實驗室走去。

兩人在快走到通往太平間的電梯旁時，角落黑暗處突然跑出一個瘦瘦小小的身影，直接朝著時進撞過去。

小死的聲音瞬間拔高：「進進！你的進度條在漲，快躲開！」

時進本能就是一個側身，那個瘦小的身影沒有防備，直接撲空跌倒在地，悶哼一聲之後扭頭看了時進一眼，起身就想跑。

卦三一個箭步上前制住他的手，把他從地上拎起來，走到光亮處仔細一看，發現這個莽撞衝過來的人居然是個十一、二歲的小孩子，身上還穿著病人服，皺了皺眉，說道：「這是哪一層的病人跑出來了，小朋友，你家長呢？」

他後一句話是用英文問的，但小孩明顯聽不懂，只緊張地縮著手低著頭，掙扎著還想跑，不敢看他們的臉。

時進看一眼自己瞬間回落到500的進度條，也皺了眉，走到那個小孩面前，上下觀察一下他，突然彎腰拉住他的手，把他緊握的手掌掰開來。

一個小針管露出來，和龍世曾經用過的那個十分相似。

卦三表情立刻變了，改拎為抓，又厲聲問了小孩幾句，小孩還是聽不懂，被卦三的語氣和表情嚇到，臉上的恐懼越發濃重，掙扎也越發大了。

卦三放棄喝問，看向時進說道：「他聽不懂，看他這樣子，很可能是水蝗殘黨的孩子。」

時進卻有點懷疑，說道：「他直接衝著我來，目標很明確，如果是水蝗殘黨，他應該會無差別攻擊才對。而且他不選遠攻武器，反而選擇向我注射這個，有點奇怪。」

「可能是他看你臉嫩，以為你比較好攻擊，至於武器……」卦三皺了皺眉，保險起見，還是打電話喊了個懂當地語言的屬下過來，把小孩交給他，吩咐道：「審審他，查清他的身分。」

屬下應了一聲，把小孩帶走了。

時進目送小孩離開，看一眼手裡的針管，問道：「這個怎麼處理？」

「郵寄給龍叔吧。」卦三回答。

時進點頭，把針管用布裹了好幾層塞進口袋裡，隨著卦三繼續朝太平間走去。

麗水醫院靠近太平間這邊的電梯已經被官方和滅的人把守住了，卦三和時進向看守的人打聲招呼，進了電梯，到地下一層。

此時的地下一層燈火通明，每隔一段距離就有一個人守著，盡頭處的雜物間已經被清空，停屍間裡的屍體也已經被連夜轉移走，裡面被布置成一個臨時休息室的樣子，時進和卦三一起進去的時候，徹夜搜查實驗室的醫生正陸續從室內出來，每個人手裡都提著一個密封箱。

「情況怎麼樣？」卦三詢問。

領頭的醫生見到他們，搓了把臉提了提精神，上前說道：「正想去找你們彙報呢，我們發現了一些很奇怪的東西，水蛖這個實驗室裡研究的新藥品，在明面上和水蛖的生意沒什麼牽扯，倒是和槍火有那麼點關係。」

卦三眉頭一皺，問道：「有什麼關係？」

「比如這個，M國那邊新流行起來的『快樂藥』，據我們所知這是槍火在年初新推出的一種新藥品，上癮性很大，定價高昂，出貨量很少，目前還沒被人吃透配方，但水蛖這間實驗室裡卻有很多『快樂藥』的半成品和研製資料，似乎就是在這裡被研究出來的，並一直有在生產。」醫生解釋著，還從密封箱裡拿出一盒小藥片。

卦三接過藥片看了看，和時進對視一眼，兩人眼裡都有著同樣的驚疑。

「水蛖做的藥，卻是槍火在賣，難道水蛖其實是槍火在L國布置的暗線組織？」時進說出心中猜想，覺得這次的東南地區之行突然變得魔幻起來。

卦三眉頭緊皺，說道：「如果真是這樣，那龍世就是一直在幫槍火辦事？然後他在被榨乾價值後，又被槍火賣給了九鷹？」

時進覺得龍世有點可憐了，如果真是這樣，那龍世也炮灰得太厲害，他現在甚至有點懷疑，九鷹和槍火的合作，就是龍世這麼個炮灰給間接促成的。

這發展誰都沒有想到，兩人不敢耽誤，立刻回轉病房，把還睡著的卦二喊起來。

卦二聽了他們的推測，也唰一下就精神了，起床開始清點匯總昨晚各分隊收集到的資訊。結果這不點不知道，一點簡直嚇一跳。

水蜴奇怪的地方實在太多了，首先是藥房，麗水醫院藥房裡的貨物和庫房裡的貨物完全不同，藥房裡存著的都是製作「快樂藥」所需要的原材料，而庫房那邊存著的卻只是普通的藥品，是水蜴主要的售賣商品；其次是實驗室裡的資料，資料顯示除了「快樂藥」，這個實驗室還研製過一些暗殺藥，比如龍世和那個小孩子用過的針管藥劑，它們就屬於暗殺藥的範疇，都是毒物類的，不會立刻讓人斃命，只會讓人慢慢死亡，但在明面上，水蜴卻從來沒有使用過這種藥劑，所有研製出的暗殺藥都不知去向了；最後，水蜴的資金流動有問題，搜查人員從麗水醫院的一個保險櫃裡，發現一本暗帳，暗帳裡藥房這邊的收益，和水蜴的整體收益是分開的，並不關聯。

「乖乖，這水蜴藏得挺深啊，我還以為它就是個普通的小組織。」卦二把資料蓋上，「我想我們需要回去再審審龍世，他這些年可沒少研究些壞東西，肯定知道很多。」

卦三搖頭說道：「我倒覺得他其實什麼都不知道，槍火賣他賣得毫不留情，他如果知道，沒道理到現在都不反咬槍火一口，他的性子沒那麼隱忍，不過我們確實該回去重新審審他。」

時進期待地湊過去，問道：「那咱們現在就出發回去？」

卦二和卦三一起看向他，卦二忍不住笑了，拐了他一下，起身說道：「知道你想君少了，走了，收拾東西回家！」

出醫院的時候，時進總有種被什麼東西盯上的感覺，忍不住回頭往已經空了大半的麗水醫院看了一眼，卻什麼都沒看到。

小死提醒道：「進進，你的進度條突然漲到600了，這附近有危險。」

「果然是有什麼人盯上我了，不是我的錯覺。」時進接話，視線在麗水醫院上下掃了一遍，突然想起那個攻擊他的小孩子，找到卦三問道：「那個被你屬下帶走的小孩審得怎麼樣了？」

卦三回道：「已經確定他是水蝗的殘黨了，不是水蝗殘黨的孩子，他是比較周邊的成員，剛進入水蝗沒多久，之前是孤兒，已經把他交給L國官方了。」

時進繼續問道：「他是自己想來攻擊我的嗎？他從哪裡拿到藥的？」

卦三翻了翻屬下發來的資訊，回道：「他是從藥房的一個角落發現藥的，他想攻擊你，是因為你打傷了帶他進入水蝗的上線，就是最開始被你在藥房打傷的那群人裡的一個。」

這樣好像又都說得通。時進掃一眼自己的進度條，壓下思緒，彎腰上了麵包車。

在離開麗水醫院所在的二線城市之後，時進發現自己漲到600的進度條，又降回到500。

時進越發肯定，之前有人在盯著自己。他跟開車的卦二說了一下自己的感覺，卦二十分重視，想了想，稍微放慢車速，不再來回變道玩花樣，開始關注後方有沒有車輛在跟蹤。

大約一刻鐘後，時進發現自己的進度條又漲回來了，同時卦二敏銳地從後視鏡裡發現，有一輛可疑的黑色私家車似乎在跟蹤他們。

「喲，還真有人，時進你的感覺真敏銳，話說你們覺得這波跟著我們的人是誰？」卦二叼了根菸，閒閒詢問。

卦三回道：「水蝹已經被清剿，能從麗水醫院跟上我們的，除了九鷹的人，還能是誰，只有他們知道我們肯定會去麗水醫院查探情況。不過也說不定是槍火，前提是水蝹真的是槍火的暗線組織，並且槍火像九鷹那樣，猜到我們會去查龍世躲過的小組織。總之你注意一點，別讓他們在路上找機會搞事。」

「我知道。」卦二踩了一下油門，三兩下把那輛可疑的車輛又甩下，繼續說道：「不過我更偏向於這波跟著我們的人是九鷹，槍火如果真想堵我們，早在麗水醫院就堵了，從我們查麗水醫院這麼順利的情況看來，槍火現在應該正自顧不暇，暫時沒精力來L國找我們麻煩。」

「反正多注意一點準沒錯，這是九鷹或者槍火唯一能確定我們行蹤，伺機進攻的機會了，小心點，我先調人過來，免得他們突然襲擊。」卦三說完就拿出手機。

玩歸玩，確定有人在後面盯著，卦二的態度還是立刻就變得認真起來，畢竟真在路上打起來了，還不一定是誰吃虧。他把菸吐掉，開始加快車速，說道：「放心，我心裡有數。」

在反覆被甩下三次後，後面跟蹤的車輛大概是終於意識到自己已經被卦二發現的事實，突然不再掩藏蹤跡，開始加速猛追，明目張膽地黏著不放。

卦二發現後冷哼一聲，再次加快車速。

兩輛車在路上你追我趕起來，時進就看著自己的進度條隨著跟蹤車輛的前進後退漲漲落落，心情從最開始的緊張，慢慢變成麻木，甚至還有心情走了會神，然後在心裡戳小死：「後面那輛車裡跟蹤的人明顯是衝著我來的，我估摸著他們是想抓我來威脅廉君，你說我要不要假裝給他們賣個破綻，反套路一下他們？」

小死嚴厲拒絕：「不可以，進進，寶貝還等著你平安回去。」

「好吧。」時進想起廉君，勉強打消了這個稍微有點冒險的想法。

就這麼你追我趕了快三個小時，卦二發現後面跟著的車變多了，從一輛變成四輛。

卦二皺了眉，「這些傢伙是鐵了心要動手了？」

「不怕，我們的人已經布置好了，你儘管開。」卦三接話，態度自信到囂張。

卦二等的就是他這句話，再次踩上油門。

又經過了半個小時，眾人開到一個較偏僻的路段，後面跟蹤的車輛也慢慢從四輛變成六輛，其中兩輛開始瘋狂加速，並幾次試圖撞擊卦二駕駛的麵包車，看來是等不及要攻擊了。

卦三突然出聲：「就是這裡。」

卦二果斷撥動方向盤，衝向路邊的一個廢棄的建築工地。

後面加速追趕的幾輛車連忙轉彎跟上，並且有人探出車窗，開始舉槍朝這邊攻擊。

噗！車胎被打爆的聲音，麵包車陡然歪了一下，卦二握緊方向盤不動，踩了剎車。

幾輛車迅速包圍，有一輛車更是直接朝著麵包車撞過來。

砰一聲，麵包車被撞得朝前猛衝了一段路，車內三人被慣性帶得往前傾身，卦二拍了一下方向盤，罵道：「一群瘋子，這是想要我們的命呢！」

「攻擊！」卦三朝著手機那邊吩咐了一句。

下一秒，建築工地各隱匿處突然冒出無數人影，他們藉著雜物遮擋，齊齊朝著正圍著麵包車攻擊的幾輛車掃射，沒一會就把車掃成了馬蜂窩。

車內的人大驚，連忙反攻。

廢棄的建築工地上頓時槍聲震天，時進被卦三按著腦袋趴在車裡，耳尖地聽到有人在趁亂朝著麵包車靠近，反手就把槍摸出來。

「別動，外面的人會搞定他們。」卦三把時進拿武器的手按回去。

時進於是老實下來，讓小死幫自己加大聽力，繼續聽外面的動靜。

那道朝著麵包車靠近的腳步聲，很快夭折在一聲悶哼之後，槍聲又響了一會，然後漸漸停下，卦三的手機響起，宣布結束了這場混戰。

卦二先一步下車查看一下情況，確定安全後才讓卦三和時進下車。

外面的敵人躺了一片，不知死活。

有一個背著槍的人走過來，朝著卦三說道：「是九鷹的人。」

「把人都抬到車上去遮掩一下，通知L國官方過來處理。」卦三吩咐，然後朝時進示意了一下不遠處一輛新開過來的麵包車，說道：「上那輛車，這邊有他們處理，我們先回去。」

時進點了點頭，朝著麵包車走去。

卦二已經先一步上了新麵包車的駕駛座，正握著手機跟廉君彙報這邊被九鷹突襲的情況。

卦三走在時進後面，還在和背槍的人交代事情。

「進進，你的進度條沒有降，反而漲到850了！」小死著急提醒。

「我知道，九鷹這次的攻擊，肯定是想在我身上做文章。」時進冷靜回答，走路的姿態看似隨意，其實神經一直緊繃著，餘光注意著周圍的情況，拉開車門後故意磨蹭了一下，等卦三告別背槍的人靠過來之後，才做出上車的動作。

小死突然破音：「進進！漲到990了！」

嗖——一道破風聲從一個沒人注意的角落傳過來。

時進表情一肅，伸手把卦三推到車裡，然後微微側身，之後身體一僵，做出中槍倒地的樣子，躺在車旁。

「時進！」卦三表情大變，連忙下車擋在他身前，拿槍朝攻擊的方向反攻。

背著槍的屬下也聽到動靜，回頭見時進倒在地上，也立刻慌了，連忙招呼眾人朝著那個角落衝過去，並命令其他人包圍麵包車，保護起來。

偷襲的人很快被制住，他見時進倒地，臉上竟不見一絲被抓住的驚恐，反而滿臉興奮，大聲吼道：「他中毒了，特製的毒！跟廉君一樣查不出成分的毒！解毒劑和母本成分只有我家老大知道，想救他的命，讓廉君去求我家老大啊哈哈哈！」

卦二面沉如水，撞開車門下車，手裡還拿著顯示正在通話的手機，朝著那邊吼道：「給我堵住他的嘴！」

背槍的屬下連忙照做，還狠狠給叫囂的九鷹屬下一拳。

卦二氣得想殺人，快步走到一躺一蹲的時進和卦三面前，見卦三什麼都沒做，只知道傻傻看著時進，急了，說道：「你幹什麼呢！時進傷到哪裡了？我……」

他大步靠過去，然後在看到地上臉色紅潤，眼睛瞪得溜圓的時進後閉了嘴。

時進不好意思地朝他笑了笑，舉了舉手裡一個用衣袖包著的粗長空心針，說道：「我躺下是為了找這個，別擔心，我沒受傷。不過我覺得你們可以繼續演戲，讓九鷹的人覺得我真的受了傷，這是個很好的反套路機會。」

卦二表情變來變去，咬牙切齒：「你他……」

「啊，好痛！有什麼東西扎進我身體裡了，好難受！」時進突然慘呼一聲，抓住卦三的衣袖，示意他快把自己搬到車上去，免得穿幫。

卦三面皮抽了抽，餘光見那邊被帶走的九鷹屬下聽到時進的痛呼後，表情明顯變得更興奮，心累地抹了把臉，認命彎腰，把「痛苦不堪」的時進按住，搬到車上。

三人一起回到車上後，卦三專心處理時進手裡的空心針，卦二盯著時進，時進盯著卦二，空氣短暫凝固。

「你剛剛好像說髒話了。」時進試圖轉移話題。

卦二瞪著他，握著手機的手鬆了又緊，緊了又鬆，最後憋出一句：「你演技真爛。」

時進很想說那你怎麼還被我這麼爛的演技給忽悠到了，但看他表情十分不妙，識趣地把這句話噓了下去，擠出一個略帶抱歉的笑容，說道：「是挺爛的……不過我看九鷹那個屬下蠢蠢的，能騙到他就行。」

卦二磨牙，「你可真是太聰明了。」

時進謙虛：「過獎過獎，是你這個前輩教得好。」

卦二：「……」突然想打死時進，手好癢。

卦三把時進手裡的空心針放到一個密封盒子裡，轉回來時耳尖地聽到一點別的什麼聲音，皺眉警惕地在身周找了找，最後把視線定在卦二捏在手裡的手機上，問道：「卦二，你手機裡好像有說話聲，你在跟誰打電話？」

卦二一愣，這才想起來事情發生時，他正在跟廉君彙報情況，表情唰一下變了，僵硬了一會，突然把手機往時進手裡一塞，說道：「你演的戲，你自己解釋。」說完直接從前排兩個座椅間的空隙處鑽了過去，坐到駕駛座，發動汽車。

「解釋什麼？喂，你手機幹麼塞給我，我……」時進莫名其妙，邊說邊按亮了卦二的手機，然後在看到上面的正在通話介面和通話對象後唰一下消了音，手比腦子更快的，直接掛斷電話。

小死：「你……」

時進：「我……」

一人一系統都傻住了，然後時進突然回過神，一個鯉魚打挺從座位上彈起來，在車內瘋狂翻找，說道：「平板呢？快，給我一臺平板！」

卦三無語地取出一臺平板遞給他，然後趁著麵包車還沒開走，降下一點車窗喊了一聲背槍的屬下，表示自己要先走一步，帶時進去醫院治傷，這邊就拜託他盯著了，並囑咐他把還活著的九鷹屬下全部綁好，送到廉君那裡去。

背槍的屬下並不知道時進是在演戲，心裡又急又怒，聞言連忙應了一聲，示意圍著麵包車的人都讓開，目送麵包車離開後忍不住又朝那個下暗手的九鷹屬下踢了一腳。

九鷹屬下任由他打，眼睛直勾勾望著麵包車離開的方向，表情狂熱到詭異，活像個剛剛磕過藥的瘋子。

麵包車一路疾馳，朝著他們臨時大本營所在的L國首都駛去。

車內，時進搓了搓臉，用平板給廉君撥了視頻電話。

卦二響個不停的手機鈴聲停了，視頻通話接通，廉君的身影出現在畫面上，他還是坐在書桌後，面前的文件卻亂糟糟的，手裡拿著手機，表情焦急，眉頭緊皺，臉色隱隱蒼白，額頭甚至出了一層薄汗，不等看清畫面就著急說道：「時進怎麼了？他怎麼了！我聽到他喊痛了，他……」

時進朝著廉君揮了揮手，擠出一個笑容，說道：「我沒事，我剛剛那是喊著玩的。」

廉君：「……」

時進見他表情不急了，卻開始抿著唇看著這邊不說話，心裡一虛，忙低咳一聲解釋道：「事情是這樣的，我懷疑九鷹這次的攻擊是衝著我來的，就趁機小小地演了一齣戲……」

他儘量輕描淡寫地把過程解釋一遍，然後討好地看著對面面無表情的廉君，擠出一個無害討喜的笑容。

廉君無動於衷，薄唇緊抿，眼神沉沉，臉看上去還是沒什麼血色，深深看了時進一會，突然開口說道：「把鏡頭移下去，對著身體。」

——完了，這是氣得連他的臉都不想看了嗎？

時進心裡咯噔一下，手配合地把鏡頭往下挪，乾巴巴解釋道：「我真的不是故意嚇你，你別生氣，你喝點溫水緩緩吧，我看你臉都白了……」

「衣服脫了。」廉君冷酷開口，打斷他的話。

這話一出，無論是開車的卦二，還是正在處理事情的卦三，全都把視線挪過來，然後又不著痕跡地把視線挪走。

氣氛突然變得奇怪起來。時進舉著平板的手有點僵，瞄一眼卦三和卦二，側了側身，把鏡頭挪上來，湊過去看著廉君的臉，壓低聲音說道：「這不好吧，卦三和卦二都在呢，我馬上就回去了，你稍微等一等……」

他側著身，又壓低聲音湊近鏡頭，於是紅潤的氣色和完全放鬆的表情全部放大顯示在螢幕上。廉君看著他這確實不像是受了傷的樣子，緊繃的身體終於稍微放鬆一些，斂了表情說道：「掛了，讓卦三接電話。」說完直接掛斷視頻通話，然後下一秒，卦三的手機鈴聲響起。

卦三連忙放下手裡的活，接通電話，喚了一聲君少。

時進瞄一眼手裡已經關閉的通話頁面，又瞄一眼正側著身和廉君說話的卦三，心裡突然有點酸酸的，抬手扯了扯衣領，在心裡嘀咕：「其實如果他堅持一下，我也不是不能脫，褲子不行，上衣還是可以的……」

小死：「……」有些人活著，但他的節操已經死了，死透了。

戲已經被時進拉開序幕，為了演得更像一點，廉君大手一揮，乾脆搭起戲臺。

他先是用最快的速度包下一家私人醫院，派人把醫院清空，全部換上自己的人，然後派人把醫院重重包圍保護起來，瘋狂往這邊調醫生，一副為了救戀人不顧一切的樣子。

之後他又打電話給龍叔，讓龍叔帶著團隊立刻搭專機過來，故意弄得大張旗鼓，讓有心人稍微打探一下就能發現端倪。

最後他還說動了L國官方，讓官方幫他開路，保證即將回來的麵包車能一個紅燈都不等地直奔醫院。

如此這般，只短短兩個小時不到的時間，廉君就把戲臺給搭好了。

費御景被廉君那邊的動靜驚得從房間裡走出來，到客廳時剛好碰到被卦九推著往外走的廉君，見他表情不對，皺眉問道：「出什麼事了？」

「時進出事了。」廉君簡單回答，示意卦九別停，直接出門。

費御景聞言表情一動，想起已經一天一晚上沒見到人的時進，站了一會，還是跟上廉君。

麵包車用最快的速度趕回L國首都，直奔私人醫院。

此時時進的衣服上多了一些「血」，頭髮也亂了幾分，正歪躺在麵包車後座放倒的椅子上，一邊擔心廉君是不是還在生氣，一邊又一把一把地搓麻將。

「有時候我真想打開你的腦袋看看，看裡面是不是裝了什麼非人類的東西。」卦二從後視鏡裡看了他一眼，陰森森開口。

時進一驚，小死也是一驚，一人一系統都很心虛，時進出牌的動作都僵硬了幾秒，努力若無其事地說道：「你錯了，我的腦子裡都是人，那個人叫廉君。」

卦二被他這土味情話噎得半死，突然一撥方向盤，說道：「醫院到了，演得真一點。」

時進立刻放下平板，四肢放鬆癱在後背上，頭一歪，閉上眼睛。

麵包車在醫院急診入口處停下，早早候在門口的醫生見他們過來，推著移動擔架靠近，等麵包車車門一開，幾名醫生立刻俐落地上車，合力把時進挪到擔架上，朝著醫院內部推去。

廉君就候在醫生們旁邊，見時進「生死不知」地被人從麵包車裡抬出來，雖然知道是假的，但心裡還是忍不住慌了一瞬，連忙滑動輪椅跟上。

費御景是不知道真相的，見時進身上帶血地被人從車上抬下來，眉頭一皺，沒有跟上擔架，而是問後一步下車的卦三：「時進怎麼了？」

「他……」卦三剛準備說時進沒事，注意到此時還是在醫院外面，又小心地轉了口，回道：「進去再說。」說完大步朝著醫院內走去。

費御景聞言只覺得是時進情況非常不好，語言都無法解釋了，心情複雜了一瞬，看一眼已經消失在醫院門內的擔架，邁步跟上卦三。

所謂做戲做全套，時進在進入醫院後也依然「昏迷」，還被一路推進手術室，過了幾分鐘才換了身衣服，穿著一身醫師白袍，戴著口罩，冒充醫師自個走出來。

廉君立刻上前拽住他的手，拉著他進入最近的一間病房。

費御景所有複雜的心情，都在看到時進豎著出來的瞬間僵住了，慢慢恢復面無表情的冷漠樣子，扭頭看卦三。

卦三也面無表情，解釋道：「沒錯，就是你看到的這樣，時進對外宣稱受傷了，對內還可以自己搓麻將玩。」

費御景看一眼時進所在的病房，臉黑得像鍋底，沉沉吐出一句：「無聊！」甩手離開。

病房內，廉君拉著時進到病房配套的洗手間，從輪椅上站起身，面無表情地把時進扒光。

時進捂住小進進，假假說道：「這樣不好吧，大家都還在外面呢……」

廉君直接伸手捏住他的嘴，然後把他來回翻轉著看了一遍，確認他身上確實沒有傷口，只有幾處皮膚青紫後，提著的心徹底放下，伸手抱住他，腿一軟，朝後往輪椅裡倒去。

時進發現不對，傾身幫他穩住身體，安頓他在輪椅上坐好，不敢再瞎玩了，蹲在他面前擔心地揉了揉他的腿，問道：「怎麼了，是不是有哪裡不舒服？」

廉君搖頭，彎腰撿起地上的衣服給他披上，摸了摸他的臉，聲音有些乾澀，眉頭還是深深皺著，「時進，下次別這麼嚇我。」

時進立刻心軟了，上前抱住他，蹭了蹭他沒什麼血色的臉，「對不起，這次是我任性了，你別生氣。」

「我不生氣。」

廉君把他緊緊按在自己懷裡，感受著他的體溫和呼吸，心情終於一點一點地踏實下來，低聲說道：「我就是怕你說沒事只是在騙我……以後不許再這麼折騰了，不能拿身體冒險。」

時進這才搞明白廉君讓他脫衣服和用鏡頭照身體，是怕他騙人，想親眼確認他有沒有受傷，心裡越發酸澀，也有些後悔自己的不著調，連忙小聲認錯哄人。

時進在手術室裡待了一天，然後被推進重症監護室。

病房裡，廉君在調整好情緒，聽完時進對於這次任務的詳細彙報後，召集大家開了會。

水蝗和槍火的關聯是個意外發現，可以深挖，廉君點了卦三去負責這一塊，讓他順著水蝗查一查，看能不能查出槍火更多的暗線組織。

九鷹這次針對時進的行動，槍火明顯是不知道的，現在時進找機會忽悠了九鷹一把，左陽很可能會得意忘形，這件事裡有太多地方可以操作，廉君決定先按兵不動，等左陽那邊先上門送人頭。

龍世那邊，廉君讓卦二再去審一審，主要打探一下龍世知不知道水蝗其實是在幫槍火辦事，和龍世被左陽抓走後的情況。

正事很快吩咐完，大家各自領命離去。

時進見廉君在大家走後，仍是一副若有所思的樣子，關心問道：「怎麼了？」

廉君回神，回道：「我只是有點懷疑槍火和九鷹的這場合作，是槍火給九鷹下的一個局。」

「局？」時進意外，坐過去給他倒了杯水，問道：「為什麼這麼懷疑？」

廉君接過水，順勢握住他的手，邊揉捏他的手指，邊分析道：「九鷹這些年發展迅猛，不僅僅在國內行事囂張，在國外也十分高調，槍火作為東南地區的本土組織，面對九鷹這個進攻性十足的外來競爭者，不僅不打壓，還選擇合作，這本身就是一件很奇怪的事。現在你們查出來龍世躲藏的小組織水蝕和槍火有關，我十分懷疑，龍世的下落，其實是槍火故意透露給九鷹的，目的是想讓九鷹把視線轉移到國內，和我內鬥。而且你還記得麼，槍火曾想通過九鷹，往國內安插勢力。」

時進皺眉，說道：「所以槍火這是想挑撥九鷹和咱們的關係，然後趁亂把勢力往國內滲透？」

廉君回道：「只是有這個可能，畢竟國內情況特殊，外來勢力一直很難滲透進來，槍火動了點小心思，也不難理解。」

時進順著他這個思路想了想，覺得他的猜測十分有道理。仔細想想九鷹現在的情況，在國內，九鷹因為利用龍世威脅廉君的事，直接和滅對上，還得罪官方，在國內的發展開始受限制。在國外，九鷹被鬼蜮纏住，生意網面臨崩盤。

而且九鷹其實有及時止損的機會，但因為鬼蜮的人扣在槍火手裡，槍火一直不放人，所以九鷹失去了這個機會，只能一直和鬼蜮耗下去。

甚至再往深裡想想，鬼蜮當初發現九鷹動向，進而和九鷹對上這一點，其實也可以陰謀論一下，畢竟鬼蜮在東南地區的根基扎得十分不錯，在這邊有點影響力，對槍火來說也算是個威脅。

「如果這一切真的是槍火設的局，目的是引我們國內的組織自己內鬥，那咱們該怎麼做，還要打九鷹嗎？」時進忍不住詢問。

廉君握緊他的手，眼神慢慢冷下來，沉沉回道：「打，蠢不是被人寬恕的理由，做錯了事、站錯了隊，就該付出代價。」

龍叔在第二天凌晨趕了過來，一來就鑽進實驗室，連夜研究起九鷹用來暗算時進的那根空心針的成分。

有水蝗那間祕密實驗室裡的眾多實驗資料做底，龍叔很快確定了空心針裡的藥劑種類，找到廉君說明情況：「確實是神經類毒物，成分不明，藥效分輕和重兩種，輕則使人出現頭痛、噁心、嘔吐等症狀，重則會使人心智損傷、呼吸困難、器官衰竭，進而導致死亡。如果不能一次性把毒清理乾淨，那麼沒清乾淨的毒物會殘留在體內，不斷擴散加重藥效，就算中毒的人最開始只出現輕度症狀，如果不及時治療，最後也能耗死。」

廉君聽得面沉如水，時進連忙安撫地握住他的手。

「另外，我發現你們送來的另一支藥劑，和這根針裡的藥劑成分完全一樣。根據你們後來送來的資料，我可以確定這些藥都是龍世製作的。」龍叔把自己的推論說完，提到龍世時語氣雖然仍有點不自然，但情緒總算不會太過波動了。

另一支藥劑？是說從那個小孩手裡拿到的藥？所以那個小孩其實也是九鷹的人？

卦二皺眉，也連忙說了昨天審訊龍世的結果：「君少，龍世昨天交代，他在被九鷹抓走後，身上藏著的幾支藥劑全被左陽拿走了，那些藥左陽知道用途，但手裡並沒有解藥。根據我的側面打探，我可以確定龍世不知道水蝗和槍火的關係，他以為水蝗背後站著的是L國某個官員，所以一直留在那裡。」

所有的線索，都越來越指向九鷹其實是被槍火坑的這個事實。

廉君沉思幾秒，問龍叔：「按照針裡的劑量，在始終無法接受正確治療的情況下，一般人可以撐多久？」

「用最好的藥物緩解維持的話，最多兩個月。」龍叔保守估計。

廉君手指點了點輪椅扶手，又問卦二：「卦一那邊情況怎麼樣了？」

「已經掃掉槍火的兩個小組織，目前正準備收拾一個中型的組織，官方和L國官方都在暗地裡幫忙。」卦二回答。

廉君表情好看了一點，吩咐道：「你也去幫忙，通知老鬼，繼續加大對九鷹的打壓，資源不夠，我幫他補。」

這居然是要繼續硬碰硬？卦二意外，看一眼時進這個偽病號，問道：「君少，不是要演戲嗎？我以為……」

「是要演戲，但不是演妥協的戲。」廉君打斷他的話，反握住時進的手，手指用力到發白，「我的字典裡，沒有妥協這兩個字。」動了不該動的人，就該付出代價。

時進手被握得很疼，心裡卻有點發飄，戳小死問道：「所以廉君這是準備演衝冠一怒為紅顏的戲嗎？」

小死：「……」

當天下午，發現情況不對的左陽立刻遞了消息過來，要求親自和廉君談話。

廉君應了，就在病房裡接了左陽打來的視頻通訊。

「你什麼意思？」左陽開門見山，語氣帶著一絲壓抑的憤怒和氣急敗壞。

廉君冷冷看著他，反問道：「什麼意思？你動了我的人，這麼明顯地挑釁我，現在卻來問我是什麼意思？左陽，我縱容你多年，是不是真當我不會動你。」

這跟寫好的劇本不一樣啊！左陽氣怒道：「你瘋了嗎！你小情人的命現在捏在我的手裡，你這麼跟我對著幹，是不想要他的命了嗎？」

廉君面無表情，說的話卻讓左陽覺得後背發涼：「他如果死了，我要你整個九鷹給他陪葬，反正我也是活不久的人，大不了魚死網破。」

「你這個瘋子！」左陽拍桌，強迫自己冷靜下來，講條件：「只要你讓老鬼停手，並且不再慫愿官方針對我，我就派人把解藥送去給你。」

廉君冷笑，「左陽，你以為誰都跟你一樣蠢？你給時進下的藥，明顯就是龍世的手筆，他在滅長大，用藥做藥的習慣我比你更清楚，他如果有留解藥的習慣，我的雙腿早就治好了。左陽，不說解藥，你連你下的藥是什麼配方都不知道吧？」

被說中了事實，左陽表情一變，又很快調整回來，硬撐著說道：「廉君，難道這世上就只有龍世一個人會做藥嗎？你會不會太相信自己的推測了？」

「我當然更相信自己，醫生說時進最多能撐兩個月，左陽，我倒要看看，你九鷹能不能在我手上撐過兩個月。另外，提醒你一句，龍世躲藏的水螅是槍火的暗線組織，槍火賣得紅火的『快樂藥』也是龍世的手筆，你真是蠢得給敵人當工具！」廉君說完，也不管左陽那邊是什麼反應，直接掛斷通訊。

接下來兩天，有了滅的支持，鬼蜮開始更凶殘地針對九鷹。另一邊，卦一等人也開始以收割般的速度，瘋狂清掃L國國內所有和槍火掛鉤的小組織。

第一天的時候，左陽那邊還沒什麼動靜，等到了第二天，左陽突然像是失去理智般，開始瘋狂遞消息過來，試圖再次和廉君對話。

廉君把為愛瘋狂的人設維持下去，對於左陽的聯絡請求，全部殘酷拒絕，並且調動國內的勢力，開始在國內明面上針對九鷹。

滅低調多年，實力雖強，又獨得官方扶持，卻從來沒有主動在道上惹過事，這次滅突然高調針對九鷹，立刻引起國內各組織的注意，狼蛛的首領魯珊更是直接撥電話來詢問情況。

面對魯珊帶著長輩式八卦的詢問，廉君的回答十分簡短幹練：「左陽動了我的戀人。」

「你說什麼？」魯珊聲音立刻拔高，震驚詢問：「你戀人？誰？你什麼時候找的對象？我怎麼一點消息都沒有？開會那會你好像也沒……等等，是那個新收的小屬下？」

「是他。」廉君回答，是提醒也是警告：「爭利益可以，但動我的人，不行。」

魯珊立刻聽懂他的意思，稍微安靜了一會，然後冷哼一聲，說道：「你這小鬼還挺護對象，反正我是對禍及家人這種手段十分不齒的。現在道上被你這一齣鬧得人心惶惶，你最好透點由頭出來，不然大家又都盯上你了。」

「我明白，多謝提醒。」廉君語氣緩下來，又給魯珊透了一點槍火這邊的底，然後掛斷電話。

時進被他對外介紹了一波，心裡美滋滋，湊過去問道：「你和狼蛛的首領好像關係不錯？」

廉君回道：「魯姨是我父親的朋友，算是我的長輩，現在我和她礙於目前的局勢，在明面上只能是交惡的狀態，等一切塵埃落定了，我再帶你去正式見她。」

這是要帶著見家長的意思？時進一愣，然後突然反應過來，這好像是廉君第一次在他面前提起家人的事情。

他瞄一眼廉君，又瞄一眼廉君，欲言又止了一下，又欲言又止了一下。

「有什麼想問的就問，不用顧忌什麼。」廉君被他這模樣逗得眉眼舒展，伸手想抱住他，又被輪椅擋住，於是退而求其次地握住他的手。

時進見他這麼說，想著這些事遲早都是要互相瞭解的，就小心問了出來：「我聽說你是在滅長大的，關於你的家人，大家好像都沒怎麼提過……」

「因為我已經沒有家人了，大家平時有所顧忌，所以從來不提。」廉君回答，提起這些往事時，情緒還算平靜，「我父親是滅的上一任首領，他的位置，是他在我母親死後，從老首領那搶過來的。」

時進聽到這，心裡有點點矛盾。他想知道廉君的事，但從廉君說的這一點點內容來看，廉君的過去似乎又並不是特別愉快，提起這些，很可能會讓廉君不開心，他不想讓廉君不開心。

廉君看出了他的糾結，心裡一軟，安撫說道：「沒事，都只是些陳年舊事而已，沒什麼不可說的，讓你知道一下也好。」

廉君的家庭背景其實挺簡單的，概括來講，就是從小在組織長大的廉君父親，透過自己的努力，一點點爬到組織高層的位置，成為組織老首領的左右手，然後在一次出任務的時候，偶然認識了只是普通人的廉君母親，生了退隱去過普通人生活的想法。

老首領表面體諒屬下，幫廉君父親換了身分，讓他過上普通人的生活，暗地裡卻把廉君父親的去向透露給老對手，害得當時有孕的廉君母親受了重傷，生下廉君沒多久後死亡。

廉君父親恨極痛極，想要報仇，這時老首領又站出來，護了他一手，說可以幫他。廉君父親感激涕零，帶著廉君回到組織，成了老首領最鋒利的一把刀，不僅幫老首領幹掉老對手，還穩穩打下一片新的江山。

結果江山坐穩後，老首領因為心虛，動了兔死狗烹的心思，撕開偽善面具，以廉君的性命相威脅，逼廉君父親自裁。廉君父親這時才知道當年的真相，怒到極致，也恨到極致，明白以老首領的為人，就算他聽話自裁了，廉君估計也活不了，乾脆一不做二不休，帶人把老首領給幹掉了，自己坐上那個位置。

「……大概就是這麼個故事。我父親曾猶豫過，要不要送我去普通人家，過普通人的生活，現在我十分慶幸，當年我父親因為怕我被滅的仇敵挖出來殺掉，所以盡全力推我坐上這個位置，如果不是這個位置，我可能也遇不到你。」

時進傾身抱住廉君，認真說道：「以後我們就是一家人了。」

廉君的眼神溫柔下來，反手抱住他，輕輕拍了拍他的背，應了一聲：「嗯。」

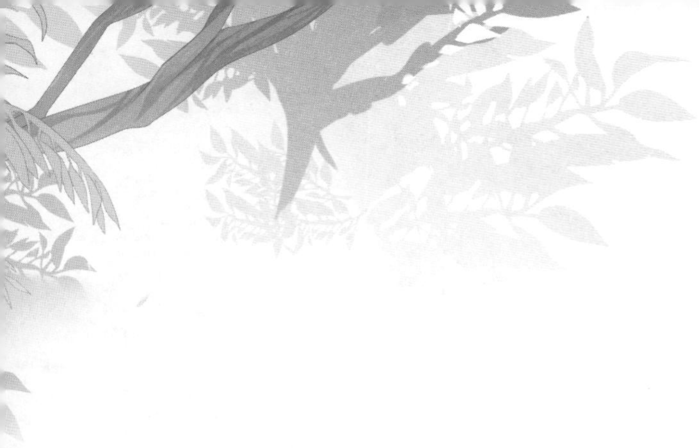

【第七章】

螳螂捕蟬，黃雀在後

在國內滅開始明面上針對九鷹之後，九鷹、鬼蜮、滅，這三家組織在東南地區的動靜，終於在明面上攤在國內各組織面前。

三家爭鬥起來的詳細原因沒人往外透露，大家只知道是這三家在東南地區起了利益之爭。

知道這個消息後，國內各大組織的首領提著的心稍微踏實一點——原來是涉及了利益之爭，不是滅突然毫無緣由地亂動火就好。

放心之後，大家想起九鷹在會議上的囂張姿態，突然也就理解滅的這次動火——左陽都挑釁成那樣了，廉君要收拾他，好像也很正常。

事不關己，大家開始看熱鬧，甚至有組織開始落井下石，趁亂踩九鷹一腳，於是九鷹的境況變得更糟糕了。

「該死！」左陽狠狠拍了一下桌子，問副手：「槍火那邊還是沒消息？」

副手表情凝重，搖了搖頭，「沒有。」

「媽的！蒙拉真是卑鄙！」左陽低罵一聲，表情變來變去，突然咬咬牙，「給老鬼遞消息，說我願意反水，幫他們撈人，條件是讓廉君接我的電話！」

副手聞言嘴張了張，想說點什麼，最後還是閉上，低低應了一聲。

◆◆◆◆

時進「住院」的第三天，左陽終於送來他的誠意——他送了一份老鬼被扣的屬下，可能被關押的地址清單過來，並附贈幾個槍火暗線組織的資料。

廉君終於滿意，大發慈悲地接了左陽的視頻通話。

「你只給這點誠意可不夠。」廉君開門見山說道：「我要槍火首領的人頭，還有能救我戀人的解藥。」

左陽已經被逼到崩潰邊緣，「這不可能！蒙拉比你還狡猾，從來沒和我面對面聯繫過，我上哪裡給你弄他的人頭，廉君你適可而止！」卻是絕口不提藥的事。

「他會主動聯繫你的，很快。」廉君把他的話堵回去，然後掛斷通話，看向守在身邊的卦三，示意了一下左陽送來的清單和資料，說道：「去把這幾個槍火的暗線組織掃掉，然後聯合鬼蜮一起查。轉告老鬼，暫停對九鷹的打壓，調人手開始查這幾個地址，確認人是不是關在那裡。」

卦三應了一聲，上前把名單和資料拷貝一份，轉身離開。

時進眼巴巴望著，心裡很後悔——本來他是有機會跟著卦三他們去長見識的，但因為他一時衝動，演了一下戲，所以他現在只能乖乖「養傷」，哪裡都不能去。

「我有其他不用出門就可以辦的任務交給你。」廉君像是看穿他的渴望一樣，突然開口。

時進眼睛唰一下亮了，扭頭看他。

廉君把一臺平板遞給他，說道：「你的課業又落下了，馮先生給你制定了新的學習計劃，這段時間你閒著也是閒著，有空的時候，就遠端跟著馮先生上課吧。」

「君少……」時進期期艾艾開口，不想好好學習天天向上。

廉君一個死亡視線看過去。

時進果斷閉嘴，乖乖打開平板，生無可戀地開始和馮先生的遠端連線小課堂。

學習的時候，時間總是過得特別快。不知不覺又是一個多星期過去，卦一他們對L國內槍火下線組織的清掃已經進入尾聲，這期間槍火曾想在L國以外的地區反攻滅的各個分部，結果卻被早有準備的滅全部擋了回去。

卦三那邊針對槍火暗線組織的調查，也在有了左陽提供的新線索後，變得順利起來，很快就根據幾個組織的地理位置和生意往來，順藤摸瓜扯出好幾個槍火的暗線組織，開始帶人逐一清掃。

鬼蜮那邊的進展也不錯，已經確定左陽透露的幾個地址確實都是槍火的祕密窩點，但裡面是否關著人，則還需要進一步的查探。

三天後，槍火在L國的生意鏈宣告斷裂，槍火首領蒙拉終於冒了頭，主動聯繫左陽，左陽為了表示反水的誠意，也是怕鬼蜮再次發作，反手就把自己和蒙拉的視頻談話轉播給老鬼，老鬼立刻又轉播給廉君。

蒙拉是東南地區T國的人，高鼻深目皮膚微黑，留著一臉濃密的鬍子，看不出具體的長相，他在通話接通後，開門見山地問道：「滅和鬼蜮為什麼不再對你動手了？」

左陽可不是什麼擅長隱忍的人，聞言冷笑一聲，說道：「為什麼？當然是因為我想辦法自救了。蒙拉，我們的同盟破裂了，以後在東南地區，你和我只能存在一個，我就算是死，也要拖你槍火一起下地獄！」

這威脅還是很有重量的，槍火現在生意鏈斷了一條，又被拔出不少暗線，實力有損，如果再被九鷹針對，日子絕對會不好過。

「左陽，你對我有點誤會，你也看到了，這段時間我自己也是處境艱難，我是誠心和你結盟的，希望你不要因為一時衝動，說出傷害我們合作關係的話。」蒙拉裝傻加和稀泥。

左陽還是冷笑，「蒙拉，我得到一個消息，水蝗是你的暗線組織，你現在跟我提誠意，我覺得你就是在侮辱我的智商，我甚至懷疑你從一開始就是想要坑我。」

廉君動手發了一條消息給老鬼，老鬼看了之後挑眉，又轉手發給左陽。

視頻通話裡，左陽的副手突然出現在畫面中，彎腰在左陽耳邊說了什麼，左陽表情一動，點頭表示明白，看向視頻通話對面的蒙拉，露出一個似笑非笑的表情，直接把通話掛斷了。

掛斷之後，左陽立刻轉撥廉君的通話，詢問道：「你剛剛要我吊蒙拉胃口，我吊了，下一步怎麼做？」

廉君回道：「現在有一個雙贏的機會擺在你我面前，你給出誠意，我就給出我的籌碼。左陽，你最好是真的已經反水，否則我之前說的話，依然奏效。」

左陽好不容易過了幾天輕鬆點的日子，聞言也是怕廉君再態度反覆，壓著自尊說道：「我可以保證我的誠意，槍火畢竟是『外人』，在你和槍火之間，我當然選擇幫你。」

這話就是在放屁，但廉君說這番話也只是想做下戲，於是直接亮底牌說道：「龍世沒有死，他在我的手上。」

左陽大驚，嘩一下坐起身，說道：「你說什麼？他沒死？」

廉君敲了一下桌子，說道：「我只想跟一個冷靜的合作者說話，希望你不要讓我失望。」

左陽聞言心裡一梗，硬是逼自己冷靜下來，重新坐下，看著廉君的眼神簡直像在看一個怪物，說道：「你想怎麼做？」

廉君不答反問：「左陽，我再確定一下，你手裡確實已經沒了龍世那些藥劑的樣本？」

左陽眼神一動，然後回道：「當然沒了，藥劑總共有四支，兩支用到你那個小情人身上，兩支落在船上，現在應該已經餵了大海，我這裡一支都沒了。」

「真的沒了？」廉君再次確認。

左陽肯定回道：「真的沒了。」

「好，我信你一次。」廉君假裝沒注意到他的表情變化，繼續說道：「這藥你沒有了，但蒙拉手上肯定有，水蝗是槍火的暗線組織，龍世做的藥都在蒙拉手上，他肯定有樣本。現在龍世咬死了不肯給出解藥配方，所以我想出一個辦法，需要你來操作。」

左陽聞言眼神都亮了幾度，面上卻是不動，問道：「怎麼操作？」

廉君看他一眼，把計劃大概說了一遍。

藥是龍世做的，龍世肯定能做出解藥，但他不願意，現在廉君想出了一個很殘酷的方法可以逼龍世願意，那就是把時進「中」的藥，給龍世下一份一模一樣的，然後把龍世關進實驗室，逼他把解藥做出來。

要操作這個計劃，廉君手裡缺一個重要的道具，那就是藥。這個藥，只有槍火首領蒙拉有。所以廉君想了一個計策，把龍世交給左陽，讓左陽告訴蒙拉時進中毒的事，以要和蒙拉合作，一個出人、一個出藥，逼龍世製作出解藥，進而用解藥威脅廉君的藉口，騙蒙拉親自過來接龍世，然後伺機拿下蒙拉的人頭。

「如果計劃完成，蒙拉死亡後，東南地區空出來的利益，我可以全都不要，我只要龍世和蒙拉手裡的藥，也可以不再針對九鷹。」廉君表明了自己的態度，說道：「你如果答應，我現在就可以派人把龍世送到你手上。」

左陽聽他說完這個計劃，簡直是又佩服又欣喜，心裡還在罵廉君真是被愛情沖昏了頭，面上卻誠懇說道：「你這計劃完全偏向我，我肯定是答應的。廉君，這次是我承了你的情，等我拿下蒙拉，我肯定幫你把解藥逼出來！」

廉君做出一副救人有了點頭緒，表情稍微放鬆的模樣，點頭說道：「那我等你的好消息。」

時進一直窩在房間角落看著廉君忽悠左陽，見他掛斷電話後，連忙丟開手裡布滿習題的平板，倒了杯水給廉君送去，問道：「搞定了？」

「搞定了。」廉君接過水，「多虧了你這次的演戲，不然我還捉不到蒙拉的尾巴。」

「明明是你聰明，一下子就想到辦法套住兩個人。」時進連忙拍馬屁，然後問道：「你要把龍世交出去的事，龍叔知道嗎？」

廉君聞言眉頭又蹙了起來，摩挲了一下水杯，回道：「龍叔知道，但龍叔已經決定不再管了。在定下這個計劃後，卦九立刻告知了龍世，你被他的藥物弄傷的事，逼龍世給出解藥配方，但龍世聽了之後卻十分興奮，反而開始提一些很過分的要求，龍叔得知這件事後，只說了一句話——這樣一個禍根，除了對所有人來說都是一件好事。」

時進聞言沉默，想起龍叔的脾氣，沉沉在心裡嘆了口氣，轉移話題問道：「對了，萬一左陽拿到龍世後心思又活泛了，不按照你的計劃走怎麼辦，咱們還有備選方案嗎？」

「備選方案自然是有的。」廉君放下水杯，肯定答道：「但左陽這次肯定會跟著我的計劃走，槍火這麼坑他，以他的性格，不反咬槍火一口，他絕對不會甘心。這次左陽和蒙拉，兩個人一個都別想跑。」

當天晚上，卦九親自把龍世交給老鬼，然後讓老鬼轉交給左陽。

龍世被送走的時候還在不停叫囂，仗著時進受了傷，獅子大開口亂開條件，只可惜沒人理他，最後卦九煩了，還直接堵住了他的嘴。

第二天，被左陽的態度弄得有些疑神疑鬼的蒙拉，果然再次聯繫了左陽。這次左陽有了龍世在手，心裡踏實許多，十分聽話地按照廉君的吩咐，沒有理會他的通訊，反而若有似無地趁著滅狙擊槍火的時候，踩了槍火一腳。

之後幾天，滅在完成L國國內槍火勢力的清掃後，開始深挖卦三負責的槍火暗線調查事宜，很快就把槍火在暗處的生意挖了好幾處出來。

生意鏈被斷，暗處生意被毀，九鷹不知道握了滅的什麼把柄，兩方居然不再內鬥，九鷹還有要反水的跡象，蒙拉被動挨打這麼久，終於坐不住，放血補了九鷹的幾處大的生意虧損，用這個誠意再次叩開了左陽的大門。

左陽得了便宜，心裡暗喜，面上卻不露，接了蒙拉的通訊後，冷冷說道：「怎麼樣，被滅追著咬的感覺不好受吧？」

蒙拉態度誠懇，話說得是語重心長，一副為了左陽著想的模樣：「左陽，我是真心要和你結盟，我已經給出誠意，也希望你能夠明白，如果我們真的站到對立面上，那得到好處的只能是你的老對手滅，你不要被他挑撥了。」

左陽表面上裝作動搖的樣子，卻又故意說道：「你我之間已經沒有信任可言，你不用再跟我說這些廢話。」

蒙拉人精一個，怎麼可能看不出他的動搖，趁熱打鐵，又是打感情牌，又是許諾利益，話裡話外就是想套出九鷹讓滅停手的祕密。

左陽也和他玩心機，兩人你來我往了好幾波，直到蒙拉又開口許諾一些利益，左陽才裝作被說動的樣子，說道：「蒙拉，我實話告訴你，我手裡握著滅的把柄，其實是不全的，但廉君不知道。我也不願意真的和你撕破臉，因為這個把柄，我還需要你來幫我完善，但我現在已經無法信任你，這個合作，我不知道該不該和你談。」

蒙拉聽他說那把柄還和自己有關係，心思立刻活泛了，對著他自然又是一番遊說表誠心。

最後左陽做出被他磨得徹底軟化的樣子，告訴了他時進受傷和解藥只有龍世可以做，以及龍世在他手裡的這件事，問蒙拉水螅到底是不是他的暗線組織？龍世的藥物樣本他手裡到底還有沒有？如果有，那麼他們就可以繼續合作。

蒙拉沒想到左陽自個偷偷打了這麼一手牌，心裡快速思慮了一番，覺得這個交易可以做，爽快承認了水螅和藥物的事，表示他很樂意和左陽合作。

於是左陽順勢提要求，讓蒙拉把藥送過來。蒙拉委婉表示不可以，覺得這個合作不該這麼談。兩人又是一番拉扯，最後左陽放狠話，說要麼兩人面對面聚一次，合作弄一個實驗室把龍世關進去，一起弄解藥威脅滅，要麼就一起倒楣。

蒙拉考慮許久，最後同意了他的建議，但要求見面的地方由他來定。

左陽擺出生氣的樣子，直接掛斷通話。

如此又僵持了三天，九鷹那邊是已經被滅和鬼蜮暫時放過，要僵持也耗得起，槍火卻仍被滅死死咬著，再耗下去還不知會出現多大的損失。最後蒙拉妥協，遞消息過來，表示兩人可以定一個居中的位置談合作。

左陽立刻把消息遞給廉君，廉君考慮了一下，借他的口告訴蒙拉——定居中的位置可以，但要求蒙拉在見面時，把鬼蜮被扣的人也全部帶上，左陽已經被槍火坑過一次，為了防止槍火這次再半路變卦，或者直接搶走龍世這個棋子再次扣著不放，九鷹這邊必須也要有一個可以威脅滅和鬼蜮的籌碼，這樣哪怕龍世真被槍火搶走了，他也還有戲可唱。

這次蒙拉毫不猶豫地就答應了左陽的要求，事已至此，他也只能答應，現在耗不起的可是槍火，而不是九鷹。

得到這個消息，老鬼激動地喊了一聲，廉君也放鬆了表情，看向角落處正在埋頭做題的時進，眼神變暖——大魚上鉤，這裡的事情，終於可以畫上句號了，他也終於可以帶著時進離開這個糟糕的地方。

經過兩天的商談，左陽和蒙拉把見面的地點，定在T國C城的一家私人小醫院裡。

九鷹和槍火在C城都有勢力駐紮，不怕對方突然翻臉，私人小醫院是兩方在談下合作後現買的，不是任何一方的產業，不用怕被坑，而且這家醫院的地理位置很好，靠近公路，四周空曠，有沒有人靠近老遠就能觀察到，不怕有人突襲，逃跑也很方便。

「確實是個好地方。」卦二看完醫院的環境圖之後客觀評價，問廉君：「君少，這裡不適合強攻，我們要埋部分人進左陽的隊伍裡嗎？」

廉君搖頭，「不用，左陽為人狡猾，把你們送到他手裡，我不放心。我們這次的行動以救人為主，不一定要等他們進了醫院之後再行動，只要確定蒙拉帶著人靠近醫院，就可以直接搶人了。」

卦二點頭表示明白。

廉君又吩咐道：「讓卦三不要放鬆對槍火暗線的施壓，把卦五和卦一調回來，除了卦三，你們全都跟著我去T國。這次我們深入九鷹和槍火的地盤，無論行動是否成功，都可能遭遇兩方的反擊，必須小心行事。」

時進聞言立刻放下手裡的平板，扭頭看過去。

「你留在這裡，卦九也會和你一起留下。」廉君像是知道時進在想什麼一樣，直接把時進未出口的話給堵回去。

時進皺眉，「我不放心。」

「我讓你留下，不是要把你保護在後方，而是想讓你坐鎮這裡。蒙拉做事謹慎，喜歡多線操作，這次和左陽的合作，他心裡未必沒有懷疑。在從左陽那得知你對我的重要性後，他很可能會做第二手安排，找機會對你動手。在我和卦二他們不在的這段時間裡，一旦槍火真的趁機摸到這裡，你就需要站出來，努力守住局面和保護自己。我會多調幾批人過來守住醫院，你自己小心。」廉君解釋情況後，認真說道：「這是我交給你的第一個需要你自己掌控局面的任務，這一次沒有人帶你，醫院裡的所有人手都會聽你調遣，他們的安全全部繫在你一個人身上，你要比以往更小心，可以做到嗎？」

話說到了這份上，雖然時進心裡明白，廉君提出的這個假設發生的可能性十分之低，但還是壓下了想跟著廉君去T國的想法，點頭應道：「可以，我會保護好後方的。」

「嗯，我相信你。」廉君放緩眉眼，握了握他的手。

人員安排就此定下，當天晚上，左陽和蒙拉的見面時間也敲定了——兩方決定在三天後的早上八點，在私人醫院的大廳見面，如果在規定時間內左陽或者蒙拉還沒到，那麼此次合作作廢，大家魚死網破。

這空出來的三天時間裡，槍火和九鷹駐紮在C城的屬下會一起清空私人醫院，準備好合作所需要的一切，然後把私人醫院布置成他們的臨時根據地，等候兩方老大的到來。

同一時間，老鬼盯著的那幾個槍火窩點也陸續有了動靜，其中有幾個窩點祕密運了人出來，但因為運出來的人有好幾批，老鬼無法確定哪一批才是真的人質，怕貿然行動會打草驚蛇，所以只能壓住心急按兵不動。

得到這兩個消息後，廉君立刻派人收拾東西，準備連夜出發去T國——蒙拉太過狡猾，半路救人已經不可行，看來只能去T國守株待兔了。

時進當時正在上課，得知廉君立刻就要走，和馮先生打了個招呼，跑去廉君臨時當做書房使用的醫生辦公室。

「要出發了嗎？」他進門之後直接詢問。

廉君見是他來了，三兩句掛了和卦七溝通人員安排事宜的電話，滑動輪椅出來，握住他的手，問道：「卦二告訴你的？」

「他過來幫你收拾東西的時候，跟我提了一嘴。」時進蹲下身，按住他的雙腿，心裡明明有很多話想說，卻一時間一個字都吐不出來。

比起膩歪歪地告別，他現在更想把廉君鎖在身邊，不讓他走。

他突然理解了之前廉君本能地不給他派任務的行為，真喜歡一個人的時候，是真的會不自覺想把對方捆在身邊，確保對方一直安安全全地待在自己一伸手就能摸到的地方。

廉君按了按他皺著的眉心，傾身靠近他，喚道：「時進。」

時進抬眼看他，忍不住伸手抱住他的身體，哪怕因為姿勢抱得並不舒服，也一點都不想放手。

「我忙完就回來。」廉君安撫地摸摸他的背，「這段時間太忙，我已經很久沒有好好看看你，或者專心陪陪你了……時進，我很想你。」

時進莫名就懂了他這句「我很想你」。兩人這段時間雖然天天見面，但卻總是沒法好好地在一起待一會，也因為各種事情時時神經緊繃著，一刻都不得休息。他們太需要一段獨屬於兩人的悠閒時光，好好感受彼此了。

「平安回來。」時進心裡酸酸的，仰頭親了他一下，然後緊緊抱住他，「等這邊的事情忙完了，你一定要好好休息一陣子，去做個詳細的身體檢查。還記得我們在船上時立下的那個賭約嗎，你還欠我一個要求，我的要求就是這個，你說話要算話。」

廉君摸了摸他的頭，應道：「好，我答應你。」

簡單告別之後，時進親自送廉君上車離開醫院。

載著廉君的車輛消失在夜色深處，時進站在原地看了一會，拍拍自己的臉，轉身回到病房，跟卦九要了一份醫院的人員安排資料，開始埋頭熟悉。

既然留在醫院保護好後方是廉君交給他的任務，那麼無論這個任務是不是廉君想要把他留在醫院的託詞，他都要認真對待，好好完成。

◆◆◆◆

這一晚，滅、鬼蜮、九鷹、槍火的首領，各自從不同的地方動身，朝著同一個目的地前進。

一夜的時間平安無事過去，時進早起醒來，先簡單和廉君通了電話，確認一下他那邊的情況，然後又打電話給這次隨隊的官方人員，讓他們安排還住在L國官方建築裡的人，全部祕密轉移到醫院裡。

「全部轉移？」官方人員不大理解這個決定。

時進回道：「嗯，全部，方便保護，現在廉君不在，你們的安全由我負責。另外，我需要你幫我協調一下L國官方，追蹤一下接下來三天進入L國首都的可疑人員和車輛。」

官方人員知道時進和廉君的關係，所以並不意外在廉君有事外出後，滅的事會由時進做主，但他心裡覺得時進年齡太小，不大信服他，客氣委婉地說道：「搬去醫院這件事，我需要先和廉先生商量一下，L國官方那邊我會儘量幫你協調，有消息我再通知你。」

時進早料到他會是這種反應，說道：「行，那我等你的消息。」

十分鐘後，官方人員打電話來，表示他這就安排大家住到醫院去，並且會全力幫忙協調L國官方，注意可疑人員和車輛，態度轉變十分之大。

時進客氣地感謝他的配合和幫忙，然後給廉君發了條拍馬屁簡訊，得了一條「好好上課和吃飯」的回覆後，美滋滋地開始讓人收拾醫院的病房。

當天晚上，官方人員帶著從國內隨隊過來的所有人，分別乘坐幾輛偽裝成各種用途的車，按照時進的要求，儘量隱蔽地轉移到醫院。

大家都不大理解時進這種謹慎過頭的行為，甚至覺得他是小孩子心性，拿著雞毛當令箭，畢竟這次的行動主戰場是在T國，L國這邊位於後方，還有L國官員的保護，時進這次的轉移保護行為簡直是多此一舉。

時進假裝沒看出他們的質疑和不滿，安頓人住下後，又派了一部分人回大家之前居住的建築，製造還住在裡面的假象，動作小心隱蔽得連L國特意派去保護他們的人，都沒發現時進已經把住在樓裡的人掉包。

於是官方人員越發覺得時進腦子不清醒，很想說他，但顧忌著時進和廉君關係特殊，廉君又全力支援時進的各種折騰，所以只能把不滿嚥回肚子裡。

另一邊，廉君在回覆完時進的簡訊後，讓左陽和蒙拉通了一次話，並借左陽的嘴，以避免作假和互相展示一下籌碼是否存在的理由，讓蒙拉拍一下鬼蜮被扣的人質。

老鬼守在轉播的通話螢幕前，看著蒙拉鏡頭裡被鎖住手腳，關在麵包車後車廂狼狽又憔悴的屬下們，心裡又是激動又難受，仔細數了數鏡頭裡的人，說道：「是他們，人數是對的！他們情況看著不大好，蒙拉肯定虐待過他們。」

「你先別激動，再仔細確定一下，這些人真的是你的屬下，不是替身也不是偽裝？」廉君安撫住他激動的情緒，確認詢問。

老鬼的視線就一直沒從螢幕上挪開過，聞言又看了一遍鏡頭裡的人，肯定點頭，「絕對是他們，我的人我不會認錯！」

廉君放了心，給左陽那邊發了肯定信號，開始正式安排救人事宜。

醫院，時進盤腿坐在床上，面前坐著表情不快的費御景。

「你不能限制我的自由。」費御景冷硬強調。

時進認真反駁：「我沒有限制你的自由，我只是希望你能儘量把需要出門安排的工作推後幾天，或者不要拖到晚上去做。」

費御景面沉如水，「你派人監視我。」

「我那是派人保護你，你費大律師的名頭太響亮，萬一槍火盯上你了怎麼辦？特殊時期，你稍微忍一忍。」時進苦口婆心。

費御景看著時進不說話，默默放冷氣。

時進很無奈，嘆口氣，大方地把自己手上的牛奶讓給他，說道：「給，早睡早起身體好，喝完就去睡覺吧。」

費御景氣得起身就走，轉身時餘光注意到時進放到床頭櫃上的平板，見上面好像列著一些習題，又停步看向時進。

時進正準備收回牛奶杯，見他轉回來，又忙把牛奶杯遞過去，繼續苦口婆心：「牛奶真的助眠，你要相信科學，這牛奶是卦九剛送來的，還是熱的，現在入口正好。」

費御景再次轉身就走。

「什麼爛脾氣……」時進嘀咕，把牛奶杯收回來，一揚脖子，自個把牛奶喝了。

其實如果不是情況不允許，他不僅想喝牛奶，還想吃顆安眠藥。廉君帶著人在外面抓壞蛋，他總忍不住擔心，晚上壓根睡不著。

接下來的一天，各方勢力都沒什麼動靜。

廉君已經在C城的私人醫院附近埋伏好人手，只等蒙拉一帶人靠近，就立刻伏擊。

時間慢慢轉到晚上，左陽再次在廉君的授意下，和蒙拉聯絡了一次，確定一下蒙拉手裡的人質還在他身邊。

所有人都在等第二天八點的交易時刻到來，時進擔心得睡不著覺，心裡七上八下地不得消停，只覺得時間像在和他作對一樣，越走越慢。

小死看不下去他這自我折磨的樣子，勸他稍微睡一會，時進也覺得這樣下去不行，逼著自己躺到床上，閉上眼睛。

就這麼熬著熬著，時間終於來到早上六點。

其實壓根就沒睡著的時進起床洗漱了一下，守著手機和平板等廉君的消息。

T國C城，早上七點左右，三個可疑車隊靠近C城邊界，從不同的方向，朝著醫院所在的位置前進。

盯著周邊情況的卦二得到消息後皺了皺眉，說道：「蒙拉果然謹慎，居然分了三個車隊一起朝著醫院靠近，我們根本無法確定他本人具體待在哪個車隊裡。」

廉君手指點了點輪椅扶手，說道：「繼續派人盯著，不要輕舉妄動，讓左陽也不要亂來，一切等蒙拉和人質露面了再說。」

卦二應了一聲，開始聯繫左陽。

七點五十，三個車隊一起抵達醫院門口。

左陽早已經背靠著一輛麵包車在門口等待，見有三個車隊一起靠近，冷笑一聲，轉過身拉開身後麵包車的車門，露出被綁在裡面的龍世，掏槍對準龍世的眉心，看向幾乎把他圍住的三個車隊，提高聲音說道：「蒙拉，少玩一些故弄玄虛的把戲，下車，亮出籌碼，否則我不介意拉著你一起死。」

他這邊一有動作，下一秒，無論是提前來清掃醫院的九鷹屬下，還是左陽今天才帶過來的九鷹屬下，全都用槍對準了槍火的人。

槍火的人立刻舉槍防備。

「左陽，這是我們的第一次真正見面，你就是這樣歡迎你的合作者嗎？」一道聲音從三個車隊靠左邊的一輛車裡傳出來。

一個留著大鬍子的人開門下車，也十分乾脆地拉開另一輛麵包車的車門，露出裡面同樣被綁住的幾個人，看向左陽說道：「我說過，對於這次合作，我是很有誠意的。」

老鬼激動地站起身。

廉君示意卦二按住他，用望遠鏡確定一下人質的情況，然後聯繫一下帶人埋伏在外的卦一，確定一切沒問題後，吩咐道：「動手。」

下一秒，類似煙花升空的聲音響起，幾枚煙霧彈突然掉落在醫院前的空地上，很快，煙霧升起，把一切都籠罩在裡面。

左陽和九鷹的人在煙霧彈出現的瞬間，躲避的躲避、動手的動手、撤退的撤退，很快把身影隱藏在各種遮蔽物後面。等槍火的人反應過來想要躲避的時候，從各個方向飛來的子彈已經瞄準了他們。

一顆子彈從高空飛來，刺破煙霧，精準射入正轉身想往車上躲避的蒙拉眉心，蒙拉身體一震，臉上還帶著來不及褪去的驚疑和被算計的憤怒，不甘地倒在地上。

槍火立刻亂成一鍋粥，卦一帶著人趁亂靠近，俐落摸上了槍火用來運人質的麵包車，迅速解決掉裡面槍火的人，坐上駕駛座，發動汽車倒車掉頭，直奔戰場外而去。

左陽乘坐的車緊跟其上，然後在跟著卦一出了戰場之後，突然方向盤一拐，朝著另一個方向疾馳而去，拐進一條岔路消失了蹤影。

見到這個情況的卦二直接嘲諷地笑出了聲，冷聲道：「這左陽是真的很不老實，也是真的蠢得沒眼看。」

廉君給左陽撥了一通電話。

左陽居然接了，語氣還十分得意囂張：「廉君，謝謝你幫我收拾掉蒙拉，幫我出了一口惡氣。實話告訴你，我還有藥劑，你別擔心，等我逼龍世弄出解藥，我就來救你那個寶貝小愛人，記得把我想要的東西準備好，解藥的價錢可不低。還有，別想著來追我，C城是我九鷹的地盤，你收拾完槍火就快撤吧，別說我沒給你機會，再耽誤下去，我可不保證你會不會死在這裡。」

「我並不準備去追你。」廉君語氣平靜，和左陽以為的氣急敗壞完全不一樣，「我也實話告訴你，時進從一開始就沒被你的屬下打中，好好享受你最後的自由吧，我們博弈場上見。」說完直接掛斷電話，把左陽陡然變調的聲音關在手機另一邊。

左陽開始瘋狂打電話過來，廉君不理，看向卦二吩咐道：「速戰速決。」

卦二心情不錯地應了一聲，轉身去幫卦一的忙。

半個小時後，戰鬥結束，槍火和沒來得及跑掉的九鷹屬下，全被滅的人包了餃子。

老鬼抱著自己被救出來的兄弟哭得像個孩子，廉君滑動輪椅來到蒙拉的屍體前，剛準備吩咐卦一把這裡收拾一下，就注意到一個很小的細節——蒙拉屍體的手上，沒有槍繭。

他眉頭一皺，靠過去伸手捏了捏蒙拉的四肢肌肉。

卦二注意到他的動作，疑惑問道：「君少，怎麼了？」

廉君越捏表情越沉，又彎腰把蒙拉的臉掰過來看了看，沉聲說道：「這具屍體肌肉鬆垮，手上沒有槍繭，肯定不是蒙拉，這是個替身。」

「什麼？」卦二表情一變，連忙靠過去查看蒙拉的屍體。

L國首都私人醫院，時進盯著始終沒有動靜的手機和平板，忍不住張嘴打了個哈欠。

「要不你睡一會吧，有消息了我喊你。」小死貼心建議。

時進搓了把臉表示不必，剛準備起身去洗把臉提提神，表情就突然變了。

「進進。」小死的語氣也變了。

「我知道。」時進看一眼腦內自己突然漲到600的進度條，彎腰把手機調到靜音，平板關機塞進床墊下面，邊給卦九打電話，邊朝著費御景等人居住的幾間病房走去。

「怎麼了？」卦九很快接了電話。

時進邊觀察醫院內的情況，邊回道：「我一直等不到君少那邊的消息，有點擔心，你在哪裡？不忙的話能不能到我這裡來，我們聊聊天。」

卦九回道：「我在廚房這邊，你要吃什麼早餐？我順便帶給你吧。」

「隨便拿點就行，我不挑。」時進跟他閒扯，迎面看到費御景從暫時居住的病房裡走出來，手裡提著公事包，一副要出門辦公的模樣，連忙三兩句掛掉電話，一個箭步衝過去把人拉住，「要出門啊？空腹出門上班多不好，走走走，去吃早餐。文律師起床了沒？喊上大家一起吧。」

費御景皺眉看著他，甩開他的手，說道：「我沒有吃早餐的習慣。」

「我不信，我上次還看到你吃早餐了。」時進抓著他不放，見文寶珠也從另一間病房出來，提高聲音說道：「文律師，時間還早，大家一起吃個早飯唄。」

文律師為人和氣，見費御景也在，順勢應下，說道：「好，那一起吃吧。」

時進忙引著兩人往自己病房的方向走，路上還給卦九打電話，讓他把官方的人也喊過來，硬是把大家以吃早餐的理由聚到一起。

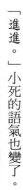

T國C城。

卦二仔細檢查了一下蒙拉的屍體，還拿出小刀剃掉一點鬍子看了看，最後黑著臉確定：「真的不是蒙拉，這人雖然眉眼和蒙拉很像，但身體條件太差，皮膚明顯是短期內硬生生曬黑的，和蒙拉那種自然黑完全不同。」

卦一處理完事情走過來，見廉君和卦二表情全都不對，皺眉問道：「怎麼了？」

卦二把屍體的事說了一遍。

卦一聞言表情也變得不好看，但還是安撫道：「雖然沒傷到蒙拉很可惜，但總算人都救回來了，槍火本來就不是我們這次主要針對的對象，別被轉移了注意力。」

這邊話音剛落，那邊老鬼突然抱著一個屬下慌張地喊叫起來。

大家的注意力被吸引，連忙聚過去。

「怎麼了？」卦一靠近後詢問。

老鬼扶著一名屬下，著急說道：「不知道，他們突然全都出現頭暈噁心的症狀，我瞧著情況好像不大對！」

「老大，我想吐……」被老鬼扶著的屬下突然艱難出聲，然後頭一扭，撲到一邊吐了起來，臉色以肉眼可見的速度變糟。

卦二掃一眼這些人的症狀，突然想到什麼，表情一變，扭頭就朝著廉君看去，「君少，他們不會是……」

「中了龍世製作出來的那些毒。」廉君語氣肯定，面沉如水，「蒙拉果然沒那麼好心，會白送籌碼到左陽手上，都別愣著，準備收隊，聯繫最近的分部醫院，把人送過去。」

所有人聞言都是一驚，忙開始整隊準備撤離，老鬼動手把屬下往自己的車上運，滿臉著急，情緒即將崩潰。

明明已經把人救回來了，但怎麼就中毒了呢，龍世現在在左陽手上，難道局面又要回到最開始時的那樣……

「別擔心，我們從水螅實驗室裡搜出大量龍世研究藥劑時留下的資料，裡面就有各種藥劑的配方，要配製解藥只是時間問題，不是非龍世不可。」廉君看出他的崩潰，出言安撫了一句。

老鬼聞言這才稍微冷靜一點，感激地看他一眼，說道：「謝謝你，這次的救命之恩，我老鬼記下了。」

廉君沒有接他這句話，只吩咐眾人再次加快收隊速度，等所有人上車後，突然要求大家兵分兩路走，其中卦五護送老鬼和他的屬下走另一條隱祕的備用撤退路線，大部隊則跟著他走大路。

「君少？」卦五皺眉，不大願意離開大部隊。

「按我吩咐的去做，如今左陽已經知道自己被耍，蒙拉躲在後方，肯定也已經知道這次的交易是個圈套，兩方為了穩住局勢，絕對會不約而同地調動勢力來狙擊我，一場惡戰在所難免，老鬼的屬下拖不得，不適合跟我們一起離開。」廉君解釋。

卦五聞言握了握拳，不甘地應了一聲是，和卦一說了句保持聯繫，下車去了另一輛車上。

撤退路線安排完畢，廉君看一眼一片狼藉的醫院門口，吩咐大家出發。

老鬼直到出發了才從卦五那知道廉君的安排，明白廉君這是在掩護他撤退，看一眼身前已經陸續陷入昏迷的屬下們，用力抹了把臉。

車隊很快上了大路，然後在經過某個路況複雜的十字路口時，其中幾輛車不著痕跡地混在車流裡，拐上另一條出城的路，消失了蹤跡。

廉君在確定卦五他們已經安全進入備用撤離路線之後，放下手機吩咐道：「掉頭，重新整隊，兵分兩路，一隊去打槍火駐紮在這個城市的分部，一隊去打九鷹駐紮在這個城市的分部，不求打下來，只求牽制住他們，不讓他們有餘力去追蹤老鬼的行蹤。」

卦一和卦二意外，卦二率先問道：「不是要撤離嗎？」

「攻擊就是最好的撤離。」廉君解釋道：「我們必須給老鬼爭取到時間，還有，蒙拉要盯著這次的交易，很可能會躲在C城，繼續打，把他逼出來。」

卦一和卦二聞言對視一眼，心裡的戰意都被挑起來，齊齊應了一聲，開始重新整隊。

◆◆◆◆

L國首都，醫院。

時進拉著大家慢悠悠地吃早餐，看似悠閒，其實神經已經高度緊繃。

小死擔憂提醒：「進度條到700了，漲得好快。」

「有人盯上我了，十有八九是槍火的人，左陽已經被廉君的圈套套住，不會冒險來動我。」時進把一塊雞蛋塞進嘴裡，假裝沒看出來費御景和官方人員的不耐煩，看向官方人員，閒談似地問道：「對了，L國官方那邊有消息過來嗎，這幾天有沒有可疑人員或者車輛進入L國首都？」

「沒有，一切正常。」官方人員回答，態度硬邦邦的。

「這樣啊。」時進又切了一塊煎蛋，看向卦九問道：「醫院這幾天情況怎麼樣，有什麼人員變動嗎？」

卦九以為他把大家聚起來，是因為一直等不到廉君那邊的消息，所以控制不住地想說點什麼，轉移一下注意力，於是順著回道：「沒有，醫院這邊都是我們自己的人，你可以放心。」

「嗯，我對大家很放心。大家快吃啊，早餐冷了就不好吃了，費律師你少喝一點咖啡，傷胃。」時進又轉移開話題，看一眼自己還在勻速增漲的進度條，思考著等早餐吃完了，該怎麼繼續把大家聚在一起，不讓人員分散。

◆◆◆◆

卦一和卦二能力出眾，在廉君給出分隊進攻的命令之後，只花了幾分鐘時間就分配好人員，帶著各自的屬下，直奔槍火和九鷹位於C城的分部而去。

大概是沒想到滅居然不撤反進，槍火和九鷹的人都被打了個措手不及，分部很快被卦一和卦二打開突破口，不得不立刻調回之前派出去的人，讓他們回援。

廉君跟著卦一的隊伍來到槍火分部，看著卦一十分輕易就攻進槍火分部，臉上表情不僅沒有放鬆，反而越來越沉。

槍火分部人員這樣淩亂糟糕的防禦應對，只表明了一件事——蒙拉不在這裡。

而蒙拉不在這裡，又會躲在哪裡？他一點不在意這次和左陽的交易嗎？

廉君手指不自覺摩挲著輪椅扶手，腦中各種思緒變幻，突然想起離開醫院前，時進抱著他和他告別的樣子，心裡猛地一驚，想到一種可能。

如果他是蒙拉，在對和左陽的這次交易存疑的情況下，他會怎麼做？

首先，他肯定會進行這次交易，賭左陽是誠心合作的可能；其次，為了不被左陽套路，他還會儘量保證自身的安全，並且在送出去的籌碼上做手腳，不讓左陽占便宜，甚至反坑左陽一把；最後，為了保證即使這次交易失敗，槍火和九鷹的同盟徹底破裂，槍火仍有戲可以唱，他肯定還會再去弄一個足夠可以保障槍火安全的籌碼出來。

而能徹底保障槍火安全的籌碼，除了時進，還能是什麼？畢竟左陽可是只憑著一個「可以治療時進」的藥，就逼滅和鬼蜮停下針對九鷹的攻擊，如果能把時進弄到手，那滅還不是任人揉圓搓扁？

廉君想到這裡，心裡已經是冰涼一片，連忙取出手機給時進撥了通電話，結果平時無論什麼時候都能很快打通的電話，這次卻響起使用者不在服務區的提示。

不在服務區？L國首都中心區域的高級私人醫院，怎麼可能會不在服務區！這提示只有一種可能，醫院被遮罩了信號！

廉君深呼吸壓住隨時要崩掉的神經，掛掉電話後立刻轉撥卦一的電話，吩咐道：「攻擊停止，通知卦二撤隊，立刻回L國，蒙拉去找時進了！」

說完也不管卦一那邊是什麼反應，又立刻掛斷電話，轉而撥了L國官方聯絡員和滅留守在L國的負責人的電話，想調動人手去保護時進。

L國醫院，在時進說了一籮筐廢話，把大家都說煩了之後，這頓突然發起的早餐聚會，在進行大半個小時後，還是不可避免地結束了，而時進腦內的進度條已經漲到了850。

「廉君那邊還是沒消息傳過來嗎？」時進垂死掙扎，抓住準備離開的卦九詢問。

卦九搖頭，邊取出手機查看情況邊回道：「手機一直沒響，應該是沒消息過來……咦，我手機怎麼沒信號了？」

時進聞言心裡一驚，連忙掏出自己的手機看了看，見自己的手機也沒了信號，看一眼自己的進度條，把手機送到卦九眼前，嚴肅說道：「我手機也沒信號了，情況不對。」

卦九見狀皺眉，又問了問桌上其他準備離開的人。

其他人聽到他們的對話，都掏出手機看了看，然後齊齊皺了眉，很明顯，他們的手機也都沒有信號了。

卦九表情變沉，起身囑咐道：「別分散，醫院的信號被遮罩了，可能是有人在打醫院的主意，我去問問情況，你們都留在這。」

砰。這間充當臨時餐廳的辦公室門突然被推開，滅負責保護這家醫院的負責人皺眉走進來，快速說道：「L國官方剛剛派人遞了消息過來，說我們之前住過的那棟樓突然著火了，L國官方的人正在派人滅火，暫時無法確定人員被困和傷亡情況，那邊需要我們擬一份居住人員的單子出來，好方便他們救人。還有，醫院的信號……」

「被遮罩了。」卦九打斷他的話，快速吩咐道：「加強醫院的防禦，那邊的火災很可能是人為，我們這邊也要小心，派人去破掉信號遮罩，儘快。單子來不及擬了，那邊派來的人還在不在，我去跟他大概說下那邊的居住人員情況，時進你……」

「我留在這裡守著大家，你注意安全，不要隨便放人進醫院。」時進接話，還不忘囑咐。

卦九很滿意他的配合，點了點頭，單獨點了一隊人過來近身保護時進等一群人，然後隨著負責人大步朝著外面走去。

小死有些擔憂：「進進，你的進度條卡死在850不動了。」

「進度條不動，說明我暫時安全了，那些想使壞的人應該還沒找到進入醫院的辦法，遮罩信號也好，那邊的火災也好，全是為了引起我們這邊的騷亂，或者引我出去弄出來的引子，不能上當。」時進很冷靜，安撫完小死，又開始安撫有些騷動的其他人。

幾分鐘後，卦九回來了，還帶來一個很糟糕的消息：「我剛巧碰到第二批L國官方派來報信的人，那邊的火災十分嚴重，我們的人雖然都逃出來了，但有部分人在逃跑時受傷，好幾個救援人員也受了傷，那邊的意思是這個醫院距離那裡最近，想把受傷較輕的傷患全部送到這裡來。」

小死立刻提醒：「進進，進度條漲到900了。」

時進表情一動，立刻意識到這恐怕就是壞蛋要混入醫院的方法。但雖然明知道這批傷患有問題，他卻不得不接，因為裡面有他們自己的人，不能拖著不救。

那看來只能把人放進來，然後關門打狗了，他心裡有了主意，嘴上卻問道：「醫院信號被遮罩，會影響救治嗎？」

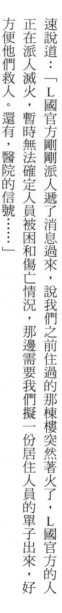

「應該不會，那邊只送傷勢較輕的人過來，不需要動用手術室和大的儀器，影響不大。」卦九回答。

時進點頭表示明白，吩咐道：「那就把傷患收過來吧，救人要緊，我去通知龍叔那邊，讓他安排醫生們做準備。」

卦九應了一聲，又轉身離開了。

坐在旁邊聽著他們對話的官方人員此時心情有些複雜，有後怕，也有慶幸——幸虧時進前幾天多事了一下，讓大家全部轉移到醫院裡，不然今天被困在火場裡的，應該就是他們了。

而且他們還不像滅的人那樣，受過各種求生訓練，滅的人能拚著受傷從火場裡跑出來，他們這群人可就不一定了，估計只能被動等救援。但是看那邊救援人員都有受傷的情況，他們能不能撐到救援到達都是個問題。

「好了，大家就待在這裡不要亂跑，這裡在醫院最內側，距離各個逃生通道都很近，外面有人保護你們，敵人很難攻進來，即使攻進來了，你們也能快速撤離，所以別擔心。我去找一下龍叔，很快回來。」時進在卦九走後起身囑咐眾人，然後轉身準備離開。

費御景皺眉看著他，見他已經拉開門就要出去，本能地喚了他一聲。

時進扭頭看他，問道：「怎麼了？」

費御景像是被他問得突然回了神一樣，又不說話了。

時進見他這樣，乾脆又轉回來，掏出自己的袖珍小槍和備用彈匣放到他手裡，仔細教了一遍用法，說道：「你好好保護大家和自己，我很快回來。」說完轉身快步出門，找守在門外的人要了一把新槍，塞進口袋裡快步朝著龍叔所在的位置跑去。

費御景看到他找人要槍的動作，再看一眼手裡彷彿還帶著對方體溫的袖珍型手槍，眉頭不禁皺得更緊了。

龍叔剛準備開始新一天的實驗，聽時進跑進來說有傷患要過來，放下手上的事，轉身就往外走。時進見狀連忙摸出一件醫師白袍披上，還戴上口罩，快步跟上去。

「你幹什麼呢？」龍叔見他這樣，疑惑詢問。

「幫忙啊。」時進理所當然回答。

龍叔眉毛抽了抽，想說你一個門外漢能幫上什麼忙，但想著時進跟在自己身邊也好，方便保護，於是又把話嚥下去，沒說什麼，任由他跟上。

在醫院的醫生護士們很快把需要用到的物品準備好，然後推著移動擔架到醫院急診入口處，準備接收傷患。

時進混在人群最後面，遠遠和早一步等在門口的卦九打了個招呼，然後整了整身上的白袍，觀察一下醫院外的情況，等著傷患送達。

幾分鐘後，幾輛掛著L國官方牌照的車快速靠近醫院，齊刷刷停在醫院入口外，然後車門打開，下來的駕駛員居然全是穿著橙色制服的L國救援人員。

他們下車後立刻打開各自的後車門，招呼門口的醫生過來，龍叔率先迎了過去。

「進進，你的進度條漲到950了。」小死緊張提醒。

時進收回打量那些人的視線，扯了扯臉上的口罩，說了句：「沒事。」邁步朝著陸續被運下車的傷患靠近。

總共十六名傷患，五個是滅的人，剩下十一個居然全是L國官方的救援人員，時進偷偷捅了龍叔一下，示意他把人分開安置。

龍叔丟給他一個「這種常識我當然知道」的眼神，擠開他，開始招呼人把傷勢較嚴重的傷患送急診室，然後給其他傷患分配醫生。

時進在周邊遊走，視線在那些送傷患過來的人身上掃來掃去，越掃心裡越疑惑。

「怎麼除了我們的人，就只有L國官方的救援人員了？所以是L國官方的人裡混了壞蛋？槍火這麼厲害的嗎？」他不敢置信。

小死神經高度緊繃，嚴肅說道：「進度條不會說謊，你的進度條漲了，這些救援人員裡肯定有危險源。」

時進若有所思，視線又飄到那些穿著橙色制服的救援人員身上，突然想起一件事。

上次卦二審訊龍世的時候，龍世曾經交代，他之所以選擇留在水蝗，是因為水蝗的上線是L國的某位官員。當時大家都以為龍世是被槍火忽悠了，但如果不是呢？如果槍火真的在L國官方有那麼一點點關係，然後槍火現在利用這個關係，製造火災和傷患，冒充救援人員，試圖混入醫院……如果真的是這樣……

「醫生。」一個穿著救援制服的傷者突然用彆扭的英語朝著這邊喚了一聲。

時進愣了一下才反應過來對方是在喊自己，秒換上無辜單蠢臉，扯了扯口罩靠過去，用英語親切問道：「怎麼了，是哪裡疼嗎？」

「不是……是我想上廁所。」病人是個皮膚微黑的高大男人，濃眉大眼高鼻深目，長相還挺不錯，見時進過來，神情稍微有些靦腆，說道：「剛剛來給我包紮的是個女孩子，我不好意思說……我腿受傷了，自己走不了，你能扶我去衛生間一趟嗎？謝謝了。」

穿著制服，神情靦腆，態度禮貌客氣，長得還好看，這樣的病人，哪個醫生不喜歡呢？

時進雖然是個假醫生，但他也很喜歡啊，因為他發現隨著這個病人的要求說出來，他的進度條居然又漲了！

——這人肯定是個壞蛋，絕對錯不了！

時進彎起眼睛親切一笑，說道：「好啊，我帶你去衛生間，不過你比我高壯太多，我可能扶不動你，等等啊，我去給你弄個輪椅過來。」說完又是親切一笑，然後轉身朝著放輪椅的門診室走去，臉上的笑容一秒收斂。

「小死，你覺不覺得這傢伙的聲音有點耳熟？」他在心裡詢問。

小死回道：「確實有點點，好像在哪裡聽過……」

「比如某個轉播的通話裡。」時進提示。

小死卡住，然後一秒尖叫：「啊！那是蒙拉！剃了鬍子的蒙拉！進進，他怎麼會在這裡？」

「當然是來搶我這塊肥肉的。」時進哼笑一聲，從辦公室角落推出一個輪椅，語氣都輕快不少：「敵方boss千里送人頭，這齣戲好看了。」

小死很著急：「你怎麼好像很高興的樣子，那是蒙拉啊，他盯上你了。」

「我當然高興，蒙拉在這裡，證明廉君那邊的危險就小了很多。你怕什麼，醫院是咱們的地盤，無論蒙拉想做什麼，我都能讓他有來無回。」

時進說著，推著輪椅走出門診室，見那個疑似蒙拉的病人正直勾勾看著這邊，又朝對方露出一個親切的笑容，推著輪椅朝對方過去。

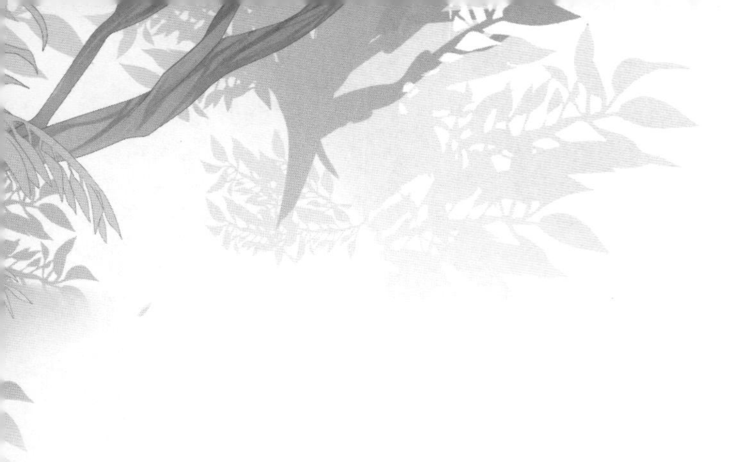

【第八章】

智取槍火首領

時進幫病人坐到輪椅上，狀似閒談般問道：「你叫什麼名字？我是這裡的實習醫生，你可以叫我小遠。」

「你叫我大衛就可以了。」病人回答，小心坐到輪椅上，靦腆道謝：「謝謝你幫我，實在不好意思。」

大衛，這名字可真夠路人甲的。

時進扶住他的輪椅，推他往醫院深處走，繼續親切說道：「你不用這麼客氣，對了，那邊火災怎麼樣了，滅了嗎？起火原因查清楚了嗎？」

「我走的時候火已經差不多滅了，起火原因還在查，初步懷疑是燃氣管破裂導致的。」蒙拉回答，語氣還帶著擔憂，一副很掛心火場的模樣。

時進為他的演技點讚，順著他的話說了一句，故意推著他路過卦九，並跟卦九說道：「九哥，我推這個病人去衛生間一趟，一會龍醫生找我，你幫我說一聲，我怕他又說我亂跑。」

卦九正在和一個L國官方的人接洽，冷不丁被時進用這種從來沒喊過的稱呼喊了一聲，愣了一下，扭頭朝時進看去，然後在看到時進那親切到有些甜膩的眼神時，無語沉默，不著痕跡地看一眼他推著的人，應道：「好，我幫你和龍醫生說。」

「謝謝九哥。」時進嘴甜道謝，這才繼續推著大衛朝著醫院深處走去。

這一層的衛生間在比較靠裡的地方，時進推著大衛往那邊走，故意沒有先說話。

果然，在兩人拐過一道彎，脫離急診大廳裡眾人的視線之後，大衛狀似隨意地開口問道：「剛剛你喊九哥的人是你哥嗎？他看上去好年輕。」

——喲，目標很明確嘛，一來就問到關鍵人物了。

時進繼續裝單蠢，一副十分好套話的樣子，回道：「不是，九哥是君……呃，是我的老闆留下來打點醫院的人，他已經快三十了，看起來小是因為長了張欺騙人的娃娃臉。」

「快三十了？啊，抱歉，我總是估不準你們亞洲人的年齡。唔……我看這家醫院好像很空，是沒有收病人嗎？」大衛繼續「隨意」詢問。

時進在心裡吐槽了一下他的心急，順著他的話回道：「沒有的，這家醫院被我老闆包下來了，暫時不接收外來傷患，你們這一批都算是破例收的。」

大衛一副窮小子被有錢老闆的大手筆驚到的樣子，咋舌說道：「包下來了？包這麼一家高檔醫院得花不少錢吧，你家老闆包醫院是因為有家人生病了嗎？」

——這是真的很心急啊。

時進嘆氣，覺得自己誤會了，這個蒙拉演技其實不怎麼樣。

為了不顯得演得太假，他語氣一變，故意顯出警惕的一面，硬邦邦說道：「抱歉，這些是我老闆的隱私，我無法回答，衛生間到了，你請吧。」說完快走兩步，把大衛推進衛生間。

大衛聽他語氣不對，進衛生間後通過洗手臺上面的大鏡子打量一下時進的表情，見他沒被口罩遮住的眉眼間已經生起一絲防備忌憚，忙扭頭朝時進略顯局促地笑了笑，說道：「抱歉，我總是好奇心太重亂問問題，我媽總說我這樣很容易得罪人，謝謝你送我過來，如果我剛剛的話有冒犯到你的話，對不起，還請你原諒我的冒失。」

時進和他對視，猶豫著慢慢放鬆表情，一副遲疑了一下的樣子，緩下語氣回道：「沒有，你沒有冒犯到我，就是……唉，其實是我敏感了，總之謝謝你救了我那些同事，我老闆的事情不好多說，你快解決一下吧，龍醫生太久沒見到我，肯定要罵我的。」

「啊，抱歉，我這就解決一下。」大衛連忙回答，雙手撐著輪椅扶手想要站起身，結果腿使了好幾次力，都沒能成功站起來，面上頓時顯出幾分窘迫尷尬。

時進靜靜看他表演，等看夠了才做出一副後知後覺想起來的樣子，上前一步搭住他的胳膊，不好意思說道：「我忘了你腿受傷了，來，小心點，我扶你過去。」

「謝、謝謝。」大衛順著他的力道站起身，手順勢一拐，就想搭到他肩膀上去。

小死緊張尖叫：「進進！離他遠一點！進度條漲到980了！」

時進被小死叫得眉心一跳，腳順勢一拐，把輪椅踢遠一點，然後人也做出被絆倒站不穩的樣子，手一鬆，身體一拐，帶著大衛側身摔到地上，還順便把大衛當成肉墊，胳膊肘戳了一下大衛的胃部。

「唔。」大衛沒想到會有這一齣，因為腿做出受傷的樣子沒有施力，一隻胳膊還抬起來做出要搭人的樣子，身體平衡很難維持，所以被時進這一帶一摔一壓一戳，弄得根本沒有反抗的機會，傷害吃了個十足十，胃裡的酸汁都要被擠出來了，手忍不住成爪狀，想去掐時進的喉嚨把他甩開。

小死再次尖叫。

時進一個鯉魚打挺側翻起身，又一個猛虎撲食撲過去按住大衛抬起來的胳膊，著急說道：「對不起、對不起！我不小心踢到輪椅，沒保持住平衡，你摔到哪裡了？碰到腿沒有？」

說著又一個扭身，按住大衛蠢蠢欲動想要抬起來攻擊的腿，扯他褲子，「給我看看，你傷口碰到了嗎？對不起，都怪我太不小心了。」

褲子被扯，腿被壓，胃還疼，大衛心裡簡直憋火死了，特別想把這個該死的小醫生直接掐死，但此時他躺著，對方坐著，被部分限制行動力，形勢對他不利，只得打消現在就把這個小醫生幹掉的想法，邊試著彎腿起身邊說道：「沒有沒有，沒碰到我的腿，你別緊張，能先讓我起來嗎？我這樣躺著有點難受。」

小死稍微放鬆了神經，說道：「進度條退回970了，還是很危險，進進你多注意。」

「放心，我有分寸。」時進安撫小死一句，面上保持著不好意思的樣子，抓著蒙拉的胳膊，托著他的後背，故意站在他側後方一個不容易被攻擊到的位置，把人扶起來，說道：「抱歉，都怪我，那你上洗手間吧，要我幫你脫褲子嗎？」

脫褲子？大衛腦中因為時進那過於專業的站位而生起的些微懷疑瞬間消散，表情扭曲了一瞬，側頭看他。

時進無辜回看，理所當然說道：「你這身衣服太厚了，行動不方便，我幫你脫褲子，你就可以空出手扶著小便池，不怕摔倒了，不然萬一你自己來，尿一半摔倒了，那多不好。」

大衛被他這面不改色說小便話題的態度震到了，堅定地擋開他的手，說道：「沒關係，我自己可以。」

「哎呀，你不用不好意思，大家都是男人，而且我是醫生，沒什麼的，男人那裡我不僅看過，還解剖過呢，切開都是血糊糊的，沒什麼好看的。」時進還在熱心地想要幫忙。

大衛莫名覺得小弟弟一涼，仍是搖頭拒絕：「不用，我自己真的可以。」

「那好吧。」時進一臉遺憾地後退一步，看著大衛不動了。

大衛心裡如同吃了屎，問道：「……你不轉過身嗎？」

——轉過身幹什麼？給你送破綻嗎？

時進心裡翻白眼，面上卻一派真誠，善解人意地說道：「為了防止你尿一半摔倒沒人扶，我決定在旁邊守著你。你放心，我站在你側後方的地方，看不到你那裡的。」

大衛覺得自己錯了，他就不該挑這麼一個看著年輕好忽悠，實則過度熱心十分難搞的醫生跟著自己。

計劃必須儘快進行，他沒多少時間耗，看來得暫時打消幹掉這個醫生再去辦正事的想法了。

「其實……我想上大號。」他話語一轉，露出不好意思的樣子，轉身朝著衛生間的隔間蹦去，邊蹦邊朝時進說道：「我可能會花一點時間解決……生理問題，要不你先回急診大廳吧，免得你上司罵你。」

時進皺了眉，「你怎麼又要大號了？」

「……我剛剛被你壓了一下，突然覺得肚子疼。」大衛回答。

時進震驚臉，「所以就那麼稍微壓了一下，你就被壓出屎來了？你、你……你這樣是身體有問題啊。」

大衛咬牙：「謝謝關心，我身體很好。」

時進同情地看著他，一副「我懂我懂，我不戳穿你」的欠揍表情，說道：「那你上吧，我先回急診大廳了。」

大衛終於鬆了口氣，又恢復靦腆不好意思的樣子，說道：「這次麻煩你了，謝謝。」

「不客氣。」時進回答，卻站著沒走。

大衛蹦到隔間門前和他僵持兩秒，眉心跳了跳，認命地先一步進入隔間，將門反鎖。

幾秒過後，外面傳來一陣漸漸遠去的腳步聲。

大衛臉上的表情一秒收斂，快速放下馬桶蓋坐下，拉下身上的上衣拉鍊，從裡面翻出各種工具和壓縮式炸藥燃料等物，準備安裝在門板上。

啪嗒啪嗒，本來遠去的腳步聲突然又靠近了，然後穩穩停在隔間前。

大衛動作一僵，眼神沉沉地看著門板，空出一隻手往後摸，摸出一個磨得十分尖利的小錐子，蓄勢待發。

一包衛生紙突然從隔間門下的縫隙處塞進來，然後時進的聲音響起：「一樓這個衛生間裡好像沒有紙，我幫你拿了一包。」

大衛握著錐子的手稍微放鬆，看一眼地上的衛生紙，換上溫和無害的語氣，說道：「謝謝。」

「不客氣。」時進的聲音傳進來，然後又是一陣啪嗒啪嗒遠去的腳步聲。

大衛這次沒動，等了一會，確定腳步聲沒再傳過來後，才繼續開始動作，快速把所有東西安裝好，設定好時間，然後起身整理好衣服，推開衛生間的門。

時進就站在正對著隔間門的位置，手中的槍已經上膛，直指大衛，親切問道：「大衛先生，為什麼你上廁所不掀開馬桶蓋，又不用衛生紙，還不沖馬桶呢？還有，不要亂丟垃圾，清潔工整理起來很累的。」

大衛表情大變，反手就想往後掏東西。

砰，時進對準他的胳膊就是一槍。

大衛矮身就躲，時進也不繼續攻擊，就跟看猴似地看著他。

大衛在心裡嘲笑他的輕敵和大意，手已經摸到小錐子，稍微把錐子轉變一下角度，拇指摸向錐子握把頂點的一個小按鈕。

「為什麼總有壞蛋以為對手是笨蛋。」時進還是不動，還悠閒地轉起槍。

大衛冷笑，正準備側身把錐子上的按鈕按下去，就聽到背後有風聲傳來，想避開已經來不及，只覺得後背一痛，身上一重，連是誰打的自己都沒看到，就被面朝下壓在地上。

「別動。」一個圓形物體抵在後腦杓上，明顯是槍口。

大衛被動老實下來，眼睛死死盯著時進，滿是冷意。

配合時進抓人的卦九直接給了大衛一下，不讓他看著時進，然後綁住他的雙手，把他從地上揪起來，搜出他的武器丟到一邊，朝外面喊了一聲。

一隊人魚貫從外面進入，到大衛之前待過的隔間，很快發現了大衛在裡面安裝的東西。

一番檢查後，領頭的人出來報告道：「是一個小型炸藥，旁邊還有助燃劑，如果炸了，絕對會引發大火。」

時進把槍一收，看向面無表情的大衛，挑眉說道：「所以那邊的火災也是你們用這種法子弄出來的？裝成官方人員混入，然後到處安這種小玩意，到時間一炸，火就全燃起來了。」

「這次是你贏了，不用跟我說廢話，要殺要剮隨便。」大衛冷冷懟過去，完全不見之前的靦腆無害。

「我就要廢話，讓我猜猜，你那另外幾位受傷的救援兄弟，估計身上也都帶著這種東西吧，等你這邊火點起來了，他們是不是就要裝作『即使受了傷也要為人民服務積極救火』的樣子，趁機脫離大家視線，分散到醫院各處點火，到時候幾個地方一起爆炸，這家醫院怕是就要完蛋了。」時進邊說邊觀察著大衛的表情，見他臉上表情細微地動了動，又看向卦九。

卦九皺眉，吩咐正在拆裝置的幾個人：「去急診大廳，安排人用換病號服的名義，把所有受傷的救援人員搜一遍，分開隔離，不願意換的就直接把他們扒光了關起來。」

其中一個屬下立刻應了一聲，匆匆朝外走了。

計劃被拆穿，這下大衛看著時進的眼神就不是冷了，而是殺氣騰騰。本來只他一個人被抓了，計劃還能進行下去，到時候局勢一亂，他照樣可以趁機逃跑，但現在卻徹底被打斷了。

「你到底是誰？」他忍不住詢問。

「我只是一個普通的實習小醫生而已。」時進回答，還在廢話：「讓我再猜猜，點火應該只是第一步，等火起來了，我們這邊肯定會喊人救火，到時候一堆官方派來的『救援人員』圍到醫院來，大家肯定也不會起疑，而這時候你就可以趁亂去偷襲這醫院的某個人了……蒙拉，你說我猜得對不對？」

大衛表情陡變，面皮抖了抖，抿緊唇不說話。

卦九也是一臉震驚意外的樣子，側頭仔細看了看大衛的臉，掏出槍對準他的小腿就是一槍，廢了他逃跑的可能。

「啊！」大衛低喊一聲，疼得差點直接跪倒在地上。

卦九粗魯地把他扯起來，看向時進問道：「你確定他是蒙拉？可蒙拉已經四十多歲了，這個人看上去才三十出頭的樣子。」

——什麼？蒙拉已經四十多了？

時進意外，微微皺眉，卻還是本能地相信自己的判斷。

「他的聲音和蒙拉的聲音很像，眉眼也很像，管他是不是，慎重點總沒錯。」他說著，收斂了演給蒙拉看的單蠢欠揍模樣，吩咐道：「從現在開始封鎖醫院，派人擴大防護範圍，除了咱們自己的人，誰也不許進來，哪怕是L國官方的人也不行。」

卦九正有此意，應了一聲，又喊出一個正在拆東西的隊員，吩咐他去門診大廳傳話，然後拖起行走不便的大衛，也邁步往外走去。

時進後一步跟上，把槍塞回口袋，又恢復無害小醫生的樣子。

「你到底是誰？」大衛突然又問了一句。

時進掃一眼他的五官，一臉認真地回道：「你可以叫我麻將超人。」

卦九與大衛：「……」

大衛看著時進，突然意味不明地笑了，說道：「你很有意思，不如跟著我幹吧，我可以給你比滅更好的待遇。」

卦九眉頭一皺，又用力拖了他一把。

大衛腿上的鮮血滴在地板上，擦出一條蜿蜒的血線，但他卻像是不知道疼一樣，仍面不改色地試圖和時進搭話：「考慮一下吧，小醫生，我很看好你。」

時進居然也繼續和他聊，搖頭說道：「沒得考慮，我喜歡跟著長得好看的老闆，你沒君少好看，我不喜歡。」

大衛臉上意味不明的笑容淡去，停了幾秒才繼續說道：「你果然很有意思。」

「過獎過獎。」時進擺手，在心裡戳小死，「聲音樣本夠多了嗎？他到底是不是蒙拉？」

小死安靜了好一會，似乎是在運算檢測著什麼，然後激動說道：「是！肯定是！這世上沒有完全相似的兩道聲音，他就是蒙拉！」

時進徹底鬆了口氣，眉眼也放鬆下來。

大衛注意到他的表情變化，被綁住的手突然開始細微動作。

三人一起拐過走廊，前方就是急診大廳。

他們走得比較慢，此時大廳裡的人已經接到消息，正在按照時進和卦九的吩咐封鎖醫院。

受傷的「救援人員」全都不見了，不知道被綁去哪裡，醫院大門緊閉，廳內只見滅的人，一個L國官方的人都沒看到。

讓人意外的是，本該被保護在醫院深處的費御景，此時居然也站在大廳裡，正在和龍叔說話。他是正對著這邊走廊的，所以卦九等人一出現他就看到了，注意到走在卦九和大衛身後的時進，眉頭一皺，突然大步走過來，喚道：「時進，你跑哪裡去了，不是說很快就會回來嗎？」

——時進？

正在仔細觀察門診大廳情況的大衛聞言表情一動，視線不著痕跡地往時進身上飄去，想起卦九對時進的態度，突然斂了表情，被捆住的手又細微地動了動。

時進發現自己本來在大衛被抓後降到700的進度條，突然又漲回到950，心中警鈴大作，立刻意識到肯定有哪裡不對勁，然而還不等他有動作，突然轟一聲，一聲驚天動地的爆炸聲傳來，停在醫院急診門外，還來不及移走的L國官方車輛突然陸續爆炸，造成的巨大動盪直接把醫院緊閉的大門震垮，牆都碎了一個洞。

有幾個距離門口比較近的人被爆炸餘波震飛，摔在地上暈了過去。

地面似乎都跟著抖了抖，時進勉強站穩身體，躲開飛過來的爆炸碎片，提高聲音快速說道：「都離開門口，把暈倒的人帶到裡面去，快！」

一旁的卦九也因為這波震動站立不穩，抓著大衛的手鬆了鬆，大衛趁機一個扭身，踢腿，把卦九用力踢開，被綁住的手不知怎麼掙脫了鉗制，手腕上的鎖扣斷裂掉落，扭身就朝著時進抓去。

時進眼神一利，矮身就是一躲，伸腿踢了一下他受傷的腿。

大衛悶哼一聲，又是幾波攻擊，卻全都落空，意外時進身手居然這麼俐落，見另一邊卦九已經爬起身，表情變了變，突然改變目標，朝著旁邊才剛剛站穩的費御景抓去，用力把人拖過來扣住脖頸，把他當做人質，朝著被爆炸弄出的缺口撤退。

救援車的鳴笛聲遠遠傳來，槍火的援軍趕到了。

「放開我！」費御景臉色漆黑，想要掙開身後的人，然而他一個沒經過訓練，鍛煉身體只知道去健身房的普通人，哪裡掙得開大衛的技巧鉗制。

卦九從地上爬起來，想去救費御景。

「都別過來，否則我和他同歸於盡！」大衛突然亮了亮手裡的迷你遙控器，邊退邊威脅。

——該死！

卦九停了步，開始後悔自己只知道學技術，疏忽了武力訓練，跟他談條件：「你把人放了，我放你走。」

大衛冷笑一聲，什麼話都沒說，繼續朝著缺口退去

時進見費御景被抓，心思電轉，突然摘掉口罩，堪稱魯莽地快速往前衝了兩步，著急說道：「別傷他！他是我哥，我是時進，我來換他！」

「時進！」卦九不敢置信地扭頭朝他看去，簡直不敢想像這麼愚蠢的話居然是從時進嘴裡說出來的。

費御景也皺眉朝著時進看去，表情居然比發現自己被扣住當人質時更難看幾分。

大衛的腳步倒是停了停，朝著時進看去。

「我來換他，你扣著我，絕對比扣著他有用，你看，這是我身上的武器，我現在放下它。」時

進做出投降的姿勢，慢慢拿出槍，半彎下腰朝著地上放去。

大衛像是在衡量他話語的真假，視線緊盯著他不放，人卻又開始繼續往外退。

啪嗒一聲，槍落了地。

時進注意觀察著大衛的表情，抓住他因為槍落地而本能放鬆的瞬間，突然暴起發難，以一個完全不像是人類的速度直衝他而去，把兩人全都撲到地上，之後側身用力撕開費御景把他往旁邊一推，伸手朝著大衛的手抓去。

大衛表情大變，手上的遙控器一晃，居然露出一截拇指長短的鋒利小刀，立刻直直朝著時進喉嚨戳去。

小死破音尖叫：「進進！死緩了！」

「時進！」卦九也大喊出聲，朝著他這邊飛奔而來。

費御景被推得撞到椅子才停下來，一扭頭就看到這一幕，心臟一瞬間彷彿像是跳空了一拍，腦子一片空白。

同一時間，醫院周邊，官方的「救援車」直衝醫院，居然無視滅周邊人員的阻攔，以不要命一般的速度直接朝著醫院被爆炸弄出的缺口撞了過來。門診深處，龍叔剛剛運完暈倒的人回來，身後還帶著趕來支援的大部隊。

畫面彷彿被放慢，救援車撞到缺口處停下，車門打開，有人拿著武器衝下來想朝著大廳裡掃射，有人朝著纏鬥在一起的大衛和時進衝去。

「都蹲下，找地方躲避，快！」時進大吼一聲，抓向大衛的手突然改變方向，直接戳向大衛的眼睛，同時另一隻手拿起剛剛撞人時趁亂從費御景口袋裡摸出來的袖珍槍，先一槍打中大衛的肩膀，廢了他的胳膊，又幾槍朝著衝過來的「救援人員」掃去。

砰砰砰，子彈全中，衝在前頭的第一批槍火援軍被攔下。

大衛視線被擋，手中攻擊失了準頭，劃傷了時進的肩膀。

時進悶哼一聲，又給他另一個肩膀一槍，打掉最後一顆子彈，然後一個側滾，滾到費御景旁邊，拉著他往大廳的等候椅後方一躲，朝著龍叔那邊的人吼道：「攻擊！別讓後面的人衝進來！」

魔咒彷彿被打破，龍叔見時進脫困，立刻大喊道：「快！都去支援！」

卦九幾槍幹掉第二批衝進來的人，趕到時進身前，牢牢護住他。

混戰開始，槍聲密集響起，滅的周邊成員也開始朝著這邊靠攏，和大廳裡的人一起，把槍火的第一波援軍包了餃子。滅的其他周邊人員也迅速反應過來，開始抵擋後面還沒來得及靠近的援軍，把他們死死擋在醫院外。

局面很快被控制住，進度條的數值迅速降到550。

時進身體一歪靠在費御景身上，擺手阻止了龍叔衝過來查看他傷口的動作，摸出褲子口袋裡的手機，美滋滋說道：「剛剛蒙拉肯定是用遙控引爆外面的炸彈，這證明信號已經恢復了，廉君肯定會給我打電話……嘿，果然打了。」

龍叔眉毛抽了抽，氣得想打死他。

被時進靠著的費御景低頭看著時進明明肩膀帶血，卻還要接電話的模樣，黑著臉伸手就把手機搶過來，把他往龍叔那一塞，起身說道：「去包紮，電話我幫你接。」說完起身就走了。

「欸，我的手機……」時進阻攔不及，眼睜睜看著他把手機搶走，有點氣。

廉君現在肯定很擔心這邊，現在費御景幫他接了電話，廉君肯定又要亂想了，真是豬隊友！

「龍叔，借你手機給我用用。」時進轉而找龍叔借手機。

龍叔氣得冷笑一聲，直接把他按到地上，拉開他身上的白大褂，剪開他肩膀處的衣服，手中剪刀寒光閃閃，冷冷說道：「手機沒有，再敢囉嗦，我給你來一針麻醉！」

時進：「……」今天大家都是豬隊友，難過生氣。

雖然時進老老實實地閉了嘴，但他最後還是沒能逃過打麻醉的命運——他肩膀上的傷口太深了，上藥好得慢，必須縫合。

「其實不用打的，我咬咬牙可以忍過去。」時進試圖保持住自己的清醒。

龍叔鐵面無私，簡單給他的傷口止血後，喊人把他弄到最近的一間乾淨病房裡，開始準備縫合的工具和藥物。

時進心慌慌，忍不住說道：「那先讓我給君少打個電話吧，他不親眼確定一下我的安全，肯定不會放心……」

「局部麻醉而已，囉嗦什麼。」龍叔一句話給他懟回去，讓助手拿了臺平板過來。

時進看到平板，眼睛唰一下就亮了，連忙給龍叔拍馬屁：「龍叔您真是善解人意。」

龍叔深深看他一眼，走過去把他按到床上，然後讓人把平板用架子支起來，撐到他正上方，保持在攝像頭既可以照到他的臉，又可以照到他傷口的一個高度，按開了平板。

時進心裡生起了不祥的預感，伸手試圖把平板扯下來，說道：「龍叔，咱們專心縫合吧，平板什麼的就不用了……」

龍叔把他的手按下去，眼疾手快地撥了廉君的視頻通話。

通話只響了一聲就接了，廉君坐在車內還拿著手機的身影出現在螢幕上。

時進：「……」完了。

廉君本來正在向費御景詳細詢問時進的情況，聽說時進受了傷，正著急，就發現有視頻通話打進來，手比腦子更快地就點了接通，然後時進靠躺在病床上，裸著上半身，肩膀上翻著一個血糊糊傷口的模樣出現在畫面上。

他瞬間消音，直勾勾看著時進肩膀處的傷口，掛了和費御景的通話，抿緊唇繃著臉僵了好一會，才聲音發緊地問道：「怎麼傷的？」

「被刀子劃的。」龍叔代替時進回答，開始拿藥給時進清創。

藥物一沾上傷口，時進的表情就直接扭曲了，疼得差點嗷一聲喊出來。

顧忌著廉君在看，時進硬生生咬緊牙把呼喊壓回去，扯了扯嘴角，朝廉君擠出一個難看的笑容，說道：「沒事沒事，小傷而已……那個龍叔，你不是說要局部麻醉……」

——怎麼直接就上手了？

龍叔冷冷回道：「一般遇到『小傷』，我們都是先清創，再局部麻醉，最後再縫合的。」

時進心裡拔涼一片，知道龍叔肯定是故意的，心疼廉君現在糟糕的臉色，偷偷動了動鏡頭照不到的手，戳了龍叔一下，示意龍叔悠著點，別再刺激廉君了。

龍叔瞪他一眼，說道：「現在知道求饒了，剛剛怎麼就衝那麼猛，讓你以後再不長記性……忍著點，這就給你麻醉。」

時進瘋狂扯龍叔衣服讓他少說兩句，又朝廉君笑了笑，乾巴巴解釋道：「其實只是一點小狀況……你別擔心，傷口不深，打了麻醉就一點都不疼了。」

廉君皺眉看著他，放在輪椅扶手上的手緊握著，用力得關節都有些發白了，好一會才開口說道：「輕一點。」

龍叔哼了一聲算是回應。

麻醉的藥效很快上來，疼痛減緩消失，時進終於能輕鬆地笑出來了，見龍叔沒有再阻止的意思，還伸手把平板挪了角度，不讓鏡頭照到肩膀上的傷口，只對準自己的臉，問道：「你那邊有沒有遇到危險，什麼時候能回來？」

「沒有危險，快回去了，現在正在去機場的路上。」廉君回答，強壓下讓他把平板挪回去的衝動，只看著他有點蒼白的臉，壓下心裡的焦躁和擔憂，問道：「你那邊怎麼樣了？剛剛費御景說得有點亂，我沒聽明白。」

時進正想找話題扯開廉君的注意力，不讓他注意自己的傷口，聽他這麼問，連忙把今天發生的事情大概講了一遍，還重點強調了一下大衛很可能就是蒙拉這件事。

廉君越聽表情越難看，聽完想教訓時進不該在發現大衛有問題後選擇獨自把人帶離，但見時進邊說邊小心打量自己的表情，一副擔心自己生氣的樣子，又心軟了，說道：「這次是我大意，沒有想到槍火還有L國官方的關係，你做得很好，把大家都保護住了。」

時進沒想到會被誇，心裡一下子就美起來了，說道：「其實也沒有很好……而且也不怪你大意，大家都沒注意……哈啊……注意到這點。」說著忍不住打了個哈欠，用力眨眨眼，突然覺得有點睏。

廉君見狀猜測他應該是被失血加局部麻醉影響了，緩了聲音說道：「你睡一會吧，等你睡醒了我就回去了。」

睏意來得太凶猛，時進懷疑龍叔給自己打的是全麻，根本不是局麻，強撐著精神問道：「那你到機場了嗎？注意安全……」

「快到了。」廉君回答，搭在輪椅上的手動了動，想摸摸時進的頭，但可惜兩人隔著螢幕，根本無法觸碰彼此，於是只越發放緩聲音：「睡吧，我守著你。」

時進的眼睛已經半閉上，含糊嘟囔了一句什麼，歪頭睡了過去。

龍叔突然開口：「時進傷口很深，肯定會留疤。」

廉君本來見時進睡著而稍微放緩的表情又重新緊繃，收緊手低應了一聲，想起時進肩膀上在上次受傷後留下的槍傷痕跡，眉眼間的情緒一點一點沉鬱下去。

時進前一晚熬了一晚上沒睡著，這一覺睡著後，居然直接睡到晚上，醒來的時候房內一片昏暗，也不知道幾點了，身邊暖暖的，肚子上還搭著一條胳膊。

他意識到什麼，心裡一動，側頭朝身邊看去。

廉君側身正對著躺在他身邊，眼睛閉著，應該是睡著了。

時進忍不住露出一個笑容，想側身好好看看廉君，結果胳膊剛一動，就被廉君搭在腰間的手給按住，然後廉君睜開了眼。

「別動，小心壓到傷口。」廉君開口，聲音還帶著點剛睡醒時的低啞，眼神倒是很快就清明起來，對上時進睜開的雙眼，忍不住撐起身體，垂頭親了親他的眼睛。

時進立刻抬起另一隻沒被按住的胳膊抱住他，手順著他的肩背摸到脖頸，壓住他想要起身的動作，仰頭在他嘴唇上輕輕咬了一口。

廉君一頓，乾脆繼續了這個吻。

咕嚕嚕，一陣古怪的聲音在夜裡更顯清晰。

廉君結束親吻，手摸到時進腹部，輕輕揉了揉，問道：「餓了？」

時進窘得不行，手用力又把他拉了下來，繼續吻！

親啊親，親到兩人都有些動情的時候，廉君先一步找回理智，稍微起身摸了摸時進的臉，「等一會，我去讓人送點吃的過來，你先吃一點東西。」

時進身體熱熱的，傷口痛痛的，強迫自己壓下衝動，點了點頭說道：「好。」

廚房那邊應該是早有準備，廉君才吩咐下去兩分鐘，各種易消化的吃食就陸續送過來。

廉君讓時進靠坐在床上，放下床桌，想餵他吃飯。

時進受傷的是左肩，只左邊肩膀不方便動，吃飯還是沒問題的，內心不捨表面不好意思地攔住廉君餵飯的動作，自己拿起筷子，把一雙筷子舞得風生水起，一點不像是個傷患。

廉君收回手，見他胃口好，稍微放了心，時不時給他遞下水或者紙巾什麼的，十分貼心。

吃飽喝足，時進去廁所解決了一下生理問題，簡單洗漱了一下，然後重新躺回床上。

廉君躺到他身邊，把他抱到懷裡，幫他揉了揉胃部，突然低頭親吻了一下他左肩傷口的位置，說道：「龍叔說這個傷口可能會留疤。」

「疤痕是男人的勳章，留就留吧。」時進很樂天，見廉君好像情緒不高的樣子，又說道：「我真的沒事，這個傷口不深，過幾天就好了。」

廉君緊了緊抱著他的手，沒有說話。

時進知道他肯定又開始自責難受了，在心裡低嘆一聲，動了動沒受傷的胳膊回抱住他，轉移話題問道：「我之前忘記問了，老鬼的屬下都救出來沒有？還有左陽和龍世怎麼樣了？」

廉君握住他的手，調整了一下情緒，回道：「人都救回來了，但是被蒙拉下了藥，需要留在T國治療一段時間。左陽帶著龍世跑了，現在下落不明。這些事卦一他們會留下來處理，你別擔心，等你傷好了，我們直接回B市。」

時進一愣，問道：「怎麼突然要回B市？那邊又出事了嗎？」

「不是，只是想回去休息一陣。」廉君回答，摸了摸他的頭髮，「這邊天氣不好，不適合養傷，我們回B市歇一陣，你想不想去哪裡玩，我帶你去。」

——休息！

時進瞬間抓住重點，反手握住廉君的手，聲音一下子就揚高了：「你答應過我休假之後要去醫院做一個詳細的身體檢查，我不想去玩，我要去醫院！」

廉君滿腔柔腸百結的心思全被他這一聲喊喊沒了，撐起身體看著他炯炯有神的眼睛，心突然又軟下來，彎腰親親他，「好，我去檢查身體，爭取儘快好起來，好好照顧你。」

「你現在就把我照顧得挺好的，養身體這事急不來，咱們還是得聽醫生的。」時進滿足地抱住他，心裡一下子充滿了希望，腦補了一下廉君養好身體能像正常人那樣行走自如的樣子，忍不住就笑了起來，「等你身體好了，我們去約會吧。」

他可還記著要給廉君彌補一下童年的事呢，如果約會的話，他就可以理直氣壯地帶廉君去遊樂園玩，坐坐雲霄飛車什麼的。

廉君卻誤會了他的意思，想起自和他確定關係以後，兩人就一直忙來忙去，連場像樣的約會都沒有過，心裡一瞬間難受得不行，只覺得自己是這世上最不合格的戀人。

時進也才十幾歲，正是愛玩愛鬧的年紀，卻總因為他要顧忌許多事情，是他虧欠了時進。

「……我們去約會。」他低聲說著，又摸了摸時進的臉，關掉檯燈，用黑暗掩住自己的表情，說道：「睡吧，你現在受了傷，要好好休息。」

時進睡了一天，哪還睡得著，但想起廉君忙了一天，現在肯定很累，於是點點頭，滿足地抱住他的胳膊，閉上眼睛，然後讓小死在腦內放電影。

小死非暴力不合作，給他把課本調了出來。

時進：「……」

學習使人瞌睡，古人誠不欺我。

第二天早餐過後，廉君召集卦一等人開會——確切來說，是廉君和卦一等人開會，時進在旁邊複習功課。

在學習面前，連養傷都得讓步，時進心裡苦。

他看一眼在沙發上坐了一個圈的卦一等人，認命嘆氣，拿起電子筆，邊做題邊旁聽眾人開會，聽了一會後，他稍微弄清楚了現在的局勢。

昨天在他被龍叔搬去病房之後，大廳裡的事情就由卦九接管了。

一番混戰之後，槍火的援軍全部被抓，那個被他認定是蒙拉的大衛，在被幾槍廢了胳膊之後，當場暈了過去，等到一切塵埃落定，卦九去收拾戰場的時候，大衛已經因為失血過多陷入昏迷。

卦九派人把大衛抬進手術室，讓人給他取出子彈，然後關在一個被單獨隔離開的病房裡，派人裡三層、外三層地守住他。

恢復信號後，L國官方迅速瞭解到醫院內的情況，對槍火冒充官方人員襲擊醫院的事情表示震驚，連忙派了一名位階較高的官員帶人過來鎮場子，還動用特權以修管道的理由，暫時封鎖醫院四周的公路，給醫院清出一個絕對安全的真空地帶，表達了誠意。

現在那名官員還在醫院裡，等著跟廉君當面致歉。

官方建築那邊的起火原因也查出來了，確實像時進猜測的那樣，是人為導致。

另一邊，老鬼的屬下已經入住T國的某間私人醫院，情況暫時穩定。老鬼在和廉君打了通電話後，重新開始針對九鷹施壓，並且勢頭更加凶猛，把戰場擴大到國內，擺出要不惜一切和九鷹繼續死磕下去的態度。

九鷹那邊則開始瘋狂聯繫廉君，但廉君自然沒有理會，專心準備針對槍火的事情。

時進聽到這裡有些意外，忍不住插了下嘴，問道：「咱們要繼續打槍火嗎？」

「只是要給槍火一個教訓。」廉君回答，問道：「題做完了？我一會要檢查的。」

時進立刻垮下臉，把注意力拉回平板上，繼續做題。

卦一等人聽著他們的對話，看著時進乖乖做題的樣子，互相對視一眼，心照不宣。

什麼給槍火一個教訓，就槍火現在首領都疑似被抓的情況，君少這明顯是要搞事啊，也就只有時進這偶爾蠢得實在沒藥救的腦子，才會被這麼一個回答簡單糊弄住。

三天時間匆匆過去，L國官方終於順藤摸瓜，把槍火埋在L國官方的釘子給拔出來，同一時間，九鷹那邊突然遞了一個消息過來——左陽突發重疾，進了醫院。

廉君在得知這個消息後，終於接了九鷹發來的通話，然後從左陽副手那裡，得知一件很戲劇性的事——左陽其實不是生病了，而是中毒，中的還是龍世製作的藥劑的毒，而龍世已經死了。

原來左陽在帶著龍世撤離C市的那天，在得知自己被耍了之後，氣得想逼龍世把治療廉君的解藥做出來，好再扳回一局。龍世自然是不從的，左陽心裡一狠，就把手上還留有的兩支龍世製作的藥拿出來，給龍世打了一針。

龍世裝作妥協的樣子讓左陽放鬆警惕，然後突然暴起反擊，把最後一針藥趁亂打到左陽身上，左陽本能掏槍反擊，直接把龍世打死了。

現在左陽副手的意思是，只要廉君能救回左陽，九鷹願意付出任何代價。

廉君把電話開擴音，待在房間裡的人都聽到左陽副手說的話。

卦二表情有些複雜，「龍世居然死了……」雖然在把龍世送出去的時候，大家就預料過這件事，但現在龍世真死了，還死得這麼戲劇性……大家都有些沉默，心裡想的都是同一件事——龍世的死訊，他們到底該不該告訴龍叔？

廉君聽完左陽副手的話，手指點了點輪椅扶手，說道：「能救左陽的藥，我的醫生確實已經快要研究出來了，但是我要的代價，九鷹大概不會願意付。」

副手的語氣一下子變得驚喜急切起來，說道：「您要什麼儘管說，我什麼都答應。」

「我要這世上再沒有九鷹。」廉君回答，然後問道：「這個代價，你能做主嗎？」

副手沉默下來，過了好久，就在卦一等人以為他會直接掛掉電話，或者討價還價時，他居然咬咬牙開口說道：「這件事我得去和老大商量一下，他現在陷入昏迷，我不能自己做決定，你給我幾天時間。」

眾人大感意外，不敢相信這副手居然表露出「可以考慮一下」的態度，要知道廉君提出的要求可是讓九鷹消失。

廉君也是表情一動，說道：「可以，我給你時間。」

副手鬆了口氣，十分客氣地向廉君道謝，然後掛斷電話。

卦二忍不住說道：「這副手對左陽可真是忠心，你們注意到沒，他像是根本不在意九鷹會怎麼樣，只在意左陽的死活。」

「聽說他是被左陽從死人堆裡救回來的，一直很護著左陽。」卦一接話，也有些唏噓。

不過到此，他們這趟L國之行的目的終於算是徹底達成——鬼蜮的人救回來了，九鷹和槍火合作的實錘已經拿到，九鷹現在元氣大傷，官方可以不用忌憚，正大光明地針對九鷹了。

事情已經基本結束，按照廉君的安排，卦一和卦三會接管所有的收尾工作，在L國多留一陣，卦二和卦五等人則開始收拾東西，跟他們回B市。

時進結束完一場遠程連線小考試後，見眾人全都換上一副「這邊的事情已經可以徹底翻篇」的模樣，茫然又疑惑，問道：「等等，你們就不管蒙拉了嗎？他還關在咱們醫院裡呢。」

卦二笑哼一聲，回道：「管他做什麼，他說他叫大衛，那咱們就把他當大衛關著就是，等關的時間夠久了，槍火那邊推出新的首領，咱們再把他放了，讓他老老實實當個一無所有的大衛。」

時進聽得目瞪口呆，這才終於弄懂廉君之前說要給槍火一個教訓，到底是一個怎樣的教訓——關著人家老首領，等著人家換新首領，然後等新首領上位了，再把老首領放出去，廉君這是要逼槍火自己內鬥啊。

他扭頭看向正在和卦一說著什麼的廉君，表情變來變去，最後定格成了驕傲，在心裡滿足說道：「我們家寶貝真聰明，像我！」

小死：「……不要臉。」

時進表情一變，陰森森道：「你說什麼！」

小死果斷閉嘴，假裝自己已經當機。

又過了幾天，時進身上的傷口初步癒合，達到可以坐飛機的標準，廉君大手一揮，定下第二天晚上飛回B市的行程。

時進覺得早點回B市廉君也能早點去檢查身體，所以對這個出發時間沒什麼意見，但他總覺得自己好像忘了點什麼，仔細想，卻又想不起來。

就這麼苦惱地想到了第二天臨出發前，時進跟著廉君離開醫院，在看到站在醫院門口的費御景時，終於想起來自己忘了什麼——自那天出事之後，費御景好像就再也沒在醫院出現過，簡直像是人間蒸發了！

想到這裡，他連忙跑到費御景面前，皺眉問道：「你這幾天跑哪裡去了，不會是又睡不著去亂跑了吧？」

費御景眼下掛著黑眼圈，確實是一副沒睡好的樣子，面對時進的詢問，只低頭從公事包裡取出一張名片，塞到他手裡，「接下來換我忙了，短期內我會留在L國，你好好養傷，有事打我電話。」說完轉身上了停在不遠處的一輛車，直接走了。

時進低頭看手裡的名片，見上面就只簡單印著費御景的名字和一串號碼，號碼還和他之前存的費御景的手機號碼不一樣，挑眉——所以這個是……費御景的私人手機號碼？

小死突然出聲，提醒道：「進進，你的進度條降到450了。」

450，又一個歷史新低，時進看著手裡的名片，心情有點複雜。

所以費御景給這個號碼，是表示認了他這個弟弟，給他送了一波生存因素嗎？這真是……真是不大想要啊。

眾人到達機場的時候，天已經徹底黑了。

時進先安排廉君坐好，然後坐到他身邊，掏出費御景給的名片看了看，考慮一下，還是拿出手機把費御景的號碼存進去。

不想要歸不想要，現在進度條還沒消完，時家那些破事也沒徹底解決，費御景的號碼還是存著以防萬一吧。

他們依然乘坐專機回國，不過回程的飛機上不像去程那麼多人，上次隨他們一起過來的官方聯絡員、文律師和費御景，全都留在L國，等著處理引渡老鬼屬下回國的事。甚至龍叔也暫時留在L國，抓緊時間製作給老鬼屬下和左陽使用的解藥，短期內會很忙。

時進把號碼存好，忽然想到什麼，側頭看向廉君問道：「那個，龍世的屍體……」

廉君正在用平板翻閱文件，聞言側頭看他，「左陽的副手已經把龍世就地火化了，這兩天就會把骨灰送去給龍叔。」

得知龍世死訊的那天，大家猶豫一番後，還是選擇將他的死訊如實告訴龍叔。龍叔聽後，面上沒什麼，當晚卻在實驗室裡熬了一夜，第二天去找廉君，說想給龍世處理一下後事，算是全了這段結果並不美好的父子情。廉君答應了，聯繫了左陽的副手，這才有了時進這一問。

時進聽到這個答案，忍不住嘆了口氣。只送骨灰過來也好，免得龍叔看到龍世面目全非的屍體，心裡更難受。

「別想這些了，我陪你玩幾局麻將？」廉君握住時進的手，溫聲詢問。

時進回神，看著廉君溫柔體貼的模樣，忍不住傾身過去親了他一口，美滋滋說道：「好，咱們好久沒一塊玩麻將了，今天剛好有時間，可以好好玩一玩。對了，我給你的帳號買了一套新皮膚，你看看喜不喜歡？」

廉君想起那套情侶皮膚，眉眼化開，回道：「只要是你買的，我都喜歡。」

時進欣然吃下他這顆糖衣炮彈，開心地把平板找出來，點開麻將軟體，湊到他身邊。

廉君也把檔案關掉，點開麻將軟體，看一眼兩人螢幕上同款不同色的情侶皮膚，又看一眼時進看到兩人的皮膚後，眉梢眼角掩不住的飛揚笑意，嘴角一點點勾起。

麻將的音效響了起來，走道另一邊，卦二收回看著這邊的視線，翻出眼罩戴上，舒服地咂了咂嘴——忙了這麼久，終於能輕鬆幾天了，就是可憐了卦一和卦三，還得再忙一陣才能休息。

玩玩睡睡，時間匆匆過去，在經過一次轉機後，眾人終於在第二天凌晨五點半，到達B市。

時進睡眼矇矓，在廉君的呼喚聲中勉強睜開眼睛。

小死無奈提醒：「進進，在飛機到達B市之後，你的進度條又漲回500了。」

時進唰一下清醒過來，睜大眼看著面前廉君放大的臉，生無可戀地伸手抱住廉君的脖子，埋頭在他肩膀上用力蹭了蹭，頭疼低吟——他怎麼就忘了，B市可不是個能讓人放心休息的好地方，而是個麻煩聚集窩，上次時緯崇還因為股份的事，給他在徐潔那裡拉了一點仇恨呢！心好累，想過點輕鬆的日子怎麼就那麼難。

廉君被他這依賴黏糊的姿態弄得心軟不已，回抱住他，摸了摸他的頭髮，低聲問道：「怎麼了，是不是還睏？忍一忍，等上了車再繼續睡。」

——還是廉君好。

時進勉強振作，仰頭用力親了廉君一口，坐直身說道：「能量補充完畢，走了，咱們回家！」

廉君被他這話說得一愣，看著時進又變得活力滿滿的樣子，忍不住微笑起來，也傾身親了他一口，說道：「那我也補充一下能量。」

被這麼回應了一下，時進心裡的喜歡嗖一下就膨脹開來，又伸臂用力抱了抱廉君，美得想要冒泡泡——這麼好、這麼溫柔、這麼體貼、這麼好看的廉君，居然也喜歡他，真是太好了，做夢一樣的好！

懷著一種莫名感恩的心情，時進像護著什麼大寶貝般，撞開想來幫忙推廉君輪椅的卦二，哼著歌親自把廉君推下飛機。

卦二無語地看著時進的背影，翻了個白眼，低聲抱怨：「當誰要跟你搶一樣……誰再關心你的傷口誰是狗。」

卦五和卦九從他身邊路過，聞言默契地送給他一個關愛智障的眼神，丟下他頭也不回地走了——打擾人談戀愛，可不就得當狗嗎。

一行人踩著晨光直奔會所而去，終於在快七點的時候，進入夜色的大門。

時進下車後下意識地朝會所院子的方向望了一眼，理所當然地沒看到去年冬天堆的那個醜醜的雪人，只看到滿目綠色，忍不住有些感慨。

他離開這裡的時候還是深冬，回來卻已經是夏初，時間過得真快，仔細算算，他重生到這個世界，好像也快一年了。

廉君注意到他的情緒變化，下車後滑過去握住他的手，安慰道：「喜歡的話，今天冬天我們再來堆一個。」

時進回神，回握住他的手，微笑點頭，「好，今年我們一起堆，真正意義上的一起。」

大家提著各自的行李進會所，一起上了六樓，時進先把廉君送回房，然後提起自己的行李，準備回自己的房間。

廉君立刻拉住他的手，問道：「你去哪裡？」

時進停步，回頭看他，理所當然回道：「回房間啊，我想去洗個澡。」

廉君把他手裡的行李搶過來，放到地上，指了指自己房間的浴室，說道：「去那裡洗。」

嗯？時進心裡一動，轉過身正對著他。

廉君稍微側了下頭，彎腰去開他的行李箱，「馬上夏天了，我讓人給你買了一些夏裝，已經整理好放到衣櫃了，你去看看喜不喜歡，不喜歡的話我們再換。」

時進立刻明白了他說的衣櫃是哪個衣櫃，扭頭看向廉君房間裡那個大得堪比衣帽間的嵌入式衣櫃，忍不住走過去把櫃門拉開。

一大堆夏天的衣服露了出來，左邊是各色各樣的袍子，右邊是各種各樣的正常款夏裝，兩種完全不同的穿衣風格混在一起，看起來卻莫名和諧。

時進又拉開裝內衣的櫃子，發現裡面就連內褲都已經按照自己的尺寸準備好了，抿唇露出一個笑容，又唰一下關上櫃門，斂住表情轉身看廉君。

廉君也正看著他，手裡還拿著從他行李箱裡拿出來的衣服，見他臉上表情不對，垂目避了避他的視線，安靜了幾秒才低聲問道：「和我住一起，好不好？」

小死尖叫出聲：「好好好！進進答應！進進什麼都答應！快！睡一起！窩支持膩們！」

時進心裡剛剛滾動起來的溫柔情緒，直接被小死這一嗓子喊沒了，繃住的表情立刻破功，滿臉笑意地走到廉君面前蹲下身，按住他的膝蓋，問道：「如果我說不好，你準備怎麼辦？」

廉君見他笑了，緊繃的表情稍微放鬆，彎腰捧住他的臉，「我準備把你以前的房間和其他空餘的房間全部封起來，除了我這裡，你哪裡也不許住。」

時進輕笑出聲，伸手抱住他，仰頭吻上了他的唇。

【第九章】

第一志願竟然是警校的黑幫分子

回夜色的第一天，大家都十分放鬆，整理好行李後就無所事事地在會所裡晃，這裡玩一玩、那裡整一整，煩得負責整理六樓的後勤部長臉都黑了。時進甚至還鑽進廚房複習了一下自己的廚藝，做了一個醜醜的蛋糕，說是要慶祝大家平安回家。

卦二把蛋糕拍下來發給卦一看，卦一簡短地回了一句：「等我回去加訓。」

於是卦二歇菜了。

熱鬧的晚飯過後，時進推著廉君回房，給他好好按摩了一下，然後在送他去浴室洗澡的時候，被廉君拽進了浴室。

兩人這個澡洗了一個多小時才結束，出來時，時進身上多了一些不和諧的痕跡，嘴巴也是腫的。廉君頭髮亂亂的，臉色卻比之前紅潤了許多。

關掉大燈，兩人躺到床上，時進把被子一掀，發現廉君這個極簡風的大床上，居然多了個荷包蛋抱枕。

「送給我的？」時進看向廉君，把荷包蛋抱枕抱進懷裡。

廉君伸手把抱枕從他懷裡抽出來，張開了手臂，「過來。」

時進迅速在廉君和新抱枕之間選擇了一下，毫不猶豫地和廉君抱在一起，滿足地蹭了蹭。

「睡吧，晚安。」廉君親了親他的額頭。

時進聞著他身上和自己一樣的沐浴乳味道，在心裡滿足嘆息，回道：「晚安。」

雖然在L國的時候他就和廉君住一間房了，但在外面住在一起，和在家裡住在一起的感覺是完全不一樣的。現在這樣抱在一起，他總有種是真的和廉君成為一家人的感覺，很踏實也很滿足。

環境的改變，總是能迅速改變人的情緒。只是在B市睡了一晚，眾人就覺得L國的事情一下子成了很遙遠的事情，雖然那邊的消息仍在不停地送過來。

左陽在昏迷幾天後終於醒了，最後在保命和保九鷹之間，艱難地選擇了保命。

卦一親自把藥給左陽送去，然後帶回一大堆九鷹的核心機密資料。

幾天後，官方對外確認了九鷹勾結境外組織槍火，試圖滲透進國內的罪名，開始清算九鷹在國內的勢力。消息出來後，左陽的副手直接帶著左陽在東南地區失去蹤影，十分乾脆地拋棄了九鷹。

直到此時，各大組織的首領才知道，原來滅突然在東南地區和九鷹出現利益之爭，不是因為開會的時候廉君被左陽氣到了，而是因為滅發現九鷹和國外組織勾結，試圖影響國內的事情。所以滅這一波是在清除「內奸」？

大家心情很是複雜，覺得滅這個道上「警察」的畫風實在是有點奇怪。不過複雜歸複雜，專業培養臭蟲的九鷹能被廉君幹掉，大家心裡還是很開心的，就是有點可惜九鷹居然嗝屁得這麼輕易，沒給滅造成什麼大的傷害。

如此這般，失去首領的九鷹在官方的針對下，沒過兩個月就徹底崩盤了，空出來的利益被各方勢力瘋狂蠶食，沒過多久，道上就沒人再提起九鷹這個名號，它像無數個已經隕落的大組織那般，成為後來者往上爬的無名墊腳石。

另一邊，九鷹在被官方下牌之後，鬼蜮也有了大動作。

在救回屬下之後，老鬼居然直接向官方遞交摘掉鬼蜮合法暴力組織牌子的申請，主動清算了所有生意，宣布鬼蜮就此解散。

這消息一出，連廉君都驚訝了，主動給老鬼打了電話詢問情況。

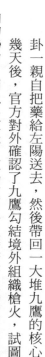

面對廉君的詢問，老鬼回得很乾脆：「我只是不想再失去兄弟了，現在投誠，我雖然失去大家辛苦積累起來的財富和勢力，但好歹保住了所有人的命。廉君，我不是你，沒有那個本事為兄弟們平安地掙下一個穩定乾淨的未來，所以只能用笨辦法。謝謝你，給了我這個放棄一切，重新來過的機會。」

廉君眉頭緊鎖，「金盆洗手沒那麼容易，老鬼，你放棄了一切，官方可以放過你，但你的仇家卻不會，沒了那些勢力庇佑，你現在所做的一切，就是在送你的兄弟們去死。」

「不會死的。」老鬼語氣放鬆，滿是自信和解脫：「我請了一個好律師，只要是我鬼蜮的兄弟，我就會盡力保住他們的命。廉君，謝謝你，再見。」說完直接掛了電話。

廉君不大明白他這句話的意思，保險起見，還是吩咐卦二多注意一點道上的動靜，如果發現有人想趁著鬼蜮下牌時落井下石，就適當地幫一下忙。

不過他這忙到底沒能幫上，老鬼比他想像的更狠也更灑脫。

大家都知道，老鬼雇費御景是為了用經濟案件做幌子，把所有被扣的屬下通過官方的管道，安全引渡回國，以免有人趁機下黑手。但大家都沒想到，老鬼最後會用同樣的方式，把鬼蜮的大部分中高層成員，通過運作成經濟案件的方式，一一給他們安上罪名，全部送進監獄。

監獄，一個雖然會失去自由，但卻能保住性命的地方。

不得不說老鬼這一手用得很妙，居然選擇用官方這個道上人最怕的系統，進行自保。等幾年後鬼蜮的所有人刑滿出獄，道上肯定已經是另一番風景，到時候已經成為歷史的鬼蜮眾人，或許就能擁有一個新的開始了。

而且有費御景在，這些人的未來不可能沒有保障。

除了中高層，老鬼也考慮到鬼蜮底層成員的未來。他按照費御景的建議，以公司破產給遣散費的方式，儘量補貼了所有人，其中部分身帶仇怨，無法輕易離開組織庇佑的成員，他還拜託費御景幫忙，安排他們出國躲避。

前後不過一個星期的時間，九鷹被官方下牌、鬼蜮宣布解散，兩個大牌組織退出舞臺，造成的動盪堪比八級地震。

道上的局勢瞬間暗潮洶湧，有的人想趁機擴張勢力、有的人嗅出不對勁開始低調退避、有的人則明裡暗裡地看著廉君這邊，想看看滅作何反應。

然而面對九鷹和鬼蜮造成的動盪，身為和這兩個組織散滅前，最後和他們有交集的組織，滅的反應是——沒有反應，不去動九鷹和鬼蜮下牌後空出的利益，也不理外界的風風雨雨，又變回了不爭不搶的低調老大。

道上謠言滿天飛，大家心裡恨啊！但是也沒辦法，滅實在太強了，最後都不敢亂說什麼。

時間線拉回到現在，時進正式入住廉君房間的第五天，九鷹被下牌和鬼蜮主動下牌的消息剛剛傳過來，所有人都聚在書房裡，聊現在道上的局勢……除了時進，他又在做題。

卦二第一個說道：「九鷹下去了，鬼蜮自己退出，現在國內第一梯隊的組織，除了我們和狼蛛以外，還剩下五個。這一波空出的蛋糕太大，有野心爭第一的，今年下半年肯定會有大動作。」

「有大動作也不怕，誰先動誰先死。」卦五接話，話語簡短，語氣冷酷。

「這些年第一梯隊的大組織一個接一個消失，中層組織始終沒有黑馬衝進一線，官方每年允許掛牌的小組織也越來越少，現在沒了九鷹這個吸引大家注意力的靶子，我怕很快就會有人注意到現在的局勢不對勁。」卦一用視頻通話，表情凝重。

這些年在滅和官方的暗地運作下，道上的合法暴力組織雖然整體數量增加了，一副繁榮發展的樣子，但其實都是虛的，道上增加的只是一些沒實力的小組織，繁榮發展的只有一個被當做靶子放任的九鷹，反倒是很多有實力的大組織和中型組織，都在各種各樣稀奇古怪的爭鬥中，悄然消失在舞臺上。

實際上，這些年國內的合法暴力組織，整體實力是逐漸被削弱的，之前是九鷹的快速發展和高調囂張，給所有人暴力組織仍壓了官方一頭的錯覺。

現在九鷹和鬼蜮一起下牌，肯定會有人開始察覺到不對，滅和官方的小動作，就很有可能被猜出來。到時候被敲定為「叛徒」的滅，肯定會成為所有組織一起針對的對象。

「總是要走到這一步的，不用擔心。」廉君開口，語氣冷靜自信，無形中安了大家的心，「現在局勢還在掌控中，短期內就算有人真的看出局勢不對，也不會貿然撕破臉，我們還有時間，而且有狼蛛在，我們就算被針對，局面也不是完全被動。」

卦一聞言表情好看了一點，說道：「我明白，我會儘快處理完這邊的事情趕回去。」

正事差不多談完了，卦二又問道：「對了，龍叔呢？君少還等著他過來安排身體檢查的事呢。」

時進聞言筆一停，唰一下扭頭看過去，目光炯炯。

「龍叔帶著龍世的骨灰飛了一趟海島，今天過去，估計後天能到B市。」卦一回答，語帶嘆息。「結果到最後，龍叔還是心軟了，選擇最安全、風景最好、最像家的地方，成為龍世最後的歸宿。」大家都沉默下來，有些唏噓。

「散了吧。」廉君開口，引回眾人的思緒，吩咐道：「卦一、卦二，多看著道上的情況，如果鬼蜮的人遇到難處，能幫就幫一把。」

卦一應了一聲，掛斷通話。

眾人識趣起身準備離開書房，卦二見時進抱著平板像隻小狗一樣看著廉君，到底沒忍住，湊過去壓低聲音問道：「搬過去和君少同居的感覺怎麼樣？」

時進斜眼看他，扯了扯嘴角回道：「床挺軟的，怎麼，要不要我給你買張同款的床？不過你可能得買單人的，雙人的你用不上。」

被間接嘲諷了一下，卦二噎住，翻了他一個白眼，走了。

書房安靜下來，時進立刻抱著平板湊到廉君身前，嚴肅認真地說道：「不許再拖了，龍叔後天就來，你這兩天要做好準備，飲食要清淡一點，晚上……咳，晚上也不許亂來了，養好精神，準備做檢查。」

「我知道。」廉君應了一聲，朝他伸手，問道：「題做完了嗎？」

「做完了。」時進回答，把平板遞給他，表情苦苦的，「最近馮先生也不知道是怎麼想的，成天出卷子給我做，我又不考大學，做這些也沒用啊。」

廉君抽過他的平板看了看，說道：「誰說你不考大學？」

時進一愣，震驚反問：「難道我還要考大學？」他不是只需要好好學習、天天向上，做一個光榮的高中畢業生就夠了嗎？他可是以後要讀成人大學的人！

「當然要考。」廉君扒拉了一下平板，看了一下他的測驗總分，眉頭短暫皺了皺，又很快鬆開，說道：「以你現在的複習程度，考個普通大學足夠了，這兩天好好休息，後天我送你去考場，參加高考。」

參加高考？時進倒吸一口涼氣，看了看日曆，後天真的是高考的日子，難過得無法呼吸，張嘴就準備討價還價，卻被廉君直接打斷。

「在船上的時候，我們的賭約結果是我答應你一個條件，你也答應我一個條件。我的條件是你去參加考試，時進，你準備說話不算話嗎？」

時進噎住，眼前一黑，後知後覺地發現自己中了廉君的圈套，還把自己的退路堵死了。

當天晚上，大家都知道時進要去參加高考的事。

卦二見時進滿臉菜色，以過來人的態度勸慰道：「不就是一場小考試嗎？別怕，兩天四門科目，一下子就考完了，輕鬆得很。」

時進面無表情地看著他，問道：「你考過？」

「考過啊。」卦二回答，指了指坐在一邊敲電腦的卦九，詳細說道：「除了去國外上學的卦九，咱們這批跟著君少在滅長大的人，全都是在國內參加高考，拿的國內文憑。」

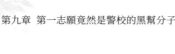

時進立刻來了精神，問道：「都參加過？你們有學籍？那考上了大學怎麼辦，規規矩矩去上四年的課？」後面那個問題才是重點！

「沒學籍怎麼參加考試？小進進，有個常識你可能需要知道一下，卦一、卦二這些稱呼，只是組織代號，是我們在道上的身分，所有人，包括我，都是有自己本來的名字和身分的，我們的學籍和學歷，全部和我們的真名掛鉤，等以後大家脫離這行了，都是要回去做真正的自己的。」卦二解釋，抬臂搭住他的肩膀，拍了拍他的肩，「所以考試還是要好好考的，這可關乎著你的未來，君少讓你去考試，也是為了你好。而且就目前道上的形勢來看，你考上大學後，極大機率會跟我們當初一樣，開學去報到、期末去考試，平時有空就在組織內的老師那裡上上課，不需要天天去學校，很自由的，和現在沒什麼兩樣，不妨礙你陪著君少。」

「不過你最好考試不要掛科，真掛科了，君少會強制給你放一個月假，讓你去重修補課。」卦九補充，還看了卦二一眼。

卦二眉心一跳，威脅地朝他揚了揚拳頭。

時進的注意力全在「不妨礙你陪著君少」這句話上，心裡對考試的抵觸情緒唰一下就散了，眼裡又亮起希望的火光——原來不需要離開廉君身邊天天去上課，只需要去掛個學籍嗎？那高考就高考吧，無所謂。

他眉眼又飛揚起來，隨口問卦二：「沒想到你還參加過高考，考了多少分啊？」

卦二見他不板著臉了，也跟著笑了，回道：「好像是剛過六百……我做的是全國卷，唉，別提了，我考試那年運氣不好，數學卷子特別難，做得我頭都大了。」

——剛過……六百？剛過？

時進飛揚的眉眼又唰一下落下來，不敢置信地看著卦二，難以想像卦二當年居然也是學霸型的人物，默默抖開他的手，看向卦九。

卦九還以為他是想瞭解一下大家的考試情況，吸取一下經驗安安心，見他看過來，立刻老實回道：「我不是參加國內高考，國外沒有政府主持的高考制度，只有民間自辦的兩種考試，我都參加了，分數分別是……」

「行了行了，我懂了、我懂了。」時進連忙打斷他的話，想起他博士的學歷，又想起自己的摸底成績，靠毅力穩住自己的學渣之心，起身說道：「我去準備考試了，你們忙。」說完頭也不回地飄走了。

這之後時進又拐彎抹角地問了一下其他幾個卦的高考成績，得到的結果十分讓人心痛——廉君手下這幾個得力幹將，居然沒有一個是學渣！最渣的卦五都考上了一流大學！

「大家都是混社會的，為什麼區別這麼大……」時進生無可戀地癱在沙發上，看著自己最近幾次的摸底成績，心裡很苦，「早知道要考試，我這幾個月肯定會學得更認真一點……」

小死說道：「可是進進你明明就很認真了啊，只複習幾個月的時間就能拿到這個成績，你已經很厲害了。」

「不，你不懂。」時進滿心滄桑，抱著平板想哭卻沒有眼淚。

有些事，真的是沒有對比就沒有傷害，他一個學渣，在一群學霸的圍觀下去參加考試，以後還可能在一群學霸的圍觀下查成績、報學校……這跟公開處刑有什麼區別！他不要臉的嗎？雖然他心大，但他也是要面子的啊！

為了不被公開處刑得太慘，時進開始臨時抱佛腳，很認真、很努力的那種抱法。

當天晚上，他抱著平板複習到半夜，如果不是廉君硬把他拉上床，估計能熬個通宵。第二天一整天，他仍是抱著平板不撒手，還讓小死幫忙重新篩了一套比較好記的知識重點出來，死記硬背了一整天。晚飯過後他又拿起平板，悶頭做題，直到睡前都沒有要放下的意思。

廉君看不下去了，上前抽走他手裡的平板，把他硬塞到床上。

「今天好好休息，只是一個小考試而已，不用擔心，考不好也沒關係。」廉君緩聲安撫，心裡有點後悔提前告訴時進考試的事。

早知道時進會這麼緊張在意，他就該直接在考試當天把時進拉去考場，免得時進經歷這一番考前煎熬。

時進哪裡睡得著，但見廉君眉頭微攏滿臉擔心的樣子，還是沒再堅持，點了點頭，老老實實閉上眼睛……然後讓小死在腦內給他調出複習資料。

小死：「……」

時進已經不記得是複習到幾點睡著的，他只知道自己夢裡一直在做卷子，一科又一科，彷彿永遠都沒有盡頭，醒來只覺得頭重腳輕，身體難受得不行，彷彿被無數張卷子輪了一遍。

時進奄奄一息，皺眉揉捏額頭，「完了，我這個狀態，怕是要考砸了。」

小死對他信心十足，「不會的，進進你肯定會超常發揮，考出一個好成績的，我相信你！」

時進心裡暖暖的，十分感動：「小死，你真是個好系統。」

小死很羞澀：「沒有啦，是進進你教得好。」

和小死扯了幾句，時進稍微精神了一點，洗漱完和廉君一起去餐廳吃早餐，然後拿上廉君遞過來的考試袋，和廉君一起走出會所。

「小進。」

他的腳剛跨出大門，一道熟悉的聲音就在身前不遠處響了起來。

時進腳步一停，眉心不祥地跳了一下，抬眼朝著聲音看去。

只見夜色大門外，一輛黑色的低調商務車旁邊，穿著白襯衫一副精英老闆模樣的時緯崇，正像根木樁子般站在那裡。見時進看過來，他立刻上前幾步，說道：「我聽老二說你回了B市，還受了傷，剛好今天有空，就過來看看你，你身上的傷怎麼樣了？」

「……」你怎麼早不來晚不來，偏偏今天來，B市果然是個麻煩的地方！

時進把考試袋往身後藏了藏，客氣一笑，回道：「傷已經好了，多謝關心。」

廉君注意到時進藏考試袋的動作，手指點了點輪椅扶手，示意身後的卦二去把車開出來，沒有插入時進和時緯崇的對話。

時緯崇被時進疏離客氣的態度噎了一臉，本能地掃了一眼時進旁邊的廉君，想起他和時進的關係，皺了皺眉，正想收回視線，餘光就注意到時進手裡只露出一角的考試袋，覺得那東西好像有點眼熟，和今天過來時沿路看到的好多學生手上拿的東西一樣，先是一愣，然後想起路上的各種交通管制和高考標語，福至心靈，問道：「小進，你要出門嗎？」

時進心裡一緊，含糊回道：「啊？啊，是，有點事。」

時緯崇見他這表情，心裡越發肯定了自己的猜測，掏出手機看了看日期，又確認般地看了看時進手裡只露出一角疑似考試袋的東西，問道：「小進，你要去參加高考？」

時進：「……」他討厭聰明人！

他捏著考試袋的手一僵，臉上客氣的笑維持不下去了，見卦二把車開出來，連忙推著廉君的輪椅，告辭說道：「時間不早了，我該出發了，拜拜。」說完推著人就走，頭也沒回。

時緯崇阻攔不及，眼睜睜看著時進和廉君先後坐上車消失在視野裡，後知後覺地回過神，看一眼時間，急忙快步回到自己車上，邊發動汽車，邊打電話給助理，取消接下來的行程。

汽車上了大路，朝著考場駛去。

卦二看一眼後視鏡，說道：「時緯崇跟上來了，要甩開嗎？」

廉君看一眼正抱著平板專心抱佛腳的時進，回道：「不用，車開穩一點，時快時慢容易暈車。」

卦二應了一聲，沒再管跟在後面的時緯崇。

時進上車後就把時緯崇拋到腦後，專心複習起第一科很可能會考到的古詩詞填空，他手機電腦用多了，容易提筆忘字，趁著現在考試還沒開始，想再抓緊時間熟悉一下。

十幾分鐘後，汽車停在考場附近，時進放下平板，看了下考場外面學生老師家長們紮堆的情況，朝廉君說道：「你留在車上吧，我自己過去，外面人太多，不安全。」

廉君也知道以自己的身分，隨便往人多的地方去就是在作死，於是點點頭，握住他的手捏了捏，說道：「讓卦二陪你過去，別給自己太大壓力，我在外面等你。」

「我明白。」時進傾身抱抱他，又和副駕駛座上的卦五打個招呼，然後和卦二一起下車。

跟在他們後面的時緯崇見狀立刻下車跟了上來，一點不把自己當外人地走到時進身邊，皺眉說道：「你怎麼突然要參加高考了？你之前在國外上學，其實更應該去國外考試。」

時進實在不知道該用什麼表情面對他，敷衍回道：「我就是想考試隨便報個大學拿個文憑，沒什麼大的追求。國外考試申請學校太麻煩了，我不想弄。」

「可你都快一年沒去學校了，也沒熟悉過國內的教學體系，現在參加考試，成績可能會不理想。」時緯崇越說眉頭皺得越緊，考慮了一下，說道：「小進，如果你還想上學的話，我可以給你弄個保送名額，直接跳過高考。」

——有錢真好。

時進十分感動，然後殘忍拒絕，說道：「不，君少有安排老師給我補習，我想憑自己的實力，考上自己想上的大學。」然後待在廉君身邊混吃等死。

「噗。」卦二十分不給面子地笑出了聲。

時進給他一個眼刀。

卦二舉手做投降狀，朝時緯崇說道：「時先生，您就別說了吧，考生本來就壓力大，您再說下去，我怕時進心態直接崩了。他在車上都在複習呢，可見有多緊張，您體諒一下吧。」

這話聽上去客氣，其實就是在嫌時緯崇說話不好聽，想讓時緯崇閉嘴。

時緯崇看卦二一眼，又看一眼時進，見時進眼下還帶著一層薄薄的黑眼圈，斂了繼續勸說的心思，轉而說道：「考試別緊張，考不好沒關係，讀書並不是唯一的出路。」

時進很無奈，為什麼大家都在跟他說考不好也沒關係，就好像他肯定會考得不好一樣。

不得不說，有些時候考生會心理崩潰，並不是因為考生心理素質差，而是因為周圍人給考生的心理暗示太重了，逼著考生壓力山大。

三人走到考場門口，等待考試開始。

時進因為性格和這一年經歷的關係，看上去要比同齡人沉穩一些，拿著考試袋站在一群青澀的學生中間，顯得十分突兀。再加上他身邊跟著的不是家長，而是兩個高大的成熟男人，於是突兀乘以三，直接變成鶴立雞群般顯眼了。

他們才剛走過去，周圍人的視線就齊刷刷聚集過來，動作十分一致，像看猴一樣。

時進：「……」好想把卦二和時緯崇丟出去。

因為職業的關係，卦二很不喜歡這種成為人群焦點的情況，但他不覺得自己有問題，只覺得如果只有他和時進站在這裡，肯定不會這麼引人矚目，怪只怪身邊多了個跟屁蟲時緯崇。

「那個，我看其他考生手裡都拿著水，要不你去幫時進買一瓶？」卦二委婉趕人。

時緯崇皺眉，看一眼時進，又看一眼其他考生和考生家長們手裡的東西，居然真的轉身去買水了。時進扭頭看卦二。

卦二一臉正經地解釋：「時緯崇經常上財經版新聞，也算是個名人了，和他站一起隨時有被拍的危險，所以還是適時讓他離開一下比較好。」

「我信了。」時進面無表情。

卦二親切微笑：「謝謝信任。」

兩人說話的工夫，時緯崇已經買完水回來，他很仔細地把礦泉水上的塑膠包裝全部撕下來，把瓶身乾乾淨淨的水遞給時進，說道：「我看其他人都是這麼做的，給，我沒給你買飲料，感覺還是水比較解渴。」

「謝謝。」時進接過水，看一眼時緯崇握在手裡的塑膠包裝，有點想嘆氣，何必呢，時緯崇其實完全不需要這樣的。

像是看出他的想法，時緯崇突然說道：「你不用有負擔，我只是做了我想做的，你好好考試，不要多想。」

時進沒有接話，用沉默面對了他的善意。

考場門準時開啟，時進告別卦二和時緯崇，拿著考試袋和水進入考場，按照准考證上的號碼找到自己的考試教室和位置，坐下後放好東西，強迫自己把注意力拉回來，放在考試上。

時間到，監考老師開始發卷子。

小死趁機給時進刷了一大堆例如「神清氣爽」、「事半功倍」、「考神附體」、「學霸的意念」之類亂七八糟的buff，想要幫時進減輕考試難度。

時進毫無所覺，拿到卷子後慣例開始填考生資料，莫名覺得今天寫字的感覺特別順，把視線挪到題目上，不知不覺地開始順利做題。

專心做事的時候，時間總是過得特別快。

等時進寫完最後一道大題，把注意力從卷子上抽出來時，考試時間居然已經快要結束。他檢查了一遍答案，確認一下考生資料的準確性，手中的筆剛放下，交卷鈴就響了。

一切都是剛剛好，像是一個早已安排好的劇本。

時進一身輕鬆地隨著其他考生一起朝考場外走去，回憶一下這科的考試過程，發現今天的題做起來格外順利，注意力也特別集中，精神上真正做到了兩耳不聞窗外事，狀態十分好。

這實在太不對勁了，要知道他早上起床的時候，還只覺得大腦一片混沌，以為今天要考砸呢。

他忽然意識到什麼，在心裡戳了戳小死，問道：「你幫忙了？」

被發現了小動作，小死有點點心虛，回道：「就是稍微給你加了一點提神的buff……那個，buff有用嗎？你不喜歡的話，我就不刷了。」

時進忍不住笑，只覺得十分窩心，回道：「有用，很有用，謝謝你。」

於是小死說話的聲音又大了起來，開心說道：「我就知道進進你能考好，你是最棒的！」

時進被它這貼心的舉動弄得心情大好，只覺得考試好像也不是那麼難了，小小地伸了個懶腰，說道：「走了，找廉君吃飯去。」

出考場的時候，時進發現時緯崇居然還在外面，而且沒和卦二站在一起，自己一個人十分顯眼地站在大門口。

時進很確定，時緯崇絕對是被卦二嫌棄了。

他很無奈，見時緯崇迎了上來，先一步開口問道：「你一直在外面等？」

「沒有，中間去車上坐了一會，你想去哪裡吃飯？我去訂位子。」時緯崇接話，就像個普通的陪考好哥哥一樣，小心地不問考生的考試情況，只關心考生的吃喝拉撒。

時進實在擺不下客氣臉了，停步說道：「時緯崇，你到底想做什麼？」

時緯崇聽他直呼自己的名字，竟是連大哥都不願意喊一聲了，沉默了一會，說道：「小進，我只是想關心你。」

「可你現在的關心，對我來說是一種負擔。」時進沒辦法了，只得敞開天窗說亮話：「時緯崇，我實話跟你說吧，你每次跟我接觸，我都會很擔心自己的安全問題……你先別說話，我不是說你想害我，而是說你的態度，很可能會影響到你身邊人對我的想法。」

時緯崇皺了眉，「小進，你這話是什麼意思？」

「意思是，我擔心你的母親會因為你對我過於親近，甚至想分股份給我的行為，而對我產生什麼負面的想法或者舉動。你能保證她對我是絕對善意的嗎？」時進直白詢問。

時緯崇表情變得難看，唇線拉平，沒有說話。

很明顯，問題的答案是否定的，徐潔的態度在上次的電話裡就已經表明得很清楚了。時緯崇沒想到時進會想得這麼深，並因為顧忌這點，連他的關心都不敢接受。

「這些我會處理。」他最後只說出了這麼一句話。

時進見時緯崇這樣，忍不住嘆了口氣，無奈問道：「時緯崇，你聽說過過度補償心理嗎？」

時緯崇：「什麼？」

「就是某些成功人士，會在獲得成功之後，耿耿於懷自己過往人生中的瑕疵，進而對這部分進行過度補償，試圖獲得情感上圓滿的一種無意識心理。時緯崇，你現在就很像是這種情況。」時進說著，心裡其實也不願意這樣去回報時緯崇的善意，但兩人的關係不能繼續這麼古怪下去，必須有一個乾淨的了斷。

時緯崇臉一下就黑了，沉沉看著時進，問道：「你就是這麼想我的？」

雖然很殘忍，但時進還是點點頭，說道：「大哥，股份是我自願給你的，你不必有心理負擔，再見。」說完不再看他，喊了一聲候在旁邊的卦二，一起朝著廉君所在的位置走去。

這次時緯崇沒再跟上去，站在原地看著時進走遠，表情始終緊繃。

時進回到車上的時候，廉君正在打電話。

他關上車門，等廉君掛掉電話後問道：「怎麼了？」

「龍叔到B市了。」廉君放下手機回答，拿出一瓶水擰開遞過去，「想去哪裡吃飯，回會所還是就在外面吃？」

「回會所吧。」時進接過水喝了一口，莫名就想起時緯崇早上仔細撕水瓶塑膠包裝的樣子，動作頓了一下，望一眼考場的方向，發現看不到時緯崇的身影，又若無其事地把水瓶放下來。

廉君也跟著看了一眼考場大門的方向，問道：「你跟時緯崇說什麼了？」

時進捏捏水瓶，表情有點複雜，嘆氣道：「一些不好聽的話……他應該不會再來找我了。」

「捨不得？」廉君安慰地握住他的手。

時進搖頭，「也不是捨不得，就是……我不喜歡做這種事。」

他不擅長處理這種局面，也不喜歡用言語去傷害某個人，立場這東西真的很讓人無奈，他頂著原主的身分，有太多必須去做的事和需要表明的態度，說實話，有點累。

小死聽到他的心聲，囁嚅了一下，小聲喚道：「進進……」

時進聽到它的呼喚，連忙振作起來，朝廉君笑了笑，說給廉君聽，也是說給小死聽：「沒事，我大概是被考試影響到心情了，吃頓好吃的就好了。」

廉君沒說什麼，只伸臂把他抱到懷裡，順了順他的背。

時進也顧不上管坐在前面的卦二和卦五了，側身伸臂回抱住廉君，在他肩膀上蹭了蹭，閉上眼睛。大概是廉君的懷抱太舒服，也或許是昨晚沒睡好的緣故，時進居然在車上睡著了。

廉君也不吵他，把車停在會所門口，讓他睡在自己腿上，邊翻文字邊等他睡醒。好在車後座的空間足夠大，時進睡死之後也不會亂動，所以他這一覺睡得還算安穩。

睡到大概一點半的樣子，時進還沒醒，廉君怕他趕不上考試，放下文件，低頭把時進喚醒。

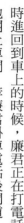

時進迷糊了一下才徹底清醒，下車隨著廉君回會所吃飯，然後洗了把臉，走了走活動一下消食，在廉君的陪同下再次去了考場。

有了早上的考試打底，時進已經不再緊張，去考場的路上甚至還拉著廉君搓了把麻將，心態調整得十分好。

卦二嘲笑時進是豬，吃飽睡好就萬事不愁。時進冷哼，豎給他一根筆直的中指。

下午考試開始前，時進主動讓小死給自己刷上buff，然後活動了一下手指，信心滿滿地下筆。兩耳不聞窗外事的兩個小時快速流過，又是剛剛好地停筆響鈴，時進滿意一笑，收拾好東西隨著其他考生走出教室，腳步輕快地朝著考場外走去。

第一天的考試就這麼過去了，雖然出現時緯崇這麼個小插曲，但整體來說還是比較順利的。

龍叔在時進午睡的時候抵達會所，一到會所就回房間睡覺調時差去了，所以沒見到時進，等晚上睡醒出來吃飯時，才知道時進參加了今年的高考。

他特意找到正窩在廉君書房裡搓麻將的時進，皺眉把癱在沙發上的時進上上下下打量了一遍，越打量表情越嫌棄，最後一副勉強壓下嫌棄的樣子，問時進：「你考完準備報什麼科系？」

時進被他打量得汗毛都要豎起來了，小心回道：「還沒決定，您……有什麼建議？」

龍叔咬牙說道：「要不你學醫吧，我可以教你。」

時進嚇得都出錯牌了，連忙拒絕，擺手說道：「不了、不了，學醫傷身體。」學醫起步就是五年，他四年大學都不想讀，還讀五年，算了算了，不敢不敢。

龍叔臉一黑，豎眉說道：「學醫多好，傷什麼身體，有我教，你怕什麼！」

——這才是最可怕的地方好嗎！

時進沒辦法了，瞄一眼書桌後的廉君，看向龍叔誠懇說道：「實不相瞞……龍叔，我的夢想是考公務員！」

龍叔一副懷疑自己聽錯了什麼的樣子，皺眉問道：「你剛剛說什麼？」

廉君也放下文件，抬眼看過來。

時進硬著頭皮繼續說道：「其實如果可以的話，考警校，當警察也不錯……我還挺喜歡警察這個職業的。」

一個黑道份子，想去當警察。

龍叔嘴巴張了張，看一眼廉君，又看一眼時進，實在不知道該說什麼好了，突然又看向廉君，冒出一句馮先生曾經說過的話，怒道：「你看看時進，都是你慣的！」說完轉身就走，步子踩得特別重。

砰。書房門被重重甩上。

時進被關門的動靜嚇得小心臟一抖，扭頭看廉君，稍微有點委屈：「當警察考公務員不好嗎？鐵飯碗，給國家辦事，永遠不會被拖欠工資。」

廉君：「……」

「難道你也希望我去學醫？」時進驚悚詢問。

廉君無奈了，放下文件抬手揉了揉額頭，看他一眼，見他一副受到驚嚇的模樣，又忍不住緩了眉眼，問道：「你真的想考警校？」

時進覺得以自己目前的身分，考警校好像確實很奇怪，於是委婉說道：「其實也不是……警校不能隨便掛學籍，太不方便了。我就讀個正常的大學，學個萬金油專業，等以後大家安穩下來，再去考個公務員什麼的就行了。」

沒把話說死，那就證明還是想。

廉君滑動輪椅出來，停在他面前，問他：「你不想當老闆嗎？我可以給你開間公司。大學四年足夠你學完整套的管理知識了，我再給你找幾名助理，你有人幫忙，也不會太累。」

時進沒想到廉君居然已經把他的未來想好了，有點點感動，但還是搖頭說道：「不想，我這人沒什麼追求，就想做點穩定簡單的工作……你會覺得我沒志氣嗎？」

「不會。」廉君搖頭，伸手輕輕捏了捏他的臉，說道：「這世上有太多人被利益迷了雙眼，漸漸忘記本心，你這樣挺好的，沒有欲望就不會被利益傷害。考警校也不是不可以，提前打個招呼安排一下就行，你儘管去做你喜歡做的事情，我支持你。」

時進愣住，然後驚喜問道：「我可以考警校？」

廉君看著他開心驚喜的模樣，忍不住也跟著翹了翹嘴角，「當然可以，滅現在和官方有合作，你又才加入滅不久，背景清白，考警校自然沒問題。」

這可真是個天大的驚喜！時進沒想到重生一次，他還有機會做回老本行！

他看著廉君，有好多話想說，又不知道該怎麼表達，心裡一熱，乾脆撲過去，抱住廉君就啃了上去。

廉君被他突然襲擊，愣了一下才反應過來，滿足地回抱住他，低頭加深了這個吻。

第二天，大家都知道了時進想考警校，並且廉君還答應的事。

卦二的表情如同吃了屎，邊開車邊說道：「我真想把車開溝裡去，這考試把人都快考傻了，真是沒看出來，時進你居然是個小內奸。」

時進美滋滋，說道：「我知道你是嫉妒我，沒關係，我大度，不會計較這些的。」

卦二內傷，顧忌著廉君在，自己又在開車，不好抓住時進來一頓「愛的教育」，於是只能又嘀咕了幾句「小內奸」，穩穩把車開去考場。

未來有了規劃，時進心態徹底放鬆，一到地方就和廉君告別下車，邊和卦二打嘴仗，邊朝著考場走去。

「小進。」又是一道熟悉的聲音傳來。

時進臉上笑容一僵，停步扭頭，朝著聲音傳來處看去。

街邊一家小超市門口，穿著一身黑色T恤加迷彩長褲的向傲庭正拿著一瓶水站在那裡，見時進看了過來，稍顯拘謹地朝時進笑了笑，邁步上前把水遞過去，「聽說你這兩天在考試，加油。」

時進看著他手裡同樣被仔細撕掉塑膠包裝的水瓶，想起上次離開B市前和向傲庭的見面，在心裡低嘆口氣，伸手接過，禮貌道謝，然後主動關心問道：「你放假了？」

軍中的人總是很忙，向傲庭這種身分，應該沒法做出那種一聽說這邊有事，就能立刻抽出時間趕過來的事。

向傲庭見他接了水，又態度還算和善地和自己搭話，表情放鬆了一點，回道：「嗯，休了個短假，老二說你前一陣受了傷，好些了嗎？」

時進很想問問費御景，他到底把自己受傷的事情告訴了多少人。

「已經好了，只是小傷。」他簡單回答，然後就不知道該說些什麼了。

兄弟倆相對沉默。

向傲庭猶豫了一下，還是問道：「你和老大……」

「四哥。」時進打斷他的話，示意了一下考場大門，說道：「考試快開始了，我得進去了。」

向傲庭於是閉了嘴，也看了一眼考場的方向，稍顯笨拙地鼓勵道：「考試別緊張，加油。」

終於不是什麼「考得不好也沒什麼」這種話了，時進莫名鬆了口氣，朝向傲庭笑了笑算是告別，然後邁步繼續朝著考場大門走去。

卦二跟上他，回頭看了向傲庭一眼，說道：「你這個四哥在騙你，他身上穿著訓練服，鞋子和褲腿上還帶著泥，明顯來之前在進行訓練，不可能在休假。」

時進沒有說話。

「我看到那邊小巷裡停著輛軍用吉普車，掛的H省的牌照，你四哥好像就是H省軍區的吧，我猜他是聽到你在考試的消息，連夜開車趕過來的，你覺得呢？」卦二像是不嫌事大一樣，故意詢問時進。

時進側頭看他，面無表情，「等我以後當了警察，我第一個來抓你。」

卦二假假地後退一小步，舉手做投降狀，用手在嘴上做了個拉拉鍊的動作，不再多說了。

進考場大門的時候，時進還是忍不住回頭往向傲庭站的地方看了一眼，結果沒想到向傲庭居然還在那裡，並且正看著這邊。

向傲庭似乎也沒想到他會扭頭看過來，愣了一下，然後舉拳朝時進做了個加油的手勢。

時進捏了捏手裡彷彿還帶著向傲庭體溫的礦泉水，朝他點了點頭，轉身走進考場。

考場關閉後，卦二想了想，邁步朝向傲庭走過去。

向傲庭注意到他的靠近，斂了表情，靜靜看著他走過來。

「抽菸嗎？」卦二停在他身邊，掏出菸盒。

向傲庭搖頭，客氣說道：「不抽，謝謝。」

卦二也不強求，把菸盒收回去，側了側身正對著考場大門，手插入褲子口袋，問向傲庭：「聽說你想調部門，是為了時進？」

向傲庭皺眉，側頭看他一眼，想起廉君，也不意外卦二能知道自己要調部門的事，回道：「並不全是……只是想去新部門鍛煉一下。」

從空軍調到陸軍這種調法，只是想鍛煉？忽悠誰呢。卦二也不拆穿他，擺了擺手，準備離開。

向傲庭卻又喊住他，遲疑問道：「時進有沒有說過他想報哪裡的學校，B市的嗎？」

卦二停步回頭，看著他一副明明想關心時進未來的去向，卻又有所顧忌的樣子，想了想時進剛剛的狀態，心裡突然冒出個很莫名的想法，回道：「這個問題你可以親自去問時進，我沒權利透露他的隱私。」說完轉身離開，心裡有點嘀咕。

就剛剛時進那個態度，明顯是不討厭這個四哥的，再聯想一下這個四哥的職業，他怎麼有種時進會想考警校，其實是被這個四哥影響了的感覺。

應該不是吧，不是說這個四哥和時進聯繫得並不多嗎？他搖了搖頭，又把這個猜想丟出腦海。

時進結束考試出來的時候，小超市門口已經沒了向傲庭的身影。

卦二見他看那邊，貼心解釋道：「向傲庭在你進入考場後沒多久就離開了，一副趕著去做什麼的樣子，你要是想和他說話，可以和他電話聯繫。」

時進收回視線，搖搖頭。

午飯過後，時進在廉君的陪伴下再次前往考場，準備去參加高考的最後一科考試。

去的路上他心裡一直有些發虛，擔心又半路蹦出別的哥哥來。要知道剩下那三個還沒出現的哥哥，一個費御景、一個容洲中、一個黎九崢，可沒一個是好相與的，要真來了，他估計三兩句話還打發不走。

在這種隱隱的擔憂中，汽車停下，考場到了。

時進下車前特地先望了望考場大門，確定附近沒有任何一個可能是時家哥哥的身影後，才推開門下車，和卦二一起朝著考場走去。

結果他剛在考場門口站定，褲兜裡的手機就響了起來。

他眉心一跳，掏出手機一看，就見螢幕上赫然閃著「容洲中」這三個大字。

「……」居然真的來了。

卦二聽到聲音也湊過來看了看，見到他手機螢幕上閃爍的名字，挑眉說道：「你這些哥哥很關心你啊。」

——那真是太關心了。

時進對他翻了一個白眼，把容洲中的電話掛了。

鈴聲立刻又響起來，時進繼續掛斷，然後把手機調成靜音。

大概發現時進是鐵了心不會接電話了，容洲中改發簡訊過來，內容十分簡單有力：小兔崽子，你和大哥被拍了，處理一下，以後別在考場門口那種人多的公眾場合演什麼兄弟情深，麻煩。

之後又是唰唰幾條帶照片的簡訊進來，上面全是昨天在考場門口時，時緯崇幫時進撕礦泉水包裝，給時進遞水的畫面。如果撇開兩人的表情不談，只從動作神態上看的話，照片上的時進和時緯崇還真挺像是一對感情深厚的好兄弟。

卦二看到這些照片，嘖嘖說道：「我就說時緯崇是個大麻煩，你看，果然被拍了。」

時進：「……」他關掉這些照片，動動手指給容洲中發了條感謝簡訊，然後轉手把這些照片發給時緯崇。

「嗯？」卦二疑惑挑眉。

「他惹的麻煩，他去解決。」時進發完簡訊直接把手機關機，轉手塞到卦二手裡，說道：「我去考試了，你幫把照片的事跟君少說一下。」

卦二見他反應平淡，識趣地不再多談，抬手比了個OK的手勢，目送他走進考場，看了看手裡屬於時進的手機，轉身朝著廉君所在的位置走去。

最後一場考試也十分順利地結束了，時進走出考場，朝著迎過來的卦二走去，接過他遞過來的手機，邊開機邊問道：「照片的事你幫我跟君少說了嗎？」

「說了，不得不說你三哥在媒體這塊確實有點本事，不用我們出手，他就先一步幫我們把這些照片全壓下來。恭喜你，免了被你大哥帶上頭條的麻煩。」卦二回答，語氣十分輕鬆，看來處理偷拍什麼的，對他來說並不是什麼很麻煩的事。

時進點點頭表示明白，點開一條跳出來的未讀簡訊，發現發信人是時緯崇，看了看內容，很簡短，只有一句話：我會處理，你好好考試。

他扒拉了一下螢幕，想了想，再次分別給容洲中和時緯崇發了感謝簡訊，然後把手機揣進褲子口袋，快步朝著廉君所在的位置走去。

為了慶祝時進成功完成高考，晚上大家特地幫他舉辦了一場小聚會。

時進開心極了，考試袋一甩，積極熱情地參與到聚會裡。

玩鬧到九點多，時進推著廉君回房間，正琢磨著今晚要不要和廉君稍微親密一下的時候，他的進度條漲了，從500漲到520。

小死很疑惑：「奇怪，進進你這兩天沒幹什麼啊，怎麼進度條突然漲了？」

時進瞬間什麼興致都沒了，抹把臉先送廉君去浴室洗漱，然後坐到沙發上，看著腦內的進度條，回憶了一下自己這兩天的經歷和這段時間有得罪過的人，想到什麼，表情瞬間變得有點一言難盡，拿出手機給時緯崇發了條簡訊，問道：你媽媽是不是看到我和你在考場門口說話的照片了？

時緯崇的簡訊依然回得很快，內容依然簡短：是，你別擔心，我會處理。

居然被他猜對了，時進嘆氣，很是憂愁。

進度條不會無緣無故地漲，他下午才被提醒了偷拍的事，晚上就漲了進度條，怎麼想這兩者之間多少會有點關係。

徐潔不久前才因為時緯崇要把股份分給他的事，流露出對他的敵意。現在徐潔再看到時緯崇親自去給他陪考的照片，那還不得瘋了。

而且他現在十分懷疑，這次回到B市時他漲的那五十點進度條，很可能也和徐潔有關。他最近只得罪了徐潔這一位住B市的人，還是被動得罪的。

想到這裡，他腦子裡突然冒出一個猜想，說道：「小死，你說會不會原劇情裡最後製造車禍害死原主的人，其實是徐潔？」

小死被這猜想驚到了，磕巴說道：「不、不會吧，原劇情裡並沒有徐潔的戲份。」

「可原劇情是根據原主的視角寫的，原主從小被時行瑞圈養式地長大，根本沒多少機會接觸徐潔，但他不接觸徐潔，不代表徐潔不會因為利益去傷害他。」時進本來只是突然冒出這個猜想，現在說著說著，卻覺得這個猜想居然有一定的合理性，表情嚴肅起來，「還記得原劇情裡原主出車禍的時機嗎？是原主試圖聯繫時行瑞舊部，給時緯崇製造麻煩，動搖時緯崇地位的時候，徐潔是時緯崇的母親，她動原主有充分的動機。」

小死被他這麼一說，也覺得這個猜想變得合理起來，艱難說道：「那進進，如果車禍真的是徐潔做的，徐潔肯定是個很大的致死因素，你、你要怎麼解決她？」

時進聞言表情一僵，想起時緯崇，說不出話了。

如果徐潔真的是致死因素，那他還真的不知道該怎麼去解決對方。

懷柔嗎？不可能，徐潔不可能被懷柔，他也不可能這樣做，這太對不起原主和原主的母親了。可如果用激烈的手段，豈不是註定要和時緯崇對上？而一旦和時緯崇對上，他現在好不容易消到500左右的進度條，會不會又一夜回到解放前？

一切都只是猜測，現在苦惱這些根本沒有意義。

時進很快把亂七八糟的思緒丟出腦海，調整好情緒，屁顛顛地去了浴室，準備在浴室裡幫廉君做一下按摩前的「預熱」。

【第十章】

時行瑞的白月光

這一晚時進終於睡了個好覺，但是一覺睡醒，他心態立刻又崩了。

「怎麼就漲到600了？還能不能行了。」

他抱著荷包蛋抱枕，把腦袋埋在枕頭裡，生無可戀。

小死弱弱說道：「進度條是在昨晚凌晨的時候漲的，我看你和寶貝睡得正香，進度條漲得也不太多，就沒喊你……」

「一次性漲80，這還不多。」時進這下連嘆氣都嘆不出來了，想到什麼，抖著手摸出手機，翻出時緯崇的電話號碼，想撥個電話過去問問他是不是和徐潔吵架了，但怕這樣問會太明顯，引時緯崇多心，又喪氣地把手機塞到枕頭底下。

廉君從洗手間滑動輪椅出來，見時進換了個睡姿抱著抱枕趴在床上，猜他已經醒了，靠過去拍了拍他的背，說道：「起來吧，我有個禮物要給你。」

嗯？禮物？時進扭頭看廉君。

「其實是早就該給你的東西。」廉君靠過去，伸手摸了摸他睡得亂翹的頭髮，解釋道：「在島上的時候，我答應過你要幫你查時行瑞的書信記錄，這段時間滅內部一直在忙其他的事，下面的調查進度有點耽擱了，前幾天才送資料過來，我想著你要高考，就把資料扣了幾天，現在高考完了，你要看資料嗎？」

書信記錄？時進懵了一下，終於想起自己當初還拜託過廉君這件事，想起那個神祕的白月光，一下子來了精神，唰一下翻過身撲過去握住廉君的手，激動說道：「看看看！我要看！」

用最快的速度洗漱完，時進三兩口解決掉早餐，從廉君手裡接過存著資料的平板電腦。資料很大，加了密碼鎖，時進暗暗深吸口氣點開來，輸入廉君告訴他的密碼。

打開後，先跳出一篇十分小學生畫風的優秀作文複印稿，時進愣了一下，往後翻了翻，發現接下來好幾頁都是這種稿件資訊，有些懵。不是調查書信記錄嗎，怎麼全是稿件？

「時行瑞把書信記錄抹除得太乾淨，調查團隊查不出頭緒，所以換了個切入點調查。」廉君適時解釋，又補充道：「你要做好心理準備，這份資料並沒有查出太多明確的資訊，我讓人繼續深挖，有消息了會再送資料過來。」

時進聞言皺眉，又很快鬆開，翻回資料第一頁，果然在那篇小學生作文的作者署名上，看到時行瑞的名字。

所以調查團隊把時行瑞發表過的文章作為調查切入點了？

這個方向也沒錯，時行瑞要發表文章，肯定是要先投稿的，投稿就要用到書信。

時進想著，斂了斂思緒，把注意力拉回來，仔細看了一遍作文內容和刊登日期，大概推算了一下，發現這篇作文是時行瑞十歲時寫下的作品，當時的時行瑞應該正在上小學四年級。

資料裡有說明，這是時行瑞第一篇發表出去的作文，由老師代為投稿，最後被市裡一家很小的校園報刊收錄發表。調查資料的人很細心，在這篇稿子的後面，還標注了當年投稿老師的姓名和現在的情況，並附了照片。

時進看了看照片，發現這個老師的照片他已經在之前看時行瑞的生平資料時見過，和自己並沒有什麼相像之處，於是很快挪開視線。

他點開下一頁資料，發現又一篇作文跳出來，按時間推算，這應該是時行瑞發表的第二篇文章，距離第一篇的發表只隔了半個月，依然是由老師代投稿，也依然是刊登在同一家校園報上面。

時進加快翻資料的速度，發現整個四年級，時行瑞發表的作文全是由同一位老師代投稿的，也就是說，在這期間，時行瑞和外界沒有書信往來，所有對外的聯繫都由那位老師包下了。

到了五年級，時行瑞換了老師，之前教他的老師被調走，於是他的作文發表之路出現了一個小小的斷層，直到五年級下，他才又有了新文章發表。

依然是一篇作文，不過發表的地方變了，不再蝸居在那個小小的校園報上面，而是上了市裡一家主流報紙的教育版，以優秀作文範例的形式出現在一個角落的學習專欄裡。

從不知名的校園報，到市報的學習專欄，時行瑞文章的刊登平臺有了一個質的飛越，不過可惜的是，這個稿件後面沒有附投稿資訊。

沒了老師的幫忙，時進可以很確定地說，時行瑞這篇作文的發表，肯定是他自己運作的。但無奈時行瑞把書信來往資訊抹得太乾淨，投稿資訊根本查不到。

時進不死心，抱著微弱的希望又翻了下下面幾份稿件資料，寄希望於會不會有漏網之魚，或者報社那邊會不會留有部分收錄文章的存檔，但很可惜的是，他能想到的地方，調查團隊顯然也想到，時行瑞更是想到了，所以這部分資訊依然是一片空白，調查團隊什麼都沒查出來。

整體看上去，時行瑞發表的稿子，就像全都是憑空蹦到報社主編的桌子上，完全無跡可尋。

時進無奈認命，轉而開始注意稿件的其他資訊，慢慢發現，就是從這裡開始，時行瑞的文章發表之路變得越來越順、越來越廣。

從五年級下，時行瑞的第一篇作文登上市報的學習專欄開始，時行瑞這個名字就成為市報專欄裡的常駐風景。

到時行瑞小學畢業，成功考上市裡的初中時，時行瑞已經是市民耳熟能詳的小神童了。

在時行瑞考上初中後，時行瑞的父母為了籌時行瑞的學費，變賣家產搬到市裡，帶著時行瑞過了一段很難熬的日子。也就是在這個時期，時行瑞的文章終於不再局限在報紙上，慢慢被一些出版社和機構看中，編入很多教材和輔導書裡，拿到了一筆很豐厚的稿費，幫時父度過來到市裡最艱難的一段日子。

時進看到這裡，翻資料的手停下，視線落在其中一本編入了時行瑞文章的輔導教材上。

教材是特意轉換過的電子版，封面和內容全部一比一照著書本還原，在這本輔導教材背面的介紹頁上，有一行字吸引了時進的注意——策劃編輯：簡成華。

簡成華，這個名字有點眼熟。

時進心裡一動，連忙把資料翻回時行瑞六年級時在市報上發表的文章。

廉君屬下送過來的這份資料十分詳細，詳細到時行瑞每一篇文章的發表，調查人員都會在後面仔細整理出發表的那一期裡，報紙的整個版面出現過的所有記者和編輯的大概資料，並會把當時負責這個版面的報社幕後工作人員的姓名資料也備上，其中負責審核稿件的人的資料會被特地標紅。

時進在標紅的名單中仔細找了找，很快看到了想看的名字——簡成華，市報教育版主編。

一個是一直刊登時行瑞文章的市報，一個是編入了時行瑞文章的輔導教材，這兩者看上去沒什麼關係，卻有著同一位負責人，收錄了同一位學生的文章，是巧合嗎？還是有什麼更深的關聯？

時進不自覺坐正了身子，翻起後面的資料時，多注意了一下簡成華這個名字。

升入初中後，時行瑞的文章仍三不五時地就在市報上出現一下，簡成華也依然是市報教育版的主編，兩人明面上沒有任何私交，時行瑞的文章也沒再被編入教材。

時進皺了皺眉，心裡不確定起來。

這樣看來，前面的負責人重疊，似乎真的只是巧合。

他搖搖頭，繼續翻閱資料。

升入初二之後，時行瑞不再只寫作文，開始逐漸接觸小故事和散文創作，投稿的範圍漸漸擴大，在國內的教育類刊物裡慢慢積攢了一些口碑和人氣。

但即使已經在全國性的刊物上有了一席之地，時行瑞也依然沒放棄市報這一塊小地方，定期會在市報的學習專欄上發表一些東西，有的時候是文章，有的時候是詩詞，有的時候是些學習小技巧，天才學霸人設立得足足的。

這種情況一直持續到時行瑞考上省裡的高中，並順利升上高二的那年。高二的上學期，時行瑞的文章突然不再出現在市裡的報紙上，同時時進注意到，簡成華也是在這一段時間突然從市裡的報社離職，進入B市的一家大報社。

時進頓時又來了精神，感嘆這個簡成華果然有問題。之前的輔助教材和報社幕後員工有重疊的事情，他可以用教育界就那麼一小塊地方，大家工作難免有交集來解釋。

但這個呢，簡成華一離職，時行瑞就不再往市報投文章，這件事難道也是巧合？

而且以時行瑞的功利性格，在能把文章投向更大的平臺，獲得更多利益的情況下，他還依然堅持給市報投稿，這裡面說沒點別的原因，鬼都不信！

時進忍不住點開簡成華的資料，翻出他的照片。一個戴著厚片眼鏡，長相憨厚的中年胖子的照片跳了出來，時進激動的表情僵住，仔細看了看照片，洩氣地發現，這個胖子和自己沒有任何長得相似的地方，而且以這個胖子的年齡，也不可能是時行瑞的白月光。

難道他真的想錯了？時進深深皺眉，又仔細看了看簡成華的照片，最後實在無法自欺欺人，騙自己這個人就是時行瑞的白月光，遺憾嘆氣，把資料翻回來。

結果這往後一翻，他頓時更洩氣了。

因為從高二上學期開始，時行瑞不止斷了給市裡的投稿，還全方位斷了給其他刊物的投稿，開始專心學習。同時時進回憶起，就是在這一年，時行瑞的父親開始身體不適，頻繁進出醫院。

這大概也是時行瑞停止寫文章的原因之一吧，為了照顧父親。

資料到這裡，已經翻過了大半，時進有點點絕望。

時行瑞把書信記錄抹得太乾淨了，從五年級時行瑞自己投稿開始，到時行瑞高二暫時停筆，這麼長的時間，那麼多家投稿刊物，時行瑞居然一條資訊都沒有漏掉，簡直是喪心病狂。

沒有詳細的書信來往記錄，只通過時行瑞的文章發表歷史想找出有用的資訊，實在太困難。

時進很喪氣，翻了這麼一大堆資料，他什麼收穫都沒有，只確定一件之前就猜出來的事——書信記錄裡肯定藏著時行瑞的祕密，不然時行瑞不會廢那麼大勁去抹除書信記錄，還乾淨得連滅都查不出來。

應該要開心他之前的猜測方向是對的嗎？時進自我安慰，稍微振作了一下，翻開剩下的資料。

從高二到大一上半學期，時行瑞的文章發表記錄始終空白，直到大一下半學期，他才再次有文章登出，不過自此之後，他發表的文章內容變得十分單一——沒有優美的散文、沒有有趣的故事，只剩下一篇又一篇專業性極強的論文。

時行瑞突然搖身一變，從愛好文章創作的文學天才，變成學術學霸。而他也沒再和簡成華有交集，兩人雖然都在B市，但一個安心在報社發展，一個在大學裡譜寫輝煌人生，井水不犯河水，似乎連偶遇都沒有過。

大學四年的時間就這麼過去了，時進在翻過時行瑞在大學時期發表的最後一篇論文後，終於把這份厚厚的資料翻完——大學畢業後，時行瑞專心經營公司，再沒動過筆。

資料的最後，調查人員還特地注明，鑑於書面上找不到任何關於時行瑞的書信資訊，所以調查人員特地去探訪了一下時行瑞的高中與初中同學，詢問一下時行瑞上學時期書信往來的事。

根據這些同學模糊的記憶，調查人員總結出結論——時行瑞上學的時候確實總是有信過來，但全是報社、雜誌社的信，沒見過他有收過私人信件。

時進放下平板，癱在沙發上，還是毫無收穫。

滅的調查團隊已經很努力了，在找不到書信記錄的情況下，硬是用收集時行瑞發表稿件記錄的方式，側面還原了時行瑞的對外書信往來。但還是不夠，他需要更詳細的資訊來找到線索。

——要繼續等後續的深挖資訊嗎？

他又把平板舉起來，看著資料的最後一頁發呆。

但是再等下去，估計也就只有這些內容了。時行瑞做事太小心，他不敢賭時行瑞會漏下什麼線索來讓他知道，還是再試試從現有的這些資料裡提煉有用的資訊吧。

他挪動視線，抬手一頁一頁地把資料往回翻。

白月光一個大活人，如果真的存在，還和時行瑞有過書信上的交集，那無論如何都會留下一些痕跡。時行瑞小時候條件不好，交友圈子就那麼大，有機會認識筆友的途徑，除了這些報紙雜誌，也沒有其他地方了。

這些資料裡肯定藏著和白月光有關的東西。

白月光會不會是時行瑞的小粉絲？通過時行瑞的文章喜歡上他，然後給他寄過信什麼的？

時進猜測，想起資料的最後一句話，又搖搖頭打消這個猜測。應該不是，如果是粉絲來信，那時行瑞的同學應該會有所耳聞才對，而且時行瑞並沒有在公共平臺上透露過自己的通信地址，粉絲根本沒法寄信給他。

難道是時行瑞的某個沒見過面的校友？因為仰慕時行瑞的才華，所以給時行瑞寫過匿名小情書，然後打動了時行瑞？

好像也不對，如果是校友的話，書信雖然不用經過郵政系統，只需要偷偷塞課桌就行，但學校來來往往那麼多人，如果有這事，估計早就流言滿天飛了。

怎麼想都沒有頭緒。時進皺眉，手指無意識地扒拉著資料，扒拉著、扒拉著，簡成華的照片又蹦了出來，他本能地把照片定在螢幕上，注意力又落回這個人身上。

簡成華，這份資料裡唯一疑似和時行瑞有某種特殊關聯的存在，胖子，年齡大得足夠當時行瑞的父親，長相和他完全沒有相似，但卻是報社主編，可以接觸到所有投到報社的稿件，如果他用報社的系統給時緯崇寫信的話，也不會引人注意。

時行瑞在簡成華於市報擔任主編期間，一直不停地給市報提供優秀文章，哪怕在後期時行瑞上了省城讀高中，文章已經可以登上各種全國性刊物，身分也不再適合寫一些面向小學生和初中生的稿子時，也依然沒停。

這一點是真的有點奇怪，時行瑞可不是什麼念舊的人，在有了更好的發展機會後，他沒道理不放棄市報這麼一個小池塘，去更好的江河湖海裡遨游。

這樣一想，這個人又確實像是很有問題的樣子。

時進坐起身，想了想，起身朝著廉君走去——在沒發現其他更有用的資訊之前，現在任何一點讓人覺得違和的資訊，都值得好好深挖。

廉君正在批文件，他聽完時進的話，接過平板看了看簡成華的照片，說道：「這個你讓卦九查就可以，卦九可以申請登入官方的系統，查閱一些基本的資料，這個簡成華只是普通人，資訊很透明，要查他很容易。」

時進驚喜，感謝地親了他一口，抱起平板就去找卦九。

查簡成華確實很容易，卦九只用了一個上午的時間，就把簡成華的生平資料查出來了。他帶著筆電來到廉君書房找時進，表情有點點古怪。

時進見狀心裡一緊，又期待又擔憂，問道：「查出什麼來沒有？」

「查是查出來了……」卦九回答，一臉不知道該怎麼說的表情，上前一步，把筆電放到書桌上，打開螢幕，說道：「你們自己看吧。」

螢幕亮起，一張看上去有些年頭的照片跳出來，照片裡的人是一名少年，很胖，臉色蒼白，但眉眼帶笑，看上去十分可愛親切，拍照的時候正坐在病床上，朝著鏡頭比剪刀手。

小死「啊」一聲叫了出來。

廉君眉頭一皺，本能地朝著時進看了過去。

時進則直接傻了，看著這張照片說不出話來。

他剛重生過來的時候，原主的身體是很胖的，雖然只胖了很短一段時間，但他還是記住這具身體胖起來時候的樣子。

現在這張照片蹦出來，他幾乎要懷疑這是原主還胖著的時候拍下的照片了。

「他是誰？」他聲音乾澀地詢問，心臟撲通撲通跳得很快，覺得自己隱約觸摸到了真相。

「簡成華的兒子，簡進文，已經去世了，癌症。」卦九回答，又點開一張照片，「這是他去世前一個月拍下的照片。」

又一張照片跳了出來，照片裡的人變成了青年的模樣，臉色蒼白嘴唇發紫，氣色十分糟糕，但臉上依然帶著笑，神情十分溫柔，頭上戴著帽子，手裡拿著一本雜誌，朝著鏡頭笑得開心。

撇開氣色和年齡體態不談，照片中的人只從五官來看的話，簡直就是時進的翻版，只除了這個人鼻頭上沒有痣。

廉君看著照片中人那像極了時進的五官和灰敗的氣色，恍惚間竟像是在看著時日無多的時進一樣，忍不住伸手把電腦螢幕蓋下去，滑出去握住了時進的手。

時進被他的動作驚回神，反握住他的手，壓住心裡的震動，安慰道：「沒事，那不是我，我很健康的，那不是我。」

「我知道。」廉君感受著他的體溫，看到照片時那一瞬間的心悸感漸漸淡去，緊了緊他的手，說道：「抱歉，我失態了……卦九，把電腦拿過來吧。」

卦九擔憂地看了廉君一眼，把電腦搬過去。

螢幕重新打開，時進伸手把簡進文的照片跳過去，快速翻起其他資料。

簡進文的資料不長，只有短短兩頁。

資料開頭的第一句話就是，簡進文是簡成華收養的孩子。

這……時進翻資料的手一停，有點意外，又覺得似乎這樣才比較合理。簡成華雖然也胖，但五官十分普通，和簡進文一點相似之處都沒有，兩人單從外貌上來看的話，一點都不像是父子。

資料實在是太短了，時進在短暫停頓後，只用了不到十分鐘的時間，就把這兩頁紙的內容掃了一遍。

簡進文，一個剛出生就被拋棄的孤兒，父不詳、母不知，在孤兒院長到兩歲，後來被沒有生育能力的簡成華收養，健康長到十二歲，然後突然發病，進了醫院。

他得的病很麻煩，不會立刻致死，但也沒法根治痊癒，還必須長期住院，定期打激素。本來漂漂亮亮的小少年，因為激素的原因迅速發胖，沒法再去學校，也沒法做什麼激烈的運動，只能每天在醫院裡，忍受枯燥痛苦的治病生活。

簡成華對這個養子是很好的，盡可能地給了簡進文最好的治療環境，還自己充當老師，每天給簡進文上課，讀書看報，引導簡進文自學。

這樣的情況持續了好多年，簡進文的身體情況一直沒有好轉，但他很樂觀，不僅積極自學，還培養出寫作這個小愛好，偶爾身體能受得住的時候，還會去參加簡成華舉辦的資助幫扶孤兒院兒童或者山區兒童的公益活動，給那些比他小的孩子講故事，教他們讀書習字。

不得不說簡成華是個很優秀的教育者，在他的教導下，被病痛折磨的簡進文不僅沒有變得消沉孤僻，反而成為一位很溫柔善良的人。他會捐出自己的零花錢給孤兒院的小朋友買文具，會給簡成華報導過的受虐待兒童寫安慰信，還會陪醫院裡其他得病兒童玩耍，鼓勵安慰他們。

他就像是個溫暖的小太陽，溫柔對待著身邊所有人。

可惜這樣一個溫柔的人，卻沒有獲得命運溫柔的對待。

簡進文十九歲那年，他的病情突然惡化，不得不轉去B市的大醫院。也是在同一年，簡成華辭掉了市報的工作，改去B市的大報社。

去了B市之後，簡進文做了一次大手術，停止激素的使用，在病痛的折磨下，人迅速瘦下來。就這麼又熬了幾年，簡進文終於耗盡生命力，遺憾去世，結束了自己短暫的一生。

時進收回翻閱資料的手，心裡有點點悶，還有點點疑惑。

簡進文肯定是時行瑞的白月光，這一點絕對不會錯，但翻遍簡進文的資料，他卻看不到任何時行瑞曾和簡進文有過接觸的痕跡。撇開可能的書信聯繫，兩人的生活軌跡就像是兩條平行線，從來沒有過交集。

這也太奇怪了，以時行瑞表現出的對這個白月光的執著程度，他還以為時行瑞會和白月光有一段虐戀情深的戲碼呢。但從現在已知的資料來看，時行瑞和簡進文別說談戀愛了，連有沒有正式見過面都是個問題。

這是怎麼回事？時行瑞不是很愛這個白月光嗎，那他怎麼從來沒去接觸過這個白月光？簡成華的就職資料那麼透明，就算時行瑞曾因為簡成華帶著簡進文去B市治病的原因，暫時和簡進文斷了聯繫，但後來時行瑞不也考去B市了嗎，以他的能力，要順著簡成華的資料找到簡進文，應該是輕而易舉的一件事吧？

在這麼容易找人的情況下時行瑞卻沒有去找人，怎麼想都只有一個可能——時行瑞自己不想去找簡進文，甚至有意避開和對方的聯繫。

可如果真是這樣，那情況就變得更奇怪了。喜歡對方，卻避開對方？這是個什麼奇怪的邏輯。害怕式暗戀？時行瑞在感情上原來這麼慫的嗎？

時進滿頭霧水，越想越想不通，只覺得肯定還有什麼隱情是資料上沒有寫出來的。畢竟時行瑞後期拚命找替身生孩子的行為實在太瘋狂，和他前期克制不去找簡進文的行為差距太大。

「有個人肯定知道所有真相。」廉君突然開口，引回時進的注意力。

時進看向廉君，福至心靈，說道：「你是說簡成華？」

廉君點頭，拿出手機，問道：「我記得簡成華退休後就在B市定居，自己開了家孤兒院，想去和他聊聊嗎？」

時進聞言本能地抬手摸了摸自己的臉，艱難糾結了一下，點頭回道：「聊吧……不過還是別讓簡成華看到我了，我和簡進文長得太像，我怕他看到我會聯想起簡進文，心裡難過。」

廉君伸手摸了摸他的臉，點頭，「好。」

兩人午飯後就一起出門，直奔簡成華辦的孤兒院而去。

大半個小時的車程之後，汽車在一家孤兒院門口停下。換了一身普通白領打扮的卦二整了整衣領，和廉君及時進打了個招呼，提著包下車，走進孤兒院。

時進目送卦二離開，坐在車裡等卦二的消息。

大概半個小時之後，卦二居然鎩羽而歸了。

「簡成華就在裡面，正在給孩子們講故事，我用捐贈書籍的名義和他搭了話，但他大概是不大想聊過去的事情，無論我怎麼引導，他都不接話，我怕說深了引他起疑，就找藉口出來了。現在怎麼辦，換個人進去嗎？」卦二回頭詢問，表情無奈。

廉君皺了皺眉，看向時進。

「我去吧。」時進猶豫了一下開口，伸手開車門。

卦二連忙從包裡拿出「道具」遞給時進，說道：「等等，我把捐贈單子給你，你可以假裝是我的助理……」

「不用了。」時進擺手拒絕，推開車門，「我這張臉就是最好的敲門磚。」

廉君挪到車邊，囑咐道：「有事喊我。」

時進朝他點了點頭，淺淺吁了口氣，邁步朝著孤兒院走去。

孤兒院不大，只有一棟樓，時進進了樓，隨著孤兒院工作人員的指引來到孩子們平時玩遊戲的小教室，看到坐在教室最前方的簡成華。

簡成華已經七十多歲了，頭髮全白，但人很精神，氣色也好，笑起來像個彌勒佛，十分和善可親。孩子們應該都很喜歡他，乖乖在他身邊坐了一個圈，滿眼崇拜地聽他講故事。

引時進過來的工作人員喚了簡成華一聲，簡成華側頭看過來，本來帶笑的隨意表情在看到時進之後立刻變化，笑容定格，雙眼一點點睜大，之後近乎失態地丟下書本起身，繞過孩子們走到時進身前，伸手抓住了時進的手，聲音顫抖地說道：「你、你是……」

「簡院長，我是時進。」時進自我介紹，定了定心，誠實說道：「我是時行瑞的孩子，關於他和簡進文的關係，我有些問題想問您。」

簡成華表情一懵，像是懷疑自己聽錯了什麼，臉上的失態漸漸收斂，眉毛慢慢皺起，仔細打量一下時進的長相，抓著時進的手不自覺收緊，艱難反問道：「你說誰？你是誰的孩子？」

時進在心裡嘆氣，安撫地握住他的手，回道：「時行瑞，我的父親是時行瑞。」

簡成華的表情幾乎可以用目瞪口呆來形容，他傻傻看了時進好久，突然回神，反手拽著時進的手，滿臉嚴肅地看了一眼旁邊的孤兒院工作人員，囑咐他好好看著孩子，然後牽著時進朝著院長辦公室走去。

時進看著他死死抓著自己的手，沒有抽出來，聽話地跟上他的步伐。

兩人在院長辦公室落坐，簡成華鬆開時進的手時還有些捨不得，又看了時進好幾眼，然後親自拿杯子給時進倒了杯水，坐到他對面，表情複雜地說道：「你……你和小進長得實在太像了，對了你剛剛說你叫什麼，時、時……」

「時進。」時進接話。

簡成華於是不說話了，表情變來變去，突然長嘆了口氣，說道：「我沒想到居然是這樣……你有什麼想問的，問吧，我都告訴你。之前那個要捐書的人也是你認識的吧？」

時進尷尬地點點頭，不好意思說道：「抱歉，是我讓他找您搭話的，我怕我直接出現，您會難過，畢竟我這張臉……」

「和進文長得實在太像了。」簡成華改了對簡進文的稱呼，又嘆了口氣，也不知道又想到了什麼，兀自發了會愣，然後突然回神，看一眼時進，說道：「我大概知道你想問什麼了……進文和你爸確實認識，他們小時候有很長一段時間互相通信過，但他們絕對不是你想像的那種關係，我也不知道時行瑞怎麼會給你取這麼個名字，你的長相還……唉。」

「我這次找您，就是想弄清楚這一點。」

時進看著簡成華，斟酌了一下語氣，說道：「如果可以的話，您能不能詳細說一下我父親和您兒子認識的經過？我知道這個要求有點冒昧，但是我……」

簡成華擺手打斷他的話，看著他的臉，說道：「我懂，你長成這模樣，會好奇這些也正常，其實我也不大明白……罷了，都是些陳年老事，能有個人和我聊聊也不錯。」

他說著也給自己倒了杯水，擺出長談的架式。

就像時進根據種種資料猜測出的那樣，時行瑞和簡進文確實當了很長一段時間的筆友，而促成這段友誼的人就是簡成華。

「我知道時行瑞的時候，他還只是個小學生，當時他一口氣給報社投了十多篇稿子，自述了家裡的困難情況，引起大家的注意。那時候進文剛進醫院沒多久，大概是同理心吧，我見時行瑞在信裡把自己描述得那麼困難，就想著能幫一把是一把，擠了擠版面，錄用了他的稿子，還給他寫了一封鼓勵信。」

簡成華回憶著過去，眼神慢慢飄遠，「進文進了醫院之後不能去學校上課，也沒小朋友陪他玩，我怕他孤單，就每天跟他聊一聊報社的事情，給他讀一些小讀者的投稿和來信。進文就是這麼知道時行瑞的，他從小就心軟，聽我說時行瑞家裡的情況不好，特地從存的零花錢裡拿了一部分出來，隨著我的鼓勵信一起寄給時行瑞，還給時行瑞留了張加油的小紙條。」

時進聽著，心裡也有些感嘆，簡進文真的是個很善良的好孩子，只可惜老天並不眷顧他。

「時行瑞接到我的信和進文給的零花錢之後，十分禮貌地給我寫了一封感謝信，順便向我投了下一篇稿，並表示要把這一篇稿子的稿費捐給孤兒院。我當時就覺得這孩子真是又懂事又大義，是個值得培養的好苗子。」

簡成華說到這有點想笑，短暫笑了一聲後，表情又黯淡了下去，「也就是在那一陣，進文的病被確診了，開始打激素。他很痛苦，我想轉移他的注意力，剛好他那段時間比較關注時行瑞，我就讓他試著給時行瑞寫信，寫完把信隨著我給時行瑞的報社回信一起寄過去，保證時行瑞肯定能看到。時行瑞那孩子也是心善，在收到進文的信之後，每次投稿都會給進文回信，就這麼你來我往的，兩人就這麼通過我聯繫了起來。」

時進聽到這，心裡莫名產生一種很微妙的想法——最開始時行瑞和簡進文建立聯繫，應該不是心善，而是瞧中了簡成華的身分，想穩住簡成華這個報社主編，更方便自己發稿賺稿費吧。

不過想到時行瑞當時的年齡，他又覺得是自己偏見了。一個十來歲的孩子，哪來的那麼深的心機。他搖了搖頭，收攏自己開小差的思緒，繼續聽簡成華說下去。

時行瑞和簡進文這樣另類的書信聯繫，自建立起就一直保持下去。兩人的通信頻率並不高，基本和時行瑞的投稿頻率重疊。

時行瑞小學畢業後，因為要湊初中的學費，家裡困難了一陣。時行瑞沒跟簡成華說這件事，只在和簡進文的信件中提了句爸媽最近很辛苦，簡進文看到後很重視，怕他真的讀不了初中，特地找上了簡成華。

簡成華得知這個情況後，恰逢手裡有一個編輯輔導教材的工作，就順手跟工作室的人推薦了一下時行瑞的文章。

文章錄用到發放稿費，中間其實有一段不短的時間，簡進文怕時行瑞等不及，又慷慨貢獻了一筆自己的零花錢。

簡成華見狀，便做主自己先墊付了給時行瑞的稿費，讓時行瑞早早拿到錢。

這個插曲過後，簡進文和時行瑞的關係更好了，時行瑞給市報投稿的頻率加快，簡進文給時行瑞的回信也越來越厚。兩個少年慢慢長大，在時行瑞初中快畢業的時候，簡進文提出想和時行瑞見一面的想法。

「兩人本來都約好什麼時候見面了，但不巧時行瑞的母親在他中考後出了事，見面的事就耽擱了。」簡成華嘆氣，表情遺憾，「也是兩人沒有緣分吧，那之後進文情況有點惡化，轉院去了外地一趟，等他回來的時候，時行瑞已經考去省城的高中，離得遠了。」

這次見面計劃破局之後，兩人仍在繼續通信，不過時行瑞的通信內容漸漸變了，字裡行間多了一些情緒的表達。簡進文知道他是因為母親去世了難過，所以總是很小心地在信裡安慰時行瑞。

那一段時間時行瑞大概是真的很難受，投的稿都是些以前就寫下來的東西，發給簡成華的信，五頁有三頁都是寫給簡進文的，內容十分負能量。

簡成華說到這皺了皺眉，說道：「也是在這個時候，我發現時行瑞這孩子心裡其實戾氣很重，他大段大段地跟進文描述自己的憤怒和痛苦，想報復爺爺奶奶，想質問伯伯嬸嬸，想打兄弟姊妹，他滿腔恨意沒地方發洩，全部倒到進文這裡。他突然變得面目陌生起來，行文間的冷酷暴躁，就是我一個成年人看了，都覺得很可怕。我開始擔心，進文性子太柔軟，我怕他被時行瑞傷害。」

時進聽得也忍不住皺了眉，同時心裡明白這裡應該就是時行瑞對簡進文感情的轉折，在經過母親去世的刺激之後，無處發洩情緒的時行瑞，開始向簡進文吐露心聲，真正和簡進文交心了。

簡成華還在繼續述說：「我試著勸進文先斷一陣和時行瑞的聯繫，我也只是一個自私的父親，我不希望進文本來就糟糕的人生，再被別人帶進什麼負能量。但進文拒絕了，他說時行瑞這樣是因為進入青春期，無法很好地自我調節，如果他再不安慰時行瑞，時行瑞可能會被喪母之痛憋得心理扭曲，真的走上歧途。他說服了我，我同意了他們的繼續聯繫。」

整個高一，時行瑞都在向簡進文倒情緒垃圾，簡進文就像塊過濾棉一樣，全盤接收這些垃圾，然後自己過濾掉，再把溫柔和耐心回報給時行瑞。

時行瑞的情緒慢慢調整回來，他不再投舊稿，開始寫新的東西，並在高一升高二的那個暑假，主動向簡進文提出見面的事情。

時進聽到這裡心裡一動——高一升高二的暑假？這個時間點很重要，他記得時行瑞就是在高二上學期斷掉所有的投稿，開始專心學業的。

難道是這次暑假的見面發生了什麼？時進看向簡成華。

簡成華已經陷入回憶裡，並沒有發現時進突然亮起來的眼神。

「進文也很想見見時行瑞這個相處多年的筆友，欣然應允了見面的事……但時行瑞失約了，那天進文在約定好的地方等了一天，始終沒有等到時行瑞。時行瑞就此消失了，再也聯繫不上，進文從最開始的失望失落，變成後來的擔心著急。大概是情緒影響了身體，進文的身體情況突然惡化，我不得不把他轉去B市的大醫院。」簡成華說到這，表情變得有些緊繃，言語間隱隱有些責怪時行瑞，「雖然理智告訴我，進文的身體惡化是客觀原因導致的，但我還是忍不住怪時行瑞，他說要見面，但又為什麼不來，這麼耍進文，進文該多麼難過。」

時進聽得目瞪口呆，很快意識到了一件事——時行瑞也許根本不是失約了，而是對簡進文「見光死」了。

這種情況在交筆友和網戀的時候，經常發生。如果把這件事用時行瑞的視角去看，那就是時行瑞在初中畢業後因為母親去世的緣故，開始對筆友交心，然後在交心一年後，他對筆友產生感情上的依賴或者生出某種情愫，然後他開心地要求見面，滿懷期待和羞澀地去了約定地點，結果卻看到一個難看的大胖子，於是他直接落跑了！

這樣就完全說得通時行瑞的突然改變！時行瑞那麼自傲的一個人，怎麼可能允許自己喜歡的人其實是個大胖子，所以他跑了、消失了，把這場暗戀主動掐死了，斷掉了和暗戀對象的聯繫。

這真是……真是一個樸素而真實的真相。

為了驗證自己的猜想，時進壓下心裡的萬馬奔騰，打斷簡成華的回憶，問道：「那個，我父親在和您兒子見面之前，有交換過照片嗎？」

簡成華被他問得一愣，然後點頭回道：「交換過，不過是比較早期了，我不放心，在他們剛開始通信的時候，要求他們交換過一次照片，你等等啊，照片我還留著呢，我給你找找。」

居然交換過？時進也愣了，又開始懷疑自己猜錯了。

簡成華從一個老舊的相冊裡，抽出兩張巴掌大小的老照片，遞給時進說道：「就是這兩張，進文那孩子不好意思，寄過去的照片還是我挑的。」

時進接過照片，低頭看去。

上面一張照片是時行瑞的，邊角不大平整，像是從什麼集體照上面剪下來的。照片裡的時行瑞也就十歲左右，五官還沒長開，和成年後區別比較大。

他很快把時行瑞的照片挪開，看向下一張，然後他傻眼了。

下面這張照片明顯就要清晰優質多了，一看就是用好相機拍的。照片裡的也是一名十歲出頭的孩子，長得很好看，坐在病床上，手裡拿著剪刀和剪紙，頭髮有點長，已經過了耳朵……就像是個留著短頭髮的女孩子。

真的，如果不是早知道簡進文是個男的，只看這張照片的話，他肯定會以為照片裡的人是個女孩子！還是個長相漂亮、氣質溫柔、十分優質的幼年版女神！

時進只覺得有一道大雷從天上劈了下來，正中他的腦袋，讓他腦暈眼花心悸發抖，差點連話都說不出來了。

時行瑞也許不僅僅只是經歷了見光死，還可能經歷了女神變男神這種坑爹的事情……

他稍微壓了壓情緒，看向還在唏噓感嘆的簡成華，說道：「那個，我能看看您兒子的字嗎？我就是有點好奇……」

這要求很奇怪，但簡成華卻沒多想，他樂於跟別人分享兒子的優秀，十分好說話地又拿了一本保存完好的筆記本出來，略顯驕傲地說道：「當然可以，進文這孩子喜靜，從小就開始練字，字寫得很不錯呢。」

時進接過筆記本，看著上面的字跡，沉默。

都說字如其人，簡進文的字就和他的人一樣，筆觸圓融，沒什麼棱角，字形偏圓，很秀氣……像女孩子的字。

如果他是年少的時行瑞，在看過那樣一張筆友的照片，又看過這樣一幅秀氣的字體後，絕對會理所當然地以為，筆友是女孩子，很漂亮、很溫柔的女孩子。

他抬眼看向簡成華，很想問問對方，時行瑞和簡進文在通信時有沒有互相確認過性別，但話到了嘴邊，又被他嚥了下去。

怎麼問呢，這問題實在太弱智了，在已經交換過照片的情況下，誰又會想到要再去確認一下筆友的性別呢，那年代可不流行什麼女裝大佬。

時進放下筆記本和照片，想了想，轉而問道：「簡院長，這次見面之後，我父親和您兒子還有聯繫過嗎？」

簡成華臉上的驕傲淡了淡，說出一個讓時進十分意外的答案：「聯繫過，那是在我和進文來到B市後的第二年年末，我以前市報的老同事突然打電話給我，說時行瑞又給市報寫了信，不是投稿，就是單獨寫給我的信……我其實是有點生氣的，明白時行瑞這封信大概是寫給進文的，我不想時行瑞再和進文聯繫，但是進文那孩子一直掛念著時行瑞，總擔心時行瑞是不是出了什麼事，我猶豫了一個月，還是從老同事那裡把信要了過來，轉交給進文。」

時進皺眉。

簡進文去B市後的第二年年末？那不就是時行瑞高三上學期的時候？他記得時行瑞父親的身體就是在那個時間點突然變糟的。

他的心情瞬間變得有些複雜，不知道該說什麼才好——時行瑞這明顯是遇到了事，心裡情緒沒處發洩，就又想起簡進文這個溫柔的「垃圾桶」來了，可那時候的簡進文也才剛做完大手術沒多久，正是一生中最難受的時候，他自己都還沒緩過來呢，卻又要被時行瑞用負能量騷擾。

從旁觀者的角度去看，他真的覺得簡進文認識時行瑞，實在是太倒楣了。

簡成華的表情徹底黯淡下去，嘆道：「時行瑞在信裡向進文解釋了當時失約和消失這麼久的事，他說他父親得了重疾，他這一年都在陪他父親治病，現在他父親已經被確診為癌症晚期，最多只能再活半年……癌症，又是癌症，進文心軟了，明明他自己那段時間就已經夠難受了，卻還要反過來安慰時行瑞……」

他說到這裡抬手抹了抹眼睛，顯然是在心疼當年的簡進文，說道：「可我又能怎麼辦呢，進文是可憐，但時行瑞也不好過，他初中沒了母親，現在高中還沒讀完，又即將失去父親，他也只是個可憐的孩子而已……那時候網路已經普及，時行瑞在信裡給進文留了個社交帳號，說如果進文原諒他了，就根據帳號去加他，他會一直等著進文。進文看到後，立刻去申請了個帳號，加了時行瑞……後來兩人的聯繫我就不知道了，進文不喜歡多說，我每次問起，他都說和時行瑞聊得很好，我也沒法再繼續深問。」

時進再次目瞪口呆。社交帳號，他怎麼忘了還有這麼個東西！所以時行瑞不是自高中後就和簡進文斷了聯繫，而是把聯繫轉到網路上？難怪調查人員什麼都查不出來，畢竟好多早期流行的聊天軟體，現在都已經被淘汰掉了！

天吶。時行瑞居然是一直和簡進文有聯繫的，這、這……時進突然也「這」不出什麼來了，這一點他是真的完全沒有想到。

簡成華還在繼續感嘆，語氣不自覺變沉：「但我是進文的爸爸，他的狀態變化，我怎麼會看不出來。自從和時行瑞重新聯繫上以後，進文嘆氣的次數越來越多，還開始頻繁翻閱心理方面的書籍，研究疏導高三學生心理壓力的方法。我不放心，想辦法看了看他們的聊天記錄。我很慶幸我看了，他們的聊天內容真的是太糟糕了，時行瑞就像是個精神分裂的瘋子一樣，語氣一會還是從前的懂禮體貼，一會又變得戾氣滿滿，他指責命運、指責社會，甚至指責進文，我心疼啊，進文又做錯了什麼？醫生說他都活不了幾年了，時行瑞為什麼要來折磨他？」

時進聽得心裡十分難受，猜測時行瑞之所以這樣，是因為心裡存著的對簡進文的矛盾感情。他捨不得簡進文的溫柔體貼，卻又無法接受簡進文的外表甚至性別，那段時間又恰逢時父出事，所以他的情緒慢慢扭曲，變成一個性情多變的瘋子。

不過這裡面最無辜的還是簡進文，就像簡成華說的那樣，簡進文又沒做錯過什麼，他只是過於善良心軟了一些。

時進在心裡沉沉嘆氣，不知道該怎麼安慰現在因為回憶而痛苦的老人，想了想，起身重新給他倒了杯溫水，放到他手邊。

簡成華的情緒在激動之後很快回落，眼神發直地發了一會呆，突然回神，又定定看了時進的臉好一會，才又繼續說道：「你真的和進文好像，不止是外貌，連眼神都像……你就是太心軟了、太心軟了……」

他喃喃自語，過了好一會才又恢復理智，抹了把臉朝時進不好意思地笑了笑，喝了口水，說道：「我在看到那些聊天記錄之後，第一次強硬地逼進文和時行瑞斷掉聯繫，進文也難得地跟我強了一次，最後我們父子倆好好談了談，進文答應我，等幫時行瑞撐過高考，就不再和時行瑞聯繫。但這一等，居然就等了大半年，時行瑞順利結束高考，取得好成績，進文本來想遵守和我的約定，斷掉和時行瑞的聯繫，但天有不測風雲，時行瑞的父親在他高考結束之後去世了……時行瑞像是瘋了一樣給進文發消息，還總是挑晚上，進文怕他想不開，就陪他熬著，可進文是什麼身體狀況，他哪裡熬得住。」

簡成華的手不自覺收緊，表情也緊繃起來，「我朝進文發了脾氣，沒收他的電腦和手機，逼他和時行瑞斷了聯繫，還用進文的帳號，給時行瑞發了一段言辭激烈的話。我真的是忍不住，進文已經沒多少時間了，我不想他在生命最後還要接觸這麼龐大的負能量，我罵了時行瑞，我罵了一個剛失去父親沒多久的孩子，然後我求他，求他放過進文，我說進文如果再陪著他熬下去，可能隨時就走了，我捨不得，我就這麼一個孩子。」

時進聽得心裡悶悶的，彷彿也看到了那段兩方都很痛苦的過去，內心有種深深的無力感。難怪時行瑞從表面上看，像是完全沒有受到父母去世的影響，原來他是把所有的影響，全部轉嫁到了簡進文身上。白天他是優秀堅強的時行瑞，晚上他就是個拚命向別人宣洩負能量的魔鬼。

「時行瑞答應了我的請求。」簡成華的語速又放緩了，「他答應了，跟我道歉，然後註銷了那個帳號，於是我也幫進文註銷了帳號。進文很難過，但他總算能好好養病了……其實我後來也後悔了，他們是孩子，不會處理問題很正常，但我是大人，我怎麼能那麼對他們。」

「簡院長……」時進低聲喚他。

簡成華搖了搖頭，「沒什麼，都是些過去的事情了。我後來稍微關注了一下時行瑞的動向，發現他考上B市的大學，過得還不錯，我告訴進文這件事，進文看上去像是放了心，從此再沒有在我面前提過時行瑞，但我知道，他不提，只是怕我擔心。其實……我懷疑時行瑞來醫院看過進文。」

時進一愣，連忙問道：「什麼時候？」

「我只是懷疑，時間大概就是在時行瑞大一下學期的時候，我有次提前下班來醫院，那天天氣不錯，進文正和幾個病友一起在醫院樓前的小花園裡曬太陽，我去找進文，晃眼間在花園角落的一個長椅上，看到了一個很像時行瑞的人，他坐的那個位置進文看不到他，但他能把進文看得很清楚。不過也許只是我看錯了，當時我也只是遠遠看了那邊一眼，走近後長椅就空了，我問進文，進文也說不記得那邊曾有人坐著，而且我當時也沒真的見過成年後的時行瑞，只見過一張他登在報紙上的採訪照，所以是認錯人了也說不定。」

簡成華說到這皺眉，然後又很快放鬆眉眼，繼續道：「不過他有沒有來過都不重要了，大概就在那之後一個多月吧，進文獲得了一筆國外來的醫療資助，換了一家更好的療養院，那療養院只有病人和病人的家屬能進去，管理很嚴，時行瑞就算想看進文也看不到了。」

——等等，這個時間點是不是有點問題？

時進埋頭算了算，發現簡進文轉院的時間，剛好就在時行瑞成立瑞行前不久，那之前時行瑞曾因為一個投資案去了國外一趟。

巧合？還是有什麼玄機？他不得不多想了一下，問道：「國外的醫療資助？您當時有申請過國外的醫療資助嗎？」

簡成華搖了搖頭，說道：「沒有，是進文碰到好心人了。以前進文不是很喜歡幫助孤兒院的孩子和兒童嗎？然後其中有個人出息了，考到國外念書，偶然聽說有一個公益組織正在安排一筆很大的救助資金，他心裡掛念著進文，就試著幫進文申請了一下，結果沒想到居然成了。當時那個組織還派了專員過來，給進文安排轉院休養的事情，特別細心。」

時進越聽越覺得可疑，見簡成華一副遇到大恩人的模樣，又不好明著問，只好跟著嘆道：「那這組織可真負責，還派專員過來安排。」

「可不是麼，他們是真的很負責，那個專員是個從國內考出去的高材生，在負責進文的資助後，一直盡心盡力地幫助進文，還和進文成了朋友。」簡成華說到這裡眉眼間帶上了一絲暖意，想來是真的很感謝這位專員。

時進試探問道：「冒昧問一下，這個國外組織和專員的名字……」

簡成華仍是知無不言言無不盡，回道：「那個國外組織已經大變樣了，我只記得它當年的名字叫希望，就是英語的希望，專員的名字叫徐川，那孩子人真的很好，但可惜進文去世後我就再也沒見過他，也不知道他現在怎麼樣了。」

徐川？時行瑞的心腹律師不就叫徐川嗎？這總不會是什麼該死的巧合吧！

時進心中大震，連忙藉著低頭喝水的動作掩住自己的表情，分好幾次把一口水嚥下去，調整好表情後才重新抬頭，艱難問道：「簡院長，我父親在那之後，還有和您的兒子聯繫過嗎？」

簡成華搖頭，回道：「應該是沒聯繫過的，具體的我也不清楚。進入療養院之後，進文又重新用起電腦和手機，還時常和徐川聯繫，我因為後悔上次干涉進文社交的事情，就沒再過問這些。不過在進文的葬禮上，我第一次見到長大後的時行瑞，他當時已經是個大老闆了，穿著打扮很貴氣，模樣也很成熟穩重，如果不是他主動跟我搭話，我都認不出他來。」

時進瞪大眼，連忙問道：「他當時有沒有說什麼？」

「他跟我道了歉，說他年輕的時候太不懂事。」簡成華嘆氣，有些感嘆，「我當時因為進文的死有些渾渾噩噩的，沒怎麼搭他的話。他看上去不大好，臉色很憔悴，眼神又有點可怕，直勾勾看著進文的墓碑，剛開始的話還聽著正常，後來就亂了，一會說他真的努力過了，一會說他其實已經準備接受了，一會又說已經太遲了，還怪進文怎麼突然就死了，說進文怎麼不知道等等他，整個人像瘋了一樣。我聽他這些話，就想起進文最痛苦的那段時間，忍不住就吼了他一句……」

時進直覺這大概就是時行瑞後來發瘋的重點，問道：「什麼話？」

簡成華看著時進，眼神帶著點愧疚，說道：「我說如果不是你這個瘋子，進文肯定能多活幾年……他當時表情一下子變得特別難看，眼神也沉沉的，我看得心慌得厲害，就直接走了，這一點是我對不起你的父親，我欠他一句對不起。」

時進頓了半晌，終於忍不住嘆氣出聲。

聽到這裡，他大概明白了時行瑞後期那麼發瘋的原因。

在經過初期的性別驚嚇和長相驚嚇之後，時行瑞因為家庭的變故，還是忍不住再次和簡進文聯繫上了。然後越聯繫他陷得越深，就在這個時候，他被簡成華強硬斷掉和簡進文的聯繫，還得知了簡進文因為他身體再次變差的事情。

於是他的感情就這麼被吊在半空，沒有發洩的出路，也沒辦法自我消化。他不甘心就這麼斷掉和簡進文的聯繫，又怕自己控制不住的感情和情緒會真的逼死簡進文，另一方面他還在和自己的性向做掙扎，三方拉扯之下，他漸漸走入死胡同，把自己逼到一個進退兩難的境地。

漫長的幾年時間裡，時行瑞心裡肯定經過一番艱難掙扎，可能他最後終於戰勝了自己，決定遵從心願去接近簡進文，等弄清楚自己的感情了，簡進文卻突然去世了。

時行瑞再也看不到簡進文，也傾吐不了自己的心聲、宣洩自己的感情。一切都戛然而止，時行瑞自己排練了一齣虐戀情深的戲，然後在他即將登臺的那一刻，被他追逐多年的那個人拋在原地，走不出困局。

「他確實瘋了。」時進開口，抬手摸了摸自己的臉，「他一瘋就瘋了一輩子，再也沒有醒過。簡院長，實不相瞞，我上面還有五位同父異母的哥哥，他們的母親，都或多或少地和您兒子有點相像，甚至於我的母親……」他說到這愣了一下，陡然想起一件事情，心裡一下子就駭然起來。

簡進文是簡成華收養的孩子，原主的母親雲進也是個孤兒，他們兩個不僅長得像，還名字都帶著一個「進」字，這是巧合嗎？可這世上哪有那麼多的巧合！

他看著簡成華，簡成華也正表情複雜地看著他，說道：「我沒想到時行瑞對進文居然是這種心思，還這麼瘋狂，你……唉，你也是個命苦的孩子，都是孽緣。」

時進低頭，又喝了一口水穩住情緒，低咳了一聲鬆了鬆有些發緊的喉嚨，問簡成華：「請問，您兒子的名字，是您給他起的嗎？」

簡成華被問得莫名，點頭回道：「是我給他起的，他在孤兒院的時候，只有個工作人員幫起的小名，叫丟丟，我嫌太難聽，就給改了。」

時進忍不住倒吸一口涼氣。

如果簡進文的名字是簡成華給起的，那雲進這個名字的來歷就顯得更可疑了！

難道雲進根本不是時行瑞偶然發現的，而是早就被時行瑞找出來的完美替代品，被改了那麼一個名字，祕密養在孤兒院等成年？這也太變態了！

簡成華見時進表情不對，皺了眉，問道：「怎麼了？」

時進簡直不知道該怎麼說才好，乾脆從口袋裡掏出手機，翻出之前存的原主母親的照片，遞到簡成華面前，說道：「這是我的母親，孤兒，名字叫雲進。」

簡成華有些莫名地朝著他的手機看去，然後在看到雲進的長相後猛地瞪大眼，再次失態，抬手抓住時進的手機，震驚說道：「這、這是你的母親？你說她叫什麼？」

「雲進，她叫雲進。」時進收回手，認命地問出一個問題：「簡院長，當初您收養簡先生的孤兒院叫什麼名字？我想去查一下簡先生的親生父母資訊，我懷疑我的母親……和簡先生存在著某種血緣關係。」

簡成華目瞪口呆了好一會才消化掉他的話，起身翻出一套保存得很好的資料，小心遞給時進，

「這是我當年收養進文時的手續資料……你、你……」

時進把資料接過來，說道：「我這就去把資料複印一份，謝謝您今天的幫助。」

簡成華擺手，看著時進的臉，表情十分複雜，幾次張嘴想說些什麼，最後都閉上了。

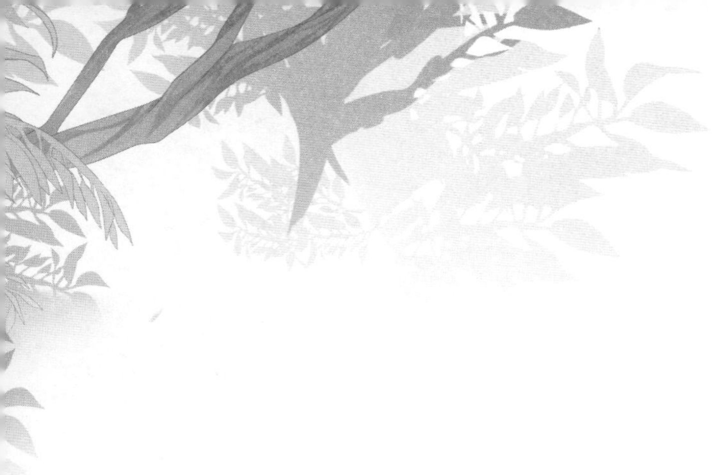

【第十一章】廉君治療前的鍛煉計劃

孤兒院有影印設備，簡成華親自幫時進影印資料，然後送時進出了孤兒院的門。

臨分開前，簡成華喊住時進，問了他一個很奇怪的問題：「你身體還好嗎？」

時進被問得一愣，然後很快反應過來他這麼問的用意，彎起手臂擠了一下胳膊上的肌肉，回道：「很好，一口氣跑五千公尺不費勁，我今年剛剛高考完，準備報考警校，以後去當警察。」

簡成華笑了，笑著笑著眼眶卻紅了，看著時進的臉，說道：「當警察好、當警察好，男孩子還是身體結實些比較好……關於你的母親，如果你查出點什麼來了，能不能來告訴我一聲？我就是想著進文一輩子那麼短，如果能有個後輩……」說著說著話語就斷了，像是知道自己這話說得有些超過了。

時進卻立刻接話，朝他笑了笑，說道：「有結果了我一定來告訴您，如果是好消息，我就陪您一起去給簡先生上炷香，好好拜拜他。」

簡成華的表情立刻激動起來，滿眼都是感激，用力點頭應道：「好好好，謝謝你、謝謝你。」

時進看得心酸，回了句不客氣，告別後，打開車門上了車，示意卦二快點走，卦二立刻發動汽車離開了。

時進看著後視鏡裡逐漸變成黑點的簡成華，臉上的笑容慢慢垮掉，長長吁出一口濁氣，側身用力抱住廉君。

「怎麼了？」廉君抬手拍了拍他的背，輕聲詢問。

「沒什麼……就是覺得健康真好。」時進聞著他身上的氣息，看一眼腦內屬於廉君的進度條，突然又坐直身體問廉君：「龍叔那邊安排得怎麼樣了，什麼時候能去檢查身體？還有母本的研究到什麼階段了，什麼時候能出結果？」

廉君看出了他情緒的波動，猜他肯定是從簡成華那聽到一些不好的內容，又安撫地拍拍他的背，回道：「醫院已經安排好了，明天就能檢查。母本的研究也有了結果，等做完階段性實驗就能開始安排治療，很快了，別急。」

時進的表情放鬆一些，握住他的手，認真說道：「我不急，咱們慢慢來，不求一下子治好，只求能徹底根治，哪怕過程慢一點也沒關係。」

「好，咱們慢一點。」廉君順著他的話說，儘量安撫他的情緒。

時進整理好情緒後，跟大家大概說了一下和簡成華的談話，然後把收養資料拿出來，說道：「我想查一下簡進文親生父母的資訊，以及簡進文與我母親的關聯，還有，派些人過來保護簡成華吧，他年紀大了，我怕他出意外。」

廉君接過資料，應道：「好，我派人去辦。」

「嗯，謝謝你。」時進朝他笑了笑，又說道：「還有一件事……」

廉君：「什麼事？」

「我想見見徐川。」時進開口，心情實在好不起來，「當初他見到我之後的反應實在太奇怪了，我總覺得他還知道些什麼，我想去探探他的口風。」

廉君摸了摸他的臉，應道：「可以，我聯繫一下官方，幫你安排一下。」

時進抬眼看著廉君，情緒莫名就走了神——戀人是大腿的感覺真好。

他又很快回過神，拉下廉君的手握住，低頭揉捏他細長好看的手指——廉君總是這麼幫他，他也該回報對方一些什麼才是。

可是該回報什麼才好呢？他好像什麼都沒有、什麼都不會。

從孤兒院回到會所後，時進心情低落了好一陣子，廉君見狀，便暫時放下工作，拿出平板陪他玩了一會麻將。

這天晚上時進睡得很不踏實，一直在做夢，夢裡一會是簡成華說話的樣子，一會是原主那些零碎的記憶，各種各樣的畫面胡亂飄蕩，擾得他不得安寧。

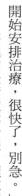

半夢半醒間，他感覺自己的身體似乎被擁入一個溫暖的懷抱，還有一個很輕的力道在拍撫著後背，他想睜開眼，卻被夢境拖著，意識不得清醒。

漸漸的，那些飄飄蕩蕩的畫面陸續散去，變成一片讓人安心的黑甜。

一覺睡醒，時進睜開眼，看著廉君近在咫尺的睡顏，想起半夢半醒時的感覺，眉眼忍不住軟下來，傾身靠過去抱住廉君，伸臂繞到他背後，輕輕順著他的後背，摸著他有些明顯的脊背骨，心裡膨脹出了一股酸酸軟軟的情緒。

等廉君身體好起來了，他一定要把廉君養胖，胖到摸不出脊背骨的那種。

不過胖起來的廉君會是什麼樣子？他瞇了瞇眼，看著廉君好看的臉，腦補了一下這張臉變得肉肉的樣子，忍不住笑了起來。

廉君這麼好看，就算胖起來，肯定也會是個很好看的胖子。

「偷笑什麼？」廉君緊閉的眼睛突然睜開，裡面一片清明，哪裡像是剛睡醒的樣子。

時進愣了一下，臉上笑容一下子擴大，乾脆像八爪章魚般把廉君困在自己懷裡，像揉小孩一樣揉了揉廉君的頭髮和後背，開心說道：「早上好，寶貝！」

小死忍不住在時進腦內開心附和：「早上好，大寶貝和小寶貝！」

時進於是笑得更開心了。

廉君沒有防備，被時進揉了個正著，看著時進一副開心得要上天的樣子，雖然不明白他為什麼這麼開心，但嘴角也忍不住翹了翹，面上卻故作嚴肅，伸手拉住時進亂來的手，說道：「又胡來，今天吃黃瓜宴吧。」

黃瓜宴，一個太久沒聽過的詞彙。時進的記憶一下子被拉回兩人才認識不久的時候，終於忍不住笑出了聲，手鑽啊鑽，偷偷去拉廉君的衣服，說道：「好啊，吃黃瓜宴，現在就開始吃。」說完拉開廉君的衣服。

男人早上是經不起挑逗的。

廉君忙按住時進作亂的手，看著時進睡得頭髮亂翹，笑得又傻又壞的樣子，另一手忍不住繞過去按住時進的後脖頸，仰頭吻上時進勾起一絲使壞角度的嘴角，把他所有的甜蜜和放肆都封在了唇齒間。

廉君的詳細身體狀況對外一直是保密的，外人只知道廉君因為中毒腿殘廢了，卻不知道他的腿其實還能走。為了不讓廉君的身體狀況被外面的人知道，廉君每次的身體檢查，都是在滅的私人醫院進行，這一次自然也不例外。

龍叔自來到B市後，就一直在抓緊布置安排給廉君檢查身體的地方，今天他好不容易把地方準備好了，可以帶廉君去做檢查，結果卻發現了一點小狀況。

「你們……」龍叔皺著眉，看著並排坐在沙發上，一個不動如山、一個心虛扭頭的廉君和時進，眉毛抽了抽，說道：「我之前是怎麼說的，要飲食清淡，忌房事，你們……」

「我發誓，我和君少真的什麼都沒幹。」時進扭回頭，一臉正直地解釋。

龍叔狠狠瞪他一眼，說道：「我信你才有鬼了，你也不看看你的脖子……算了，就這樣吧，東西拿好，出發去醫院了。」

時進聞言一驚，忙抬手捂住自己的脖子，瞪大眼看廉君。

廉君依然是不動如山的模樣，只看著龍叔解釋道：「我的身體我自己有數，放心，不會影響檢查的。」

「你是醫生還是我是醫生，你說沒影響就真的沒影響嗎？」龍叔沒忍住說了一句，見時進捂住脖子一副要尬上天的模樣，勉強嚥下剩下的嘮叨及抱怨，又囑咐一句快收拾東西準備出發，然後轉身走了。

等龍叔走後，時進立刻撲到廉君身前，揪他衣領，「你怎麼不跟龍叔解釋一下，我們明明就有注意……你幹什麼讓他誤會！」

廉君握住他的手，抬起來放到嘴邊親了親，問道：「你剛剛沒有舒服到嗎？」

時進卡住，強撐著反駁：「可你沒有啊，你明明就憋回去了！上次按摩的時候也是，每次都憋回去了，我都怕你憋壞了！」

「等檢查完了。」廉君湊過去親了親他，安撫說道：「好了，準備去醫院吧，今天要檢查的項目有點多。」

等檢查完了？完了什麼？怎麼感覺這話只說了一半。時進先是疑惑，然後猛地反應過來廉君的意思是等檢查完了就不憋了，心裡一蕩，又立刻穩住，捧住廉君的臉認真看了看，然後吧唧親了一口，站直身說道：「這可是你說的，不許反悔，我去拿東西。」

廉君摸了摸臉，看著他收拾東西的背影，臉上笑意加深。

一行人分兩輛車離開會所，時進拉著廉君在車上玩了一會麻將，等聽到卦二說快到的時候才抽回神，往外一看，驚了：「我們怎麼跑到大學城來了？」

「因為我安排的醫院在這邊。」坐在副駕駛座的龍叔回答，回頭給他一個冷凍視線，冷聲問道：「你有意見？」

時進立刻識時務者為俊傑，回道：「沒有沒有……不過咱們的醫院怎麼安在大學城，這邊環境會不會太熱鬧了一點？」

他還以為龍叔安排的檢查地點，會和夜色會所一樣，處在一個地理位置不錯，卻又相對清淨的地方。

卦二代為解釋道：「B市畢竟和其他城市不同，我們不好明目張膽地在這開醫院，要申請牌照。大學城這邊環境相對簡單，比較方便遮掩。」

時進似懂非懂，視線往外，突然想起他當初肩膀中彈，意外被黎九崢帶到大學城這邊的某家私人診所威脅的時候，眉心不祥地跳了跳，稍顯神經質地看了看外面的馬路。

話說，他不會再在這裡碰到黎九崢吧？畢竟黎九崢那一長串師兄裡，可有好幾個都在B市這邊開診所、當老師、當醫生、當老闆，活動範圍裡絕對包括大學城！

小死貼心安慰：「沒事的進進，這世上哪有那麼多恰巧的事。」

時進聞言想想也是，又把視線拉回來，繼續和廉君搓起麻將。

車隊在大學城裡拐來拐去，最後貼著某片老牌醫科大學的學校圍牆，拐進了大學隔壁的某家附屬療養院，徑直開了進去。

時進目瞪口呆，震驚問道：「你們所謂的套牌，就是這麼個套法嗎？直接給療養院掛個大學附屬的牌子？這牌子也太誇張了吧！這哪裡是方便遮掩，這完全就是深深藏起來了啊！

卦二平淡臉解釋：「嗯，掛著大學附屬的牌子可以得到很多政策優待，君少為了這個牌子，花錢給這家大學建了新校區。而且因為這家療養院是走正規管道辦起來的，完全沒用官方的關係，所以官方就算知道這家療養院是我們開的，也拿我們沒辦法，插不進手來。」

時進：「……」有錢果然是可以為所欲為。

「牌要輸了。」廉君輕輕拍了時進一下。

時進回神，側頭看向廉君，默默往他身邊靠了靠，緊緊黏著——這個聰明又好看的寶貝是他的，他要好好保護。

汽車進入療養院的大門後，四周的環境迅速清淨下來。時進看著道路兩旁的滿目濃綠，和掩映在綠意裡的一棟棟設計漂亮的建築，嘆道：「這裡環境真好。」

「喜歡的話，我們可以在這裡住兩天。」廉君接話，貼心建議。

時進連忙搖頭，說道：「別，咱們檢查完還是立刻回去吧，這裡環境再好也是醫院，住起來還是沒有家裡舒服。」

——家裡。

廉君喜歡他這麼形容兩人住的地方，說道：「好，那檢查完我們就回家。」

汽車在療養院最深處的一棟綜合樓前停了下來，有穿著白袍的醫生早早候在門口，見汽車停下，連忙上前開門。

這些人似乎都是龍叔的屬下，言談間對龍叔很是推崇尊敬。龍叔接過他們遞過來的資料，邊翻邊問了各項檢查設備的準備情況，確定沒問題後，親自推著廉君進綜合樓，徑直朝著第一項檢查項目所在的地方走去。

廉君的身體狀況比較特殊，除了一些常規的檢查項目之外，還得做一些必須有特殊大型儀器才能完成的檢查，耗時比較久，也比較費精力。

時進陪著廉君做了上午的常規檢查，吃了午飯，消完食後正準備繼續陪廉君進行下午的特殊檢查，卻被龍叔趕出來，原因是下午的檢查比較細緻，只允許醫生和病人在，他這個病人家屬只能在外面等候。

他沒辦法，只得留在外面，蔫蔫地窩在檢查室外的長椅上，盯著廉君的進度條發呆。

卦二和卦五等人換班吃完飯後路過，見到時進這副彷彿失去靈魂的樣子，無語幾秒，上前把他拽起來，說道：「只是檢查一下身體而已，你看看你這表情……走走走，咱們去外面轉轉，改善一下心情，你也不想等一會君少檢查完出來，看到你這張苦巴巴的臉吧。」

時進有點不願意，不想走，卻抵不過卦二的力氣，被他強硬拉走了。

兩人到了綜合樓外，傻站在花壇前看了一會，最後卦二先忍不住了，抬手抹了把腦門上曬出來的汗，說道：「這天氣可真熱啊。」

時進面無表情地看著他，抽了抽自己依然被他拽著的胳膊，想回樓裡去。

「別啊，樓裡面有卦五和卦九守著，咱們回去也是跟他們大眼瞪小眼，多無聊。」卦二死死抓住時進的胳膊不鬆手，想了想，一副靈光一閃的樣子，說道：「不如咱們去隔壁大學裡轉轉吧，你高考成績過段時間就該出來了，我帶你去提前感受一下大學氛圍怎麼樣？」

時進一點都不配合，回道：「我不想去。」

卦二惡狠狠：「不去也得去，我比你資歷老，你得聽我的。」

時進直接翻他一個白眼，轉身想溜，卻被卦二一個擒拿手揪回來，直接拖著朝療養院和大學相通的側門走去。

卦二連拉帶拽地把時進拉進隔壁大學，還變魔術似地從口袋裡掏出一份大學地圖，邊走邊說道：「你看看這大學，老牌，重點，培養出來的優秀人才不計其數，學術氛圍好，校園夠大，食堂好吃，最重要的是，還和君少有合作，簡直是報考的不二選擇！」

時進斜眼看他。

卦二硬著頭皮繼續說：「這裡還不用像警校那樣天天被關著，一點都不自由，你聞聞，這裡的空氣是不是都格外清新一些，充滿了學術和青春的味道。」

「我只聞到了福馬林的味道。」時進一點都不給面子，無情壓癟他的小心思，「你死心吧，我不會改變心意的，我就要考警校，不會學醫的，這輩子都不會學醫。小老二我看錯你了，你居然背叛我，給龍叔當說客！」

卦二戲還沒唱完就被拆穿了，十分無趣地把大學地圖塞回口袋，問時進：「你真的鐵了心要考警校？不學醫也不一定要考警校嘛，這麼多大學、這麼多專業，你就沒有一個別的喜歡的？」

時進斬釘截鐵：「沒有，除了警察，我的另一個夢想是當個像君少那樣的老大，但大學裡不教這個。」

卦二一臉「我信你我是傻子」的表情，說道：「你的夢想可真另類。」

「都是受前輩您的影響。」時進謙虛接話。

卦二噎住，知道自己的說服計劃徹底夭折了，沒好氣地鬆開他的胳膊，指了指不遠處的學院小超市，說道：「去，前輩想吃冰棒了，去買，新人就要有新人的自覺。」

時進一點不客氣地從他口袋裡翻出卦二的錢包，頭也不回地朝著小超市走去。

卦二瞪眼，氣得說了句髒話。

五分鐘後，時進在學院小超市的冰櫃邊和黎九崢狹路相逢，心塞得差點當場去世——有時候人倒楣起來，真的是想什麼來什麼，不想什麼也來什麼。

小死也是一副系統短路的樣子——它之前還安慰時進這世上沒有那麼多巧合的事呢，結果現實卻給了它一個大大的巴掌。

黎九崢的形象和上次有了很大的不同，他穿著一身乾淨清爽的天藍色短袖襯衫和咖啡色休閒長褲，斜背著一個牛皮包，鼻梁上架著一副黑框眼鏡，斂了那神經病一樣的殺意後，看上去就像是個人畜無害的青澀大學生。

但時進不會忘記他的危險程度，心裡恨死了非要拉他出來的卦二和之前烏鴉嘴的自己。

「真、真巧啊。」他率先開口，抬手打招呼，然後慢慢後撤，客氣說道：「您慢慢逛，我去結帳了。」說完轉身想走。

「等等。」黎九崢卻突然伸手拉住他的胳膊，側身把他堵在自己和貨架之間，問道：「你怎麼在這裡？二哥說你參加了今年的高考，你來這裡，是想要考這裡嗎？」

——所以費御景的嘴巴到底是有多碎！

時進內心咆哮，恨不得抓住費御景狠狠搖一搖，面上卻不動聲色，瞄一眼自己的進度條，發現沒有增漲，心裡稍微踏實了一點，回道：「不是，我就是無聊過來轉轉，我真的得走了，你能不能稍微讓一讓？」說著試探性地往外走。

黎九崢定定看了他幾秒，側過身。

時進鬆了口氣，毫不客氣地拔腿就走，頭也不回。

順利地結完帳走出超市，時進把冰棒懟了卦二一臉，拉著快步往療養院的方向走去。

「你這是什麼表情，碰到鬼了？」卦二一臉莫名地詢問。

時進回道：「可不就是碰到鬼了，黎九崢在這裡，我剛剛碰到他了。」

黎九崢？卦二挑眉，回頭往超市看去，剛好看到黎九崢走出超市大門，往這邊看過來的模樣，拆開冰棒咬了一口，說道：「你慫什麼，碰到就碰到了，他還能再對你動手不成。他敢動手，你就掏槍打他，報上次的仇。」

時進腳步一頓，這才意識到自己現在的情況，可和上次碰到黎九崢時的情況完全不同，不僅沒受傷，還隨身帶著殺傷性武器，要真和黎九崢起衝突，還不一定是誰吃虧。

而且上次被黎九崢欺負的仇，他確實還沒報回去，有點點虧。

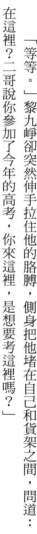

他停步，也扭頭朝超市看去，見黎九崢站在門口望著這邊，手癢地動了動，又扭回頭，說道：「算了，冤冤相報何時了，走了，君少的檢查應該快結束了。」

「檢查哪有那麼快。」卦二嘀咕，卻沒再說什麼，隨著他一起朝療養院走去。

廉君的檢查一直做到晚飯前才結束，他從檢查室裡出來時，狀態看上去十分不好，臉色又恢復成蒼白，額頭還有冷汗，眉心一直皺著。

時進看得心裡一驚，上前接過他的輪椅，注意到他的腿在不受控制地一陣陣發抖，立刻腦補了一大堆，自己把自己嚇到了，著急地看向龍叔，問道：「怎麼回事，是檢查不順利嗎？」

與他的著急不同，龍叔面上帶著一絲喜色，說道：「亂說什麼，檢查很順利，君少這一年身體保養得不錯，各項檢查資料都還可以，繼續保持，爭取早日達到可以進行治療的標準。」

時進卻還是不放心，問道：「可君少的腿……」

「我沒事。」廉君握住時進的手，安撫道：「這是因為剛剛做了點初步的刺激治療，緩緩就好了，走吧，我們回家，馬上就到晚飯時間了。」

龍叔聞言又忍不住皺眉，說道：「讓你逞強，說了最好分段來，你偏要……好了好了，我不說了，回去吧，我留在這等詳細的結果，等擬出初步的治療計劃再回去。」

廉君收回看向龍叔的警告眼神，捏了捏時進的手，轉移話題說道：「我有點渴，你去幫我倒杯水吧。」

時進又不傻，只聽龍叔那一半話，就知道廉君肯定是為了儘早結束檢查，要求龍叔加快檢查速度，心裡有點點難受，低低應了一聲，聽話地去給廉君倒水去了。

在療養院稍微歇了一會，眾人告別龍叔，上車回會所。

廉君身體上的不適果然在休息一會後慢慢緩過來，腿不抖了，氣色看上去也好許多。時進稍微鬆了口氣，低頭輕輕摸著他的腿，有點心疼。

只是檢查都這樣了，等正式開始治療後，廉君該有多難受。

「我真的沒事。」廉君又安撫了他一句，還示意一下車上的小冰箱，說道：「回會所還得一會，餓不餓？吃點東西墊墊吧。」

時進哪裡吃得下東西，搖了搖頭，問道：「龍叔說的爭取早日達到可以進行治療的標準是什麼意思？你現在的身體狀況不允許治療嗎？」

「嗯，還差一點。」廉君點頭，回道：「我情況特殊，體內的毒拖了太久，治療的話，可能會重新激起體內毒素的活性，必須先把身體養好一點再用藥，不然會撐不下去。」

時進沒想到清毒會這麼麻煩，問道：「那你的身體要養到什麼標準才行，長胖三公斤，或者六公斤？」

卦二聞言忍不住笑了，說道：「你當是餵豬呢，長得胖就是身體壯。」

時進瞪眼看他——這是把誰形容成豬呢！

廉君被時進的話逗笑，說道：「具體的治療方案還得等龍叔那邊的結果，別著急，你不是說治療最好慢慢來嗎？」

「我沒有急。」時進反駁，但也知道他現在亂猜、亂擔心也沒用，於是斂了話頭，沒再繼續這個話題。

過了兩天，龍叔終於把廉君的初步治療方案弄出來。

時進翻著龍叔送過來的一大堆營養食譜和階段性鍛煉計劃，問道：「就是這些？不用藥，也不做什麼保養治療嗎？就單純調養身體？」

「初期的治療方案就是這些，身體是毒素和藥物的博弈場，不養得足夠扎實可不行。」

龍叔解釋，看向廉君，說道：「營養食譜我送了一份給廚房，從今天開始，會嚴格按照食譜上的菜單做飯。鑑於你不喜歡治療時有外人在場，所以鍛煉方面我會親自盯著，君少，你最好提前做好心理準備，鍛煉的過程肯定會不好受，但想要身體好，讓身體動起來是必須的，這一點沒有討價還價的餘地。」

與龍叔設想的不配合不同，廉君這次一改以前對治療的抗拒，十分聽話地點點頭，只補充道：「讓廚房那邊把我和時進的飲食分開，他身體很好，不需要跟著我吃營養餐。」

龍叔聞言往時進那邊看了一眼，說道：「可以，我會囑咐廚房那邊。另外，有件事我必須鄭重囑咐一下。」

時進被他這嚴肅的語氣弄得一下子緊張起來，連忙問道：「什麼事？」

龍叔的視線在兩人身上來回掃了掃，說道：「縱慾是調養身體的大忌，我知道你們都處於血氣方剛的年紀，時常會忍不住，但特殊時期，忍不住也必須忍。一週一次，不能再多，如果你們實在忍不住，我建議你們分房睡。」

嘶拉。時進不小心把治療方案的一個角給撕下來。

廉君滑過去把時進往身後擋了擋，看向龍叔說道：「不用分房睡，我們有分寸，龍叔你這兩天辛苦了，回房休息去吧。」

居然直接趕人。龍叔冷哼一聲，看一眼廉君身後表情僵硬的時進，仍不死心地說道：「這有什麼好臉皮薄的，要練膽量和心理素質，學醫是最好的，有些人怎麼就是不開竅。」

不開竅的時進從僵硬中回神，看向龍叔認真說道：「有句話不知道您聽說過沒有？」

龍叔皺眉，意識到前面有坑，卻還是踩了上去，問道：「什麼話？」

時進一字一頓：「勸人學醫，天打雷劈。」

砰！龍叔摔門離開，十分生氣。

時進捂住心口，看向廉君，眉頭微皺，語氣不大確定：「大家好像都不喜歡我去考警校，考警校真的是個很糟糕的選擇嗎？」

雖然他很想堅持自己的職業，繼續自己的夢想，但如果考警校真的會對大家造成困擾，那他也是可以咬咬牙改一改志願，去讀個普通的大學的……反正大學畢業之後他還可以去考公務員。

「沒事。」廉君按住他的眉心，溫聲勸解，「並不是困擾，龍叔希望你學醫，是想你以後能照顧我，但這對你來說不公平，你學你喜歡的東西就好，不用在意大家的看法。」

時進把他的手拉下來，想問問那你呢？你想不想我考警校，但話到嘴邊又被他嚥下去，因為他知道，如果他問了，廉君給他的回答肯定還會是那句話——你做你喜歡的事情就好。

他對上廉君包容的眼神，心裡一軟，忍不住傾身抱住他，說道：「廉君，我陪你鍛煉吧，我想看著你好起來。」

廉君回抱住他，順了順他的背，點頭應道：「好。」

雖然私心裡，他其實並不想讓時進看到他鍛煉時狼狽的樣子。

龍叔做事一向效率，當天晚上，他就把專門提供給廉君使用的鍛煉室給準備好了。也是在這天晚上，時進和廉君開始同桌吃飯，卻各吃各的菜的生活。

「感覺像是吵架分居了一樣。」時進邊吃邊嘀咕，眉頭皺得可以夾死蒼蠅。

廉君警告地看他一眼，說道：「別胡說。」

於是時進閉嘴，瞄一眼自己面前的好肉好菜，又看一眼廉君面前的湯湯水水，心裡憋氣，埋頭加快了吃飯的速度。

第二天上午，時進推著廉君去鍛煉室，陪廉君鍛煉。

說是鍛煉，其實也只是圍著鍛煉室慢走而已，但這對普通人來說輕而易舉的鍛煉內容，對每走一步都會疼痛難忍的廉君來說，卻無異於酷刑。

龍叔早早等在鍛煉室裡，見廉君來了，先安排他躺到一邊的專用按摩床上，給他仔細做了下按摩和腿部熱身，然後幫他戴上專用的醫療護具，趕開時進，扶著他到鍛煉室靠牆的扶欄邊，說道：「儘量多走一會，疼也先忍著，你的腿部肌肉必須活動起來，這部分馬虎不得。」

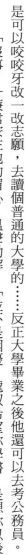

廉君點頭，扶著欄杆，忍不住回頭朝時進所在的方向看了一眼。

「我去旁邊搓麻將，你鍛煉你的，鍛煉完了喊我。」時進見他看過來，連忙調整好表情，拿出平板朝他揮了揮，壓下心裡的擔憂，背轉過身走到旁邊的休息椅上，側對著廉君坐下來，做出專心搓麻將的樣子。

廉君見狀表情稍微放鬆，收回視線朝龍叔點點頭，嘗試邁步。

時進立刻側頭把視線挪過去，表情緊張，眼神擔憂。

龍叔把兩人的狀態看在眼裡，又小小地哼了一聲，不過這次的哼聲裡沒有多少生氣的成分。

先是慢走，然後是原地站立活動身體，最後是全身拉伸，一個半小時後，衣服已經徹底汗濕的廉君終於完成了今天的鍛煉，在龍叔的攙扶下坐回輪椅上。

「比預想中的情況好，雖然有幾次都差點摔倒，但最後都穩住了。」龍叔臉上難得露出一點笑模樣，說道：「我還以為你會卡在第一階段很久，沒想到只第一天就達標了，很不錯。」

時進豎著耳朵聽，聞言心裡狠狠鬆了口氣，視線卻仍死死黏在平板上，假裝自己真的在專心玩麻將，而不是偷偷盯了廉君全程。

廉君用毛巾擦了擦汗，說道：「多虧了時進。」

這是句大實話，如果不是這一年時進天天盯著他好好吃飯，後來還每晚定時給他按摩捏腿，時常陪著他在房間裡走一走活動一下身體，他肯定撐不過今天的鍛煉。

時進裝不下去了，做出一副剛剛從牌局中回過神的樣子，抬頭說道：「誰在喊我？咦，君少你的鍛煉已經結束了嗎？我打牌打得太專心，什麼都沒注意到，等等啊，我先把這局打完。」說完直接胡了個屁胡，把牌局給系統託管，然後若無其事狀站起身。

龍叔無語地看著時進——在夜色待這麼久，他就沒見過這麼爛的演技。

廉君卻忍不住笑了起來，朝時進招招手，說道：「過來，我想去沖個澡。」

「我幫你！」時進連忙把平板一放，屁顛顛地跑到廉君面前，先摸摸他汗濕的頭髮，然後轉過去扶住他的輪椅，和龍叔打了個招呼，推著他朝著鍛煉室內的洗手間走去。

龍叔目送兩人離開，還是忍不住也笑了，哼道：「兩個臭小子。」

這次鍛煉之後，廉君的腿又不自覺發抖了很久，時進擔憂地守在一邊，看著廉君淡定看文件的樣子，擔心得在腦內拉著小死一頓亂扯，直到廉君腿部顫抖的情況消失了才真的安靜下來。

睡前，龍叔特地找到時進，拉著他和他低聲嘀咕很久。

半夜，廉君被腿部突然傳來的痛感刺激醒，伸手摸了摸，懷疑是抽筋了，側頭看一眼身邊安穩睡著的時進，輕輕撐起身體，想下床去一邊揉一揉緩解一下，結果才剛挪了一下身體，時進那邊就傳來動靜。

「怎麼了？」時進迷迷糊糊睜開眼，蹭過去伸臂抱住他的腰。

廉君起身的動作一頓，側頭看著時進睏頓的樣子，伸手摸了摸他的頭髮，說道：「沒事，睡吧，我只是想去上個廁所。」

「唔……」時進應了一聲，抱著他的手臂慢慢鬆開，意識在他的撫摸下，又慢慢散開。

廉君忍著疼等了一會，確定時進又睡著了，才小心收回手，輕輕拉開他的胳膊，皺眉搬動自己疼痛的腿。

時進卻突然又唰一下睜開眼，一副被什麼東西驚醒的模樣，坐起身抹把臉，湊到廉君身邊，直接掀開被子去看他的腿，邊伸手輕輕揉捏邊問道：「是疼了還是抽筋了？哪條腿？」

「我沒事。」廉君還想瞞他。

「那就是又疼又抽筋，兩條腿都不舒服了。」時進不上當，又揉了揉自己的臉讓自己徹底清醒過來，爬回自己睡的那邊，打開檯燈，伸手從床頭櫃裡取出一個醫用噴霧，然後爬回來，說道：「稍微忍一下，把筋拉開就好了。」

廉君見他這準備充分的樣子，想起晚飯後龍叔把時進單獨喊出去說話的模樣，眼裡帶上一點無奈，沒再瞞他，主動說道：「是右腿不舒服。」

時進果斷換到他的右邊，掀開他的睡袍，剛要上手，又突然停住，指了指自己的臉，故意說道：「我給你拉筋的獎勵，這裡。」

廉君心裡吵醒他的愧疚被他這話說得瞬間散了，看著他一臉彷彿占了什麼天大便宜的樣子，忍不住傾身親吻了一下他的臉頰，貼著他的耳朵低聲說道：「謝謝。」

時進抓了抓耳朵，笑哼一聲，埋頭開始認真給他捏腿拉筋。

忙碌了半個小時，廉君腿部的疼痛終於徹底緩解，時進把噴霧放回去，躺下後把廉君抱在懷裡，說道：「睡吧。」

廉君回抱住他，摸了摸他的脊背，輕聲應道：「晚安。」

之後的幾天，廉君每天都會在鍛煉後腿部發抖一段時間，晚上也總是會被腿部的疼痛弄醒。時進越來越敏銳，晚上幾乎是廉君這邊稍有動靜，他就會立刻驚醒過來。

廉君看得心疼，找了一個氣氛還可以的時候，跟時進委婉地提了一下分房睡的事。

時進表情唰一下變了，惡狠狠說道：「要我住過來的是你，現在要趕我走的也是你，你說，你是不是厭倦我，想跟我分手了！」

廉君看著他臉上故意裝出的凶狠表情，雖然知道他是演的，但還是不忍心說什麼傷他的話，安撫道：「只是暫時分房睡，你需要好好休息。」

「我休息得很好啊，每天都有睡懶覺，整個會所起得最晚的就是我了。」時進秒切單蠢臉，拿著一個甜點小冊子湊過去，興沖沖說道：「龍叔說你這段時間的鍛煉效果很好，飲食方面可能要適當調整一下，讓營養跟上你的消耗。我問了下，龍叔說可以偶爾給你弄點甜點吃，這個是龍叔篩過一遍的甜點單子，你看看你想吃什麼？我閒著也是閒著，剛好可以學著做給你吃。」

廉君又窩心又愧疚，說道：「對不起，本來說好回B市後要和你去約會，結果……」

「你想約會嗎？好啊，我們去約會！」時進卻像是被他提醒了什麼，突然一拍甜點小冊子，起身說道：「你先自己批下文件，我出門買點東西。」

廉君難得愣住了，伸手想拉他，喚道：「你想買什麼，我……」

「我很快回來，不要太想我。」時進已經走到門口，笑著丟下一句告別後直接跑了。

書房裡瞬間安靜下來，廉君的手拉空，慢慢收回，側頭看向時進留在茶几上的甜點冊子，環顧一圈書房，突然覺得有點寂寞。

習慣了時進總是待在他一抬眼就能看到的位置，趕也趕不走、哄也哄不離，現在人突然跑了，他實在是不適應。

心裡有些空落落的。

他轉回書桌後拿起文件，想用工作轉移一下注意力，結果卻半天看不進去一個字，最後還是沒忍住，拿出手機打給時進。

電話很快接通，時進活力滿滿的聲音傳過來，說道：「卦九會代替我過去陪你的，你腿不舒服記得說，不要忍著，讓卦九幫你喊龍叔。」

「你在哪兒？」他低聲詢問。

時進回道：「在車庫……卦二，這邊這邊……你有沒有什麼想買的，我幫你帶回來。」

那邊隱約傳來卦二的聲音，帶著抱怨：「就知道指使人，你給我儘快去把駕照考了，見天的拉著人當司機算個什麼事……快點，上車了，早去早回。」

「來了來了。」時進模糊的應答聲傳來，然後聲音又清晰起來，「君少，我上車了，回頭再聊。」說完直接把電話掛了。

廉君聽著手機裡傳來的忙音，過了好一會才放下手機，低頭看向自己不中用的腿，抬手按住了額頭。

也是，時進才十八、九歲，天天把他關在會所裡，他也是會悶的吧。

另一邊車上，時進放下手機，埋頭開始掏口袋。

卦二把車駛離會所，隨口問道：「想買什麼，還去最近的那家商場嗎？」

「我不買東西。」時進回答，從兜裡掏出兩張卡，伸到他面前，說道：「這是我的工資卡和君少給的任務獎金卡，裡面的錢大概快一百萬，我想用這筆錢在B市包一個絕對安全的地方和君少約會，你覺得包哪裡比較合適？」

卦二唰一下踩了剎車，扭頭看看時進，十分意外：「約會？什麼類型的約會？」

「就是吃吃飯、看看電影、逛逛遊樂場、轉轉遊戲廳、壓一壓馬路那種最普通的約會。」時進回答，眼帶期待，又往前伸了伸卡，說道：「這些錢夠嗎？不夠你借我點。」

卦二表情古怪地看著他，最後沒忍住翻了他一個白眼，把他的手打下去，重新發動汽車，說道：「你小子的花樣真多……約會是吧，行，我今天就帶你去踩踩點，滅在B市的產業可不止一家會所和一家療養院，準備好挑花眼吧。」

時進一離開就是一整天，廉君一個人鍛煉、一個人吃午飯、一個人睡午覺、一個人批文件、一個人打了兩把麻將，直到晚飯前，才終於見到抱著一大堆東西回來的時進。

「去哪兒玩了？」他關掉連敗的戰績，放下平板詢問。

時進一點沒聽出他語氣裡的低沉，美滋滋地靠過去，回道：「去了一趟商場，看，我給你買了一套衣服，喜歡嗎？」

廉君看向他從袋子裡拿出來的白色T恤，放在腿上的手不自覺撚了撚身上的袍子，點了點頭，應道：「喜歡。」

時進看著他的表情，突然放下衣服，湊過去抱住他，直接吻了上去。

廉君愣了一下，然後立刻回抱住他，閉眼加深這個吻，動作有些急切和激烈。

時進卻又突然咬了他一口，逼他退開一點，用額頭撞了撞他，說道：「不能急……龍叔說我們一個星期可以那什麼一次，對吧？」

「所以？」廉君抱緊他，不讓他退離自己身邊，空蕩了一天的心終於踏實了一點。

時進沒有回答，只又吻住他，吻了好一會才退開身，懶散地靠在他身上，滿足嘆氣：「還是在你身邊好。」

廉君心裡堆積了一天的亂七八糟情緒，就這麼被他用一句話輕易吹散了，伸手揉了揉他紅潤的嘴唇，認命地在心裡低嘆口氣，更用力地抱緊他。

這一晚兩人稍微放縱了一下，相擁睡去。

神奇的是，這一晚廉君居然沒再半夜被腿疼折磨醒，睡了個完整覺，他的身體似乎終於習慣現在的鍛煉強度，不再總是發出抗議了。

一覺到天亮，時進睜開眼後迷糊了好一會才清醒，扭頭看向身邊的廉君，發現廉君早已經醒了，正側靠在床頭看著自己，忍不住微笑，問道：「可以不分房睡了嗎？」

廉君傾身，吻上他的眼睛，回道：「你永遠只能睡在我的身邊。」

又過了幾天，官方那邊遞了消息過來，表示徐川那邊已經打點好了，隨時可以接受探視。廉君把這個消息告訴時進，時進考慮了一下，卻決定暫時不去看望徐川。

「為什麼，是顧慮我嗎？」廉君詢問。

徐川在定罪後，被官方祕密關去了M省的監獄，廉君現在在養身體，營養餐和鍛煉不能斷，如果時進去M省，就必須和廉君短暫分開幾天。

時進搖了搖頭，說道：「不是因為你，我只是想等簡進文和我母親那邊調查出結果，獲得更多資訊之後再去和徐川談，他是個老狐狸，我必須謹慎一點。」

廉君聞言握住他的手，說道：「行，那我催一下調查團那邊。」

時進點頭，見他暫時沒有繼續翻文件的意思，小心思一動，又把甜點冊子摸出來。

時間轉眼來到六月下旬，在一個陽光燦爛的上午，高考成績……出了。

大家齊聚在小客廳裡的沙發邊，圍成一圈看時進查成績。

時進很崩潰，輸入准考證號的手都是顫抖的，乾巴巴說道：「不是說現在高考成績已經不用查，會直接發到監護人手機上嗎？」

為什麼到他這裡就不一樣了，害得他還得被公開處刑一遍！

「你沒有監護人，現在時家的戶口名簿上就只剩你一個人了。」廉君解釋，貼心建議：「需要幫忙嗎？」

這可真是個殘忍的真相。時進默默深吸口氣，眼睛用力一閉，按下查詢鍵，說道：「不用了，我自己來！」

啪。鍵盤被按下去的聲音在安靜的客廳裡無限放大，所有人都忍不住瞪大眼睛，看著電腦螢幕上開始跳轉的頁面，呼吸放輕。

查詢系統有點卡，頁面卡了半天才蹦出來，吊足了眾人胃口。

語文一百三十分、數學一百一十分、外語一百四十分、理綜二百二十分，總分六百……卦二默念了一遍時進的成績，臉上的緊張慢慢被激動取代，忍不住用力砸了一下時進的肩膀，說道：「小進進你可以啊，超常發揮！這總分可真是整數。」

小死也忍不住尖叫出聲，一副要開心瘋的模樣，興奮說道：「進進你好厲害！你居然考了這麼高分！」

時進被卦二拍得身體一歪，聽他們這動靜，猜測自己考得還可以，這才有膽子睜開眼看向電腦螢幕，然後在看到各科分數和總分後直接傻了，不敢置信道：「天吶，這是我的成績？我語文居然及格了？理綜還考了這麼高？」

要知道他之前可是偏科得厲害，語文成績經常在不及格的邊緣徘徊，作文寫得像屎一樣爛，常常被馮先生指著作文範例瘋狂吼，被罵腦子不開竅。

結果沒想到他高考語文居然考了這麼多！是奇跡發生了嗎！

成績一出，客廳裡的氣氛瞬間放鬆熱烈起來，大家你一言我一語地討論起時進的成績，言語間的喜意掩都掩不住——再沒有比自家以為是學渣的孩子，在關鍵考試上突然考出學霸的成績這種事，更讓人驚喜的事情了！

最初的意外和驚喜過後，卦五和卦九分別給馮先生和卦一打電話，報了一下喜。卦二則張羅起辦慶祝宴的事，準備好好慶祝一下時進考得好成績這件事。

龍叔緊繃的表情也放鬆下來，笑哼一聲，依然不死心地說道：「這個成績很不錯，報醫科大學足夠了。」

時進虎軀一震，從震驚中回過神，連忙抱著電腦坐離龍叔三公尺遠，然後扭頭看向廉君。

「恭喜。」廉君也是滿臉笑意的樣子，靠過去伸臂圈住他的背，把他抱在懷裡，握著他的手又點亮電腦螢幕，看了看上面的分數，側頭親了親他的耳朵，說道：「考得很好，想要什麼獎勵？」

時進被圈得一愣，見大家都若有似無地看過來，稍顯不好意思地低咳一聲，卻也沒掙開廉君的胳膊，側頭看向他，問道：「還有獎勵嗎？」

「有，你想要什麼？」廉君應道。

時進眉眼一下子就飛揚了起來，一句「我們去約會吧」就差點吐出口，餘光掃到卦二，又把話忍回來，小心思一轉，故作苦惱地說道：「我一時間也不知道要什麼獎勵才好，我能再想想後告訴你嗎？」

廉君好笑，乾脆圈住他的腰把他緊緊抱在身邊，應道：「當然可以，你願意想多久就想多久，我等你。」

時進在心裡激動地吼了一句「yes」，開心地在廉君臉上吧唧親了一口，美滋滋地盤算起自己策劃已久的約會小計劃。

這一天的會所十分熱鬧，大家都放下手上的工作，聚在一起享受一下屬於普通人的快樂。熱鬧的午飯過後，廉君主動給時進支了一桌麻將，親自陪著時進玩。

一下午的時間就這麼消磨過去，晚上是正式的慶祝宴，大家都很開心，時進身為慶祝宴的主角，在廉君明顯不準備過多干涉大家慶祝活動的態度下，被大家灌了好幾杯酒。

玩玩鬧鬧到了晚上九點多，因為廉君需要早點休息，所以時進撐著半醉的意識，掐著點做主讓大家散了，然後推著廉君回房。

回房後，時進把廉君推進浴室，先給浴缸放了水，然後轉回來拖了張小板凳坐到廉君面前，手一抬就趴到了廉君腿上，不敢把身體重量全部壓上去，只虛虛貼著，問道：「會疼嗎？」

廉君看著他半醉的眼神，抬手摸了摸他的頭，搖頭回道：「不會。」

「你喜歡喝酒嗎？」時進詢問，眼睛因為醉意而有些朦朧，裡面藏著一點小心和溫柔。

廉君忍不住摸向他的眼角，回道：「喜歡。」

「好巧，我也喜歡。」時進笑得一臉滿足，說道：「我想和你一起下班後去夜市，這裡逛一逛，那裡轉一轉，然後一起去吃宵夜，我們一起擼串喝酒……你長得這麼好看，說不定還會遇到流氓來騷擾，然後我英雄救美……爽！」

廉君被他的話逗笑，敲他額頭一記，說道：「喝酒要適度。」

「我知道。」時進臉上的笑溫柔下來，捉住他的手，低頭輕輕揉捏，說道：「大部分酒要適度喝，但有些酒卻是要好好喝的，比如交杯酒……廉君，你要快點好起來，這個酒你可不能錯過。」

廉君聽得心弦微顫，很確定時進已經醉了。平時的時進雖然很暖心周到，時時用行動表達愛意，但這種直白的言語上的表達，他卻是很少說的。廉君時常會有些困惑，困惑於時進這樣一個在殘缺家庭裡長大的孩子，身上為什麼總是有這麼多這麼多的善意和愛意。

很幸運，這樣一個美好的人，被他抓住了。

他明明沒有喝酒，卻突然也有些醉了的感覺，伸手捧住時進的臉，彎腰與他額頭碰著額頭，看著他因為醉意而顯得十分水潤的眼睛，問道：「時進，你愛我嗎？」

時進抬眼與他對視，看進他漂亮的眼睛，意識被那眼睛裡的溫柔和期待捕捉，一點一點慢慢沉了進去，也伸手去摸他，說道：「你真好看……」

「喜歡我嗎？」輕柔的聲音帶著一絲蠱惑詢問。

時進毫不猶豫點頭，回道：「喜歡，超級喜歡。」

於是廉君眼裡除了溫柔和期待，還浮現出一層滿足和喜悅，說道：「我也喜歡你……我愛你，時進。」

小死：「嘎——！」

時進混沌的思緒被這聲鴨叫震回神，眼睛唰一下瞪大看著面前的廉君，突然屏住呼吸，表情一點一點嚴肅起來，伸手把廉君拉壓下來，仰頭，用力啃了廉君鼻子一口。

「我的。」他說著，眼神在短暫清明之後，又立刻混沌下來，啃完埋頭把廉君拉往自己懷裡，稍顯孩子氣地說道：「我的，我的寶貝，誰也不許搶。」

廉君被啃得一愣，然後在聽到他的話後突然笑了，笑得滿足又燦爛，低頭撞了撞他的額頭，伸臂和他緊緊纏抱在一起，應道：「嗯，我是你的。」

——我擁有的一切，都是你的。

一覺睡到日上三竿，時進扶著隱隱作痛的額頭從床上坐起，看了看身邊，沒人，聽了聽房內的動靜，很安靜，痛苦地低吟一聲，摸出手機想看看時間，卻發現手機裡躺著好幾個未接來電和未讀簡訊。

未接電話有三通，兩個來自時緯崇、一個來自費御景，撥打時間全部在昨晚九點半到十點之間。時進費勁回想了一下，只想起來這個時間點他好像已經推著廉君洗澡去了，把手機丟在床上沒有帶進浴室，搖了搖頭，點開簡訊。

簡訊有六條，最早的一條來自於卦一，是昨天晚上八點多發來的，說他在和卦三聊時進的高考成績時，被費御景耳尖路過聽到了，讓時進做好費御景可能會過去騷擾的心理準備。

第二條簡訊來自費御景，發過來的時間只比卦一的晚幾分鐘，內容很簡短，只有一句話：高考成績出來了？

第三條簡訊來自時緯崇，內容和費御景的差不多，也是在問時進高考成績的事。

接下來的第四、五條簡訊分別來自向傲庭和黎九崢，內容是恭喜時進高考取得好成績，並詢問他的填志願意向。

最後一條簡訊還是來自費御景，依然只有一句話，問曰：為什麼不接電話？

時進放下手機砸回床上，只覺得頭更疼了。

時家這幾個兄長真的是讓人搞不懂，特別是那個費御景，他不是在L國忙翻了天嗎，怎麼還有空偷聽和八卦？

時進幾乎可以腦補出費御景在聽到卦一和卦三的談話後，群發簡訊向時家其他幾兄弟「告密」的樣子了，真的特別幼稚……突然覺得沒有發簡訊過來問高考成績的容洲中有點可愛。

一陣輕音樂響起，被時進拋在被子上的手機亮起來。

時進眉心一跳，心中突然生起一股不祥的預感，伸手摸過手機，舉起來一看，就見他剛剛還覺得可愛的某位三哥的名字，正大剌剌地掛在螢幕上。

嘟。他面無表情地掛斷電話，果斷把手機調成靜音，扯被子蓋住腦袋。

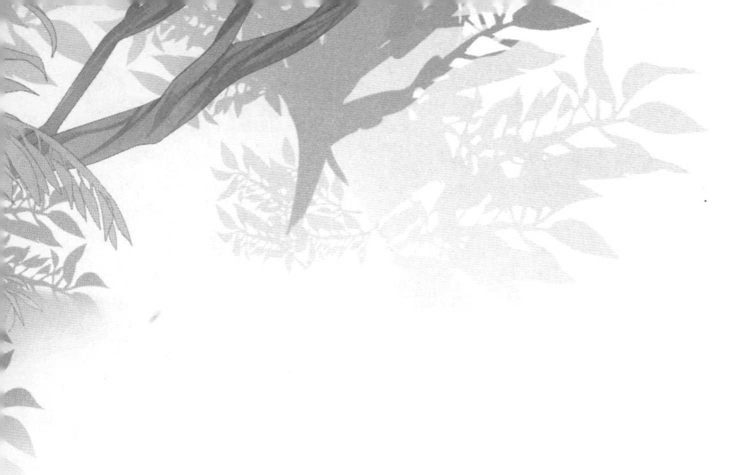

【第十二章】

時進的祕密約會計劃

睡了個回籠覺，時進被鍛煉完回來的廉君從床上挖出來，好好洗漱清醒一番，被帶去書房。

「先喝點粥墊墊，不要吃太多，馬上就吃午飯了。」廉君把時進安頓在沙發上，將廚房送來的粥放到他面前，問道：「頭還疼嗎？」

時進先喝了半杯溫水潤了潤嗓子，聞言搖頭回道：「不暈了，我昨天沒喝多少酒。」其實是有小死的buff緩解，他洗臉的時候頭就已經不疼了。

廉君見他氣色還好，稍微放了心，沒有反駁他那句沒喝多少酒的話，盯著他把早飯吃了，然後拿出一疊學校招生簡章。

時進愣住，問道：「這是……」

「成績出了，下面該填志願了。」廉君回答，把招生簡章擺到他面前，解釋道：「這段時間我和官方那邊溝通了一下，選了幾家比較適合你的學校出來。你這次考得很好，能供你選擇的學校比我預估的要多幾家，我早上緊急聯繫了一下，把他們的單子也拿過來，你看看喜歡哪間？我好提前安排。」

時進掃一眼擺在面前的各個學校的招生簡章，發現裡面有好幾所他以前想都不敢想的名校，驚得小小地抽了一口氣，問道：「這幾家我也能上嗎？分數不大夠吧。」

「夠。」廉君肯定回答，說道：「你和普通考生不一樣，身上是有軍功的，可以走特招。」

「軍功？哪裡來的軍功？」時進滿頭霧水。

廉君見他這樣，乾脆滑到他身邊，跟他細細解釋起來。

原來在知道時進想考警校之後，廉君就立刻安排起來。他先是把時進的背景資料完善了一下，想辦法把時進塞進一個軍校預科班裡，給時進弄了個預備生的名頭，然後聯繫官方，把元麻子的任務調了一下，將時進本來歸為機密的任務檔案，調到明面上。

所以現在的時進不僅僅是個軍校預備生，還是個曾經幫官方做過任務，清剿過非合法暴力組織，身帶功勞的預備生，走特招足夠了。

時進聽得目瞪口呆，震驚說道：「這樣也可以嗎？」

「當然可以，任務是你做的，檔案沒有作假，你的優秀足夠讓你上所有你想上的大學。」廉君說著，表情很放鬆，看得出來心情很好。

他見時進還是愣愣的，伸手摸了摸他的頭髮，繼續說道：「其實不止元麻子的任務，你最開始來B市時，和卦二一起做的那個阻止退休老幹部往國外洩露資料的任務，和去L國對抗槍火時的表現，都可以打成報告，換算成你的功勞，但考慮到那樣做實在太惹眼，所以我只幫你把元麻子的任務調到明面上。時進，不要懷疑自己的能力，你值得最好的。」

時進被廉君這麼一通連誇帶捧哄下來，心裡的震驚和不確定終於散去，看向面前一整排招生簡章，突然生出一種皇帝選妃子侍寢的感覺。

說實話，很爽。

「那就……」他的視線在一排簡章上滑過，手指也挪了過去，猶豫一下，從裡面挑出一張最低調的說道：「這個吧，我讀這間。」

廉君看向他手裡的簡章，有些意外，問道：「真的要這間？」

「嗯，就這間。」時進點頭，有些不好意思地說道：「我說了，我想讀警校，其他那些軍校雖然都很好，但讀出來肯定會被官方圈住，還是警校好，讀完不包分配，想去哪裡當警察就考哪裡的公務員，自由一些，也沒那麼多複雜的勾心鬥角。我不想讀軍校當軍官，能當個基層小員警我就滿足了。」

廉君聽他這麼說，眼神慢慢軟下來。

在明明有了更多更好的選擇之後，仍選擇堅持最初的想法，這行為該說是沒什麼志氣呢，還是該說初心可貴？

他喜歡的這個人，似乎永遠不會被欲望迷住雙眼，總是清楚地知道自己想要什麼，並毫不動搖地邁步而去。

他忍不住再次確認問道：「決定了？」

「決定了。」時進點頭，說完臉上的表情突然又遲疑起來，「我會不會太任性了，選了這個，你幫我做的那些安排好像就都用不上了。」以他的成績，想上他手裡這間老牌警校，那真是閉著眼睛都能報上，沒有什麼軍功也不要緊。

廉君搖頭，「沒關係，用得上，選這家學校也好，更方便掛學籍，官方也不會那麼忌憚你。」

時進聞言鬆了口氣，見他真的不像是生氣的樣子，湊過去繼續問道：「警校也能掛學籍嗎，怎麼操作？」

「很簡單，只需要讓你長年處於出任務的狀態就可以，這點我會和官方談，有了明確的消息，我會在第一時間通知你。」廉君回答，側頭看向他，突然問道：「想好要什麼獎勵了嗎？」

時進一愣，還是搖頭，一臉認真地說道：「沒，我還得再想想。」

午飯過後，大家又都知道了時進放著一大堆厲害的軍校不讀，就要去讀警校的事。

龍叔氣得丟下一句朽木不可雕就走了，卦二揉著宿醉頭疼的腦袋，滿臉絕望，卦九一臉「我就知道會這樣」的表情，繼續埋頭敲電腦，只有卦五還算友善，朝時進說了句恭喜。

時進謝過卦五，才不管其他人怎麼想，心裡的大石頭落了地，開始美滋滋地計劃約會的事。

如此又過了幾天，正式填志願的日子到了，大家再次圍在小客廳，看著時進在第一志願那欄填上那間警校的名字，齊齊嘆了口氣。

「好歹第二志願填個別的吧。」卦二仍在掙扎。

時進無視，私心地在第二志願欄裡填了自己上輩子讀過的警校，然後點擊了提交。

至此，時進的志願填報完畢，他要當警察的事已經沒得更改了。

卦二長嘆口氣，伸手戳了一下時進的後腦杓，說道：「你這個小內奸。」

時進蓋上筆電，認真反駁：「怎麼就是內奸了，警校有四年呢，四年後誰知道道上會變成什麼樣子，說不定那時候大家已經可以用回自己的真名，去過普通人的生活了。那到時候我去當警察，不就不僅不是內奸，還是唯一一個能正大光明保護大家的人？這樣難道不好嗎？」

眾人聞言一愣，臉上的表情一瞬間都有些怔忪。

普通人的生活啊……這樣說的話，時進的選擇似乎也不錯。

廉君看著時進，思緒也有些放遠。

四年嗎？不，以目前道上的局勢，要讓一切崩盤，根本用不到四年。最多三年，不，或許只需要兩年，所有的事情就要有個結果了。

志願填報結束的第二天，時進再次遭受時家五兄弟的電話及簡訊騷擾。

他煩不勝煩，幾次想把他們全部拖入黑名單，但看到進度條，又硬生生忍住，最後實在沒辦法，只得簡單編輯了一條簡訊，群發給時家五兄弟：六百分，警校，別問，再問黑名單。

世界安靜了，時進舒服地癱在沙發上，拿起平板，準備繼續自己的約會策劃。

三分鐘後，他的手機開始瘋狂響鈴。

時進深吸口氣壓住脾氣，拿起手機，見是時緯崇打來的電話，運氣運了很久，最後還是接了，開門見山：「有什麼事，說。」

時緯崇似乎沒想到他會接電話，過了一會才說道：「老三這週末過生日，大家準備聚一起吃頓飯，你要來嗎？」

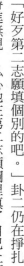

啊？容洲中過生日？時進一愣，突然想起某天早上容洲中曾給他打電話，而他直接掛掉的事情，把視線挪回平板上，手指點啊點，點開平板上的日曆，看著之前被他提前添加了約會備註的這週末，瞇了瞇眼，語氣突然變得和善友愛，說道：「啊，原來是三哥要過生日，在哪裡聚餐？我說不定可以抽空過去一趟。」

時緯崇再次愣住，然後聲音瞬間提高幾度，帶出一絲明顯的開心，說道：「在XX路的闔家歡，是晚上的飯局，需要我去接你嗎？」

「不用了，我自己過去就好，就這樣，再聯繫。」時進掛斷電話，點開平板上寫了備註的日期，忍不住悶笑出聲。

他正愁不知道這週日該怎麼找藉口把廉君忽悠出去呢，沒想到時緯崇這麼巧就主動送了理由過來。很好很好，這樣應該就能給廉君一個完整的驚喜了。

不過好像有點對不起過生日的容洲中……他坐正身體，稍顯心虛地低咳一聲，皺眉點開網購頁面——那就好好給容洲中挑份生日禮物做「補償」吧，不過容洲中討厭或者害怕什麼來著？他突然有些不記得了。

轉眼到了週日，時進像往常那樣陪著廉君完成早上的鍛煉，然後在午飯時跟廉君提了想去給容洲中慶生的事情。

廉君意外：「你想去給容洲中過生日？」時進這段時間對時家幾兄弟的抗拒他都看在眼裡，現在突然說要去給容洲中過生日，實在有些奇怪。

「其實我是想去報仇。」時進稍顯不好意思地說著，突然從腳邊的袋子裡掏出一個蜈蚣抱枕，說道：「當初我三哥見我不喜歡吃黃瓜，故意送了我一個黃瓜抱枕膈應我，我很生氣，現在他把報仇的機會送到我面前，我絕對不要錯過！」

「……」廉君放下筷子，看一眼他認真得很單蠢的臉，又看一眼他手裡的卡通蜈蚣抱枕，沉默幾秒，點了點頭，應道：「可以，我讓卦二送你去。」

時進立刻得寸進尺，期待說道：「你和我一起去吧，他們都是單身狗，就我一個人有了你，我要帶你過去氣他們！」

這話說得幼稚得可以，但廉君卻剛好吃這一套。

他攏著的眉心立刻鬆開，臉上甚至有了點略顯無奈的笑意，應道：「好，我陪你一起去。」

「那我去和龍叔打個招呼！」時進連忙站起身，在心裡暗道一聲計劃通，美滋滋地把抱枕塞回腳邊的袋子裡，開心地提著袋子，說道：「吃飯的地方有點遠，我們早點出發吧，你慢慢吃，我去喊卦二給咱們當司機！」

說完轉身就跑，邊跑邊摸出手機，給卦二等人群發簡訊：行動計劃，開始！

收到簡訊，會所裡的大家立刻祕密行動起來。

醫療室，龍叔皺著眉擬出一份忌口清單，邊往時進面前遞邊囑咐道：「在外面吃飯可以，但這些東西絕對不能碰，酒是絕對不能喝的，明白？」

「明白明白，我都記著呢。」時進點頭如搗蒜，接過單子看了一眼，直接揣進懷裡，問道：「還有其他需要注意的嗎？」

龍叔想了想，又補充道：「不能玩太晚，睡眠很重要。」

「沒問題，我會注意的。」時進繼續點頭，又問道：「那我可以走了嗎？」

龍叔皺著的眉毛動了動，知道他是心急了，不再多話，轉身從抽屜裡拿了些降暑藥和暈車藥出來，塞他手裡，「外面天氣熱，記得別在戶外待太久，君少可能會受不住，還有……玩得開心。」

時進露出一個燦爛得過頭的笑，把藥也全部裝好，說道：「謝謝龍叔，那我走了。」

「走吧走吧。」龍叔嫌棄狀擺手，轉身朝著內室走去。

時進見狀於是也轉過身，大步朝著外面跑去，滿身的迫不及待。

龍叔聽到腳步聲又轉回了頭，看著時進嗖一下消失在門口的背影，皺著的眉頭鬆開，隱隱露出一點笑意，「約會啊……果然是年輕人。」

時進轉回餐廳時，廉君剛好喝完最後一口湯。

他跑過去扶住廉君的輪椅，說道：「走了走了，卦二已經把車開出來了。」

「怎麼這麼急？」廉君被他像小學生期待春遊般的表情逗笑，靠在輪椅背上任由他推著自己快走，問道：「能報復容洲中，讓你很開心？」

「開心！」時進一點不掩飾自己的心情，恨不得推著他的輪椅跑起來，說道：「容洲中太欠揍了，我已經等不及想把蜈蚣抱枕懟他一臉了。」

廉君嘴角淺淺勾起，被他感染，突然也期待了起來。

汽車駛離會所，時進向卦二報了一遍容洲中過生日的地址，然後拿出平板湊到廉君身邊，問道：「要打兩局嗎？」

「可以。」廉君回答，一點沒察覺自己下屬和戀人之間的小陰謀，也拿出平板。

麻將的音效響個不停，大概半個小時後，時進的手機鈴聲突然響起來，他拿出來一看，皺眉說道：「是我大哥，君少你幫我打完這局，我接個電話。」

廉君也看到他手機上的來電提醒，點了點頭，接過他的平板。

時進挪到車門邊接了電話，喂了一聲。

「已經準備好了。」卦一的聲音從聽筒裡傳來，聲音刻意壓低。

時進聞言眼睛一亮，面上卻立刻做出不開心的樣子，說道：「不是下午的慶祝宴嗎，怎麼又改到晚上了，我都出門了……算了算了，我不去了。」說完直接掛了電話。

廉君聽到聲音側頭看他，問道：「怎麼了？」

時進皺眉回道：「容洲中有事絆住了，生日聚會改到晚上，我們白出門了。」

廉君見他滿臉的失望和不開心，想起他之前的期待和興奮，眉心微攏，靠過去握住他的手，安撫道：「別氣，只是改到晚上而已，我們也不算是白出門，要不我先陪你去其他地方轉轉？」

——就是要這樣！

時進心裡開心狂喊，面上卻還是蔫蔫的，搖頭說道：「別了，快到你午睡的時間了，既然下午沒事，那咱們就回去吧，把你的午睡補上。」

廉君聽得越發心疼，打定主意要哄他開心。

扭頭看了下窗外，問卦二：「這附近有滅的產業嗎？」

卦二假裝思考了一下，回道：「有，前面有一家綜合商場，接下來有一家游泳館，再前面一些的地方有一家酒店，君少想去哪裡？」

廉君想了想，說道：「去商場。」

「是。」卦二應了一聲，轉動方向盤朝著商場駛去。

時進立刻假模假樣地阻止，說道：「商場人太多，不安全，別去轉了吧，要不我們去酒店？你剛好可以去睡午覺。」

「沒事，我們去看電影，我讓人清個放映廳出來，安全沒問題的。」廉君安撫時進，然後喚了一聲卦二。

卦二立刻表示瞭解，轉手就撥電話給卦九。

卦九秒接電話，和卦二一起演戲。

時進聽著他們的談話，配合地做出一副慢慢調整好情緒的樣子，等卦二和卦九「安排」完商場電影院的保全事宜後，側頭看向廉君，故意問道：「那咱們這樣算不算是去約會了？一起看電影什麼的……」

廉君一愣，看著他眼裡藏著的期待和欣喜，心裡一軟，點了點頭，應道：「算……下次，下次我再好好給你安排一場約會。」

「那我等著了。」時進笑瞇了眼，反握住廉君的手，扭頭看向車窗外繁華的城市風景，露出一個略顯狡猾的笑容——一切都在計劃中，完美。

一行人很快到達商場，在卦九的遠程安排下，商場的工作人員早早候在停車場門口，一等他們到達就上前迎接，引他們進入專用停車區，坐單獨的電梯直達五樓電影院。

「已經安排人分散守在影院大廳裡，君少自由活動也沒事，很安全。」商場負責人趕來報告。

廉君很滿意，覺得這家商場的工作人員反應很快，點點頭，打發走他之後看向時進，問道：「現在就去看電影嗎？還是想先在其他地方轉轉。」

「直接看電影吧。」時進回答，說完扶住他的輪椅，不給他說話的機會，開心地奔向熱鬧的人群，朝著購票處走去。

卦二落後兩步跟在他們身後，掃一眼喬裝打扮散在人群裡偽裝成普通人的兄弟們，側頭憋了一下笑，若無其事狀地繼續跟上廉君和時進。

週末的電影院很熱鬧，時進興沖沖地推著廉君到購票處，找了個最短的隊伍排隊，指了指購票處上面的熱門電影推薦，問道：「你想看哪部？我們買情侶座吧。」

廉君從時進突然的行動中回過神，看一眼四周來往的人群，本能皺眉，說道：「下次別這麼亂跑，很危險。」

「沒事的，剛剛那個負責人不也說我們可以自由活動嗎？」時進接話，還拍了拍胸脯，「而且就算出了事，我也會保護你的。」

廉君想說即使這樣也不能掉以輕心，但見時進滿臉都是興奮開心，又不忍心開口掃了他的興，於是壓下心裡的不適應，回頭看了卦二一眼。

卦二立刻做出一副「明白，我會好好安排」的表情，心裡其實很放鬆——今天的商場其實早已經被安排過了，現在在五樓活動的人，只有一小部分是沒帶武器的普通人，大部分都是滅的人，安全肯定沒問題。

自以為卦二已經有所警戒的廉君收回視線，又看了一眼周圍的環境，心裡的不適應褪去後，慢慢多了一絲新奇。

從小到大，他過的都是與普通人隔離，被保護人員重重包圍起來的日子，像現在這樣混在普通人裡，排隊買票挑電影的事情，對他來說就像是天方夜譚一樣。

身周鬧哄哄的，全部都是陌生人，這明明是不安全的信號，但聞著空氣中的爆米花香味，聽著時進開心介紹電影的話語，他突然又覺得安心下來，有種生活真的已經踏實穩定的安全感。

他側頭看向身邊明顯很適應現在環境的時進，想說其實不用特地排隊買票的，也不用挑電影，電影院單獨空了一間放映廳給他們，想看電影可以直接過去，片子也可以隨便選，但他突然又不想這麼說了，表情放鬆下來，像前面排隊的那對情侶一樣，朝著時進問道：「你覺得哪部片好？」

時進停了話頭，認真思考了一下，回道：「這算是我們的第一次約會，不如就看個愛情片吧，可以嗎？」

廉君微笑，應道：「當然可以。」

隊伍往前走得很快，他們身後也很快排了人。廉君長相出色，又坐著輪椅，時進外表也不俗，兩人親密地站在一起，很快就吸引周圍的視線。

有年輕的女孩子向時進搭話，想要時進的聯繫方式。廉君身體不自覺緊繃，眉頭微攏。時進見狀側身，手像是無意識般抬起搭在廉君肩膀上，笑著朝女孩說道：「不好意思，這位不是我的哥哥，是我男朋友，所以聯繫方式不能給，他會吃醋的，抱歉。」

廉君緊皺的眉頭鬆開，側頭看向時進，握住他的手說道：「到我們了。」

時進回神，低頭應了他一句，朝女孩揮了揮手算是告別，推著廉君靠近購票處。

女孩子可惜中帶著點奇怪興奮感的哀歎聲從身後傳來，廉君聽到了，嘴角淺淺勾了勾。

「下次出門我要把你的臉捂起來。」時進停在購票檯前，突然彎腰在廉君耳邊說了一句，然後直起身和售票的小姐姐笑了笑，選了電影，開始挑座位。

廉君眼神一動，因為坐著的原因看不到購票的檯面，所以沒有看向櫃檯，而是拉住時進垂著的那隻手，問道：「為什麼？」

「那女孩子雖然在跟我搭話，但明顯一直看著你，你招蜂引蝶。」時進皺眉譴責，選好電影，用手機把座位圖拍下來，蹲下身遞給他看，問道：「想坐哪裡？」

廉君見他這樣照顧自己，眉眼間的笑意又淡了一點。如果他可以像個正常人一樣站在時進身邊，陪時進一起挑座位……

「坐哪裡？」時進又問了一次，然後朝他伸手，理直氣壯道：「給錢，你惹了爛桃花，罰你出錢買電影票。」

廉君回神，看著他故作生氣的樣子，又笑了，指了個偏後的位置，然後手往身上一摸，摸了個空，表情僵了一瞬，微微側頭朝後喚道：「卦二。」

隱形跟班卦二認命地掏出錢包遞過去，廉君接過來，打開來掏現金，問道：「多少錢？」

時進忍笑，把錢包抽出來丟回給卦二，摸出廉君的手機，說道：「沒帶錢也不要緊，這是我們的約會，不要卦二付錢，你有支付軟體嗎？綁了信用卡的那種。」

廉君搖頭。他要買東西都是直接吩咐一句下去就行了，從來沒有自己親自付錢買過什麼，卡倒是有一大堆，但支付軟體卻是沒有的。

「那我先付了，你一會下載一個支付軟體，發紅包還給我。」時進掏出手機買了電影票，然後推著廉君走到一邊，給他下載支付軟體，幫他綁定信用卡，給自己發了一個小紅包。

廉君任由他折騰，看到那個紅包，問道：「這樣就可以了？」

「可以了。」時進當著他的面把紅包拆開，然後給他看自己的錢包餘額，笑著說道：「電影票是一百三十元，紅包發了兩百元，多了七十元，我去買爆米花和飲料。」

廉君看著他的餘額，忍不住捏了一下他的臉，才兩百塊就滿足了，真好養活。

買了爆米花和飲料，時進讓廉君把東西抱著，壞笑著拿出手機給廉君拍了一張照片，美其名曰紀念兩人的第一次約會。

廉君看看膝蓋上的爆米花，朝著時進淺淺笑了笑。

愛情電影很感人，但它明顯不是廉君這種大佬和時進這種麻將愛好者的菜。

走道另一邊的女孩子已經看哭了，正倒在男朋友懷裡小聲抽泣，她男朋友親密地抱著她，小心地幫她擦眼淚，很是溫柔。

廉君收回視線，看向身邊睡得人事不省的時進，有點點無奈、有點點好笑，學著那個男孩子的動作，把椅子間的扶手升起來，抱住時進歪靠過來的身體，抬手捂住他的耳朵，幫他隔離噪音。

卦二坐在兩人後排，掃一眼兩人抱在一起的身影，孤單寂寞冷地啃著爆米花。

看完電影出來，時進伸了個懶腰，感嘆道：「這電影好感人。」

「你看完了？」廉君無情拆穿，看一眼時間，問道：「還想去哪裡轉轉嗎？」

時進不好意思地抹了把臉讓自己恢復精神，考慮一下，說道：「我們去打電動吧。」

「打電動？」廉君疑惑。

「嗯，打電動。」時進點頭，指了指手機上的紅包，「買爆米花只花了四十多，咱們還剩二十多塊錢的約會資金，乾脆去打一會電動吧，我抓娃娃很厲害的。」

剛好有一對情侶路過兩人身前，女孩子手裡拿著幾個小娃娃，開心地親了男孩子一口。

廉君看在眼裡，慢慢認真了表情，說道：「我覺得……我抓娃娃的技術應該也會很不錯。」

時進也正目送著那對情侶離開，聞言笑哼一聲，說道：「那咱們比比？輸的人必須無條件服從贏的人，時間限制是今天一整天，玩嗎？」

廉君迎上他的視線，伸手握住他的手，「賭約成立。」

「那我今天贏定了。」時進笑得得意，一副自己已經贏了的樣子，推著廉君興沖沖地朝著電玩城的方向快步走去。

卦二懶懶跟在後面，嫌棄地撇了撇嘴——幼稚。

廉君突然回頭看了他一眼，示意了一下電玩城的方向。

卦二一秒收斂好表情，朝廉君比了個OK的手勢，裝模作樣地拿出手機，給卦三撥了電話，說道：「下一站，電玩城，給娃娃機做點手腳，務必讓時進贏。」

「沒問題。」卦三回答，背景音裡不再是L國那些讓人聽不懂的外語，聲音裡還帶著笑意：「我這就去安排。」

到了電玩城，時進屁顛顛地去兌換了遊戲幣，分給廉君一半，說道：「遊戲幣數量有些少，咱們必須先想辦法增加一些，嗯……你會算牌嗎？」

廉君順著他的指引看向一個類似賭博機的卡牌機，摩挲了一下遊戲幣，點頭，「應該可以。」

「那咱們先賺些遊戲幣。」時進推著廉君來到卡牌機前，往裡投了兩枚遊戲幣。

半個小時後，兩人拿著一小籃遊戲幣來到抓娃娃機前，各自選了一臺娃娃機。

「開始？」時進詢問。

廉君的手已經摸上搖杆，點了點頭，「開始。」

音效聲起，同時響起的還有快門聲。

卦二靠在不遠處的牆角，放下手裡的相機，嫌棄嘀咕：「真是幼稚的彌補童年計劃……」嘀咕完臉上卻又不自覺露出一個笑容，看向玩得專注的廉君，心裡冒出點大家長式的欣慰感。

普通人的日子，是真的很不錯吶。

「八、九……我有九個，你呢？」時進數了數被他繫成一長串的娃娃，看向廉君詢問。

廉君面無表情，說道：「奸商的遊戲。」

「嘖嘖嘖，明明是你技術不到位。」時進彎腰去數他腿上的娃娃，略顯得意地說道：「你才四個，我贏了，你今天一天都得聽我的。」

廉君抬手敲了他額頭一記，說道：「得意忘形。」

時進捉住他的手，也不管是不是在大庭廣眾之下，側頭親了他嘴唇一口，說道：「先蓋個贏了的章，時間不早了，我們去吃飯？」

廉君抿了抿唇，看著他近在咫尺的臉，抬臂勾住他的脖頸，也親了他一下，說道：「好，你想去哪裡吃，我讓人訂位。」

兩人都忘了他們不是真的來約會的，而是來消磨時間等容洲中晚上的飯局。

時進站直身，正準備按照計劃哄廉君去下一個約會地點，手機鈴聲就響了起來。他直起身拿出手機，見是容洲中打來的電話，快飛上天的情緒一下子就被拉下來，瞄一眼廉君，把電話接了。

「在哪裡？」容洲中好聽的聲音傳了過來。

時進稍微側了側身，回道：「在外面，怎麼了？」

「六點的飯局，現在已經五點過了，我就是想確認一下你在哪裡。」容洲中解釋，語氣突然一改，陰森森說道：「時進，我警告你，既然答應了要來，就別想著放我鴿子，小心我發動我的粉絲人肉你。」

時進眉心跳了跳，暗道容洲中真是太狠了，考慮一下後說道：「我是那種人嗎，等著吧，我會帶著禮物準時到的。」說完掛掉電話，扭頭看向廉君。

廉君問道：「誰的電話？」

「我三哥的，他剛剛跟我鄭重道了歉，強烈要求我去參加他的生日宴。」時進回答，蹲下身看著廉君，無奈說道：「看來我們的晚飯不需要你訂位了。」

廉君飛揚了一下午的心情稍微落回，找回一點點理智，安撫道：「沒事，下次我專門帶你出來吃飯。」

時進一臉感動地又親了他一口。

大半個小時後，卦二把車停在闔家歡飯莊門口。

時進先一步下了車，看向了某個等著飯莊門口的熟悉身影，喚道：「四哥。」

向傲庭立刻看過來，見到時進，臉上表情迅速化開，快步迎上前說道：「來了，餓不餓？我先帶你進去吧，大哥和三哥已經到了，二哥和老五一會就來。」

什麼，費御景居然也會來？他什麼時候回國的？時進意外，暫時沒時間細問，朝向傲庭說道：

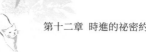

「等等，我帶了家屬來，我先扶他下車。」

說完繞到汽車另一邊，打開車門搬出輪椅，把廉君扶下來。

「你好。」廉君坐穩後客氣地朝向傲庭點點頭，算是招呼。

向傲庭看到廉君，臉上的笑容一秒消失，皺了皺眉，卻也沒說什麼，點頭回了句好，然後側身示意了一下飯莊，說道：「請進吧，飯莊今天被老三包下了，沒有外人，你們可以放心。」

時進對包場這件事很滿意，從汽車後備箱裡拿出給容洲中準備的禮物，讓廉君幫忙拿著，然後推著輪椅順著向傲庭的指引朝著飯莊內走去。

他裝禮物的袋子很隨便，就是個普通的購物袋，口是敞開的，所以向傲庭一眼就看到裡面塞著的抱枕，好奇問道：「這是什麼？」

「我給三哥準備的生日禮物。」時進誠實回答。

向傲庭一頓，面上露出個帶著無奈的好笑表情來，說道：「都是要上大學的人了，怎麼還這麼孩子氣，你這不是故意招三哥嗎……算了，你真的要上警校，哪一所？」

時進順著答了一句，絕不多話。

向傲庭卻很認真，聞言想了想，說道：「這所學校不錯，我有幾個戰友退役後去了那兒，我讓他們多關照一下你。警校比其他學校開學早，需要先去做一下身體檢查，還有，你這段時間別落下了鍛煉，小心軍訓跟不上。」

時進應了一聲表示明白，客氣道謝，依然不多話。

向傲庭察覺到他對自己的冷淡，在心裡低嘆口氣，見包廂已經在眼前了，沒再說話，先一步走到門前，幫時進和廉君推開了門。

門開後，露出一間裝修古風的飯廳。

坐在靠門沙發上的容洲中和時緯崇聽到聲音後齊齊扭頭看了過來，然後和剛好被時進推到門口的廉君對上視線。

「晚上好。」廉君抱著購物袋客氣招呼。

空氣瞬間安靜。時緯崇眉頭一皺，容洲中嘴角一拉，兩人對視一眼，又默契十足地把視線投向站在廉君身後的時進。

「我怎麼覺得，你們好像對我帶的家屬有那麼點敵意。」時進表情一垮，扶著廉君的輪椅直接後退轉身，說道：「不歡迎我們算了，三哥生日快樂，你們慢吃，我先走了。」說完邁步就想溜，他可還趕著去約會呢。

站在門邊的向傲庭急了，連忙伸手按住他的肩膀，勸道：「沒有不歡迎你們，小進你別多想，大哥和三哥只是沒想到廉先生也來了，有些驚訝而已。」說完朝室內的時緯崇和容洲中看了一眼。

時緯崇也回了神，勉強斂住表情和情緒，起身朝著時進走去，說道：「小進，先進來吧……廉先生，歡迎你過來。」

「謝謝。」廉君態度依然客氣，神情卻偏冷淡，一副是走是留全看時進意思的模樣。

時進被向傲庭按得停了步，看一眼走過來的時緯崇，沒說話，又看向依然穩坐在沙發上的容洲中，要他這個壽星表態的意思很明顯。

容洲中可沒時緯崇那麼依著時進，見他看過來，黑著臉問道：「你剛剛說廉君是你的什麼？」

「家屬啊。」時進理所當然回答，伸手親密地按住廉君的肩膀，鄭重介紹道：「給大家介紹一下，這位是我以結婚為目的交往的男朋友，廉君，希望各位兄長能對他友善一點。」

這話一出，廉君勾了唇，時緯崇繃了臉，向傲庭皺了眉，容洲中則直接炸了，問道：「結婚為目的？交往？時進你瘋了嗎？」

時進故意臉一板，推著輪椅邁步就走。

容洲中噎住，氣得起身想去和他「講講道理」。

下工作。

時緯崇連忙轉身攔住他，向傲庭則再次按住時進的肩膀，說道：「小進，你先別走，今天我們聚在一起，除了給老三慶生外，還有點事情要和你談，你別衝動。」

果然不是單純的過生日，他就說費御景那種大忙人，怎麼可能會因為給兄弟過生日這種理由丟下工作。

時進詐出了他們的真實目的，順勢停步，側頭問道：「你們想和我談什麼？」

向傲庭為難地皺了皺眉，回頭看一眼房內的時緯崇和容洲中，回道：「談……」

「都站在外面幹什麼？」費御景的聲音突然從前方不遠處響起。

向傲庭打住話頭，朝著聲音傳來處看去。

還拖著行李箱的費御景皺著眉從走廊那邊走過來，身後跟著仍是一副休閒學生打扮的黎九崢。兩人快速靠近，費御景看一眼時進和時進推著的廉君，又看一眼向傲庭按著時進肩膀的手，聽到包廂裡傳來的容洲中和時緯崇的聲音，大概明白了現在的情況，沒有理時進和向傲庭，而是看向廉君，說道：「你來得正好，今天我們要和時進談的事情比較重要，你幫時進把把關也好。時進馬上要上大學了，他需要一些保障。」

保障？廉君聞言眼神一動，側頭喚了時進一聲。

時進眉毛一抽，應了一聲他的呼喚，轉頭看向費御景，忍不住瞪了他一眼——這傢伙可真會抓重點，知道只要說服廉君，他就肯定不會再鬧了，狡猾！

費御景被他瞪了，皺著的眉頭反而鬆了開來，說道：「就你小聰明多……進包廂。」說完先一步朝飯廳走去。

時進扭頭目送他進屋，心裡沒勁地低哼一聲，扶著廉君的輪椅轉身——說實話，他還是很想知道這幾兄弟葫蘆裡到底賣的是什麼藥。

黎九崢快趕一步走到他身邊，看一眼廉君，突然問道：「在治療嗎？」

時進心裡一驚，側頭戒備地朝他看去。

「你們前一陣才去過療養院，他的氣色變化也太大，治療這種事很容易就推測得出來，我畢竟是醫生。」黎九崢說著，掏出一張名片遞給時進，說道：「這是我大師兄的名片，他很擅長解決神經方面的問題，嘴也嚴，給。」

廉君中了神經類毒素的事，外人稍微打探一下就能知道，不是祕密。

時進糾結了一下下，還是把名片接過來，問道：「為什麼？」

「還你過年時的春捲和餃子。」黎九崢回答，側頭對上他的視線，眼裡不再有那些隱藏的殺意後，居然顯得有點軟，突然問道：「聽說四哥吃過你親手包的餃子？」說完並不等時進的回答，加快腳步進了飯廳。

時進扭頭看向向傲庭。

向傲庭有點尷尬，解釋道：「我不是故意告訴他的，就是不小心在群裡提了一嘴……」

「你們還有群？」時進不敢置信，心中恍然大悟。

難怪他這邊的動向，只要有一個哥哥知道了，剩下的哥哥就會全部知道，原來他們居然拉了群！真是……真是太八卦了、太卑鄙了！

向傲庭見他瞪大眼看著自己，越發不自在了，拿出手機說道：「你帳號多少，我把你也拉進來吧，大家平時可以多聊聊，溝通是很重要的。」

時進直接拒絕，面無表情說道：「不必了，我沒有帳號那種東西。」他現在沒進群，就已經時不時被電話簡訊騷擾了，這要是進了群，那不得天天被消息震來震去？太可怕了，遠離遠離，必須遠離。

在時緯崇和費御景的協調下，六兄弟加廉君總共七個人，終於順利地在飯廳內間落坐。可憐的跟班卦二被留在外間，獨擁一桌美食。

菜陸續上齊，時進掃一眼菜色，發現大部分都是廉君不能吃的，便喊來服務員，單獨給廉君添了兩道菜。

黎九崢見狀，眼裡閃過一絲瞭然。

在黎九崢這個醫生眼裡，時進給廉君單獨點菜的行為是在幫廉君忌口，但在其他幾個不明真相的兄弟眼裡，時進這行為就是在公然秀恩愛。

今天擺宴的正主容洲中看時進的行為看得額頭青筋直迸，索性扭頭眼不見為淨，開口說道：「謝謝大家過來，都吃吧。」

這場生日宴只是一個為了拉時進過來談事情而隨便找的由頭，今天雖然確實是容洲中的生日，但容洲中本人對過生日沒什麼特別的想法，所以態度並不算積極。大家也都心裡瞭然，所以也沒什麼真的要給容洲中過生日的意思，聞言紛紛拿起筷子，準備邊吃飯邊和時進談事情，希望美食能緩和一下談話的氣氛。

「等等，怎麼就吃上了，蛋糕呢？生日禮物呢？都沒有嗎？」時進突然開口打破一室寂靜，一臉的義正辭嚴，「你們過生日會不會太隨便了，三哥可是又老了一歲啊，這是多麼重要的事情！服務生，拿個蛋糕上來！」

咔。容洲中手裡的筷子錯在了一起，敲出一聲不祥的音節，咬牙切齒說道：「小兔崽子，你說誰老了一……」

「三哥生日快樂，給，生日禮物！」

時進突然起身把購物袋塞到容洲中懷裡，把他的話懟了回去。

容洲中被購物袋砸了一臉，回神後先看到的是購物袋上的商標。那個商標很好認，是一個男士皮包的名牌，容洲中剛好很喜歡這個牌子的包。

容洲中的心情頓時變得有點點複雜，臉上的怒氣都有點擺不下去。他把購物袋拉下來，表情古怪地擰著，邊去摸購物袋裡的東西，邊略顯彆扭地說道：「沒想到你還知道我喜歡什麼，你是不是又去我的粉絲站打……嗯，這是什麼？」

知道真相的向傲庭低頭，專心數面前芝麻球上的芝麻。

廉君則側頭看向表情正經，眼神卻亮得出奇的時進，忍不住握住他的手。

其他幾位兄長則全都朝著容洲中看了過去，心思出奇地統一——沒想到小進還給老三（三哥）準備了禮物，不過這果然是小進會做出來的事，不知道小進給老三（三哥）買的什……

容洲中一臉疑惑地把購物袋裡的東西拉出來，一隻卡通造型的五彩蜈蚣抱枕掙脫購物袋的束縛，被容洲中提在了手裡。

容洲中的表情一秒僵硬，桌上其他幾兄弟的表情也齊齊凍住，黎九崢甚至抬手揉了揉眼睛，出聲問道：「這是……蜈蚣？」這世上有這麼肥這麼花的蜈蚣嗎？

一句蜈蚣出口，彷彿是機器人被按下了開關，容洲中突然回神，表情一變，丟開抱枕，捂住嘴衝進衛生間。

桌上所有人齊齊朝著時進看去。

「恐懼是可以克服的。」時進搖頭嘆氣，一臉「我這是為了他好」的表情，認真說道：「不就是睡覺的時候被蜈蚣爬到臉上過嗎，沒什麼的，這種事情，很快就能忘掉的。」

時緯崇、費御景、黎九崢：「……」

——這種可以歸類為童年陰影的事怎麼可能忘得掉，你是魔鬼嗎？

向傲庭頭疼扶額，默默嘆氣——三哥以前或許是忘了，但有了那個抱枕，這事估計一輩子都要忘不掉了。

十五分鐘後，容洲中回來了，臉上沾著水，表情很難看。

他回到自己的座位邊，彎腰撿起地上的蜈蚣抱枕，看向時進，突然冷笑了一聲，說道：「小兔崽子，幾個月後就是你的生日，你給我等著。」

時進無所畏懼，甚至還能繼續作死：「三哥，你明年的生日禮物我已經想好了，蜈蚣掛件怎麼樣，可以掛在手機上的那種。」

容洲中臉一黑，沉聲喊來服務生，一口氣加了五六盤帶有黃瓜的菜。

時進冷哼一聲，說道：「幼稚！」

其他幾位哥哥：「……」

——你很成熟嗎？大家都是兄弟，能不能不要互相傷害了？

鬧了一場，時進要的蛋糕上來了，容洲中要的黃瓜菜也上來了，桌上的氣氛莫名和諧了那麼一點點。

「先把蛋糕切了吧。」時進終於良心發現，賣了壽星一個面子。

容洲中冷颼颼看他一眼，起身拿起刀，像殺仇人一樣用力戳上蛋糕，然後砰一聲坐下，說道：「切完了，吃飯！時進你要是再敢廢話，我就把你小時候的裸照貼到網路上！」

廉君皺眉，側頭朝他看去。

「他是騙人的，他根本沒有我的裸照。」時進忙把廉君的臉掰回來，讓他喝湯，「快吃快吃，你吃飯的時間必須規律，現在都六點多了，已經比平時晚了。」

廉君順勢收回視線，聽話地喝了一口湯。

時緯崇等人見到這一幕，莫名覺得桌上的菜都變得難吃起來。

吃飯的時候大家默契地沒有說正事，只裝作閒談的樣子，問了問時進高考和填志願的事。時進挑著能說的說了，也沒特別針對他們。

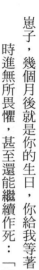

一頓飯吃完已經到了七點多，時進記掛著約會的事，便主動提道：「你們想跟我談什麼？」

幾兄弟齊齊一頓，最後由時緯崇做主，撤走了桌上的碗盤，上了一些軟料。

等服務生走後，時緯崇整理了一下語言說道：「是這樣的，上次我想轉讓股份給你，你不願意接受，當時也是我考慮不周，自以為是為你好，反而給你造成一些困擾。所以我考慮了一下，聯繫御景他們，拿了另一個方案出來。」

費御景配合地打開腳邊的行李箱，從裡面拿出一疊厚厚的文件，說道：「這是我提出來的，可以直接簽。」

剩下幾兄弟的表情也正經起來，稍微坐正了身體。

時進皺眉，看向費御景拿出來的那一大堆文件，問道：「這是什麼？」

費御景回道：「是父親所有的不動產和私人存款的轉讓贈予，另外，由我和大哥做主、我們五兄弟共同出資，大家一起給你建立了一個信託基金，以後你上學、就業、置產等等生活所需，全都可以從基金裡拿錢。」

居然是基金？時進意外，然後眉頭皺得更緊了，「你們為什麼要給我這個？我不需要。」

「這不是我們給你的，是父親給你的。」費御景把文件往他面前一推，解釋道：「當初你把遺產平分給我們五個，我們當時只接受了股權，不動產和存款全都沒有動，所以這些依然是屬於父親的東西。」

「你當我是傻子嗎？我不要。」時進還是拒絕。

費御景看著他抗拒的樣子，突然摘掉眼鏡靠到椅背裡，問了個他一直很想問的問題：「時進，你在怕什麼？」

「費御景。」廉君沉聲喚了他一聲，擺明了不喜歡他現在和時進說話的態度。

時進伸手攔了一下廉君，直接對上費御景的視線，回道：「我怕很多東西，這些不是能讓我生活無憂的錢，而是會讓我粉身碎骨的催命符。我就直白說了，我現在已經不怕你們了，但我怕你們的母親，或者說是和你們利益相關的人。」

大家聞言都皺了眉，聽過一次這種言論的時緯崇更是暗了臉色，緩聲安撫道：「小進，你太敏感了，這些東西並不會害到你。」

時進擺出一副「我不聽、我不聽」的態度，將不配合堅持到底。

氣氛一時間有些僵持，容洲中忍不住開口：「時進你是談戀愛談傻了嗎？我媽自己開了那麼大一家公司，有錢又有閒，天天包小白臉日子過得快活著呢，哪有空來動你這條小命。」

黎九崢也開了口：「我媽也不會，因為她已經去世了。」

眾人：「……」

小死抖了抖，說道：「進進，黎九崢是在說冷笑話嗎？好冷。」

「……反正我不要這些東西。」時進堅持不簽文件。

向傲庭見時進這滿身防備的樣子，猜他是被過去的事情傷害得太深，怕從他們這拿到好處後會受到傷害，有點心疼，剛準備開口安撫一下，一陣手機鈴聲就響了起來。

眾人齊齊朝聲音傳來處看去，時緯崇皺眉，從兜裡摸出響個不停的手機，看了一眼來電人，選擇掛斷電話。

費御景難得露出了不喜歡的態度，問道：「又是她？」

「嗯，我會和她好好談談的。」時緯崇接話，話音剛落，手機鈴聲就又響起來。他像是沒辦法了，起身抱歉地看了眼眾人，說道：「抱歉，我出去接個電話。」

時進已經根據時緯崇的反應猜出來電人是誰，看一眼自己腦內的進度條，心思一轉，突然起身說道：「大哥，只要你在這裡接了這通電話，我就簽這些文件，你聊多久，我就簽多久。」

時緯崇停步，側頭朝他看去。

「答不答應？」時進拖過那些文件，拿起筆。

時緯崇深深看著他，手掌緊了緊，拿出手機，按了接聽。

「喂，緯崇你在哪裡？」

擴音讓徐潔的聲音格外清晰，時進心思一定，直接翻開第一份文件，讓小死快速掃描一遍內容，確定沒什麼陷阱之後，簽了字。

時緯崇見狀拿起手機，和徐潔聊了起來，騙徐潔說他在外面和人談生意，會晚一點回去。

一份又一份，時進快速把所有文件簽完，抬頭看向時緯崇，說道：「這些不動產和錢我全部收下，基金你們愛成立就成立，我也阻止不了你們，你們開心就好。」說完把筆一放，將文件推回費御景面前。

費御景看他一眼，又看一眼時緯崇手裡的手機，若有所思。

時進說話的聲音不高不低，在安靜的室內十分清晰，電話那邊的徐潔顯然也聽到了他的話。她的聲音立刻拉高，厲聲說道：「緯崇你到底在哪裡！你給了那個野種什麼東西？」

小死緊張提醒：「進進，你的進度條漲到800了！」

直接從600漲到800，徐潔果然有問題！

時進看向時緯崇，面無表情。

時緯崇用力閉了閉眼，直接把徐潔的電話掛了，看向時進，問道：「這就是你想要的？」

「是，這就是我想要的。」時進肯定回答，說道：「大哥，你不是說這些東西不會害到我嗎？那我就讓你看看，這些東西最後會不會害到我。三哥，多謝招待，告辭。」說完推住廉君的輪椅，頭也不回地離開這間包廂。

外間的卦二見他們出來，連忙邁步跟上。

內間安靜下來，費御景看向時緯崇，問道：「你是不是有什麼事瞞著我們，小進為什麼對你母親的敵意那麼大？」

「……是我母親先對小進表現了敵意。」時緯崇拖了一把椅子坐下，抬手扶住額頭，表情晦暗，「是我的問題……御景，你說得對，我那次就不該堅持去看小進。」

所有人都皺眉看著他，想起徐潔的為人和時進的倔強，突然都覺得今天這場飯局有點愚蠢。

「真是麻煩。」容洲中靠到椅背裡，側頭看向已經被塞回購物袋裡的蜈蚣抱枕，伸手把它拽出來，拽完見購物袋底部還放著一個包裝低調貴氣的小盒子，愣了愣，把盒子拿出來，打開來一看，見裡面裝著一個大氣簡約的男士錢包，表情一頓，又看了看蜈蚣抱枕，稍顯煩躁地抓了抓頭髮，嘆道：「你們真的是……麻煩啊。」

時進扶著廉君坐上車，自己也跟著坐上車，關上車門，看向飯莊大門。

小死突然開口：「進進，你的進度條降到790了。」

時進一愣，心情變得有點複雜，長嘆口氣靠在椅背裡，看著自己的進度條，在心裡說道：「小死，你說我這樣做到底對不對？」

在猜到應該是徐潔打了電話給時緯崇之後，他心裡立刻冒出一個想法——與其去躲避猜測未知的危險，不如想辦法激化矛盾，逼危險擴大。

千日防賊實在太累，要想快點解決這些破事，想辦法把賊逼出來，一次收拾個乾淨似乎是個不錯的主意。但這樣的話，時緯崇肯定會背上很多負面的東西。

小死笨拙安慰道：「沒什麼對不對的，進進，等進度條消了就好了，大家都會好起來的。」

——真的會好起來嗎？

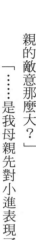

時進的視線不自覺落到廉君的進度條上，想起廉君正在穩步進行的治療計劃，眉眼緩了下來——好像確實會好起來……

「時進。」廉君突然握住他的手，語帶安撫。

時進回神，側頭看向他，想到自己還沒完成的約會計劃，又慢慢振作起來，回握住廉君的手，問道：「今天你一天都會聽我的，對不對？」

廉君伸手摸了摸他的臉，點頭，「嗯，都聽你的。」只要你開心起來。

時進於是笑了，變魔術似地從座椅底下拉出一個袋子，期待說道：「那你先換上這身衣服。」

廉君一愣，看向他手裡裝衣服的袋子，突然覺得自己好像跳了個坑。

【第十三章】

驚人的身世

在廉君緊張的視線中，時進從袋子裡拿出……一件白色T恤。

「這是……？」廉君臉上的緊張消失，變成疑惑。

「這是我上次和卦二出門的時候，特地給你買回來的衣服，你不記得了嗎？」時進美滋滋地把衣服抖開，指了指衣服邊角的位置，說道：「看這裡，這裡有個『君』字，我就是看到這個才給你買的。」

廉君順著他指的方向看過去，果然在T恤衣襬處看到一個黑色刺繡小字。

「售貨員說這衣服上面的字體是一位書法大家獨家授權的，字也是手工繡上去的，用的是什麼現在已經很少有人使用的國繡……反正我也聽不懂，總之很稀有就對了。這套『國學』系列的衣服全球限量，只有七十二件，繡了『君』字的只有兩件，我全買回來了。」時進解釋，從袋子裡掏啊掏，果然又掏了一件白色的T恤出來。

廉君聽著他的解釋，看著他手裡的衣服，眉眼一點點緩下來，忍不住逗他，說道：「你當時不是說只給我買了一件衣服嗎？怎麼現在變成有兩件了，騙我。」

「沒騙你。」時進搖頭，把後拿出來的那一件T恤比到自己身上，說道：「這一件是我買給自己的，所以這兩件衣服是你一件、我一件，剛好可以湊成一套情侶裝。」

廉君又愣住了，重複道：「情侶裝？」

「嗯，情侶裝。」時進回答，把兩件衣服放到腿上，傾身拍了下卦二的椅背示意他把擋板升起來，伸手去摸廉君的衣領，笑著說道：「今天還沒結束，所以我們換身衣服，繼續去約會吧！」

汽車一路飛馳，朝著B市郊區駛去。

時進不止給廉君準備了衣服，還為他準備新的褲子鞋子，當然，也全部是情侶款。等汽車穩穩停在目的地門口的時候，廉君已經換下他的長袍，穿上時進給他準備的「情侶裝」，甚至還被架上一副眼鏡。時進自己也換上了新衣服，把舊衣服塞進袋子裡。

兩人身上穿的雖然都是白T，但款式不大相同。廉君身上的白T設計得比較修身，整體裝飾只有布料自身帶著的一些暗紋和衣襬處繡著的墨色「君」字，十分簡潔內斂。時進身上的白T則是寬鬆款，雖然也繡了「君」字，但字的顏色卻是紅色，字體也不一樣，十分狂放，很大，繡在左胸到肩膀這塊十分顯眼的位置，打眼看去，就像是從胸口燃起了一把火，給人一種生命力蓬勃的感覺，很是張揚。

兩件衣服單拎出來看，並不會讓人覺得是一個系列，但等真穿起來靠在一起，那種和諧相搭的感覺就瞬間凸顯出來，讓人一看就知道這兩件衣服是出自同一個人之手。

廉君因為長相和氣質的原因，總是會給人一種不好相處和稍顯壓迫的感覺，但在換上這身風格內斂的衣服、架上眼鏡擋住眼中鋒芒之後，整個人立刻顯得溫雅，又因為他體型偏瘦，所以在溫雅之餘，又稍稍生出了一點斯文禁慾感。總而言之，很誘人。

「……完美，這樣就一點都不像是黑社會了。」時進慢慢退開身，聲音乾巴巴的，第一次如此清晰地意識到一件事——哪怕只是看臉，他肯定也會喜歡廉君的。

這麼完美好看的一個人，誰會不喜歡呢！

廉君見時進表情僵硬，語氣「勉強」，卻瞬間誤會了他的意思，掃一眼他身上穿得十分好看的白T，摸了摸自己偏瘦的手腕，不大自信地問道：「會不會很難看？」

太瘦的人會撐不起衣服，平時他穿著對身材寬容度非常高的袍子，還能遮掩一二，現在換了普通的衣服，身材上的缺陷就全部暴露出來了。

他也只是個普通人而已，會本能地希望自己在戀人眼中是好看的。

時進聞言回神，又上下打量了一下廉君，居然認同地點點頭，說道：「是有點。」

廉君手指一顫，稍微斂了視線，手不自覺地想去扯一扯衣襬，剛想說那要不還是換回來吧，卻發現時進突然靠過來，然後抬手，摘掉他鼻梁上的眼鏡。

「這個眼鏡太醜了，一點都不搭你，你的眼睛這麼好看，還是不要擋著的好。」時進把眼鏡丟開，捧著廉君的臉仔細看了看，湊過去吧唧一口，說道：「這樣就很完美了，連普通的T恤都能穿得這麼好看，不愧是我的男朋友！」

廉君先是愣住，然後被他浮誇的表現逗笑，見他眼中的喜歡確實不像是假的，反手抱住他，說道：「你喜歡就好。」

「我當然喜歡！」時進又親了他一下，然後退開身，側身握住車門把手，說道：「好了，時間緊迫，我們去約會。」

廉君順著他的動作往車外看去，發現外面黑漆漆的連個路燈都沒有，只隱約能分辨出車外不遠處是一片小樹林，微微皺眉，問道：「這裡是哪裡？」

「你等會兒就知道了。」時進先一步下車，然後取出輪椅扶他出來，給他噴上防蚊液，告別卦二後推著他徑直拐進小樹林，順著林中小路朝著未知的前方走去。

因為被樹木遮擋住月光，所以林子裡比外面更暗，廉君眉頭始終皺著，按開時進塞過來的手電筒，觀察一下周圍的環境，想提醒時進注意安全，結果嘴剛張開，就被時進的話打斷了。

「快到了，別眨眼睛。」時進的聲音裡帶著一絲壓抑的期待和激動，說著突然加快速度，幾乎是推著廉君小跑著拐過前方轉角，跑出樹林，邁進林邊一道卡通造型的木門，慢慢緩衝停在一個開闊的類似廣場的地方，不知道從哪掏出一個口哨，用力吹了兩聲。

咻咻——口哨聲劃破夜色，傳向遠方，依稀有回聲輕蕩。

廉君耳尖地聽到隨著口哨聲響起，前方不遠處突然響起一道模糊的水流聲，然後那水流聲越來越大、越來越大，突然嘩一聲，幾道手腕粗細的水柱帶著燈光沖出地面，照亮黑暗的世界，在半空炸開，形成一道帶著彩光的水幕，慢慢落回地面，流回最初噴出的地方。

砰砰砰。有燈光從兩人後方的木門處呈圓形朝著前方快速點亮，歡快的音樂聲響起，小廣場被徹底點亮，兩人站在廣場門口，成為這場美景唯一的觀眾。

時進放下口哨，滿臉讚嘆地看著面前足足有七八公尺高，一層環著一層的音樂噴泉，忍不住彎腰按住廉君的肩膀，激動說道：「怎麼樣，這個好不好看？我特地把第一站選在這裡，喜歡嗎？」

廉君從驚訝中回神，側頭看向時進，問道：「這些……都是你準備的？」

「嗯，第一次約會嘛，當然要好好玩。」時進點頭，見廣場那邊出現一個朝這邊移動的黑影，連忙站起身朝那邊揮了揮手，然後彎腰去扶廉君，說道：「天氣還是太熱了，走，咱們坐到觀光車裡去，裡面涼快。」

廉君順著他的力道站起身，也看到那個漸漸接近的黑影，等對方靠近後才發現是一輛做成卡通造型的遊園車，上面還刻著工作人員專用的字樣，又掃一眼面前這個被彩光和噴泉點綴得彷彿夢幻的小廣場，終於稍微緩過了神，問道：「你把這裡包下來了？」

「嗯，這樣玩起來比較自在。」時進這時候倒是誠實，等車停下後立刻拉開車門把廉君扶上去，然後收好輪椅搬上去，自己也鑽進去，拍一下前面的車夫，「出發，按照彩排的路線走。」

「是。」車夫應了一聲，轉動方向盤。

廉君眉眼一動，看向前座戴著一頂滑稽帽子的車夫，喚道：「卦三？」

「君少晚上好。」卦三回頭跟廉君打了個招呼，說道：「對於我提前回來卻沒有即時通知您的事情，我之後會給您一個解釋。」

廉君又側頭看向時進。

時進低咳一聲，心虛說道：「我就是稍微拜託了一下他們……」

「所以卦一也回來了？」廉君詢問。

卦三和時進一起點頭，小心看著他，一副怕他生氣的樣子。

「你們真是……」廉君掃他們一眼，突然靠到椅背裡，說道：「出發吧。」

「嗯？」卦三有點沒反應過來。

「時進十一點前必須睡覺，現在已經八點了，抓緊時間。」廉君解釋。

卦三聞言反應過來，知道他這是不準備計較大家一起騙他的事情了，連忙又應了一聲，回過神專心地開起觀光車。

時進見狀感動地抓住了廉君的手，拚命灌甜言蜜語：「君少你真是又好看、又厲害、又寬容、又大度，來，吃水果。」說完把觀光車裡的果盤端出來。

「油嘴滑舌。」廉君敲他一下，嘴角卻勾了起來。

遊園車一路前行，路邊的燈陸續點亮，如果從高空往下俯瞰，就會發現整個遊樂園的燈光是按照遊園車前進的路程依次點亮的，客人沒有到的地方依然是一片黑暗。

園內雖然沒有其他遊客，但氣氛卻很是熱烈。遊園車所到之處，所有的店鋪全都開著，小攤也都擺著，遊街表演的玩偶人和花車來回穿梭，偶爾還能看到有滅的人路過在負責保全，人來人往的，一點都不冷清。

在路過一家甜品店時，時進讓卦三暫時停下，下車從打扮卡通的店鋪老闆買了兩份甜品，鑽回來遞一份給廉君，說道：「嚐嚐，看喜不喜歡？」

廉君接過這份造型有點粗糙的甜品，想到什麼，看了時進一眼，拿起勺子叉了一口送進嘴裡，咀嚼嚥下後點頭說道：「不錯。」是熟悉的味道。

「那你多吃一點！」

時進聞言放了心，也拆了自己的甜品，一勺子下去挖了一半，心裡美滋滋。

出來約會怎麼可以不吃東西，但因為廉君要忌口，所以他只能想出個這種自己提前做好廉君能吃的東西，然後冒充成店鋪的成品買過來，烘托約會氣氛的法子。

好在廉君沒嫌棄他的手藝，計劃通。

廉君把他的表情變化全部看在眼裡，戳了戳甜品上的草莓，也學著他的樣子，一勺子挖了一半甜品下來，送進嘴裡。

——嗯，好吃。

沿路的店鋪很多，時進時不時開門下車，買玩具、買周邊、買紀念品、買吃的、買喝的……各種買買買，他像是完全忘了廉君需要忌口這件事，不停把路邊店鋪上買來的小甜品和小零食塞給廉君吃。

廉君也像是忘了自己的身體狀況，對他的投餵全部欣然接受，偶爾還會主動要求停下去買些什麼，然後自己拿手機掃碼付錢。

除了全程坐在觀光車裡，兩人就像是一對普通的、來遊樂園玩夜場的小情侶一樣，邊逛邊玩、邊玩邊吃，不亦樂乎。

就這麼吃了一路，兩人到了第一個娛樂設施所在地——旋轉木馬。

「玩嗎？不用排隊喲。」時進用推銷員的口吻鼓動廉君。

廉君從來沒有玩過這種堪稱幼稚的娛樂項目，小時候是沒機會，長大後是沒時間和不符合身分所以不能玩。他本來以為自己這輩子都要和這些東西無緣了，卻沒想到現在有個人費盡心機地幫他補上了這些。

「你說了今天一天都要聽我的，去玩。」時進見他不說話，突然又變了臉，一副「我知道你不想玩，但我一定要逼你玩」的模樣。

廉君笑了，知道他這樣是在給自己「做出不符合身分的事情」這件事遞梯子，點了點頭，應道：「好，我們去玩。」

「不許反悔！」時進立刻開心起來，連忙下車搬輪椅扶他下來，一副怕他跑了的模樣。

卦三目送兩人進了旋轉木馬區，抬手頂了頂帽子，拿出相機——這大概是他這十幾年來做過的最簡單的一個任務了，照相是吧，他可是很在行的。

木馬轉一圈並不需要多久，時進拉著廉君足足坐了三圈才滿足，硬是把木馬、小馬車、雙人馬全部坐了一遍。廉君由著他折騰，看著身周隨著木馬移動而改變的燈光，聽著時進在身邊漫無邊際地閒扯，臉上的笑容持續加深。

對於已經成年的他來說，這種幼稚的遊戲或許不夠有趣，但身邊人的心意，卻實在珍貴。

木馬坐完了，兩人回到車上，繼續順著園區道路往前。

前方燈光慢慢點亮，光亮處出現一個個造型可愛的小攤和遊街的熱鬧花車，兩人一路前行，簡直像是從現世走入了童話世界。

又是一番買買吃吃，第二個遊樂設施到了——大怒神。

「是男人就玩刺激的。」時進看向廉君，故意挑釁問道：「敢玩嗎？」

廉君用手撐著臉，嘴角勾起，伸手戳了他的臉一下，點頭，「敢。」

「那走起！」時進立刻推門下車搬輪椅。

在大怒神上坐好後，廉君發現側邊的地方突然多出兩個人——卦一和卦二。

「彌補童年加我一個。」卦二朝廉君打了聲招呼，坐上座位。

卦一也朝廉君打了招呼，說了句和卦二差不多的話。

廉君擺了擺手表示沒什麼，側頭看向身邊明顯有點緊張的時進，抬手扶住護具。

「別怕。」

呼——安撫聲和機器運轉的聲音一起響起，身體浮空，空氣被攪動，視野迅速拔高，廉君瞇了瞇眼，等機器停下後看著腳下自己和時進走過的路，眼裡浮現點點滿足。

最後居然只有時進忍不住發出了尖叫，卦二無情嘲笑，時進怒目而視，氣沖沖地推著廉君上了觀光車，朝著下一個遊樂設施駛去。

碰碰車、搖頭飛椅、飛碟、鬼屋、瘋狂轉盤、4D奇幻之旅、雲霄飛車……兩人順著園區的路，把園內所有熱門的遊樂施設全部玩了一遍，還拐去表演廣場看了一會夜場的表演，最後走向今天最後一個、也是目前整個園區唯一沒有亮燈的地方——摩天輪。

「摩天輪在園區的正中間，升到頂處後，可以清楚看到整個園區的夜景。」時進下車，推著廉君來到摩天輪前，看一眼時間，說道：「現在是十點四十分，摩天輪轉一圈需要二十分鐘，坐完剛好到十一點，我訂了這個園區配套的度假小屋，今晚就在這裡休息，怎麼樣？」

廉君因為心情的原因，氣色看上去要比平時紅潤許多，聞言仰望一眼此時依然沒有亮燈的摩天輪，點頭應道：「好，今天一天都聽你的安排。」

「就知道你會這麼說。」時進開心地按住他的輪椅扶手，邁步往前。

兩人順著排隊的位置朝著摩天輪靠近，走到一半，廉君聽到身後有腳步聲傳來，往後一看，見分別陪著他們玩了大怒神、雲霄飛車等幾個刺激項目的卦一等人，不知何時居然全都跟了上來。

「當車夫的感覺怎麼樣？」卦二走在最前面，正邊走邊和卦三交換當車夫的心得，語氣有些賤兮兮的。

卦三側頭看他一眼，摘下頭上的帽子轉著玩，不理他。

卦一走在兩人身後，似乎是不想理這兩個弱智車夫，側頭拿著手機和園區負責人溝通起度假小屋的整理情況。

卦五跟在卦一身後，敬業地拿著相機對著大家拍拍拍。

卦九走在最後面，耳朵插著耳機，正拿著園區內送的訂製款遊戲機玩得專心。

大家都很放鬆，像過來遊玩的普通人一樣。

廉君收回視線，手指摸上衣襬處的「君」字刺繡，低聲說道：「謝謝你，時進。」給了看遍黑暗的大家一個觸摸美好的機會。

時進臉上的笑容加深，像是沒聽到他這句道謝一般，快活地哼起了歌。

幾人各自挑了一個車廂坐進去，摩天輪啟動，帶著所有人朝著高處緩緩行去。隨著車廂升高，園區的夜景漸漸鋪開在眼前，摩天輪上的燈光也依次點亮。

「看，是我們進來的那個音樂噴泉廣場。」時進突然指向兩人剛剛到達遊樂園時的位置。

廉君看過去，然後砰一聲，就在噴泉廣場不遠的地方，煙花升起，絢爛了夜空。

「感謝遊樂園內不禁止煙花的政策。」

時進扒住座艙的窗戶，側頭看廉君，問道：「好看嗎？」

廉君微笑，看著他彷彿映入了窗外夜景和煙花光芒的雙眼，傾身捧住他的臉，吻上他的眼睛，低聲答道：「好看。」

——在所有的景色裡，你臉上的笑容，最好看。

車廂升到頂端，短暫停留後，緩緩向下。

卦二遺憾地放下相機，嘆道：「可惜了，不坐在一起果然拍不到。」

「收心，一會記得去檢查度假小屋附近的安全。」卦一放下手機提醒。

卦二一臉嫌棄地看向他，沒勁地癱在椅子上，說道：「這輩子第一次坐摩天輪居然是和你，虧了虧了，感覺會變成人生陰影。」

卦一臉一黑，伸腿踢了他一腳。

約會完美落幕，時進帶著微笑滿足睡去，一覺醒來，現實殘忍回歸。

「進進……」小死語氣擔憂，弱弱說道：「你的進度條在凌晨又漲了，現在已經850了。」

「……」時進崩潰地揪住睡得亂糟糟的頭髮，倒回柔軟的床鋪上，痛苦低吟——不用想了，進度條會漲肯定又和徐潔有關，時緯崇不會是又和徐潔吵架了吧？

洗手間裡有水聲傳來，應該是廉君在洗漱。

時進放下手，扭頭看向洗手間的門，長嘆口氣，拽住被子蒙住臉，「漲吧漲吧，漲到死緩才好呢。」漲了才好有目標去消掉。

約會結束後沒過幾天，滅的調查團隊傳來簡進文和雲進的身世調查結果。廉君接收資料後滑動輪椅來到時進身邊，碰了一下他搭在沙發扶手上的腦袋。

時進正靠躺在沙發上戴著耳機用平板看電影，被碰之後仰頭看去，見是廉君過來，摘掉耳機坐起身，問道：「怎麼了，是不是想喝水？」

廉君搖頭，指了指腿上用來接收資料的電腦，說道：「下面把調查結果送來了，要看嗎？」

時進一愣，放鬆的表情慢慢淡去，放下平板點了點頭。

兩人並排在沙發上坐下，時進把電腦放到茶几上，點開資料。

資料分為三部分，第一部分是簡進文的身世調查結果，第二部分是雲進的身世調查結果，第三部分是一些零碎的邊角資料。時進動了動手指，先點開簡進文的部分。

資料依然是用照片開頭，在時進打開資料的瞬間，兩張照片一起跳出來。照片中的人分別是一男一女，兩人年齡看上去差不多，都是二十多歲的樣子，男的長相斯文，女的長相柔美，穿著打扮都比較潮流，看上去家庭條件應該都很不錯。

時進愣住，視線掃過兩個人的長相，很快確定這兩個人應該就是簡進文的父母，但看這兩人的穿著打扮，他又有些疑惑——有條件打扮成這樣的人，應該不會因為金錢方面的原因拋棄孩子吧？

而且簡進文被拋棄的時候很健康，所以他肯定也不是因為身體的原因被拋棄的。那麼既不是因為養不起，也不是因為養不活，這兩個人又為什麼要拋棄簡進文？

帶著這樣的疑惑，他翻過照片，看向後面的資料，然後他很快明白這兩個人拋棄孩子的原因。

簡進文的親生父親名叫魏明，親生母親名叫關佳佳，兩人是青梅竹馬，關係很好，但兩人父母的關係卻很差，兩家是生意上的競爭對手。他們在十六歲那年忍不住偷嘗禁果，有了簡進文。

時進：「……」未成年生子，真相果然永遠比想像來得更狗血。

資料顯示，因為性知識的缺乏，關佳佳在懷孕足足六個月之後才發現自己懷孕了。她很怕，但也知道這件事不是她一個小孩子能解決的，於是找上父母。她父母在得知這件事後直接衝上魏家，把魏明給揍了個半死。

兩家的關係再次惡化，魏父魏母堅決不允許魏明和關佳佳在一起，不願意讓魏明出面道歉，強硬地把魏明送去外地，不讓關父關母找到他，並到處散播關佳佳在外面鬼混，懷了某個混混孩子的謠言，把魏明撇了個一乾二淨。

關父關母氣瘋了，花錢找人攪了魏家的生意，狠狠咬了魏家一口，然後搬離原先的城市。

這一通折騰下來，關佳佳肚子裡的孩子已經有七個月大了，考慮到流產會傷害孕婦身體，關佳佳的父母最後決定讓她把孩子生下來。

兩個月後，關佳佳生下簡進文，關母留下來照顧女兒，關父則抱著孩子開車去了另一個城市，把孩子拋在育幼院的門口。

之後關佳佳休學一年養身體，在第二年年中，被關父關母送出國。

魏明則在這件事後被父母丟去某個封閉式管理的男子寄宿學校，一直到考上大學才稍微獲得一點自由。

到這裡，第一部分資料結束，簡進文的身世徹底明晰。

時進又倒回去看了看魏明和關佳佳的照片，發現簡進文並沒有特別偏向地長得像父母，而是分別繼承了父母長相中比較好看的部分。他想起原主母親和簡進文足有七八分相似的長相，心裡有了點讓人不大愉快的猜測——原主的母親，不會還是魏明和關佳佳生的孩子吧？

兩個年少時鬧到那種局面的人，長大後真的還能再在一起，然後再生一個孩子嗎？

他皺眉，手指一動，點開了第二部分資料。

第二部分資料打開後，並沒有像第一部分資料那樣有照片跳出來，時進心裡咯噔一下，知道自己大概是猜對了——沒有新照片出現，那就代表著雲進的出生，並沒有再關聯上別的人。

資料顯示，雲進也是個棄嬰。她最開始是被拋在N省的一個垃圾桶裡，然後被當班的清潔隊員發現，報警後按流程進入N省的某家孤兒院。後來那家孤兒院倒閉，於是雲進又被轉移到某個小城市的孤兒院，在那裡順利長到成年，之後在準備獨立自己生活時，遇到時行瑞。

等等，孤兒院轉移？還是從大城市的中等孤兒院，轉移到一個不知名小城市的小孤兒院？這太奇怪了吧，按理說就算是孤兒院倒閉，裡面的孩子要轉移，也該是在同省的孤兒院之間轉移才對。

時進心思一動，仔細看了看這段資料，發現雲進是在八歲那年轉移孤兒院，並且是在進入新孤兒院後，才被正式取名為雲進，在這之前，她只有一個跟隨前孤兒院院長姓的爛大街名字。

……雲進八歲的時候，那不就是在時行瑞剛拋棄黎九崢的母親之後沒多久？他記得也就是從這時候起，時行瑞不再到處找女人生孩子，開始收心做事業。

改名、轉移孤兒院、時行瑞突然收心不再找替身生孩子的時間……對上了，全部對上了，所以雲進果然就像他之前猜測的那樣，是時行瑞早就找到，並偷偷找了孤兒院養起來的完美替身。

那時候的雲進才八歲啊，時行瑞居然偷偷養了她十年，耐心等她成年後，才以一個成功人士的身分出現，瘋狂追求對方，哄得對方給他生了個孩子，還想拐她結婚，套牢她一輩子。

瘋了，時行瑞果然已經瘋了。

時進言語不能，緩了好一會才消化掉這個資訊，抬手用力揉了把臉，表情緊繃地翻到下面的資料——所以雲進和簡進文到底是什麼關係，是同父異母的兄妹？還是同母異父的兄妹？或者遠方親戚？更或者真的是……親兄妹？

第二部分資料被他快速翻動，很快就見了底，等看完時，他已經徹底不知道該作何反應了。

雲進居然真的也是魏明和關佳佳的孩子，但她的出生比簡進文更慘烈，她是魏明強迫關佳佳，並長期囚禁後生出的孩子。

資料顯示，關佳佳在出國之後很快擺脫了未成年生子的陰影，順利成為一位優秀的成熟女性，並和一位大學同學結婚，在國外定居。

國內的魏明就沒有她這麼好運了，魏家的生意在被關家咬了一口之後，就像是受到詛咒般，走了幾年下坡路，魏父魏母把生意上的不順全部怪罪在魏明身上，認為如果不是他招惹了關佳佳，家裡的生意不會變糟。

魏明在戀人離開、父母的言語羞辱，和寄宿高中的強硬管理這三重打擊下，心理漸漸扭曲，成為一個表面正常、心裡變態的「怪人」。在讀完大學之後，他切斷了和家裡的聯繫，選擇在關佳佳父母定居的城市工作，像個變態一樣住到關家附近，監視著關父關母，試圖找到關佳佳。

關父關母對此一無所知，在魏明的監視下生活了二十多年。幸運的是，這幾十年裡，因為關佳佳在國內有過不愉快的記憶，所以一直是關父關母去國外看她，她本人並沒有回來過，沒有被魏明找到。

事情的轉折發生在魏明四十一歲那年，這一年關母生了重病，關佳佳擔心不已，終於克服心裡的不喜，回國到醫院照顧母親。

十六歲那年的事情對她來說已經太過遙遠和模糊，所以當她在從醫院回父母家的路上，被性情外貌都大變的魏明堵在小巷裡時，居然一時間沒有認出他來，反而誤以為他是搶劫犯，直接報了警。這件事顯然刺激到了魏明，他在關佳佳又一次從醫院回關父關母家的路上，把她綁架，帶去一座荒山的山洞裡關了起來。

那一段時間關佳佳到底經歷了什麼，沒有人知道，案件記錄裡顯示，等關佳佳找到機會從那座山上逃下來時，時間已經過去一年之久，而魏明已經死了，死在那座荒山上。

關佳佳對這一年裡發生的事避而不談，醫生檢查她的身體，發現她在近期內生過一個孩子，問她孩子的去向，她也只是搖頭不說話，心理創傷很嚴重。

後來她的丈夫以治病的理由把她帶去國外，關父關母也順勢跟著離開了，在沒有有效的證人證言和目擊者的情況下，最後案件以關佳佳正當防衛，導致魏明死亡這個結論結案，而關於那個從來沒有人見過的孩子，資料上是一片模糊。

警方猜測孩子在出生後應該是被魏明抱走了，但孩子被魏明抱去哪裡，卻始終沒有查出頭緒。滅的調查團隊在查到這裡時也有些苦手，最後還是根據時進給出的雲進可能和簡進文的親生父母有關的這個資訊，逆推一番後，查出魏明是把這個孩子、也就是雲進抱去哪裡——他居然把孩子送去給魏父魏母。

魏父魏母大概是看出了魏明的不正常，和這個孩子的可疑，所以在魏明走後偷偷把孩子丟了，並在後來警方前來調查時，擺出已經和魏明斷絕關係多年，一問三不知的態度。

至此，第二部分資料也結束了。

雲進已經確定和簡進文是親兄妹，而原主理應喊簡進文一聲舅舅。

時進放下平板，心情萬分複雜。他完全沒想到簡進文和雲進會有這樣一個狗血的身世，電視劇都不敢這麼寫。

「要喝點水嗎？」廉君適時詢問。

時進側頭看他一眼，搖了搖頭，長吁口氣，想說什麼又閉了嘴，乾脆調整一下情緒，繼續點開最後一部分比較零碎的資料。

這部分資料很雜，關於資助簡進文的那家公益組織「希望」、關於徐川的資料，也有一些針對雲進前後住過的兩家孤兒院的調查……總之所有時進想知道或者可能想知道的資訊，滅的調查團隊能查的全都查了。

時進把這些資料簡單翻了翻，發現資助簡進文的那家公益組織，果然如他猜測的那般，和時行瑞沾了點關係。甚至簡成華所說的那個好心記掛簡進文，幫簡進文申請資助的人，也是時行瑞花錢安排的。

不僅如此，簡進文後期居住的那家療養院，其實也能算是時行瑞的產業。徐川更是早已成為時行瑞的律師，很早就開始為時行瑞做事了。

簡成華曾以為簡進文只要換了療養院，時行瑞就見不到他，其實是個大錯誤，那家療養院就是時行瑞特地為簡進文開闢的「金屋」，只要簡進文住在裡面，他的任何動向，時行瑞都能知道。

然後毫無意外的，雲進後期生活的那個小孤兒院，其實也是時行瑞出資建立的。兄妹倆全都在不知情的情況下，被時行瑞送進了「金屋」。

真是變態的控制欲，時進深深皺眉，壓下想大罵時行瑞的衝動，翻到資料最後一頁。

在最後，調查人員點出了一件十分讓人意外的事——徐潔和徐川其實是親戚，雖然關係比較遠，家中長輩也已經不來往，但兩人確實算是親戚。

時進看到這愣了愣，然後大驚。

徐川和徐潔居然是親戚？那、那……時行瑞知道這件事嗎？徐川可是時行瑞的心腹，甚至還參與了時行瑞祕密救助簡進文的計劃。如果徐川和徐潔是親戚，甚至和徐潔一直有聯繫，那豈不是時行瑞的所有所作所為，徐潔都能知道？會不會徐潔都是通過徐川知道時行瑞，然後進入瑞行工作？

而且他記得徐川之前可是被徐天華收買的，徐天華是瑞行的副董，在利益上和接手瑞行的時緯崇是對手，而徐潔是時緯崇的母親……

他心裡陡然一沉，想到了一個可能——會不會徐川根本就不是被徐天華收買，而是在徐潔的授意下，假意投靠徐天華，然後趁機扯徐天華後腿，幫徐潔那方的人馬、也就是時緯崇坐穩瑞行總裁的位置？

如果真是這樣，那徐川在投靠徐天華期間，花錢在狼人那裡下單子，試圖讓狼人綁架原主的事情，會不會也是在徐潔的授意下做的？徐天華其實根本不知情，只是被嫁禍？

他記得當初審訊時，徐天華一直沒認過買凶傷人的事情，最後大家確定他肯定就是幕後黑手，是因為買凶時徐川支付給狼人的訂金，是用徐天華的祕密帳戶。

但現在回頭想想，徐川作為一位成名多年的大律師，在投靠徐天華後，想用徐天華的帳號祕密做點什麼，簡直是易如反掌的事情。

廉君見時進表情越來越不對，忍不住碰了碰他，問道：「怎麼了？」

時進從各種讓人匪夷所思的猜測中回過神，聲音乾澀地說道：「我懷疑……徐川和徐潔一直有勾結。當初指使徐川找狼人買凶的幕後黑手可能不是徐天華，而是徐潔。還記得當初徐川買凶，讓他們綁架我時提的要求嗎？毀容、斷掉手指，想弄死可以，但必須先折磨到足夠的時間，這些要求處處都透著私怨和憎恨的味道，但我和徐天華之間並沒有什麼深仇大恨，如果他只是為了利益想要綁架我，那要求狼人在綁架我之後直接殺掉我才是最效率的方式，畢竟事情拖得越久變故越大，但他們卻沒有……必須先折磨到足夠的時間，我當初為什麼一點沒注意到這個要求很不對勁。」

廉君聞言冷了表情，又很快壓下，安撫地拍拍他的背，說道：「我一直有派人盯著徐潔，她有什麼異動，下面的人會第一時間通知我，別怕。」

「我不是怕她，我只是想搞清楚一些事情。」時進接話，回想起當初見徐川時，徐川那十分古怪的態度，還有他最後用口型做出的提醒他跑的行為，心中的疑問越來越大，忍不住側頭看向廉君，認真說道：「我要見徐川，儘快。」

廉君對上他的視線，雖然心裡有點不捨得，但還是點頭應道：「好，我讓人去安排。」

廉君的辦事效率十分快，當天下午，他就幫時進安排好前往M省的行程。

「我讓卦二和卦五陪你一起去。」廉君說著，親自幫時進收拾行李，「M省那邊氣溫比B市高，你到了那邊記得注意，別中暑了。」

時進從對劇情的思考中回神，見到他這副堪稱賢慧的樣子，表情一緩，忍不住靠過去從後面抱住他，說道：「我儘量早去早回，你這幾天要好好吃飯。」

「我知道。」廉君放下手裡的衣服，側頭看他，忍不住問道：「捨不得我？」

「當然捨不得。」時進回答，一點不掩飾自己的情緒，放鬆身體掛在他身上，說道：「我們才剛剛約會過，明明應該是蜜月期……」

廉君伸手掰過他的臉，直接吻了上去。

兩人膩歪了一會，最後還是廉君先冷靜下來，鬆開時進，幫他收拾好行李，親自送他出會所。

「有問題打我電話。」廉君在時進上車後開口囑咐。

時進趴在車窗上看他，點了點頭，然後催促道：「快進去吧，外面太陽大，別曬太久。」

廉君滑著輪椅後退一點，退到門邊的陰影裡，又不動了，擺明了要親眼看著他離開。

時進在心裡嘆氣，又朝他揮揮手，直起身升起車窗，朝開車的卦五說道：「出發吧。」

汽車發動，慢慢駛離會所。

廉君目送車輛走遠，直到再也看不到汽車的身影才收回視線，表情冷了下來，側頭吩咐身邊的卦一：「盯著徐潔，全面查她的人際關係，一個可疑人員也不要放過。」

卦一應了一聲，推著他返回會所。

去機場的路上，時進取出平板，沒有搓麻將，而是從加密文檔裡調出全部調查資料，把它們縮小並排放到螢幕上。

卦二掃到他的螢幕，見上面密密麻麻的全是字，連忙挪開視線，說道：「你這是幹麼呢，虐待眼睛？警校可是對視力有要求的，你別作死。」

「我沒作死。」時進說著點了其中一份資料，把裡面的一段文字放大，從包裡拿出一套紙筆。

卦二眉毛一抽，問道：「你這是幹麼呢，做作業？」

「不是，我在理時間線。」時進回答，埋頭把徐潔和時行瑞相遇的時間記在本子上。

卦二見他在本子上寫下了時行瑞的名字，連忙把嘴巴一閉，息了逗他的心思，往旁邊挪了挪，靠到椅背上開始閉目養神。

時進的注意力已經全部放在面前的資料上，壓根沒注意到他的體貼。

在發現徐川和徐潔可能有關係後，他仔細回憶了一遍原劇情，發現如果把幕後黑手的身分套在徐潔身上的話，原主經歷過的事情，和他好幾次莫名其妙的進度條升降，都能有一個合理的解釋。

假設徐川和徐潔真的有勾結，那麼為了這次能把徐川的嘴巴徹底撬開，他必須做好充分的準備，掌握所有能掌握的細節，打徐川一個措手不及。

飛機落地M省時，天已經徹底黑了。

時進頭昏腦脹地走出機場，隨著卦二上了這邊接應的車，閉目癱在汽車後座上。

「讓你別一直盯著那些密密麻麻的字看，現在好了，這還沒見到徐川呢，你自己先亂了。」卦二從車上的小冰箱裡拿出一瓶水往他額頭上一貼，問道：「精神點沒？」

時進被冰得一抖，擺頭甩開額頭上的水瓶，有氣無力地說道：「我也不想這樣，徐川腦子聰明，做事謹慎，嘴巴緊，我不早點想出個突破口針對他，等真和他見了面，我怕會無功而返。」

「怕什麼，我看你就是把事情想得太複雜，徐川現在就是咱們手裡的螞蟻，想見隨時都可以見，你一次撬不出話，去兩次總可以吧，他遲早會露出馬腳的，你別太擔心。」卦二安撫，收回水瓶擰開，又給他遞過去。

時進道謝接過，仰頭喝了一口水，望著汽車頂，在心裡嘆氣。可廉君還在B市等著他回去，他沒那麼多時間和徐川耗，還是得想辦法速戰速決。

汽車駛入滅在M省開的一家酒店，卦二給時進開了間總統套房，安排他住進去。

「我和卦五也會住在這一層，這一層的所有工作人員都是君少調過來的保護人員，安全可以保證，你放心休息吧。」卦二邊送時進進屋邊說明情況。

時進聞言看了一眼走廊上路過的高大清潔工，眉毛抽了抽，謝過卦二後提著行李進屋，關上門給廉君撥了個報平安的視頻電話。

電話依然是秒接，畫面出現後，廉君先打量了一下時進的氣色，見他表情蔫蔫的，皺了眉，問道：「怎麼了，很累？」

「不是。」時進忙搓把臉讓自己精神起來，回道：「我這是用腦過度了，來的時候我一直在思考該怎麼撬開徐川的嘴，但想了一路，都始終想不出個頭緒。」

他這邊對徐川的資訊掌握得實在太少，他看似知道了很多東西，但那些東西卻又很有可能都是徐川也知道的，畢竟徐川是時行瑞的心腹，還親歷了當年那些事，掌握的東西肯定比他多。他這次來是想從徐川那裡知道一些關於徐潔和過去的資訊，如果徐川像當初被抓時那樣，採取沉默抵抗的政策，那他這趟就算是白來了。

廉君見他這麼苦惱，手指點了點輪椅扶手，突然說道：「你出發的這段時間，我仔細看了看時行瑞、徐川和徐潔的資料。」

時進一愣，本能地掃了一眼他面前的書桌桌面，見上面還放著幾份沒看的文件，微微攏眉，說道：「你怎麼想起來看這些了，你還有好多文件沒批呢……」

回到B市之後，其他人都或多或少地休息了一陣，就只有廉君仍是每天文件不斷，忙個不停。他雖然沒怎麼過問過廉君工作上的事情，但也能猜到廉君最近肯定壓力超級大。現在道上的局勢因為九鷹和鬼蜮的解體而動盪不已，隨時有爆發衝突的可能，留給滅安穩轉型的時間已經不多了，在一切衝突爆發之前，廉君必須想辦法把轉型完成。

每次他去書房，廉君手裡都有等待處理的工作，而且現在廉君還要抽出上午的時間去治療鍛煉，時間就變得越發不夠用。

現在廉君抽出工作時間，幫他看了一遍資料，那他晚上肯定又要加班了。

「今天沒多少文件送過來，不耽誤事。而且現在卦一回來了，他可以幫我分擔一點。」廉君一眼看穿他的想法，緩下聲音安撫了他一句，然後把手裡的資料拿起來，說道：「所謂當局者迷，旁觀者清，我說點我的猜測，你可以當一個參考，當然，我不是要干涉你的私事，只是想試試看能不能幫到你。」

——這世上怎麼會有這麼體貼的人。

時進看著廉君低頭抽資料的模樣，心裡軟軟的，恨不得穿過螢幕抱住廉君親一口。

每次都是，只要是他遇到了困難，廉君都會或主動或偷偷地給他幫忙，而且廉君幫忙歸幫忙，行事卻十分有分寸，從來不會干涉他的決定，或者對他的事情指手畫腳。

突然好想回到廉君身邊去，如果沒有這些破事就好了。

「我想你了。」他忍不住開口，表情都垮了一點。

廉君抽完資料見到他這表情，聲音越發低緩，略帶安撫地說道：「我也是。」

兩人短暫沉默了一會，時進調整好情緒，又開口說道：「我會儘快回去的。」

廉君揮了揮手裡的資料，笑著說道：「我現在就在幫你儘快回來。」

於是時進也笑了，臉上趕路的疲憊一掃而空，邁步走到沙發邊靠躺下去，找了個支架把平板架起來正對著自己，說道：「那你說，我列了一下午時間線都列頭大了，你幫我開拓一下思路。」

廉君看著他躺下的愜意樣子，放了心，放下資料說道：「我的猜測有三：一，徐川和徐潔雖然是親戚，但徐川應該並不算是徐潔的長期盟友；二，徐川一直在為時行瑞做事，但他和時行瑞之間可能存在著信任危機，時行瑞對徐川有所防備；三，結合以上兩點，我懷疑徐川根本不知道你母親和簡進文的關係。」

時進聽著聽著就躺不下去了，坐起身目瞪口呆地說道：「你這些結論是怎麼來的，資料裡沒寫啊。」他現在可就是因為不知道徐川到底掌握了多少資訊，把不準徐川和徐潔之間合作關係的牢固程度，才遲遲無法決定談話的切入點。如果廉君這些猜測成立，那他還想什麼切入點啊，對著徐川一頓資訊轟炸就可以了。

廉君看著他瞪大眼顯得有些傻的表情，詳細解釋道：「利益變動不會騙人，我不止看了調查資料，還看了瑞行從成立到現在的各種利益相關的資料。從瑞行的股權變更和收益分配情況來看，徐川和時行瑞互相絕對信任的時期，是從時行瑞成立瑞行，到徐潔生下時緯崇後半年，在這之後，徐川從時行瑞的利益合夥人兼律師，變成單純的律師。通俗點說，就是在這個時間點之前，時行瑞是在帶著徐川做生意，兩人互惠互利，而在這個時間點之後，時行瑞變成了雇傭徐川，單純地以上級的身分給徐川發工資。」

瑞行的資料？時進意外，然後恍然大悟。他怎麼就忘了，瑞行作為所有人盯著的利益中心，可承載著不少祕密。他之前光在意調查資料去了，反而忽視了這麼大的一個資訊提供器。

他拍了拍腦袋，收斂思緒又想了一遍廉君的話，注意力定在其中一點上——徐潔生下時緯崇半年後，那不就是時行瑞拋棄徐潔的時間嗎？

下午重新翻看調查資料時他就發現了，如果真的計較起來，其實徐潔也能算是時行瑞眾多女人裡比較特殊的一位。除了雲進，其他女人時行瑞都是等對方懷了孩子就直接拋棄，等生了再回來看一眼，只有徐潔不一樣，時行瑞在她生下時緯崇之後，甚至像是普通的一家三口一樣，和徐潔同居了半年。

以前他從沒懷疑過這點，覺得時行瑞這樣，是因為第一次當父親，心裡還有那麼點良知，所以才會對徐潔表現得稍微「長情」一點，但現在看來好像又不是。

所以這個時間節點肯定發生了什麼事情，導致時行瑞拋棄徐潔，並給徐川「降級」，但發生的事肯定又不算太嚴重，沒有觸及到時行瑞的禁區，不然時行瑞早就把兩人撇開了。

會是什麼事呢……他想著，忍不住抬眼看向廉君。

廉君安靜地等他思考完，見他又抬眼看過來，才又解釋道：「至於徐川和徐潔的關係，從徐川對待時緯崇和對待其他幾兄弟沒什麼差別的態度，和他明明有機會對時行瑞的遺囑做手腳，卻一直沒有動作的情況來看，他和徐潔應該只是在某段時間，因為親戚和利益的關係有過幾次合作，長期勾結肯定是不存在的。徐川在生意上對時行瑞算得上是忠誠，撇開我們不瞭解的前期不談，如果現在的徐川確實和徐潔有合作，那這合作也肯定是在時行瑞死後建立的。」

時進立刻被他的話引走思緒，回想了一下徐川這些年的所為，認同了他的猜測，說道：「確實，徐川在我爸生前，一直在很盡心為我爸做事。」

「但時行瑞對徐川卻不是完全信任的。」廉君語氣肯定，又拿了幾張資料出來，點給時進看，「徐川不止是個優秀的律師，還是個優秀的商人，瑞行在擴張時期經歷過多次產業結構轉型，時行瑞手邊明明就有徐川這麼個人才可以用，但他偏偏不用，反而選了明顯懷有異心的徐天華當副手。到了後期瑞行穩定下來後，時行瑞也只是分了一些純利益和虛假的地位給徐川，並不給他權利。在生意上尚且如此，那麼在時行瑞最執著的感情私事上，他肯定也不會透露過多資訊給徐川。」

時進看著他手裡畫滿各種收益統計圖的資料，學渣之魂冒頭，越看越覺得頭暈，連忙挪開視線，說道：「所以你得出結論，徐川應該不知道我母親和簡進文的關係？」

廉君放下資料點頭，說道：「嗯，不過這一切只是我的猜測，並不是已經確定的結果。」

時進卻覺得他推測很可能都是真的，低頭斂目，思維繼續發散。

雲進和簡進文的關係太過隱祕，時行瑞把簡進文看得那麼重，在經歷過多次找替身失敗的刺激之後，他絕對會對雲進這個尚且年幼，還存在著太多未知的完美替身格外重視。徐川作為一個曾有過「污點」的屬下，時行瑞肯定不會把雲進的真實情況告訴他。

今天下午在車上畫時間軸的時候，他曾經得出一個結論——徐川應該在和簡進文接觸的那幾年時間裡，真的把簡進文當成朋友，這一點從徐川在看到他瘦下來的樣子後，那過於激烈的反應就可以推測出來。甚至他心裡還冒出一個假設——徐川會不會也喜歡上了簡進文？不過後一點他有點不確定，畢竟沒聽說過哪個男人，會在喜歡的人死後，繼續幫情敵幹活。

但是如果以上資訊全部為真，徐川根本不知道雲進和簡進文的關係，徐川心裡甚至還對簡進文懷有別的心思，徐川和徐潔的合作關係也並沒有他最開始以為的那麼牢靠，那麼假如他直接告訴徐川，自己是簡進文的外甥……

他忍不住用力砸了一下沙發墊子，激動地看向廉君——這還找什麼突破點啊，直接用資訊擊潰徐川的心理防線就可以了！

廉君靠在椅背裡安靜等他思考結束，見他眼睛亮亮地看過去，知道他是想通了，嘴角往上扯了扯，問道：「今天可以睡個好覺了？」

「可以睡個超級大好覺！」時進撲過去對著螢幕略顯浮誇地吧唧一口，開心說道：「寶貝你真聰明！」

廉君挑眉：「寶貝？」

時進不要臉地應了一聲，硬是把他的疑問句弄成了陳述句，然後轉移話題說道：「你今天不許加班批文件，做不完可以留到明天，要按時睡覺。」

廉君看一眼時間，不再逗他，反過來囑咐道：「那你也要早點休息。」

「沒問題！」時進答應，又和他閒扯幾句，然後依依不捨地掛掉電話。

一覺到天亮，第二天上午吃過早飯之後，時進坐上前往M省監獄的車。

卦二見他一臉輕鬆，甚至還有心情搓麻將，大吃一驚，問道：「你不擔心和徐川的談話了，自暴自棄？」

「什麼自暴自棄，我這是找到外援，已經被打通任督二脈。」時進頭也不抬地回話，氣勢十足地摸了張新牌，然後直接胡了。

卦二不用想就知道時進口中的外援是誰，翻了個白眼靠回椅背上，小聲嘀咕：「早點求助不就好了嗎，非要自己死撐，明知道自己腦子不靈光……」

時進耳朵一豎，抬腿就是一個佛山無影腳過去。

◆◆◆◆

監獄在M省郊區，大約一個小時的車程後，汽車停在監獄門口。

卦五拿出手機打電話，沒過多久就有一名穿著制服的人走出來，親自引他們進了監獄，帶著他們往探視房走去。

「徐川這個犯人很奇怪，自從來到這裡後，一直獨來獨往，不和其他犯人交流，不接受探視，不接外來電話，拒收外來信件，抗拒一星期一次的網路開放活動……總之所有和社交有關的東西，他全部拒絕了。他變得很沉默，沒事的時候就在看書，而且看的一直就是那幾本書，十分好管理，也十分不好接近。」獄警邊走邊解釋，眉頭始終皺著，「這次上面強制他必須接受你們的探視，他本人表現得十分抗拒，你們最好做好心理準備，他絕對不會配合你們的談話。」

時進沒想到徐川在獄中是這種狀態，皺了皺眉，謝過獄警的提醒，看向已經出現在視線裡的探視房，手伸入口袋，摸了摸裡面放著的幾張照片，淺淺吐出一口氣。

鐵門吱呀一聲打開，時進邁步進入探視房，看向室內唯一的人影。

徐川聽到開門聲抬頭，看到時進後眼神恍惚了一瞬，又很快恢復清明，重新低下頭看著桌面下自己被銬住的手，說道：「都說了勝者為王，敗者為寇，你現在又找過來，是想鞭屍？」

時進走過去坐到他對面，回道：「我沒有鞭屍的愛好，也並不恨你，我這次來，是想弄清楚一些事，也想告訴你一些事。」

徐川看都不看他，冷淡回道：「我和你之間沒什麼好說的。」

「如果我說簡進文是我的舅舅，你還會覺得我們之間沒什麼好說的嗎？」時進開門見山，同時緊盯著徐川的臉，觀察著他的表情。

徐川先是一愣，然後唰一下抬起頭，還試圖站起身，震驚問道：「你說什麼？你剛剛說了誰的名字？你說誰是你的舅舅！你沒有資格喊他的名字，你這個冒牌貨生的玩……」

時進掏出兩張照片推過去，說道：「這兩個人分別叫魏明和關佳佳，他們是簡先生和我母親的親生父母。這是簡先生小時候的照片，這是我母親小時候的照片，徐川，如果不是有血緣關係，你覺得這世上會存在著這樣兩個小時候長得幾乎一模一樣的人嗎？」

徐川低頭看向桌上的照片，雙眼瞪大，被銬在椅子上的手拚命掙扎，想把照片拿起來。

「不止照片，我還有簡先生和我母親的詳細出生資訊，你如果想看，我都可以給你看。」時進又伸手把桌上的照片全都收回來，還故意把簡進文的照片留在最後拿走。

徐川幾乎是不錯眼地看著簡進文的照片，眼神有點可怕。

時進見狀心情十分複雜，在心裡瞭然嘆氣——果然，徐川對簡進文的感情也是不同的。

「現在，你還覺得我們之間沒什麼好說的嗎？」時進故意冷淡了語氣，把照片面朝下扣著放在手邊，看向視線跟著挪過來的徐川，指了指自己的臉，說道：「上次見面的時候，你說我不配擁有這張臉，還說我最像他的地方是嘴唇，當時我以為你說的『他』是『她』，是指我的母親，現在想想，其實是在指簡先生吧。」

徐川看著他的臉，表情一點一點緊繃，身體一晃，突然又跌坐回椅子上，說道：「我和你沒什麼好說的……就算你和進文有血緣關係又怎樣，你不是他，永遠都不會是。」

時進皺了皺眉，知道是不下死手不行了。

「我當然不是簡先生，我也永遠不會是簡先生。」他靠到椅背裡，雙手交疊搭在腹部，姿勢居然有了些廉君的影子，「但我是簡先生的外甥，是他在這世上最後一個有血緣關係的親人。實不相瞞，在查這些資料的時候，我曾去見了簡先生的養父一面，那是位很善良、很偉大的老人，他一直很感激你，但他卻不知道，其實你只是個騙子，一個幫魔鬼監視簡先生的騙子。」

徐川身體一震，手掌用力握緊，卻還是沒有說話。

「我答應他，要幫他查明簡先生的身世，弄清楚我母親和簡先生的關係，並且許諾，如果最後我調查出來的結果，是我和簡先生確實存在著血緣關係，那麼我會去親口告知他真相，並和他一起去給簡先生上炷香。」

徐川突然抬頭朝著時進看過去，咬牙說道：「你不配。」

時進冷笑一聲站起身，讓小死給自己刷上buff，說道：「我為什麼不配？我的母親是受害者，我沒有做過任何對不起簡先生的事，我當然配喊他一聲舅舅！但你就不同了，你是個懷著目的接近他的騙子，是幫魔鬼囚禁他的幫兇，真正不配的人是你才對！你甚至還想幫別人殺我，殺了簡先生在這世上最後一個有血緣的親人！讓我想想，如果讓簡先生知道你這個朋友想殺他的親人，他會是什麼反應？厭惡？憎恨？喔，不對，簡先生那麼善良的人，怎麼可能會出現這麼負面的情緒，他大概只會對你失望吧，還會很難過、很難過，難過到再也不想見到你。」

徐川的表情隨著時進語速的加快變得越來越可怕，他看著時進咄咄逼人的模樣，恍惚間竟像是看到簡進文正失望地看著他，心臟一緊，再次用力拉扯起手腕上的手銬，搖頭說道：「不！不是的，我沒有，我……」

「閉嘴！」時進厲聲打斷他的話，看著他的眼睛，放輕聲音說道：「徐川，簡先生的養父年紀已經很大，最多最多只能再活十年，十年後，你在獄中，這世上唯一還能去給簡先生掃墓，給他供奉香火的人，就只剩下我了，你真的想讓我死嗎？」

徐川瞳孔猛地一縮，胸膛用力起伏，直直看著他良久，突然仰頭用力深吸了口氣，坐回椅子裡，啞聲說道：「照片……我要一張進文的照片，我手裡的照片在入獄的時候全部被收走了。」

時進眼神一動，坐回椅子裡，把扣在桌上的照片翻過來，抽出簡進文的照片推過去。

【第十四章】

當年的真相

在時進的授意下，獄警進來給徐川解開手銬，並倒了兩杯水進來。

時進捧著水杯不說話，靜靜等待對面的徐川整理好情緒。

徐川手有些顫抖地摸上桌面上的照片，看向照片中還只是幼童模樣的簡進文，過了好一會才開口說道：「進文小時候原來長這樣……我認識他的時候他身體已經很差了，原來他還有這麼健康的時候……真好、真好。」

時進喝了一口水，還是沒有說話。

室內安靜下來，徐川盯著照片看了很久才終於恢復冷靜，小心把照片蓋在手下，看向時進，問道：「你想知道什麼？」

時進放下水杯，對上他斂了所有情緒的眼神，說道：「我想知道當初指使你找狼人買凶的幕後主使是誰？別告訴我是徐天華，我不信。」

徐川眼神一閃，低頭避開與他的對視，說道：「這個我不能告訴你。」

——居然還想糊弄。

「我最想知道的就是這個。」時進分毫不讓，又從口袋裡掏出一張照片，直接反扣在桌面上，說道：「徐川，我猜我爸肯定沒有告訴過你，簡先生在青春期的時候，曾有過一段因為治療而十分肥胖的時期，就像是我青春期那樣。」

徐川再次抬頭，看向時進手裡的照片，一副不敢置信又勉強穩住情緒的樣子，說道：「不，你肯定在騙我，明明……」

時進見他這反應，心裡瞭然。果然，像時行瑞那種人，是絕對不會告訴別人，他曾經因為喜歡的人外貌太醜，而很慫地逃避過一段時間這種丟人的事情。

徐川不知道的東西，比他想像中的多。

他心思一轉，打斷徐川的話，再次變得咄咄逼人：「明明什麼？明明是我爸太過分，我這個完美複製品太噁心，卑鄙地擁有簡先生的外貌之後，又一點不珍惜地毀掉了？徐川，你很討厭我吧？討厭我毀了你心上人在你心目中的完美形象，但你錯了，你心上人在我這麼大的時候，其實也是個不大好看的胖子。還有，我希望你明白一件事，我可不是自己自暴自棄把自己吃胖的，而是我爸故意把我養胖的，你猜，我爸為什麼要把我養胖？」

「你閉嘴！」徐川心頭大震，很想反駁他的話，但看著他扣在手裡的照片，又明白他說的大概都是真的。

「徐川，你知道的，在這間房間裡，你沒權力讓我閉嘴。」時進冷酷回應，完全不留餘地。

徐川僵住，半晌後，面上漸漸現出一點崩潰般的頹然來，低頭痛苦說道：「他為什麼從來沒跟我提過這些，我不是他的朋友嗎……他為什麼不說……」卻是完全避開時進被故意養胖的這件事，像是無法接受一般。

時進要的就是他崩潰，手指又點了點手邊的照片，說道：「因為簡先生和你們不一樣，從來不會用自己的苦難做籌碼，從別人身上攝取溫暖。徐川，你告訴我我想知道的，我就告訴你你想知道的。給我答案，否則我立刻離開。」

徐川挪動視線又看向他手下的照片，面上顯出掙扎的神色，最後像是下定什麼決心，抬眼看向時進說道：「我要看你手裡這張照片。」

「你先給我答案。」時進並不妥協。

徐川看著他，像是無法接受他用這張臉對自己擺出這樣冷漠殘忍的表情，深吸口氣側過頭，喉結動了動，回道：「不是徐天華。」

時進盯著他，眼珠都不帶動的。

「是……你大哥的母親，徐潔。」徐川說完，抬眼看向時進，說道：「你別太驚訝，我知道你很依賴你的哥哥們，但想害你的人……」他說到一半卡住，因為時進臉上並沒有露出他預想中的驚訝，反而帶著一副「果然如此」的瞭然。

時進心裡確實冒出了「果然如此」、「好像也只能如此」的心情，還有種劇情終於塵埃落定的解脫，對上徐川的視線，沒什麼意思地扯了扯嘴角，說道：「你做什麼這副表情，你以為沒有足夠的資訊準備，我會貿然過來找你談話？繼續說，我要知道當年所有的真相。」

徐川像是被打擊到了，仔細打量時進一下，說道：「你變了太多，上次見面的時候，你還只是個只知道傻乎乎跟在哥哥身後的笨蛋，敵我不分，蠢到不行。」

這徐川果然是當律師的人，嘴巴可真毒。

時進冷哼一聲，故意撩了撩那張照片，說道：「所以你當時才想盡辦法地挑撥離間，希望我別和時緯崇他們太親密？喔不對，這樣說顯得你好像是想幫我一樣，我可明白得很，你對我這個『冒牌貨』並沒有什麼善意。」

徐川的視線定在他撩照片的手上，手掌慢慢握拳。

時進繼續道：「讓我想想，你當時好像說過這麼一句話，『你們居然會和和氣氣地坐在一起，可笑，真是太可笑了』，所以你當初讓我跑，是不想看到和簡先生長得十分相像的我，跟和我爸長得十分相像的時緯崇坐在一起，這讓你覺得很難受？徐川，你很嫉妒吧？在你和我爸之間，簡先生明顯更在意我爸。」

「他不配！」徐川突然爆發，起身想去搶時進手下的照片，時進拿起照片往後一仰，直接把照片翻過來。

年少發胖版的簡進文映入徐川眼裡，徐川的動作陡然僵住，時進趁勢起身，敲了一下探視房的門，等獄警進來後說道：「重新把他銬起來，他想攻擊我。」

獄警上前把徐川銬回去，動作粗暴。

徐川再次被制住，表情變得很難看，視線仍死死盯著時進拿著照片的手。

時進等他被銬住後又坐了回去，把手伸到他眼皮子底下，將他面前簡進文孩童時期的照片拿過來，再次反扣住，和簡進文少年時期的照片放在一起，對上徐川看過來的視線，說道：「我爸確實不配坐在簡先生旁邊，但同樣的，你也不配擁有簡先生的照片。徐川，想清楚，惹毛了我，你拿不到任何好處。」

徐川掙扎，想保住照片，卻根本沒用，只能眼睜睜看著時進把照片拿走，腦中回想起剛剛一眼掃過的簡進文年少時的樣子，僵持良久，終於又開口說道：「對，我也不配……最開始我是帶著輕視嘲笑的態度去接近進文的，進文肯定察覺到了，所以他不願意多告訴我過去的事情，總是對我保有一段用客氣擋出來的距離……我是不配，但時行瑞顯然比我更該死，他辜負了進文、傷害了進文，他活該一輩子活在虛無的追逐裡，你為什麼要出生！為什麼要給他心靈上的滿足！你是破壞一切的劊子手！」

時進看著他的惡意和憤怒，點了點照片，說道：「所以這就是你和徐潔勾結在一起想害我的原因？只是因為我的出生滿足了時行瑞扭曲的追逐？因為我這張臉？自己壓抑的感情無處宣洩，就遷怒到無辜的孩子身上，你可真是懦弱又卑劣。徐川，簡先生知道你這變態惡毒的模樣嗎？」

像是一記耳光搧到了臉上，徐川表情一僵，高昂起來的情緒迅速回落，低頭癱靠在椅子上。

「我沒時間跟你這麼無意義地耗下去。」時進再次開口，語氣冷淡下來：「告訴我我想知道的，否則等這次回了B市，我立刻就去簡先生養父面前和簡先生的墓前，好好跟他們聊聊你當年和現在做下的好事。」

「不可以！別去打擾他們！我答應了進文要照顧他的家人！」徐川立刻抬頭，情緒似乎再次崩潰，表情居然帶著一絲驚慌。

時進說道：「從血緣關係上來講，我應該也算是簡先生的家人。」

徐川定住，看著他的表情，又很快因為他的長相而挪開視線，沉默了一會，說道：「給我十分鐘，我什麼都告訴你。」

時進二話不說起身離開，像是無意般把桌上的照片留下來，直接開門出去。

徐川不發一語地看向桌面上，明明近在眼前，卻始終無法觸碰的照片，眼中情緒明滅，最後全部歸於黑暗。

時進和卦二在外面聊了一會天，等十分鐘到了之後，再次推開探視房的門，走到徐川對面坐下，並把胳膊壓在那兩張照片上。

徐川表情已經恢復冷靜，朝時進示意一下自己的手，說道：「這個解開。」

時進也不為難他，起身把獄警喊進來。

局面再次回到原點，兩人相對而坐，一人面前放著一杯水，不過這次兩人之間的氣氛終於不再那麼劍拔弩張。

「想害你的人是徐潔……還有我。」徐川開口，抬手捧上面前的水杯，並不看時進，語氣平淡地說道：「你說你想知道當年的所有真相，好，我全部告訴你，只希望你在聽完之後，不要再用我這些破事，去打擾進文的安眠。」

時進應道：「可以，我答應你。」

徐川看他一眼，然後低頭喝了一口水，說道：「我相信你，你和時家所有人都不一樣……我早就知道。」

就像是時進猜測的那樣，當年徐川是在時行瑞的安排下，故意接近簡進文。利益加好奇，這就是徐川願意接下這份工作的原因，但徐川沒想到，這份好奇居然把他的一輩子都賠了進去。

簡進文實在是太好了，只用了一年的時間，徐川就真心把簡進文當成朋友，也逐漸從側面瞭解時行瑞和簡進文之間的糾葛。

當年的徐川比現在的徐川更加功利和沒有良知，壓抑的家庭生活讓他渴望成功，所以雖然同情被瞞在鼓裡的簡進文，他仍選擇了利益，沒有告知簡進文真相，甚至任由時行瑞借用他的名義，和簡進文聯繫。

有時候感情上的變化，就連本人都意識不到。等徐川發現自己對簡進文的感情已經產生變化時，簡進文已經時日無多。大概是知道自己撐不了多久了，簡進文突然主動找上徐川，說了一句讓徐川嚇得差點肝膽俱裂的話。

「他說，我都知道了。」徐川說到這捏緊水杯，聲音終於不再平靜，「我不敢問他都知道了什麼，轉身跑掉了，等第二天我鼓起勇氣回來想和他談談的時候，醫生卻說他已經去世了。你知道嗎？我是早上八點抵達醫院，醫生說他早上七點停止心跳，就差一個小時，一個小時而已……我沒有見到他最後一面，我再也沒法問清楚他到底知道了什麼。」

時進皺眉，聽得也有點難受。

「他肯定是意識到自己活不了多久了，才特地來找我說話，但我跑了。」

徐川深吸口氣穩住聲音，繼續說道：「我錯過了和進文告別的機會，但進文明明已經那麼難受了，居然還給時行瑞留了一封告別信。進文在信裡希望時行瑞能擺脫過去的陰影，過得幸福，時行瑞他配得到進文的關心嗎？他連喜歡進文都不敢承認，活該一輩子都活在痛苦裡！所以我沒有把信給時行瑞，信被我燒了。」

徐川突然冷酷了表情，盯著水杯裡自己滿是冷意的眼睛，「就在那之後不久，徐潔的父母不知道從哪裡聽說我當時混得還不錯，輾轉聯繫上我的父母，希望我幫徐潔物色個好一點的工作。」

時進眼神一動，表情嚴肅起來，知道重點來了。

「我不想幫忙，一群當年欺負過我父母的垃圾，一群過得比我父母好千百倍的垃圾，現在憑什麼又來求我幫忙。」徐川冷冷說著，思緒已經徹底拉回過去，「但我最後還是幫了，我爸那人心軟，我拗不過他。」

當年徐川雖然答應了幫徐潔安排工作，但卻並不上心，只打算隨便找個湊合點的公司把徐潔打發了。

但徐潔卻十分有目的性地往瑞行投了簡歷，並找機會和時行瑞搭話，表示徐川是她的哥哥。時行瑞那時候剛失去簡進文沒多久，心理上十分依賴徐川這個可以和他一起回憶簡進文的朋友，聽說徐潔是徐川的妹妹，立刻大方地錄用徐潔做助理。

時進聽到這一愣，有些意外。所以時行瑞知道徐潔和徐川的關係？那後來時行瑞一直防備著徐川，應該是顧忌著他和徐潔的這層關係？

「我當時很生氣，明白徐潔大概早就看中了瑞行的潛力，想踩著我當跳板，進入瑞行高層。我找上時行瑞，告訴他我和徐潔的關係並不好，希望他能解雇徐潔，或者別讓徐潔擔任助理這種重要的職位，但他聽了之後卻說經營公司不能全憑私心辦事，徐潔能力不錯，可以留下。」徐川冷笑一聲，十分嘲諷，「他的私心就可以，我的私心就不行，時行瑞就是個雙重標準的混蛋。」

時進把他的表情看在眼裡，猜測他就是在這時對時行瑞徹底不滿的。

「徐潔最後還是當了時行瑞的助理，她能力確實不錯，但野心也不小，她不止看上瑞行的潛力，還看上了時行瑞，想當瑞行的總裁夫人。」徐川臉上的笑容變得有些惡意和意味深長，「她來求我幫忙，說想取代時行瑞心裡的那個人，和時行瑞在一起，我剛好看不下去時行瑞那副明明做盡噁心事，卻偏要裝情聖的樣子，就順手幫了她一把。」

時進皺眉看著他。

「徐潔找機會爬了時行瑞的床，還算著安全期懷了孕，時行瑞當然是不想負責的，但我怎麼能不去勸他呢？我甚至還拿進文來說事，勸他去擁有新的生活，不要讓進文死了還要擔心他。時行瑞很矛盾，他也想從無止境的痛苦思念裡掙脫出來，所以聽從我的建議，決定和徐潔試試。」

時進目瞪口呆，沒想到徐潔居然不是時行瑞招惹的，而是自己耍心機上位的，徐川還當了幫兇。難怪在時行瑞所有的女人裡，就只有她沒有和原主母親，也就是簡進文相似的地方，原來她根本不是時行瑞找的替身，那時候的時行瑞也根本沒動過找替身的想法。

「很有意思對不對，時行瑞有了女人、有了孩子，他再也沒有資格去思念奢想進文了。」徐川看向時進，笑得得意又詭異，然後很快，他的笑容又慢慢淡了下去，變得陰沉，「但我沒想到徐潔會那麼廢物，居然遲遲無法搞定時行瑞，不僅沒在孕期和時行瑞結婚，在生下孩子後，還因為什麼該死的產後憂鬱症，把她和我設計時行瑞的事情說了出來。」

時進狠狠皺眉，想起時行瑞從這之後，開始瘋狂找替身生孩子的行為，猜測時行瑞心裡最後一點良知，就在徐川這個朋友的背叛，和虛假的新生中消失了。

「時行瑞徹底瘋了，他猜到我對進文的感情，意識到自己對進文感情的背叛，無法接受地把徐潔連人帶孩子一起趕出住的地方，並把我踢出瑞行的管理階層。」徐川的語氣又變回平靜，頗有些百無聊賴的味道，「他大概是查了我家和徐潔家的情況，發現我們兩家其實有矛盾，所以做了一個讓人恨得牙癢，卻又拿他沒辦法的決定——他居然花錢開始扶持徐潔的家庭，因為他知道，讓我最不喜歡的一家人飛黃騰達，就是對我最大的報復。而且他還把我留下來，讓我看著瑞行一步步起飛，卻再也沒辦法參與。他自大又瘋狂，但偏偏確實有能力，我沒有選擇，只能留下，並且必須一心一意地為他做事，因為我需要牽制徐潔，她毀了我的事業，我也必須讓她一輩子無法達成她的夢想，只要有我在一日，她就別想當上瑞行的總裁夫人！」

「你們都瘋了。」時進搖頭，無法理解他們的想法。

徐川聞言輕笑一聲，說道：「瘋了多好，瘋子做的事，才最能踩人痛處。你看看徐潔，她直到時行瑞死了都沒能獲得時行瑞的承認，甚至沒能在明面上和時行瑞扯上關係，直到時行瑞死後，她才能耍一耍她時行瑞『原配』的威風，多麼可笑啊，你不覺得很好玩嗎？」

時進沉默，不得不承認，時行瑞和徐川的做法都夠狠。

「她徐潔不僅別想做瑞行的總裁夫人，還別想做時行瑞唯一的女人，生下時行瑞唯一的孩子。」徐川話語一轉，聲音裡又染上惡意，「我說過，時行瑞已經瘋了，瘋子很容易做些很瘋狂的事情。我發現一個側臉輪廓很像進文的女人，更讓人開心的是，她的五官一點都不像進文，所以她的出現，不會玷污到進文。然後我把這個女人的舞蹈演出海報，放到時行瑞桌上。」

時進大驚，不敢置信地看向徐川，說道：「居然是你……」他一直以為時行瑞尋找替身的行為是自己主動的，現在看來，卻居然是徐川有意引導的。

「我怎麼了？如果時行瑞對進文的感情夠堅定，他根本不會受到誘惑。」徐川冷冷回應，突然又低頭避開他的視線，說道：「但時行瑞居然比我想像的更理智，他沒有貿然去找那個女人，而是開始調查那個女人的情況，直到準備萬全了，才去和她『偶遇』，並和她做了個交易。他要那個女人生孩子，還必須是兒子。不得不承認，論瘋狂程度，我永遠及不上他，我只想讓他陷入對虛幻的追逐裡，他卻變態地想要造一個和進文一模一樣的孩子。但這怎麼可能呢？我靜靜看著他發瘋，看著他找了一個又一個女人，看著徐潔跳腳，卻偏偏因為利益而只能咬牙忍下，報復的快意之後，心裡只剩空虛。」

徐川的語氣低了下來：「幾年後，時行瑞突然停下他的瘋狂，我想著這樣也差不多了，四個女人和四個孩子，夠把徐潔逼瘋了，我也有點累了……如果一切都停在這裡該多好，時行瑞會撒網似地培養好五個孩子，我會幫他挑一個除時緯崇之外的孩子當上瑞行的繼承人，徹底逼瘋徐潔……但偏偏你的母親出現了。」

時進忍不住捏緊了水杯。

「她是那麼像進文，外貌、氣質、甚至是說話的神態表情，就連那柔軟善良的性子，都特別像進文。」徐川抬手撐住臉，聲音變得危險，「時行瑞像是找到了新生般，整個人變得容光煥發，我只是看著他，就知道他很幸福。他想和你母親結婚，他甚至不再管那幾個孩子，一心期盼著展開新的生活。」

「你做了什麼？」時進忍不住詢問。

「我做了什麼……我什麼都沒做，是徐潔做了什麼才對。」徐川突然抬頭，看著時進，笑得嘲諷而快意，「徐潔終於知道她永遠也比不上一個死了的人，而且很快也將比不上一個完美的替身，她已經老了，面對花一般的雲進，她簡直嫉妒欲狂，她看著時行瑞把雲進捧上了天，看著雲進生下你，盼著時行瑞像拋棄其他女人一樣拋棄雲進和你，但她失望了，雲進是不一樣的，你這個孩子，也是不一樣的。」

時進心跳慢慢加快，意識到肯定有什麼重要的事情被自己忽略了，再次質問道：「她到底做了什麼？」

「天真善良的人最容易受到傷害。」徐川放輕聲音，臉上有一種興奮的扭曲，「你母親被時行瑞保護得太好了，也被時行瑞騙得太慘了，童話王國只要碎了一個角，剩下的所有美好就會徹底坍塌毀滅。徐潔自己得過產後憂鬱症，所以最知道生產後的女人怕什麼。她讓人在你母親的愛情美夢上戳了一個洞，然後砰一聲，一切土崩瓦解，受不了現實的單純公主，選擇了結束自己的生命。」

時進聽得頭暈目眩，只覺得心中燃起了一把大火，燒得他理智全無，忍不住繞過去用力扯住徐川的衣領，憤怒說道：「你們還有沒有人性！冤有頭債有主，就因為你們的一己私欲，那麼多無辜的人被拖下水，我母親當年才不到二十歲，你們居然逼死了她！你們這群該死的變態！」

小死一下子慌了，連忙安撫道：「進進，你冷靜，冷靜。」

「時進！」卦二也立刻從門外衝進來，冷冷看了徐川一眼，從身後抱住時進，硬是把他拖出探視房，用力關上門。

時進過熱的大腦在離開探視房之後迅速冷靜下來，他抬手按住額頭，長吁口氣後說道：「抱歉，我失去理智了。」

雖然他早就做好心理準備，猜到今天會聽到一些讓人不愉快的事情，但在知道連雲進的死因也不單純後，他還是忍不住把自己代入其中，為那些無辜的人所受的傷害感到憤怒。

太讓人絕望了，善良的人為什麼不能有一個好的結局？

「不用道歉。」卦二看著他難受的模樣，眉頭緊皺，伸手揉了一把他的頭髮，「該道歉和付出代價的，是那些做了錯事的變態才對。」

時進足足在外面冷靜了半個小時，才再次踏入探視房。卦二有些擔心他，乾脆陪他一起進去，拖了張椅子坐到門口。

徐川也已經冷靜下來，見時進進來，先看一眼他，又看了一眼跟在他後面的卦二，說道：「不得不說，你是真的很幸運，以前有時行瑞護著你，沒人敢動你，等時行瑞死了，又出現了廉君護著你，依然沒人敢動你。」

「你這話總結得對，想動我的你和徐潔，都已經不算是個人了。」時進直接刺回去。

徐川被懟得一愣，然後突然笑了，還越笑越大聲，「你可真有意思，時行瑞想養出第二個進文，結果卻養出了你這麼個性格一點也不像進文，更不像時行瑞的四不像來，報應，真是報應。」

「那老天爺讓你見不到簡先生的最後一面，還安排你間接害死簡先生的妹妹，讓你死了都沒臉去見簡先生，大概也算是給你的報應吧。」時進面無表情接話。

徐川的笑容僵住，看著時進冷漠的模樣，眼睛一點一點睜大，突然再次掙扎著起身，想朝時進撲去。

卦二二話不說起身，用力把徐川推回椅子裡，伸手揪住他的頭髮，發狠往身邊一扯，冷冷說道：「老變態，別用那種骯髒的眼神看著時進，否則我讓你生不如死。」沾過血和沒沾過血的人，威脅人時散發出的氣勢是完全不同的。

徐川被卦二帶著殺意的眼神嚇得面皮一抖，發熱的腦子稍微冷靜，往後仰了仰身體，底氣不大足地說道：「放開我。」

卦二沒鬆手，而是看向時進。

「我沒事。」時進示意卦二把徐川放下，看向徐川，問道：「這麼多年過去了，徐潔為什麼仍想殺我？你那麼恨徐潔和她的家人，又為什麼要幫她？」

事到如今，徐川也沒什麼好隱瞞的了，重新靠回椅背上，回道：「為什麼？當然是因為你在時行瑞眼裡是特殊的，而徐潔恨死了你的特殊。雲進死後，時行瑞消沉了一段時間，但大概他已經習慣了失去，所以很快又振作起來，把生活重心轉移到你身上。」

時進皺眉，意識到徐川這裡是誤會了，時行瑞不是因為習慣了失去所以才很快振作，而是在得到原主這個完美複製品之後，變得不那麼在意雲進的死活了。

徐川還在繼續說：「徐潔本以為雲進死了，她就又有希望了，結果她發現時行瑞在雲進死後，居然徹底斷了情愛的心思，專心撫育你，還對外宣布永遠不會為你找後媽……她從那個時候就想殺你了，你和你的母親毀了她回到時行瑞身邊的可能，她做夢都想吃你們的肉、喝你們的血。」

時進冷眼面對他的惡意，不說話。

徐川見他沒被影響到情緒，覺得有點沒意思，低頭收回視線，說道：「徐潔想殺你，但你被時行瑞保護得太好，她根本沒有機會動手。而且時行瑞自從雲進死後，對所有人都表現出一種近乎殘忍的冷漠和不在意。徐潔怕了，她知道，一旦惹怒時行瑞，她和時緯崇都會被時行瑞毫不猶豫地拋棄，再沒有接近他的可能，所以她又聯繫上我。」

「你做了什麼？」時進詢問。

「我告訴時行瑞，進文曾期待過有很多兄弟姊妹，那樣他死後，就還能有其他人照顧他的養父。」徐川眼神有點恍惚，又很快清明，說道：「我還說血緣關係是最牢固的關係，進文的成長已經那麼孤單了，你那麼像進文，可一定要獲得很多很多的愛才好。」

時進皺眉，沒想到就連當年那個預設交易的背後，都有著徐川的影子。

「時行瑞動搖了，他重新接納時緯崇那幾個孩子，開始花很多資源培養他們。徐潔趁機拉攏其他幾位母親，想拉著大家一起針對你，但大家都不是笨蛋，費御景的母親和容洲中的母親，一個只想為孩子要利益，一個只想為自己要利益，她們雖然默許了孩子們去接近你，卻並不願意給徐潔當工具，傷害你的性命。向傲庭的母親態度不明，徐潔啃不下她。黎九崢的母親就不用說了，她只是個被時行瑞逼瘋的可憐女人而已，成不了氣候。沒有人願意和徐潔合作，大家都只是藉著這個梯子為自己牟利而已，徐潔很生氣，但也沒辦法，於是局面一直僵持下來，直到時行瑞死亡。」

徐川說到這又抬起頭，看向時進：「至於我幫徐潔……不得不承認，徐潔生了個好兒子，在時行瑞的幾個兒子裡，有實力和時緯崇爭的，居然只有一個費御景而已，可惜費御景對瑞行並沒有興趣，所以無論怎麼算，瑞行最後都會落到時緯崇手裡。我父母已經死了，時行瑞也死了，打壓徐潔和時緯崇已經不可能，一切都沒意思了……但你還活著，這怎麼可以？你知道時行瑞為什麼那麼放心讓我宣布遺囑嗎？因為他覺得我會和他一樣，看在你長得像進文的份上，拚了命地守護你。但冒牌貨就是冒牌貨，時行瑞想把你捧上天，我偏不要如他的意，你這張臉是多麼的可惡，我可不想把你推到明面上，讓所有人看到你那張肥胖的臉！」

時進冷笑，嘲諷說道：「所以說到底還是因為你心有不甘加實力不夠，你幫徐潔，只是因為當時的你只能做做這種遷怒無辜的懦弱事！之前你死也不願意把徐潔的名字吐出來，是心裡還盼望著她能把我這個冒牌貨殺了？徐川啊徐川，真是活該你鬥不過徐潔，她可是把你的心理吃得死死的，你父母知道你這麼沒出息和沒志氣嗎？」

徐川冷了臉，咬牙說道：「你不許提他們！」

「為什麼不讓我提？是因為你自己也明白吧，無論是你還是你的父母，這輩子都不可能再贏過徐潔和她的父母了。徐川，你輸了，輸得徹徹底底。」

「不！我沒有！我贏了時行瑞，我起碼贏了他！」徐川又開始掙扎。

「但在簡先生心裡，你的地位永遠及不上他。」時進冷眼看著徐川在對面發瘋，無趣地站起身，把桌上所有的照片收起，轉身朝著探視房的房門走去。

想知道的已經全部知道，這場談話沒有繼續下去的必要了。

徐川見他要走，卻越發激動，更用力地掙扎起來，吼道：「照片！你答應把進文的照片給我的！時進！時進你不能走，你把照片給我！」

時進停下腳步，從口袋裡取出一張照片，回頭看向徐川，問道：「你告訴過徐潔簡進文的事情沒有？」

徐川的視線定在他的手上，像是抓住最後一根救命稻草，搖頭說道：「沒有，徐潔那個女人哪配知道進文的事情，為了保證進文不被莫名其妙的人打擾，時行瑞抹除了所有他和進文聯繫的痕跡，我也對這些事絕口不提，沒有人知道，沒有人知道……照片，把照片給我！」

也就是說，徐潔只知道時行瑞心裡有個沒人可以取代的白月光，卻不知道那個白月光是簡進文？那難怪徐潔把所有的嫉妒和仇恨都放在原主和原主母親身上，沒去打擾簡進文的養父。

這大概算是時行瑞和徐川做的唯一一件好事了。

時進的表情稍微好看一點，把照片收回口袋，無視徐川徹底癲狂地喊叫，走出探視房，把所有過去的陰暗關在身後。

出了監獄之後，時進看著外面燦爛的陽光，稍微發了會愣，然後看向卦二，說道：「我想回去了，我想廉君。」

卦二看著他丟了魂似的表情，皺了皺眉，掏出手機給酒店那邊打電話，讓那邊的人把大家的行李收拾好送去機場，然後拉開汽車車門，說道：「上車，我們去機場。」

時進感激地看他一眼，鑽進汽車裡。

回B市的一路上，時進腦中的思緒一直都是亂的。徐潔、徐川、時行瑞，這三個人的名字在眼前轉來轉去，擾得他完全靜不下心來。

簡進文死了、雲進死了，原主……原主應該也死了，不然他沒法重生。

劇情裡最無辜的幾個人，全都死了，被一群變態害死了。

「那些因為欲望得不到滿足而產生的恨意，就那麼難以消除嗎？」他喃喃自語，始終想不通徐潔和徐川那些惡意和戾氣的由來。

卦二聽到他的話，側頭看向他，說道：「君少說過，別試圖理解敵人和壞蛋的想法，你只需要知道他們都做了什麼，然後千百倍還回去就行了。」

時進一愣，取出手機，翻出當初在電影院裡給廉君拍下的照片，摸著照片中抱著爆米花，對著鏡頭笑得無奈又放鬆的廉君，心裡總算好受一些。

這世上還是有那種哪怕身處黑暗，也始終理智和心向光明的人的。

好想他，想回去。

時間突然變得特別難熬。眾人的午餐是在飛機上吃的，時進食不下嚥，只動了幾口就放下筷子。等飛機落地後，他第一個衝下飛機。卦二連忙追上，邊追邊無奈地拿出手機打電話。

卦二在出口處把時進逮住，按著他不讓他亂跑，然後把他拖到機場門口，示意一下不遠處停著的一輛低調商務車，說道：「君少知道我們這班飛機回來，特地過來接我們了，去吧。」

車窗玻璃適時降下來，露出廉君的身影。

時進看到廉君，只覺得躁動無法平靜的心唰一下就淡定下來，快步走過去，拉開車門鑽進車，先升上車窗，然後側身抱住廉君，滿足說道：「給我十分鐘，十分鐘後，我又是一條好漢。」

廉君已經從卦二那裡大概瞭解時進和徐川的談話內容，知道他現在心裡肯定很難受，順勢回抱住他，安撫地摸了摸他的背，說道：「累的話可以多歇一會，一切有我。」

時進點頭，深吸一口他身上淺淡的沐浴乳味道，放鬆身體靠在他身上。

到會所的時候，時進已經又活了過來。他邊推著廉君進會所，邊誇張哀嚎：「飛機餐太難吃了，我就沒吃幾口，餓死我了。」

廉君微笑，側頭說道：「廚房已經給你們重新準備了午飯，我陪你吃點？」

時進美滋滋，推他進入電梯後彎腰親他一下，說道：「好，你可以陪我一起喝湯。」

廉君伸手握住他的手，輕輕捏了捏。

吃了午飯，兩人又去睡了一會午覺。時進心裡有事，睡得有點不踏實，廉君見狀索性算著時間把他喊起來，陪他玩了幾把麻將。

時進知道他忙，只玩了幾把就收手，藉口想把之前沒看完的電影看完，將廉君推去書房，讓他繼續批文件，自己則癱在沙發上，拿起平板插上耳機，看起電影。

廉君確定他已經安排好自己後，才拿起一份文件批閱。

時進面上在看電影，心裡其實在和小死說話。

「徐潔肯定是致死因素，而且對進度條的影響占了很大的比重。」他語氣肯定地說著。

小死有點擔心他，問道：「進進，你還好嗎？」

「挺好的。」時進側了側頭，看一眼書桌後面專心看文件的廉君，說道：「廉君的進度條雖然還是停在500沒動，但已經開始治療了，進度條的下降是遲早的事情。我這邊的進度條雖然漲到850，但只要搞定徐潔，就應該會下降一大截，或者乾脆直接消除，總之一切都在往好的方向發展，所以沒什麼不好的。」

小死聽他這麼說，卻突然有點難過，知道他不想聽一些沒什麼用的安慰話，便順著他的話說道：「那進進，你準備怎麼搞定徐潔？她一直隱藏在幕後，前面還頂著一個時緯崇……」

時進聽到時緯崇的名字，眉頭皺了皺，回道：「先看看能不能搜集到徐潔當初找人害原主母親的證據，和讓徐川翻供把徐潔咬出來吧，不過我懷疑徐川手裡根本沒有能咬死徐潔的證據，不然他不會這麼被動。至於時緯崇那邊……他有權利知道真相，如果他在知道真相後選擇幫他的母親，那我只能和他撕破臉了。」

小死：「進進……」

「我沒事。」時進搖頭，看向腦內屬於自己的進度條，眼裡罕見地出現冷意，「如果實在找不到徐潔在幕後動黑手的證據，那我就逼徐潔再對我動手，抓她個現行，總之她休想再繼續躲在幕後作怪！」

小死還是第一次見到他這樣的表情，知道他這次是真的生氣了，連忙說道：「進進別怕，我會幫你的！」

◆◆◆◆

M省那邊，時進走後，卦二又遠端安排了其他人去再次審訊徐川，希望能審出更多有用的資訊來，但徐川拒不配合，只叫囂著要見時進。鑑於徐川情緒始終不穩，時不時還有發狂的跡象，監獄方乾脆把他隔離起來。

時進得知此事後考慮了一下，又往監獄那邊打了電話，和徐川聊了一會。聊完之後，時進確定，徐川手裡確實沒有可以咬死徐潔的證據，但他有和徐潔聯繫的方法。

「照片我是不可能給你的。」通話最後，時進給了徐川殘酷一擊，然後說道：「我需要你幫我做一件事。」

徐川簡直要恨死他了，氣得想直接掛掉電話，但又不捨得放棄最後一絲希望，說道：「你給我照片，我就幫你做事。」

「你不幫我做事，我就告訴簡成華你做的所有事情。」時進一步不讓。

徐川呼吸變得粗重，顯然已經動怒，說道：「時進，你別以為我真的怕你說的這些！」

「不怕你就掛掉電話。」時進說完把通話改成擴音，把手機放到一邊，拿起平板開始搓麻將。

足足十多分鐘之後，徐川的聲音又響了起來，妥協說道：「你想讓我幫你做什麼？」

時進拿起手機，說道：「我要當年幫徐潔害我母親的人的名單，還需要你主動聯繫一下徐潔，告訴徐潔，我去找過你。」

徐川的聲音變沉，問道：「你想做什麼？」

「做你最希望看到的事，讓徐潔過來殺了我。」時進回答，見書桌後的廉君皺眉看了過來，表情一僵，忙抬手打了自己嘴巴一下，做出說錯話求饒的樣子。

廉君皺著的眉頭稍微鬆開，又警告地看了他一眼，才重新低下頭。

時進鬆了口氣，把注意力拉回到談話上。

電話那邊安靜了一會，徐川的語氣居然冷靜下來：「有意思，我大概知道你想做什麼了，可以，我幫你，就當是我為進文做的最後一件事。」說完主動掛斷了電話。

時進放下手機，沉默了一會，問廉君：「我這算不算是引誘犯罪？」

廉君知道他的打算，聞言抬頭看了一眼，放下文件推輪椅到他身邊，握住他拿手機的手，把手機抽出來，親一下他的手背，說道：「不算，就算你不利用徐川刺激徐潔，她也遲早會對你動手，我派人一直關注著她的動向，發現她在偷偷聯繫國內外的非法暴力組織。」

——又是暴力組織。

時進皺眉，問道：「她又想買凶綁架我？」

「大概，不過她這次可能要無功而返，國內幾乎沒有組織敢無視滅對你動手。國外倒是有組織可以和滅抗衡，但她估計出不起價。」廉君回答，捏了捏他的手，問道：「怕嗎？」

時進笑了，「不怕，我很膨脹，我男朋友這麼厲害，徐潔她就算是把一群神仙買過來，也肯定傷不到我。」而且有進度條這個雷達在，危險一靠近馬上就能知道，怕什麼。

廉君又親吻了一下他的手背，然後轉身回到書桌邊，看一眼沙發上已經重新癱回去的時進，拿出手機，給魯珊發了一條簡訊。

當天晚上，時進的進度條漲到了900。時進刷牙的動作一頓，猜測是徐川跟徐潔聯繫了，彎腰把嘴裡的泡沫吐掉，漱漱口洗把臉，走出浴室撲到床上，賊手一伸就扯鬆了廉君的睡袍腰帶。

廉君正靠在床頭看文件，見他這動作，嘴角一勾，轉身把文件放到床頭櫃上，關掉檯燈，回身把湊過來的時進壓回床上。

時進順勢抱住他，對著他的胸膛流起口水，邊摸邊說道：「每天鍛煉果然有用啊，看這薄薄的小肌肉……」

廉君被他故意裝出的猥瑣模樣逗笑了，捧住他的臉，低頭把他的聲音全部堵在唇齒間。

一覺睡醒，時進發現自己的進度條漲到了920，他很淡定，甚至還十分好心情地給時家五兄弟群發了一條簡訊，約他們聚餐。

時緯崇最先給了回應，表示隨時可以聚，還主動詢問時進想吃什麼，說他可以去提前訂位；費御景已經回L國，忙得腳不沾地，直到晚上十點多才回覆資訊，遺憾地表示自己一個月內都沒空回去，還在第二天中午，給時進點了一桌超豐盛的海鮮外賣作為補償；容洲中也很快回覆，表示聚餐可以，但得半個月後，他這半個月裡有個很重要的通告要趕，脫不開身；向傲庭的回覆比較簡短，只說是有任務在身，大概一個星期後才能有空；黎九崢居然也回了，內容只有一個字：好。

時進匯總了一下資訊，大手一揮，把聚餐時間定在一個星期後，直接拋棄了費御景和容洲中。

費御景是自己沒時間，所以沒什麼。容洲中則氣到爆炸，在小群裡和另外幾兄弟一對口供，發現自己居然是唯一一個被時進主動拋下的，立刻給時進發了無數條簡訊，一頓「兔崽子」問候。

時進只回了一句「哈哈哈哈哈」，成功把容洲中氣暈，然後拿起平板繼續搓起麻將。

廉君看著他鬧了這一場，見他臉上並不見開心的神色，滑動輪椅靠過去，伸手摸了摸他的頭。

時進出牌的手一頓，抬眼看他。

「需要我陪你嗎？」廉君詢問。

時進搖頭，垂眼點了點平板上的麻將牌，說道：「這次吃飯我並不準備告訴他們什麼，只是想刺激一下徐潔，所以你別去了，在外面你肯定會吃不好，養身體要緊。」

廉君沒有強求，又摸了摸他的頭，說道：「那到時候我讓卦一和卦二一起送你去。」

這次時進沒有推辭，點點頭，朝他笑了笑。

聚餐的時間還沒到，時進的錄取通知書先到了，卦二等人再次齊聚小客廳，看時進拆通知書。

「怎麼突然有種閨女養大了，終於要嫁出去的感覺。」卦二不著調地感嘆。

時進豎給他一根中指，先把通知書抽出來自己看了看，然後轉手遞給廉君。

廉君接過，打開來仔細看了一遍內容，摸了摸通知書上時進的名字，臉上露出個略帶驕傲的笑容，說道：「晚上讓廚房給你做好吃的。」

「那我要吃烤羊排。」時進一點不客氣地點菜，又看了一下通知袋裡的其他零碎東西，發現沒什麼特殊的，便把東西一收，像趕鴨子似地驅趕周圍的圍觀群眾。

卦二不願意走，冷哼說道：「警校的軍訓是按照部隊的標準來的吧？卦一。」

卦一略顯嫌棄地看了卦二一眼，但還是配合說道：「時進，你的體能訓練荒廢太久，是時候重新撿起來了。」

時進表情一僵，捏捏自己胳膊上已經有些發軟的肌肉，想起廉君慢慢變得更好的身材，稍顯心虛地點了點頭——他這段時間確實過得太懈怠了，廉君都在每天鍛煉，他也得努力才行。

撿起體能訓練之後，時進沒法再隨時和廉君黏在一起，每天必須抽出幾個小時的時間，去卦一和卦二手裡接受「毒打」。

大概是運動影響了心情，恢復訓練幾天後，時進一直不算高昂的情緒，慢慢恢復正常，雖然他仍會因為進度條和原始劇情的事煩惱，但不會再被影響得太嚴重。

廉君見他如此，懸著的心總算踏實了一點。

轉眼聚餐的日子到來，時進在下午五點告別廉君，在卦一和卦二的陪伴下出門，朝著此次聚餐的目的地駛去。

「吃飯的地方已經清場了，不用擔心安全問題。」卦一放下手機彙報情況，見時進在走神，於是又喚了他一聲。

時進回神，應了一聲表示明白了。

「你怎麼了？」卦二從後視鏡裡看他一眼，關心詢問。他是親耳旁聽了時進和徐川的談話，知道今天這頓飯對時進來說會有多難受，所以有點擔心。

「沒事，我就是擔心君少晚上會不好好吃飯。」時進誠實回答，十分苦惱，「龍叔又給君少調整了一下飲食，君少吃得不開心，挑食的毛病又犯了。」

卦二：「……」

一個小時後，汽車在一家裝修雅致的飯店門口停下。

這家飯店是廉君幫時進訂的，是滅自己的產業，已經提前清場，保證安全。時進等人下車後，早已等候在門口的負責人上前一步，朝著時進說道：「時少，已經有客人到場了，是瑞行的總裁時緯崇先生，剛到五分鐘。」

時進被負責人的稱呼喊得一愣，略顯不自在地點點頭，謝過之後示意他繼續在這裡迎客，然後帶著卦一和卦二兩人朝裡面走去。

等走過拐角，確定負責人看不到自己三人後，時進忙扭頭看向卦二問道：「他怎麼那麼稱呼我，我在組織裡的代號不是卦四嗎？」而且就算不喊代號，下面的人也一般會喊他時先生，而不是什麼時少，喊時少總感覺有些怪怪的。

卦二挑了挑眉，好笑地看著他，「當然是因為現在大家都知道且確定了你和君少的關係，所以出於對你的尊敬，適當更改了一下對你的稱呼，這沒什麼的，你習慣一下就好。」

時進迷茫臉，「大家都知道了？怎麼知道的？」他和廉君的關係從來沒特意對外或者在組織內部宣布過，一直都只有貼身跟著廉君的幾個卦和龍叔他們知道，算是個小範圍的祕密。

「你忘了你和君少前一陣的約會了？清場電影院加包場遊樂園，那兩個可都是咱們自家的產業，你和君少表現得那麼明顯，大家又不是傻子，稍微注意一下不就全都知道了？」卦二說著，一臉「你是不是傻」的表情。

時進沒想到真相居然是這樣，想起自己和廉君在約會時的高調表現，尷尬地低咳一聲，默默收回視線，假裝這場談話並沒有發生過。

吃飯的包廂在走廊盡頭處，時進進去時，時緯崇正坐在外間的休息區裡喝茶，身上還穿著一身十分考究的西裝，像是剛從什麼很重要的場合趕過來。

「怎麼來得這麼早？」時進隨口招呼，坐到時緯崇對面。

時緯崇見他進來，放下茶杯，回道：「工作結束得比預期得早，就提前一點過來了，小進你怎麼想起來要聚餐了，是遇到什麼好事了嗎？」

他態度溫和，主動遞話題，想緩和關係的意圖十分明顯。

時進把他的神態表情看在眼裡，想起徐潔的所作所為，心情實在有些複雜，但也不願意做些遷怒的事情，於是回道：「是碰到好事了，我入學通知書下來了，下個月月初就要去辦入校手續，上次三哥的生日我走得太失禮，所以想趁著假期還沒結束，再約大家出來聚聚。」

「原來是這樣，看來我們家很快就要出一名小員警了，挺好。」時緯崇眉眼舒緩，真心為時進覺得高興。比起混黑社會，顯然是去正規的警校念書，以後當一個吃公家飯的員警更讓人覺得放心。

時進見他這樣，心裡卻有點不是滋味。他現在的行為，可以說是在利用時緯崇去刺激徐潔，時緯崇越這麼真心地對待他，他越心有不安。

小死擔憂地喚他：「進進……」

「我沒事。」時進在心裡回小死一句，然後主動傾身給時緯崇倒杯茶，閒扯起其他話題。

時緯崇本以為在經過上次的不歡而散之後，他很難再有機會和時進這麼心平氣和地坐在一起聊天，此時見時進主動遞話，他面上的喜悅和放鬆壓都壓不住，十分配合地順著時進的話題聊下去。

聊了沒一會，向傲庭到了，明顯是匆匆趕來的，身上還穿著一身訓練服，來了之後怕身上太髒，影響時進等人的胃口，還特意帶著換洗衣物去洗手間擦洗了一下，換了身乾淨衣服出來。

等他出來時，已經差不多到飯點了，時進引著兩人去到內間，點了菜，順便打電話詢問還沒到的黎九崢到哪裡了。黎九崢剛在飯店門口停好車，聞言回了句「馬上到」便掛斷電話。

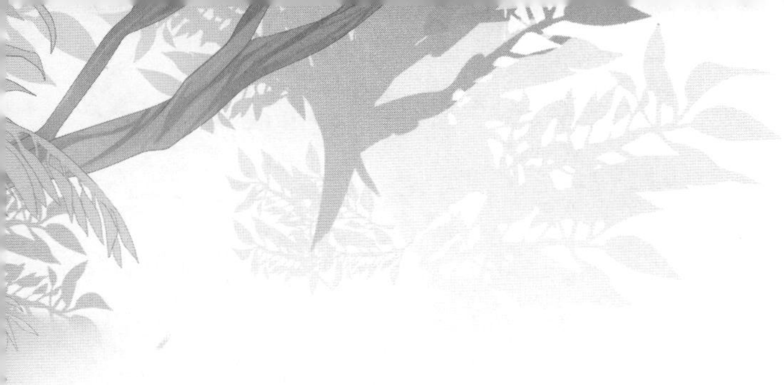

【第十五章】

艱難的兄弟攤牌

五分鐘後，黎九崢也走進包廂，時進見人到齊了，正準備讓廚房上菜，包廂門突然又開了。

「你這訂的什麼飯店，距離機場這麼遠，堵車堵得煩死了。」容洲中拿著帽子口罩，黑著臉大步走進來，一屁股坐到時進身邊，推他一下，「給我來杯水，渴。」

時進驚了，問道：「你怎麼來了？」

「我剛好有空，來不得？」容洲中表情凶惡，容顏憔悴，眼下的黑眼圈明顯得像是畫了煙熏妝，也不知道是有多久沒睡了，身上的衣服皺巴巴的，款式看著倒是很潮，但卻帶著一股濃烈的男士香水味，時進有點嫌棄地皺起鼻子。

容洲中見狀眉心一跳，氣得伸手捏他肩膀，用力搖，「不許露出這種表情！這味道是拍廣告留下的，我平時可不會把自己噴得像個移動散毒機，很難聞嗎？很難聞嗎！」

睡眠不足的容洲中明顯脾氣更糟糕，也更幼稚了。

時進被搖得眼花，伸手按住他的胳膊，回道：「不難聞、不難聞，味道濃點好，開胃。」

容洲中聽了卻更氣了，伸手扯他臉皮，語氣惡狠狠：「開胃？你居然說這個牌子的香水開胃？開什麼胃？這是濃情系列的香水，你想開什麼胃？」

時進忍無可忍，抓起桌上的餐前甜點直接塞進他嘴裡。

世界安靜了，容洲中咬著軟乎乎的甜點，直勾勾瞪著時進，好看的桃花眼硬是擠出一個兇神惡煞的弧度，又朝時進伸出了魔爪。

「四哥！」時進邊矮身躲邊呼救。

向傲庭伸手按住容洲中的肩膀把他扯回來，無奈說道：「三哥，你嚇到小進了。」

容洲中的表情扭來扭去，最後勉為其難地消了氣，抖開向傲庭的手，把甜點三兩口吃下去，整了整衣領說道：「這小兔崽子的皮比穿山甲還厚，哪裡會被嚇到……吃飯，我餓了！」

時進趁機坐直身，看了看勉強算是安全地帶的時緯崇和黎九崢身邊，果斷起身，一屁股坐到黎九崢旁邊，按了呼叫鈴讓服務生上菜。

眾兄弟掃一眼他變動的座位，時緯崇低頭轉了轉杯子，容洲中冷哼了一聲，向傲庭當和事佬，黎九崢則幫時進把餐具挪了過來。

菜陸續上齊，眾人開始邊吃邊閒聊，氣氛居然還算不錯。

時進拉著大家閒扯了一通亂七八糟的話題，默默觀察著時緯崇，果然發現在飯局大概過半的時候，時緯崇開始頻繁低頭看手機。

「有工作找你？」他看向時緯崇，明知故問。

時緯崇見他詢問，連忙把電話關掉，搖頭回道：「沒有，是有朋友找我，現在已經沒事了，剛剛說到哪裡了？」

「說到我該不該在警校畢業後考B市的公務員，留在B市當員警。」時進回答，算著時間應該差不多了，於是按照計劃轉移了話題，說道：「先不談留在B市的事，警校要讀四年，這件事過兩年再考慮也不遲。其實我今天約你們出來，是有另外一件事想跟你們談。」

聽學生經聽得百無聊賴直打哈欠的容洲中，和專心致志吃飯的黎九崢聞言全都動作一頓，抬眼朝時進看去，眼裡有著瞭然——就知道時進不會因為什麼「通知書到了」這種小事把大家喊出來吃飯，重點終於來了。

時緯崇和向傲庭則是愣了一下，然後齊齊想起上次飯局的不歡而散，眉頭皺起，以為時進是想要舊事重提，看向時進，欲言又止。

「我不是要說上次飯局的事。」時進先開口打斷時緯崇和向傲庭幾乎擺在臉上的胡思亂想，然後側身從背包裡掏出平板，邊給費御景撥視頻電話，邊說道：「我要說的是其他的事，和我們都有關的事。」

眾人見到他的動作，都疑惑起來——和大家都有關的事，是什麼？難道是瑞行？

費御景過了好一會才接視頻電話，他明顯剛結束一天的工作，面色有些疲憊。他接通視頻後看到視頻對面圍成一桌的幾人，皺眉說道：「你們吃就吃了，還要特地吃給我看？」

「你想看我們吃也可以，不過在看之前，我有幾句話要說，你可以聽一下。」時進邊回答邊把平板架好，掃一眼眾人，等眾人的視線全部聚集到自己身上後，才一字一頓地說道：「六月底的時候，我去了M省一趟，見了徐川一面。」

聽到徐川的名字，時緯崇和費御景的表情立刻嚴肅起來，向傲庭也皺了眉，問道：「小進，你去見他做什麼？」

「我去見他的原因現在先不談，我先放一段錄音給你們聽。」時進回答，又拿出手機，把提前截取好的音訊放了出來。

「但時行瑞居然比我想像的更理智，他沒有貿然去找那個女人，而是開始調查她的情況，直到準備萬全，才去和她『偶遇』，並和她做了交易。他要那個女人生孩子，還必須是兒子。」

徐川的聲音在包廂裡散開，「交易」這個字眼無比刺耳，所有人的表情都變了，向傲庭更是忍不住站起身。

徐川這段錄音裡說的女人，明顯指的是他們在場幾人的母親，但這個「她」會是誰的母親，而誰……又是交易的產物？

時進暫停了錄音，側頭看向身邊表情空白的黎九崢，說道：「我去查了查，你母親和父親之間並不是交易，她是單純被父親騙了。」

「我、我就說……」黎九崢僵住的身體慢慢放鬆，扯了扯嘴角，突然低頭按住臉，不想讓自己的表情被其他人看見。

大家聽到時進這側面證實了「交易」猜測的話，表情變得更加難看。

費御景的聲音從視頻對面傳來，直問重點：「徐川提到的這個女人是誰？」

時進看向螢幕，回道：「是你的母親，但和父親做過交易的人，不止你母親一位。」

他這話幾乎就是在直白地告訴眾人，除了黎九崢，大家都是被時行瑞「買」下來的孩子。這個事實等於直接否定了大家以前用來厭惡時進的最大依據，如果時行瑞在感情上對他們的母親並不存在虧欠欺騙，也從來沒有把他們視為兒子過，那他們又有什麼立場去因為這所謂的「拋棄」，而去怨恨遷怒無辜的人。

空氣死一般的寂靜，最後居然是容洲中最先消化完資訊，說道：「時進，是交易又如何，那個老東西已經死了，大家好不容易能和和氣氣地坐在一起，要算帳、要道歉都可以，又何必再去挖那些過去的事情，徒添煩惱而已。」

時進沒說話，直接放出下一段錄音。

「我想知道當初指使你找狼人買凶的幕後主使是誰？別告訴我是徐天華，我不信。」

「不是徐天華。」

錄音很短，幾秒就放完了，但眾人卻再次安靜下來。

「這就是我去找徐川談話的原因，我懷疑當初想害我的人並不是徐天華。」時進放下手機，掃一眼眾人，說道：「這是徐川給我的回答，想害我的人確實不是徐天華。所以不是我要挖過去這些事，而是我為了保命，不得不把過去這些事情挖得清清楚楚明明白白，找出到底是誰想要害我。」

向傲庭的注意力立刻被拉回來，皺眉說道：「不是徐天華要害你，那會是誰？瑞行的其他股東？還是父親以前的仇人？」

容洲中表情動了動，突然冷哼一聲，說道：「老四，你是做任務做傻了嗎？小兔崽子今天約我們出來吃飯，特地告訴我們這些，他心中懷疑的是誰，這不是一清二楚嗎？時進，我再說一遍，我和我媽確實都不算是好人，用生孩子來換取資源這種事，我也相信我媽做得出來，但我們還沒有無聊到在什麼都有了之後，還自毀人生地去動你的命。你可以找我算帳，但你不能懷疑我要殺你，你要是敢冤枉我，我就把你的醜照全部發到微博上，單方面宣布你已經出櫃，煩死你和那個廉君！」

不愧是容洲中，這威脅好狠，時進的正經臉差點繃不下去，看了他一眼沒說話。

「也不是我。」黎九崢也接了話，側頭看向時進，大概是因為情緒還沒有調整好，所以眼神居然詭異地有點溫柔，「我媽已經死了，她不會害你，我也不會再做蠢事，而且你很像我的母親，我喜歡你……」

時進背後的汗毛唰一下豎了起來，默默抓住椅子往旁邊挪了挪，乾巴巴一笑，回道：「還、還是別了吧，咱們是兄弟……」

「……的眼睛。」黎九崢大喘氣把話說完，說完還堪稱聖父地笑了笑。

時進：「……」雖然你笑得很好看，但你這種說話方式很嚇人好不好。

「……其實你的眼睛更好看。」時進迅速扭頭避開黎九崢的視線，覺得當初選擇坐在他身邊似乎是個極大的錯誤，又掃一眼桌上其他人，沒了故弄玄虛渲染氣氛的心思，直接說道：「其實徐川已經告訴我真正想要害我的人是誰，但考慮到徐川之前說過一次假話，所以為了避免被他挑撥離間，我特地把你們喊出來。」

向傲庭皺眉看一眼低頭表情不明的時緯崇，問道：「小進，你想做什麼？」

「我想給你們一個知道所有真相的機會。」時進看一眼眾人，點了點手機，「剛剛給你們聽的錄音只是一些片段，我手裡還有完整版，你們如果想聽，我可以全部發給你們。另外，除了錄音，我還有很多關於時家和父親的調查資料，你們想看的話，我都可以給，但你們最好做好心理準備，這些東西絕對不會讓你們覺得愉快。還有，我告訴你們這些，也是承擔了風險，看完資料之後，我希望你們告訴我，接下來你們選擇的立場，如果你們不主動過來說明，那我就默認我們之間的兄弟關係就此了斷，大家以後博弈場上見。」

他這話說得一點餘地沒留，眾人全都表情凝重。在場的都是聰明人，時進話說到這個份上，他們再不明白就真的是傻子了。時進這是在逼大家站隊，也是在給那個真正和幕後黑手有關係的人，一個選擇立場的機會。

「當然，你們也可以選擇不要錄音和資料，所謂不知者無罪，我捉幕後黑手的時候，絕對不會玩連坐。但同樣的，我也不會再認兇手身邊的人做兄弟，大家以後井水不犯河水，做陌生人就好。」時進給出了自己的態度，然後豎起三根手指，說道：「三天，我給你們三天的考慮時間，要不要知道真相，你們自己選。資料發出去之後，依然有三天的時間，三天後，我要知道你們看完資料後選擇的立場，好決定我的下一步行動。」

三個選擇：拿資料，選擇站時進；拿資料，選擇和時進對立；不拿資料，不用選擇立場，但以後只能和時進做陌生人。

時進把所有的事情都攤開來講，還把以後雙方關係如何的主動權交到他們手上，坦蕩到了極致，也殘忍到了極致。

對於相信自己和自己母親的人來說，這個選擇不難，畢竟他們不需要和時進對上，看戲就好，但對於和幕後黑手有關的人來說，這個選擇就很難了，是拿資料，進入兩難的境地？還是不拿資料，做一個糊塗君，等待一個可能會兩敗俱傷的結果？

費御景率先打破安靜，說道：「時進，把你手上的所有資料發一份給我。」

「也發一份給我。」容洲中也跟著接了話，眉頭皺著，有些煩躁，「你們真的很麻煩。」

「我也。」黎九崢出聲表明立場。

向傲庭猶豫了一下，看一眼時緯崇，遲疑了一下，還是沒有立刻跟著接話，決定之後私下再聯繫時進。

時緯崇也沒有表態，他低著頭，手放在口袋裡，不知道在想些什麼。

時進應下了其他幾人的話，然後說道：「資料我會在回會所後一一發給你們，先吃飯吧，菜都涼了。」

現在誰還有胃口吃飯，眾人心聲出奇地一致，心裡其實都有點猜到時進今天真正想逼著表明立場的人是誰，上次飯局的時候，他的態度已經足夠明顯了。

一頓飯熱熱鬧鬧的開始，安安靜靜的結束。

容洲中有工作，吃完飯第一個走了。黎九崢第二個，走前還打包了一盒時進曾塞給容洲中吃的點心。向傲庭和時緯崇留到最後，三人一起走出飯店。

「傲庭你先走吧，出任務的時候小心一些，別受傷了。」時緯崇勉強提起精神，囑咐了向傲庭一句。

向傲庭來回看了看他和時進，猶豫了一下，說道：「大家始終都是兄弟。」說完識趣地把空間留給兩人，轉身上車走了。

門口只剩下時緯崇和時進兩人。

時緯崇握著口袋裡的手機，側身看向時進，說出自時進放了徐川錄音之後，面對他的第一句話，語氣遲疑：「徐川說想害你的人不是徐天華，那會不會是，是……」

「大哥。」時進打斷他的話，很認真地看著他，說道：「我相信在過去你『利用』我的那段時間裡，你也有過真心把我當弟弟的時候……你認真考慮，我等你的電話。」說完主動上前抱了一下他，退開身，上了自己的車，忍著沒有回頭。

上車後，時進迅速斂下了在時緯崇面前表現出的複雜表情，看向副駕駛座的卦一，問道：「有情況嗎？」

卦一點頭，示意了一下馬路斜對面某家便利商店的門口，說道：「那輛車牌尾數九十九的車是徐潔的。」

果然跟來了。時進懸著的心稍微放下。

之前他讓徐川和徐潔聯繫時，故意讓徐川告訴徐潔，他可能掌握了一些過去的事情，並準備聯繫時緯崇等人，告訴他們「真相」。

徐潔現在最大的支柱和倚仗就是時緯崇，在知道他隨時可能會聯繫時緯崇，並告訴時緯崇一些「過去真相」，絕對會緊盯著時緯崇的動向不放，一旦發現時緯崇有和他見面的跡象，肯定會坐不住跟上來。而只要徐潔跟上來，他就可以想辦法再刺激徐潔一把，逼徐潔頭腦發熱，快速動手。

小死適時提醒：「進進，在你和時緯崇擁抱之後，你的進度條漲到930了。」

時進回神，看一眼進度條，心裡很滿意——看來他剛剛給出去的刺激很有用，徐潔看到自己最想殺的人，和自己最重要的兒子抱在一起，這會估計已經理智崩塌。

他讓卦二開車，等汽車駛離飯店和便利商店的視線範圍後，才繼續問道：「徐潔來了多久？」

卦一回道：「二十多分鐘，她到達這邊後曾試圖進入飯店，但被飯店負責人擋下來，之後她一直在車上等著，沒有動靜。」

二十多分鐘的提心吊膽加憤怒，那徐潔估計不止是理智崩塌，還應該快瘋了才對。

時進應了一聲表示知道了，靠在椅背上，看著自己的進度條，淺淺吁了口氣——徐潔在他走後，肯定會忍不住堵上時緯崇，質問他們在這次飯局上到底聊了什麼，而時緯崇見到徐潔，也肯定會因為她的「跟蹤」和飯桌上知道的那些真相，對她露出質疑和不滿的態度，兩人一個在暴怒邊緣，一個在忍耐極限，絕對會發生爭執。

——吵吧，吵得越凶越好。

他放緩呼吸，閉上眼睛。等徐潔把時緯崇這最後一個強大的幫手和後盾也吵沒了，他就可以沒有後顧之憂地收拾她了。

飯店門口，時緯崇目送時進乘坐的車輛駛出視野，抬手按了按胸口的位置，眼神晦暗。

——等他的電話嗎？可這個電話，他要怎麼撥出去，那畢竟是他的……

「緯崇！」穿著一條淺色長裙，打扮得十分知性的徐潔從馬路對面快步走過來，臉上戴了多年的和善親切面具此時有了碎裂的跡象，眼中滿是怒火，一靠近就抓住時緯崇的胳膊，質問道：「我剛剛看到時進和你說話了，你怎麼又出來和他吃飯，他跟你說了什麼！」

徐潔雖然已經老了，但仍很好看。她皮膚保養得很好，身材也維持得不錯，頭髮盤得一絲不苟，妝容精緻，身上的珍珠首飾和長裙十分搭調，此時哪怕是露出要和人吵架的憤怒模樣，看上去也仍是美的。但深知她性格的時緯崇卻很容易就能看出來，她現在的質問和憤怒下面，其實藏著一絲害怕。

——害怕？怕什麼？

時緯崇看著徐潔被怒火充斥的眼神，心一點一點沉了底。

這個反應，不就是側面證實了什麼嗎。

他沒有掙開徐潔的手，而是認真看著她，表情罕見的冷硬，問道：「媽，妳都做了什麼？」

徐潔看著他那幾乎是和時緯崇從一個模子裡刻出來的抗拒懷疑表情，腦子還沒反應過來，手已經先一步抬起，朝著他的臉用力搧下去。

啪！時緯崇被打得偏了頭，過了好幾秒才側回來，看著徐潔，突然問道：「媽，妳怎麼知道我在這裡吃飯，妳買通了我的助理？」

徐潔手指抖了一下，表情強硬起來，逼自己不去看他臉上漸漸浮現的紅痕，「不許用這種眼神看著我，緯崇，你記住，我做的一切，都是為了你。」說完放開他的手，轉身大步朝著自己的車走去，表情陰沉，眼中滿是狠意。

時進，又是時進，緯崇每和他見一次面，過後肯定會像被蠱惑了一樣，不是讓利益給他，就是來和她吵架。不能再讓那個野種接近緯崇了，必須除了他，必須儘快除了他！雲進已經從她手裡搶走了時行瑞，她決不允許雲進的兒子再來搶走她的兒子！

◆◆◆◆

時進才閉目養神了幾分鐘，腦中就響起小死的提醒：「進進，進度條又漲了，來到950了。」

——950，距離死緩也沒多少了。

時進睜開眼，低頭拿出手機，找出時緯崇的電話，猶豫了幾秒，又關掉手機，重新閉上眼。

三天，他還等得起。

時進回到會所的時候，時間已經很晚了。他輕輕打開房門往裡望了一眼，見廉君已經洗漱完靠在床上，露出一個微笑，放輕腳步開門靠近，把他手裡的文件抽出來。

廉君一愣，這才注意到他回來了，看一眼時間，問道：「怎麼這麼晚才回來，堵車了？」

「嗯，堵了一會。」時進見沒嚇到他，有些無趣地坐到床邊，翻了翻手裡的文件，見上面全是些自己看不懂的資料，頭暈眼花地把它塞回廉君手裡，「只許再看這一份，等我洗漱完出來，我要看到你已經躺下了。」

「好，這是今天的最後一份。」廉君十分好說話，伸手摸了摸他的臉，問道：「和你哥哥們談得怎麼樣了，順利嗎？」

「算順利吧。」時進抓住他的手親了一口，也不掩飾自己的情緒，垮著臉嘆了口氣，說道：「時緯崇應該已經反應過來我真正想對付的人是誰了，我本來不想跟他打感情牌的，但他實力不俗，我不想和他敵對，所以選擇了再卑鄙一次。至於他最後會不會選擇幫我，說實話，我沒多少把握，其實我更希望他別找我要資料，我無法沒有障礙地對他說出一句原諒，他估計也沒法再用正常態度對待我這個要傷害他母親的人，所以我們最好還是做陌生人吧，大家心裡都會好過一些。」

「問心無愧就好。」廉君捏了捏他的臉，又問道：「你其他幾位哥哥是什麼態度？」

時進表情放鬆了一些，回道：「他們的態度還是很明確的，後面應該不會插手我和徐潔的爭鬥。我現在只希望徐潔能別讓我失望，要來就來次狠的，一次解決。」

「會的。」廉君肯定回答，傾身吻了吻他，說道：「去洗澡吧，很晚了。」

時進收斂情緒，抱住他就是一個回啃，然後起身伸個懶腰把這些煩心事暫時拋開，拿起睡衣朝著浴室走去。

廉君目送他離開，等浴室的門關閉後，臉上的溫柔淡去，拿起床頭櫃上的手機，給魯珊撥了電話。那邊很快就接了，語氣有些不耐：「你小子有完沒完，不知道女人要睡美容覺的嗎？」

廉君十分冷酷：「在我眼裡，妳是男人。」

「艸你個臭小子。」魯珊一通素質問候，見廉君那邊始終沒有回應，無趣地自己冷靜下來，皺眉說道：「你說的那個女人，確實有託人聯繫狼蛛在B市分部的負責人，想要下單子害時進，但這單子你真的要我接嗎？你知不知道一旦我對時進動了手，哪怕是假的，滅和狼蛛也算是在明面上撕破了臉。你也不想想滅現在是什麼情況，道上僵持的局面一旦被破，你那邊的壓力絕對會很大，你就不能再忍忍？」

「這不是忍不忍的問題，而是選擇的問題。想下單害時進的那個人不止聯繫了國內的組織，還在物色國外的組織。對滅來說，對上妳，比對上外來勢力更輕鬆。對國內的局勢來說，我們窩裡鬥，也比讓外來人進來攪和更方便處理。」廉君回答得無比誠實，魯珊卻氣死了他這份誠實。

「我真是不知道說你什麼好了，你那小情人看著那麼老實，怎麼就給你惹了這麼大一個麻煩出來，要不你揣了他吧，再找個省心一點的。」魯珊誠懇建議。

廉君冷酷回答：「不可能，他沒有給我惹麻煩，我和妳遲早需要在明面上對上，現在他送了我一個這麼好藉口，還算是幫了我。」

魯珊翻白眼，「我看你是被男色迷昏了頭了，算了算了，你說得也對，我和你遲早是要鬧起來的，早一點鬧，也免了道上人心不穩，生出更大的禍患。那你等消息吧，我這就讓人把單子接了。」

廉君表情放鬆了一些，說道：「謝謝魯姨，妳那邊最好能和徐潔多交涉幾天，一個星期，我需要一個星期的時間來安排事情。」

「這時候知道喊姨了……掛了吧，別再大晚上的來吵我睡覺。」魯珊語氣嫌棄地掛了電話。

廉君放下手機，看著手機桌面上自己和時進穿著情侶裝在摩天輪下拍下的合影，忍不住伸手摸了上去。

魯珊還是不懂，這世上，哪裡還有比時進更省心的愛人。

一覺睡醒，時進發現自己的進度條漲了三點，突兀的一個尾數戳在後面，看得他強迫症都犯了，好想把它漲到整數。

「這三點是勻速漲的，應該遲早會漲到整數。」小死不算安撫的安撫，態度難得地冷靜。時進對這次進度條的增漲表現得十分淡定，弄得它也緊張不起來了，明明進度條已經增漲到它以前看到絕對會尖叫的數值，但它現在居然一點不覺得時進會有危險。

大概是因為有寶貝在吧，小死偷偷地想。

時進強迫自己把注意力從進度條上抽離，看向身邊罕見地睡了懶覺的廉君，輕輕湊過去，手在被子裡摸向廉君的腿。

廉君在他手搭上來的一瞬間翻身壓住他，伸手扯了扯他的臉皮，睜開眼問道：「想做壞事？」

時進理直氣壯：「我對我男朋友做點壞事又怎麼了，不行嗎？」

廉君沒說話，低頭親他一下，手摸上他的腰，用行動給了他回答。

結束早上的鍛煉之後，時進發簡訊要了費御景、容洲中和黎九崢常用的郵箱帳號，把早已準備好的資料和錄音打包寄給他們。

資料和錄音是處理過的，裡面所有關於簡進文的部分，已經全部被模糊或者剪輯掉了。時進的本意是想讓大家知道真相，而不是把無辜的簡進文再暴露到更多人眼裡，反正大家只用知道時行瑞找人生孩子，是因為想複製出一個像白月光的孩子就夠了，至於白月光到底是誰，其實並不重要。

當天時進並沒有等到費御景等人的資料回饋，這點時進早就算到了。那些資料裡所含的資訊太過爆炸，大家需要時間消化，也需要時間去向他們各自的母親求證。

出乎意料的，向傲庭這一天居然沒有給時進打來電話索要資料。時進有些疑惑，但並不慌，直覺告訴他，向傲庭和他的母親對他並沒有禍心，向傲庭遲早會打電話過來。

時間轉眼來到又一天的下午，第一批看過資料的費御景、容洲中和黎九崢終於陸續回饋了消息過來。費御景是直接打電話，在電話裡他直白表示，他不會插手時進和時緯崇及時緯崇母親之間的事，但如果以後時進想拿回那些遺產，他可以幫忙。

這話其實算是比較明確的站隊時進了，時進很是意外，他最開始還以為費御景會選擇兩不相幫，冷眼作壁上觀。

「我不是幫你。」針對他的意外，費御景對自己的態度給出解釋：「我只是覺得，那些遺產都是你該得的。另外，如果可以，我的母親想當面和你談一談。」

時進皺眉，「你的母親？你告訴她那些事了？」

「嗯。」費御景應了一聲，突然話語一轉，說道：「時進，我從來不會為已經發生過的事和已經做過的選擇後悔，但現在我要破例了，當年的那場交易，是我做過最愚蠢的事，對不起。」

時進沉默，不知道該怎麼回他這句話。他不是原主，沒有立場去說什麼，而且有句老話是怎麼說來著，如果道歉有用，那要警察做什麼？

費御景從他的沉默裡知道了他的態度，識趣地沒有多談。他道歉是因為他想，對方原諒那是對方仁慈，如果對方不願意，那被報復、被冷待也是他活該，他能接受。

「遇到困難隨時可以聯繫我。」他開口，然後主動掛斷電話。

時進放下手機，回想了一遍費御景說的這些話，長吁口氣倒在沙發裡。

費御景這個人還真是意外地好懂，不熟的時候，關係如何全看利益，接納之後，關係如何，就全看他自己的喜好了……真是任性自我的一個人，壞的時候沒有良心，認錯的時候不求回應，讓人無話可說。

這之後，像是約好的一樣，容洲中和黎九崢全部給時進發了簡訊表明態度。容洲中的簡訊內容依然火藥味十足，他用各種不帶髒字的詞彙把時行瑞從頭到腳罵了個遍，然後用一句「小兔崽子」做結尾，表示等工作結束了，要和時進當面再談一次。

時進應下了他這個邀約，表示見面可以，但必須在會所，他不想去外面。

黎九崢的簡訊內容就很溫和了，他連發了好幾條，內容很零碎，大概可以概括為：原來你媽媽和我媽媽一樣，都是被時行瑞騙了。你看六個兄弟裡，就只有你和我失去了母親，我們排行還那麼接近，這都是緣分吶！我做的錯事，我道歉、我彌補，你看咱們要不要培養一下感情？

時進捧著手機目瞪口呆，完全理解不了黎九崢的腦回路，甚至覺得這人是不是因為從小被他母親欺負得太過了，所以心理年齡一直沒長大，內心其實和外表一樣，就是個敏感憂鬱的青春期小少女……喔不，小少年。

最後時進斟酌了半天，回了一句似是而非的「你早點睡吧」，把黎九崢給糊弄過去。

此時已經是第二天的下午，距離三天的索要資料時限，已經只剩下一天的時間，時進的進度條漲到960後便穩住了沒有再動。

第三天的早上，時進終於等到向傲庭的電話，他語氣疲憊，第一句就是：「我已經和我母親談過了，她說我本來應該有一個姊姊，但是被流掉了，是時行瑞逼她的。」

時進沒想到他拖到現在才打電話，是因為先一步去找他的母親求證當年的真相，忍不住喚道：「四哥……」

「抱歉，現在才聯繫你。」向傲庭調整了一下狀態，說道：「我這樣做，只是覺得關於我母親的部分隱私，我應該是從她本人那裡瞭解到，而不是從資料上……小進，對不起。」

時進這幾天已經聽了太多道歉，但哪怕他聽了那麼多，也依然不知道該如何回應。

「不說這些了，你把資料傳我一份吧，當年的事情，我母親其實知道得也比較零碎，我想瞭解全部的真相。」

時進忙接話，說道：「那你發個常用的郵箱給我，我把資料寄給你。」

「好。」

向傲庭報了郵箱位址，時進拿筆記下，然後兩人都不知道該說什麼了，一起沉默下來。

「小進，我想再見見你。」最後向傲庭先開了口。

怎麼人人都要見他？時進嘆氣道：「我開學前會一直待在會所，你想見我直接過來就是了。」

「謝謝。」向傲庭說完又沉默了很久，最後說道：「小進，如果時光能重來……算了，再聯繫。」說完掛了電話。

時進聽出他最後那句話裡的難過，心裡悶悶的。如果可以，誰又不想讓時光重來呢……他看向書桌後的廉君，突然又否定了之前的想法。

不，他不想時光再重來了，廉君在這裡，他要和廉君好好過完這一輩子。

廉君察覺到他的視線，抬眼看他，朝他招了招手，「過來。」

時進回神，收拾好心情，屁顛顛地湊過去。

晚飯過後，時進忍不住把注意力全放在手機上，做什麼都心不在焉的。

廉君早早結束工作陪在他身邊，問道：「怎麼這副表情，不是說不希望時緯崇找你打電話要資料嗎？」

「雖然話是那麼說，但是……」時進皺著臉，自己也但是不出什麼來，乾脆長嘆口氣癱在廉君身上，望著廉君的帥臉發呆。

廉君好笑，摸出了平板，說道：「那我陪你搓麻將？」

時進的視線挪到平板上，考慮一下，說道：「也行，今天咱們玩個痛快！」

搓麻將搓到快十點，手機依然毫無動靜。時進又萎了，推著廉君回了房，和他分別洗漱完，然後一起躺在床上，數天花板上的雕刻紋路。

「睡吧。」廉君抱住他，輕輕撫摸他的背。

時進回抱住他閉上眼，強迫自己入睡。

十分鐘後，手機鈴聲突然響起。時進唰一下睜開眼，一個鯉魚打挺坐起身摸向床頭櫃上的手機，見螢幕上閃爍著「時緯崇」這三個大字，呼吸一緊，按了接通，拿起手機喂了一聲。

「資料……給我一份。」時緯崇開口，聲音低啞，幾乎聽不出是他。

時進被他這糟糕的聲音狀態驚到了，眉頭皺起，問道：「你怎麼了？」

「沒什麼……小進，我不想再糊裡糊塗地做事了，以前我什麼都聽母親的，她說什麼我都信，老二也好、老五也好，太多人被我和我母親影響了……我是個很糟糕的大哥，對嗎？」

他這話說得亂七八糟的，時進越聽眉頭皺得越緊，不好回答這個問題，於是轉移話題說道：「給我你的郵箱，我把資料寄給你。」

時緯崇毫無預兆地掛斷了電話。

這是反悔了？時進心情複雜地放下手機，想嘆氣，結果時緯崇還是選擇了不要資料麼……

「睡吧。」廉君起身摸了摸他的頭。

時進側頭朝廉君勉強地笑了笑，說道：「抱歉，吵到你了。」

廉君搖頭，伸手扶他躺下。

結果兩人的身體剛往下滑了一點，時進的手機就又響了，時進連忙拿起來看，見是時緯崇發了簡訊過來，內容是一個郵箱位址，呼吸一窒，身體突然放鬆，癱到床上。

廉君湊過去看他。

時進伸手摸他的臉，問道：「如果我給你惹了時緯崇這麼一個厲害的敵人，你會怪我嗎？」

「不會。」廉君低頭，親吻一下他的嘴角，「我永遠不會怪你，我們是一體的，時進。」

資料發出去後，時進開始焦心地等待。

到目前為止，要了資料但是沒給回饋的，就只剩向傲庭和時緯崇兩個人了。

向傲庭那邊時進並不擔心，但是時緯崇……

廉君伸手彈了一下時進的額頭，引他回神後說道：「魯姨給我發了一份檔案，是狼蛛位於B市的負責人和徐潔談交易的視頻錄影，你要看嗎？」

時進回神，見手裡平板上的牌局早已被系統託管輸掉了，說道：「抱歉，我又走神了。」

「沒事。」廉君抽走他手裡的平板，把自己的平板遞過去，示意一下上面才接收不久的視頻檔，「錄客戶下單的交易過程在道上是禁忌，這份視頻我們看完之後需要立刻銷毀，免得流出去壞了狼蛛在道上的名聲。」

時進點頭表示明白，接過平板，看著上面的視頻檔，稍微做了一下心理準備才把它點開。

視頻明顯是偷拍的，畫面背景是一個光線昏暗的小包廂，徐潔坐在一側的單人沙發上，用絲巾遮擋了一部分的臉，有一道男聲正在和她說話，但聲音的主人卻沒被拍到畫面裡。

「徐女士，妳只是個普通的生意人，所以可能不瞭解滅在我們這行到底是個怎樣的存在。妳指定的單子目標時進，據傳是滅的首領廉君的戀人，要動他，我們狼蛛也得顧忌一二。」

徐潔的語氣很強硬，說道：「別賣關子，你就說你需要多少錢，多少我都付。」

「錢？徐女士，妳是不是誤會了什麼，像我們這種規格的組織，錢對我們來說就只是個每天都會增漲的數子而已，妳辛辛苦苦打拚一輩子攢下來的財富，可能都構不上我們出一批貨賺到的利益，如果妳一定要用這種沒有誠意的態度來和我們談交易，那我只能和妳說聲遺憾了。」

這話說得太過打臉，徐潔表情變沉，就在時進以為她要忍不住爆發時，她居然冷靜下來，低頭從包裡取出一份文件，推過去說道：「剛剛是我太急了，我當然知道你們不可能缺錢，所以我為你們準備了這個。」

時進眼露疑惑。

廉君幫他把視頻暫停，解釋道：「魯姨之前跟我說過，徐潔拿出來的這份文件，是瑞行的股份轉讓，她應該是把時緯崇分給她的股份全部拿出來了。」

居然是瑞行的股份？時進目瞪口呆，不敢置信地說道：「她瘋了嗎？讓一個暴力組織去占股瑞行，她是嫌瑞行現在發展得太順利了嗎？」

雖然這世上有很多借著暴力組織的東風，踩著規則的屍體一路迅猛成長的企業，但從來沒有哪一個發展到瑞行那種程度的跨國集團企業，會主動和暴力組織掛鉤。

能混到那種程度的集團老闆都是聰明人，知道和暴力組織掛鉤，雖然可能短期內能獲取暴利和便利，但長久下去，絕對會被暴力組織背後牽扯到的恩怨糾葛連累。

各大暴力組織自己開企業賺錢時，都會儘量套牌子隱藏一下，結果徐潔現在居然想主動給瑞行打上狼蛛的牌子？這不是找死嗎？

「我覺得她是對時緯崇太有信心了，認為時緯崇以後肯定會把這部分股份再搶回來。」廉君見過太多像徐潔這種為了自己的私欲不擇手段的人，所以很容易明白她在想什麼，解釋道：「她手中

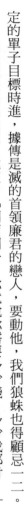

握著的股份不多，就算給出去，也動搖不了時緯崇在集團的地位。再加上瑞行現階段的發展目標，是把生意重心轉移到國內，所以現在和狼蛛沾上邊，對瑞行其實是很有利的。不考慮後續處理問題的話，徐潔走的這步棋其實也還能看。」

時進聞言皺眉，說道：「她是不是把暴力組織想得太簡單了，和暴力組織合作，最麻煩的就是後續處理問題。」給出去的肉可沒那麼好收回去，狼蛛又不是吃素的。

「所以這步棋也只是能看而已，時行瑞為她扶持出來的成功和兒子的優秀，讓她對自己的能力產生了錯覺。暴力組織可不是為情所困的時行瑞和徐川，她應付不了的。」廉君語氣冷淡，似乎已經看見了徐潔的結局。

「我感覺她已經沒多少理智可言了……」時進依然眉頭緊皺，重新播放視頻，心情有點糟糕。雖然瑞行和他這個外來人沒什麼關係，但只要一想到瑞行是曾屬於原主的東西，是原主的爹一手一腳給原主賺出來的，是時緯崇努力守護著的，他就覺得現在輕易把瑞行往外人手裡送的徐潔簡直蠢得像頭豬，十分讓人生氣。

視頻裡和徐潔商談的人接過文件翻了翻，然後發出一聲驚訝的低呼。徐潔見狀，身體姿態明顯放鬆下來，臉上甚至露出個勢在必得的微笑。

時進臉黑了，差點忍不住摸出手機給時緯崇打電話，讓他好好看著他這個瘋了的媽！

「別急，魯姨不會要這些股份。這次事了之後，我會以你的名義把這些股份買回來，瑞行還是你們時家的。」廉君見他表情難看，出言安撫。

時進聽得心裡越發不是滋味，說道：「憑什麼讓你出血……不行，我來買！之前時緯崇他們把我爸的所有存款和不動產都轉給我了，買這點股份還是夠的……所以到最後，徐潔要害我，反而還得我自己出錢？」

廉君被他這生氣嘀咕的模樣逗笑了，捏捏他的臉，說道：「狼蛛願意賭上做生意的信譽陪我們演這一場戲，我本就該給狼蛛一點酬金，所以我們不是付錢買徐潔害你，而是花錢買狼蛛耍徐潔，買完你還白得了瑞行的部分股份，這樣看，你是不是賺了？」

被他這麼一解釋，時進頓時覺得神清氣爽起來，臉上的表情剛要化開，又突然反應過來這最後不還是花錢了嗎？抓住廉君的手用力一捏，凶巴巴說道，「你偷換概念，這明明還是敗家了！」本來這齣戲演完，廉君只用給狼蛛付一道酬金就夠了，結果現在又多了一筆買股份的錢！

廉君順勢反握住他的手，反問道：「你說我敗家？」

時進虎軀一震，連忙解釋道：「不是說你，是我敗家，我敗……」說到一半發現這一通折騰下來，還真是他敗家了，頓時說不下去了。

如果沒有徐潔這件破事，廉君本來連給狼蛛的那筆酬金都是不用付的！而且好像從以前到現在，只從金錢這方面來看的話，兩人之間就一直是廉君在為他單方面付出。假設兩人是在同居，那他就是吃廉君的、喝廉君的、用廉君的，還一毛家用錢都沒給過廉君……好渣。

他瞬間坐不住了，再次暫停視頻，連招呼都沒打一個就衝回房，翻出一個自拿到起就沒拆開過的快遞小箱子，抱起來回到書房，暴力把箱子拆開，一股腦地倒出裡面的存摺和不動產證書之類的財產證明，全塞到一臉莫名的廉君手裡。

「給你，家用。」時進繃著臉，心裡有點點不是滋味，說道：「雖然這些都不是我賺的……反正你先拿著，等我以後賺錢了，我再給你別的。」

廉君看看他的表情，又看看懷裡被塞過來的東西，回憶了一下兩人的聊天內容，終於弄明白他在糾結什麼，心裡一暖，側身把東西往茶几上一放，起身走過去抱住他，笑著應道：「好，我等你以後來養我。」

可是我估計一輩子都養不起你……時進回抱住他，心裡對自己的賺錢能力十分有數，喪喪地戳了下小死，嘆道：「你說得對，我就是個被廉君包養的小白臉。」

小死笨拙安慰道：「沒事的進進，我可以幫你賺錢，我們一起加油，肯定能養得起寶貝的。」

時進十分感動：「小死你真是個貼心的好系統。」

小死羞澀一笑，回道：「我是你們的爸爸嘛，養你們是應該的。」

時進：「……不了，我突然覺得當個被包養的小白臉挺好的。」

小死：「……」

鬧了一場，時進心情好轉許多，再看徐潔賣瑞行，心裡已經能做到毫無波動了。

股份一出手，狼蛛位於B市的負責人立刻改口接下徐潔的單子，和徐潔洽談單子的細節問題。

徐潔應該是早已經想好要怎麼對付時進，所以負責人一鬆口，她立刻說出自己的要求：「先綁架，再折磨，最後弄死。然後，我希望綁架後的折磨部分能讓我親自動手。」

——親自動手？

時進拿水杯的手一頓，不小心把杯子掃到地板上。

廉君彎腰幫他把杯子撿起來，擦了擦地上的水漬，重新給他倒了杯水，然後看向了時進手裡的平板，眼神有點冷。

負責人顯然也很驚訝，確認問道：「妳要親自動手？」

「是，必須我親自動手。」徐潔回答得肯定。

負責人不贊同，說道：「讓客戶參與到單子本身，會增加單子的風險，而且折磨人這種事，我覺得還是讓專業的人來比較好，您自己動手，可能達不到效果。」

徐潔的語氣變得意味深長，回道：「不夠專業又如何，多操作一會，不就專業了嗎？」

大概是她話裡的惡意太濃烈，視頻裡的負責人沉默下來，視頻外的時進和廉君也都沉默。他們對視一眼，都明白了一件事——徐潔果然已經瘋了。

最後狼蛛的負責人表示要考慮一下讓徐潔親自動手的事，三天後再給她答覆，徐潔答應了。視頻到此結束，時進對著黑掉的平板陷入沉思。

廉君沒打擾他，握住他的手腕，感受他手腕間的脈搏跳動，安靜陪伴。

突然響起的手機鈴聲打破了一室安靜，時進從沉思中回神，拿出手機一看，見是向傲庭打來的電話，立刻接了，喚道：「四哥。」

「資料我看完了。」向傲庭開口，聲音有些乾澀：「小進，你一定要和大哥對上嗎？」

時進忍不住嘆氣回道：「四哥，現在要不要和大哥對上，主動權不在我這裡，在大哥那裡。」

向傲庭立刻明白他的意思，問道：「大哥找你要資料了？」

時進：「嗯。」

向傲庭沉默，過了好久才問道：「小進，你準備什麼時候……動徐潔？」

「她什麼時候再次動心思想要害我，我就什麼時候動她。」時進回答，知道向傲庭和時緯崇關係好，於是說道：「四哥，無論大哥選擇了什麼，我都希望你不要插手，這是我和他之間的事，和你無關，我不想牽連你。」

「我倒是寧願被牽連。」向傲庭的聲音突然啞了下來，沉沉說道：「我們是兄弟啊……小六，我們是兄弟……」

「就是因為我們是兄弟，我才喊你們一聲哥。」時進回答，終究不忍心看他這麼痛苦，嘆息一聲說道：「四哥，我不想死，我想活著。」

向傲庭震住，還想說話，時進卻已經掛斷了電話。

◆◆◆◆

之後兩天，時進的手機始終安靜，時緯崇再沒有打電話過來。

時進眼睜睜看著三天的時限過去，看著手機上的時間跳過二十四點，癱在床上，一整晚都沒有睡著。

第二天見到時進的人，都看出他的心情糟糕，卻不知道該怎麼安慰他。

就在大家商量著要不要帶他出去轉轉散散心時，時進卻在結束早上的訓練之後，自己慢慢調整好情緒，找到廉君，對著他難看地笑了笑，說道：「廉君，對不起，時緯崇選擇了幫他的母親，我幫你拉了個超級厲害的敵人……」

「沒事。」廉君見他終於肯說話，忙掛掉和卦二商量外出地點的電話，起身上前抱住他，安撫地順著他的背，安慰道：「沒關係，你還有我，沒關係。」

時進用力回抱住他，把臉埋在他的肩膀上，在心裡嘆道：「小死，我是不是很奇怪，時緯崇明明不是我的親哥哥，我卻覺得有點難過……你說我會不會是被原主的記憶影響了？」

小死有點心疼他，順著他的話安慰道：「應該是的，你最近天天回憶劇情和翻閱原主的記憶，肯定是在不知不覺中受影響了。」

「……果然是這樣，我就說我不是這種軟弱的人。」時進想自我調侃一下，嘴角卻扯不起來，於是也沉默下來，抱著廉君不說話。

叩叩，廉君鍛煉室的門突然被敲響。

時進忙整理好情緒鬆開廉君，扶他坐回輪椅上，揉了把臉。

廉君等他整理好自己，才開口喚了一聲進來。

卦二推開門，略顯擔憂地掃一眼側對著門口的時進，說道：「時緯崇來了，在會所門口，他要求見時進，還有……」

聽到時緯崇的名字，時進立刻扭頭看過去，心中又燃起一絲希望，問道：「還有什麼？」

「他身邊帶著一個女人，是徐潔。」卦二補充完，問道：「要放他們進來嗎？」

時進愣住，眉頭皺起，說道：「請他們去一樓會客廳，我和君少一會就來。」卦二應了一聲，關上房門走了。

時進和廉君都沒預料到時緯崇會帶著徐潔一起找上門，兩人回房沖了個澡，換下身上的鍛煉服，順便交流了一下這件事。

「他們來幹什麼，示威？還是求和解？」時進邊套衣服邊猜測，有點想不通。

「時緯崇沒那麼蠢，不會帶著人來我們的地盤示威，我傾向於後者。」廉君繫好長袍腰帶，坐到輪椅裡，朝時進招了招手。

時進配合地彎腰，幫廉君整理袍子的下襬，廉君則伸手幫他抓了抓亂糟糟的頭髮，整理了一下有點歪的衣領。

「徐潔會來找我和解？我怎麼那麼不信呢。」兩人互相整理好衣服後默契地親吻一下，然後時進站直身，邊推著廉君出門邊皺眉說著。

廉君把手搭在輪椅扶手上，輕輕點了點，回道：「多猜無益，去看看就好了。」

（未完待續）

【特別收錄】

作者獨家訪談第二彈，暢談角色設定花絮

Q4：請問寫作對您的意義？平常有沒有比較偏好的創作題材或角色？

A4：寫作已經成為我生活裡不可或缺的一部分，它給了我豐富的精神世界，讓現實中無趣如鹹魚的我，擁有了一份獨屬於自己的寶藏。

偏好的話，我喜歡寫現代和未來背景的文，角色方面，我喜歡內斂溫柔的角色。偷偷說，其實我一直很想嘗試寫一下古代背景的作品，但可惜我的文筆和知識儲備支撐不了我的想法，嗯，要繼續努力才行。

Q5：來談談主角時進吧，您覺得他是一個怎樣的人？若以他的角度，會分別用一句怎樣的話來形容廉君和五位兄長？

A5：我覺得，時進是一個堅強的人！重情、溫柔、樂觀、堅定……最重要的是，他身上永遠有一股少年般的蓬勃朝氣！

我很喜歡他，如果現實中有時進這樣的人存在，我應該會成為他的小迷妹！

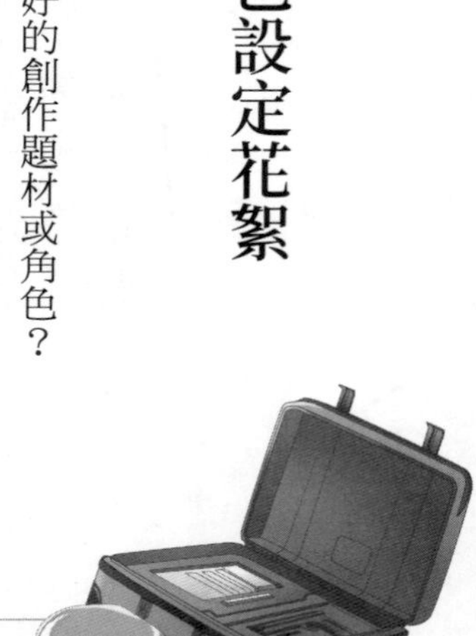

特別收錄

以下是時進時間。
對廉君：溫柔的大寶貝！
對大哥時緯崇：心思太重的大家長。
對二哥費御景：自我防禦過重的笨哥哥，有時候真的很討厭！
對三哥容洲中：幼稚鬼，再見！
對四哥向傲庭：哥。
對五哥黎九崢：比起我，他更像是大家的弟弟。

Q6：接著來聊聊廉君這個人吧，當初是怎麼設計出這樣的角色？

A6：我當初是先設定了他的職業以及在整個劇情裡起到的作用，然後根據劇情的走向和需求，完善了他的成長背景以後，才設定出他的性格。
作為一個大型暴力組織的老大，他必須擁有優秀的領導能力；作為一個站在黑暗世界頂端卻致力於清掃黑暗的人，他需要擁有正常的三觀，並且堅毅、果斷、擅長蟄伏和偽裝；他成長於黑暗，知道黑暗世界的生存法則，所以對敵人從不手軟，因為他知道任何一次的失誤，帶來的都會是生命的損失……
只有足夠的優秀，才能讓他支撐起整個劇情。
至於二十四孝男友的部分和外貌的設定，嗯，這個就是我的一點小私心了。

（未完待續）

i小說 011

生存進度條2

國家圖書館出版品預行編目（CIP）資料

生存進度條2 / 不會下棋著. -- 初版. -- 臺北市：
愛呦文創, 2019.08
冊；　公分. --（i小說；011）
ISBN 978-986-97913-3-5（第2冊：平裝）

857.7　　108010323

愛呦文創

作者	不會下棋
封面繪圖	凜舞REKU
責任編輯	高章敏
文字校對	劉綺文
行銷企劃	羅婷婷
發行人	高章敏
出版	愛呦文創有限公司
地址	10691台北市忠孝東路四段59號10-2樓
電話	（886）2-25287229
郵電信箱	iyao.service@gmail.com
愛呦粉絲團	https://www.facebook.com/iyao.book
總經銷	聯合發行股份有限公司
電話	（886）2-29178022
地址	231新北市新店區寶橋路235巷6弄6號2樓
美術設計	廖婉禎
內頁排版	洸譜創意設計股份有限公司
印刷	沐春行銷創意有限公司
初版一刷	2019年8月
初版二刷	2022年4月
定價	380元
ISBN	978-986-97913-3-5